思想的・睿智的・獨見的

經典名著文庫

學術評議

丘為君　吳惠林　宋鎮照　林玉体　邱燮友
洪漢鼎　孫效智　秦夢群　高明士　高宣揚
張光宇　張炳陽　陳秀蓉　陳思賢　陳清秀
陳鼓應　曾永義　黃光國　黃光雄　黃昆輝
黃政傑　楊維哲　葉海煙　葉國良　廖達琪
劉滄龍　黎建球　盧美貴　薛化元　謝宗林
簡成熙　顏厥安（以姓氏筆畫排序）

策劃　楊榮川

五南圖書出版公司 印行

經典名著文庫

學術評議者簡介（依姓氏筆畫排序）

經典名著文庫081

蒙田隨筆【第3卷】

Les Essais

蒙田（Michel de Montaigne）著
馬振騁 譯

經典永恆・名著常在

五十週年的獻禮・「經典名著文庫」出版緣起

總策劃 楊榮川

五南，五十年了。半個世紀，人生旅程的一大半，我們走過來了。不敢說有多大成就，至少沒有凋零。

五南忝爲學術出版的一員，在大專教材、學術專著、知識讀本出版已逾壹萬參仟種之後，面對著當今圖書界媚俗的追逐、淺碟化的內容以及碎片化的資訊圖景當中，我們思索著：邁向百年的未來歷程裡，我們能爲知識界、文化學術界做些什麼？在速食文化的生態下，有什麼值得讓人雋永品味的？

歷代經典·當今名著，經過時間的洗禮，千錘百鍊，流傳至今，光芒耀人；不僅使我們能領悟前人的智慧，同時也增深加廣我們思考的深度與視野。十九世紀唯意志論開創者叔本華，在其〈論閱讀和書籍〉文中指出：「對任何時代所謂的暢銷書要持謹愼的態度。」他覺得讀書應該精挑細選，把時間用來閱讀那些「古今中外的偉大人物的著作」，閱讀那些「站在人類之巔的著作及享受不朽聲譽的人們的作品」。閱讀就要「讀原著」，是他的體悟。他甚至認爲，閱讀經典原著，勝過於親炙教誨。他說：

「一個人的著作是這個人的思想菁華。所以，儘管一個人具有偉大的思想能力，但閱讀這個人的著作總會比與這個人的交往獲得更多的內容。就最重要的方面而言，閱讀這些著作的確可以取代，甚至遠遠超過與這個人的近身交往。」

爲什麼？原因正在於這些著作正是他思想的完整呈現，是他所有的思考、研究和學習的結果；而與這個人的交往卻是片斷的、支離的、隨機的。何況，想與之交談，如今時空，只能徒呼負負，空留神往而已。

三十歲就當芝加哥大學校長、四十六歲榮任名譽校長的赫欽斯（Robert M. Hutchins, 1899-1977），是力倡人文教育的大師。「教育要教眞理」，是其名言，強調「經典就是人文教育最佳的方式」。他認爲：

「西方學術思想傳遞下來的永恆學識，即那些不因時代變遷而有所減損其價值的古代經典及現代名著，乃是眞正的文化菁華所在。」

這些經典在一定程度上代表西方文明發展的軌跡，故而他爲大學擬訂了從柏拉圖的《理想國》，以至愛因斯坦的《相對論》，構成著名的「大學百本經典名著課程」。成爲大學通識教育課程的典範。

歷代經典．當今名著，超越了時空，價值永恆。五南跟業界一樣，過去已偶有引進，但都未系統化的完整舖陳。我們決心投入巨資，有計畫的系統梳選，成立「經典名著文庫」，希望收入古今中外思想性的、充滿睿智與獨見的經典、名著，包括：

- 歷經千百年的時間洗禮，依然耀明的著作。遠溯二千三百年前，亞里斯多德的《尼各馬科倫理學》、柏拉圖的《理想國》，還有奧古斯丁的《懺悔錄》。
- 聲震寰宇、澤流遐裔的著作。西方哲學不用說，東方哲學中，我國的孔孟、老莊哲學，古印度毗耶娑（Vyāsa）的《薄伽梵歌》、日本鈴木大拙的《禪與心理分析》，都不缺漏。
- 成就一家之言，獨領風騷之名著。諸如伽森狄（Pierre Gassendi）與笛卡兒論戰的《對笛卡兒沉思錄的詰難》、達爾文（Darwin）的《物種起源》、米塞斯（Mises）的《人的行爲》，以至當今印度獲得諾貝爾經濟學獎阿馬蒂亞．

森（Amartya Sen）的《貧困與饑荒》，及法國當代的哲學家及漢學家余蓮（François Jullien）的《功效論》。

梳選的書目已超過七百種，初期計劃首爲三百種。先從思想性的經典開始，漸次及於專業性的論著。「江山代有才人出，各領風騷數百年」，這是一項理想性的、永續性的巨大出版工程。不在意讀者的眾寡，只考慮它的學術價值，力求完整展現先哲思想的軌跡。雖然不符合商業經營模式的考量，但只要能爲知識界開啓一片智慧之窗，營造一座百花綻放的世界文明公園，任君遨遊、取菁吸蜜、嘉惠學子，於願足矣！

最後，要感謝學界的支持與熱心參與。擔任「學術評議」的專家，義務的提供建言；各書「導讀」的撰寫者，不計代價地導引讀者進入堂奧；而著譯者日以繼夜，伏案疾書，更是辛苦，感謝你們。也期待熱心文化傳承的智者參與耕耘，共同經營這座「世界文明公園」。如能得到廣大讀者的共鳴與滋潤，那麼經典永恆，名著常在。就不是夢想了！

二〇一七年八月一日 於

五南圖書出版公司

導讀——「投入智慧女神的懷抱」

馬振騁

米歇爾・德・蒙田（Michel de Montaigne，一五三三—一五九二），生於法國南部佩里戈爾地區的蒙田城堡。父親是繼承豐厚家產的商人，有貴族頭銜，他從義大利帶回一名不會說法語的德國教師，讓米歇爾三歲尚未學法語前，先向他學拉丁語作爲啓蒙教育。

不久，父親被任命爲波爾多市副市長，全家遷往該市。一五四四—一五五六年，父親當波爾多市長，成爲社會人物，得到大主教批准，把原本樸實無華的蒙田城堡改建得富麗堂皇，還添了一座塔樓。

一五四八年，波爾多市民暴動，遭德・蒙莫朗西公爵殘酷鎮壓。由於時局混亂，蒙田到圖盧茲進大學學習法律，年二十一歲，在佩里格一家法院任推事。一五五七年後在波爾多各級法院工作。一五六二年在巴黎最高法院宣誓效忠天主教，其後還曾兩度擔任波爾多市市長。

蒙田曾在一五五九—一五六一年間，兩次晉謁巴黎王宮，還陪同亨利二世國王巡視巴黎和巴勒拉克。住過一年半後回波爾多，世人猜測蒙田在期間欲實現其政治抱負，但未能如願。

一五六五年，與德・拉・夏塞涅小姐結婚，婚後生了六個孩子，只有一個倖存下來，其餘俱夭折。一五六八年，父親過世，經過遺產分割，蒙田成了蒙田莊園的領主。一五七一年，才三十八歲即開始過退隱的讀書生活，回到蒙田城堡，希望「投入智慧女神的懷抱，在平安寧靜中度過有生之年。」

那時候，宗教改革運動正在歐洲許多國家如火如荼地進行，法國胡格諾派與天主教派內戰更是從一五六二年打到了一五九八年，亨利四世改宗天主教，頒布南特敕令，寬容胡格諾派，戰事才告平息。蒙田只是回避了煩雜的家常事務，實際上風聲雨聲讀書聲，聲聲都聽在耳裡。他博覽群書，反省、自思、內觀，那時舊教徒以上帝的名義、以不同宗派爲由任意殺戮對方，誰都高唱自己的信仰是唯一的眞理，蒙田對這一切冷眼旁觀，卻提出令人深思的雋言：「我知道什麼？」

他認爲一切主義與主張都是建立在個人偏見與信仰上的，這些知識都只是片面的，只有返回到自然中才能恢復事物的眞理，有時不是人的理智能夠達到的。「我們不能肯定知道了什麼，我們只能知道我們什麼都不知道，其中包括我們什麼都不知道。」

從一五七二年起，蒙田在閱讀與生活中隨時寫下許多心得體會，他把自己的文章稱爲Essai。這詞在蒙田使用以前只是「試驗」、「試圖」等意思，例如：試驗性能、試嘗食品。他使用Essai只是一種謙稱，不妄圖以自己的看法與觀點作爲定論，只是試論。他可以夾敘夾議，信馬游韁，後來倒成了一種文體，對培根、蘭姆、盧梭（雖然表面不承認）都產生了很大影響。而我們則把Essai一詞譯爲「隨筆」。

這是一部從一五七二—一五九二年逝世爲止，眞正歷時二十年寫成的大部頭著作，也是蒙田除了他逝世一百八十二年後出版的《義大利遊記》以外的唯一作品。

從《隨筆》各篇文章的寫作時序來看，蒙田最初立志要寫，但是要寫什麼和如何寫，並不成竹在胸。最初的篇章約寫於一五七二—一五七四年，篇幅簡短，編錄一些古代軼事，摻入幾句個人感想與評論。對某些縈繞心頭的主題，如死亡、痛苦、孤獨與人性無常等題材，摻入較多的個人意見。

隨著寫作深入，章節內容也更多，結構也更鬆散，在表述上也更具有個人色彩和執著，以致在第二卷中間寫出了最長也最著名的〈雷蒙・塞邦贊〉，把他的懷疑主義闡述得淋漓盡致。這篇文章約寫於一五七六年，此後蒙田《隨筆》的中心議題明顯偏重自我描述。

一五八〇年，《隨筆》第一、二卷在波爾多出版。蒙田在六月外出旅遊和療養，經過巴黎，把這部書呈獻給亨利三世國王。他對國王的讚揚致謝說：「陛下，既然我的書您讀了高興，這也是臣子的本分，這裡面說的無非是我的生平與行爲而已。」

蒙田在義大利暢遊一年半後，回到蒙田城堡塔樓改建成的書房裡，還是一邊繼續往下寫他的《隨筆》，一邊不斷修改；一邊出版，一邊重訂，從容不迫，生前好像沒有意思眞正要把它做成一部完成的作品。

他說到理智的局限性、宗教中的神性與人性、藝術對精神的治療作用、兒童教育、迷信占卜活動、書籍閱讀、戰馬與盔甲的利用、異邦風俗的差異……。總之，生活遇到引起他思維活動的大事與小事，從簡單的個人起居到事關黎民的治國大略，蒙田無不把他們形諸於筆墨。友誼、社交、孤獨、自由，尤其是死亡等主題，還在幾個章節內反覆提及，有時談得還不完全一樣，有點矛盾也不在乎，因爲正如他說的，人的行爲時常變化無常。他強調的「眞」不是劃一不變。既然人在不同階段會有不同的想法與反應，表現在同一個人身上，這些不同人依然是正常的「眞」性情。

蒙田以個人爲起點，寫到時代、寫到人的本性與共性。他深信談論自己，包含外界的認識、文化的吸收和自我的享受，可以建立普遍的精神法則，因爲他認爲每個人自身含有人類處境的全部形態。他用一種內省法來描述自己、評價自己，也以自己的經驗來對證古代哲人的思想與言論；可是他也承認這樣做的難度極高，因爲判定者與被判定者處於不斷變動與搖擺中。

這種分析使他看出想像力的弊端與理性的虛妄，都會妨礙人去找到眞理與公正。蒙田的倫理思想不是來自宗教信仰，而是古希臘這種溫和的懷疑主義。他把自己作爲例子，不是作爲導師，認爲認識自己、控制自己、保持內心自由，透過獨立判斷與情欲節制，人明智地實現自己的本質，那時才會使自己成爲「偉大光榮的傑作」。

文藝復興以前，在經院哲學一統天下的歐洲，人在神的面前一味自責、自貶、自抑。文藝復興時期，人文主義思想抬頭，人發現了自己的價值、尊嚴與個性，把人看作是天地之精華、萬物之靈秀。蒙田身處長年戰亂的時代，同樣從人文主義出發，更多指出人與生俱來的弱點與缺陷，要人看清自己是什麼，然後才能正確對待自己、他人與自然，才能活得自在與愜意。

法國古典散文有三大家：拉伯雷（François Rabelais）、加爾文（Jean Calvin）與蒙田。拉伯雷是法國文藝復興時期智慧的代表人物，博學傲世，對不合理的社會冷嘲熱諷，以《巨人傳》而成不朽。加爾文是法國宗教改革先驅。當時教會指導世俗，教會不健全則一切不健全，他認爲要改革必先改革宗教。他的《基督教制度》先以拉丁語出版，後譯成法語，既是宗教也是文學方面名著。蒙田的《隨筆》則是法國第一部用法語書寫的哲理散文。行文旁徵博引，非常自在，損害詞義時絕不追求詞藻華麗，認爲平鋪直敘勝過拐彎抹角。對日常生活、傳統習俗、人生哲學、歷史教訓等無所不談，偶爾還會文不對題。他不說自己多麼懂，而強調自己多麼不懂，在這「不懂」裡面包含了許多眞知灼見。不少觀點令人嘆服其前瞻性，其中關於「教育」、「榮譽」、「對待自然與生活的態度」、「姓名」、「預言」的觀點更可令今人聽了汗顏。

城堡領主，兩任波爾多市市長，說拉丁語的古典哲理散文家，聽到這麼一個人，千萬別以爲是個道貌岸然的老夫子。蒙田在生活與文章中幽默俏皮。他說人生來有一個腦袋、一顆心和一個生殖器官，各司其職。人歷來對腦袋與心談得很多，對器官總是欲語還休。蒙田所處的時代，相當於中國明朝萬曆年間，對婦女的限制也並不比明朝鬆，他在《隨筆》裡不忌諱談兩性問題，而且談得很透徹，完全是個性情中人。當然這位老先生不會以開放前衛的名義教人紅杏出牆或者偷香竊玉。他只是說性趣實在是上帝惡作劇的禮物，人人都有份，也都愛好。在這方面，沒有精神美毫不減少聲色，沒有肉體美則味同嚼蠟。只是人生來又有一種潛在的病，那就是嫉妒。情欲有時像野獸不受控制，遇到這類事又產生尷尬的後果，不必過於死心眼，他說歷史上的大人物，如「盧庫盧斯、凱撒、龐培、安東尼、加圖和其他一些英雄好漢都戴過綠帽子，聽到這件事並不非得拚個你死我活。」這帖蒙氏古方心靈雞湯，喝下去雖不能保證除根有效，也至少讓人發笑，有益健康，化解心結。

蒙田說：「我不是哲學家。」他的這句話與他的另一句話：「我知道什麼？」當然都不能讓人從字面價值來理解。

記得法國詩人瓦萊里說過這句俏皮話：「一切哲學都可以歸納爲辛辛苦苦在尋找大家自然會知道的東西。」用另一句話來說，確實有些哲學家總是把很自然可以理解的事說得複雜難懂。

蒙田的後半生大半是在胡格諾戰爭時期度過的。他在混沌亂世中指出人是這樣的人，人生是這樣的人生。人有七情六欲，必然有生老病死；人世中有險峻絕壁，也有綠野仙境。更明白昨天是今日的過去，明天是此時的延續。「光明正大地享受自己的存在，這是神聖一般的絕對完美」。「最美麗的人生是以平凡的人性作爲楷模，有條有理，不求奇蹟，不思荒誕。」

蒙田文章語調平易近人，講理深入淺出，使用的語言在當時也通俗易懂。有人很恰當地稱爲「大眾哲學」。他不教訓人，只說人是怎麼樣的，找出快樂的方法過日子，這讓更多的普通人直接獲得更爲實用的教益。

早在十九世紀初，已經有人說蒙田是當代哲學家。直至最近進入了二十一世紀，法國知識分子談起蒙田，還親切地稱他是我們這個時代的賢人，彷彿在校園裡隨時可以遇見他似的。

蒙田的《隨筆》全集共三卷，一百零七章。法國伽利瑪出版社收在《七星文庫》的《蒙田全集》，內收《隨筆》部分共一千零八十九頁，全集另一部分是《義大利遊記》。這次上海書店出版社出版的《蒙田隨筆全集》就是根據伽利瑪出版社《蒙田全集》一九六二年版本譯出的。

《隨筆》中有許多引語，原書中都不注明出處，出處都是之後的編者所加。蒙田的用意在《隨筆》第二卷第十一章〈論書籍〉中說得很清楚：

> 因爲，有時由於拙於辭令，有時由於思想不清，我無法適當表達意思時就援引了其他人的話。……鑒於要把這些說理與觀念用於自己的文章內，跟我的說理與觀念交織一起。我偶爾有意隱去被引用作者的名字，目的是要那些動輒訓人的批評家不要太魯莽，他們見到文章，特別是那些在世的年輕作家的

> 文章就攻擊，他們像個庸人招來眾人的非議，也同樣像個庸人要去駁斥別人的觀念和想法。我要他們錯把普魯塔克當作我來嘲笑，罵我罵到了塞涅卡身上而丟人現眼。

此外，引語絕大多數爲拉丁語，小部分爲希臘語、義大利語和法語。非法語部分後皆由法國編者增添法語注解。本集根據法語注解譯出。

注釋絕大部分是原有的，少數幾個是參照唐納德・弗萊姆（Donald Frame）的英譯本《蒙田隨筆全集》、邁克爾・斯克里奇（Michael Screech）的《隨筆全集》中的注釋。注釋淺顯扼要，以讀懂原文爲原則。

《隨筆全集》中的歷史人物譯名，基本都以上海辭書出版社《世界歷史詞典》的譯名爲準，少數在詞典內查不到的，則以一般規則而譯，絕不任意杜撰。

《隨筆》的文章原本段落很長，這是古代文章的特點，就像我國的章回小說也是如此。爲了便於現代人的閱讀習慣，把大段落分爲小段落，在形式上稍微變得輕巧一點，至於內容與語句絕不敢任意點勘和刪節。

原版《引言》

〔法〕莫里斯・拉特

蒙田逝世時留下兩個女兒，據帕斯基埃說，「一個是婚生的女兒，他的財產繼承人；一個是過繼的女兒，他的文稿繼承人……」，後者是瑪麗・勒・雅爾・德・古內，她卻像哀悼父親那樣哀悼蒙田。蒙田歿後第二年，她去看望《隨筆集》作者的遺孀和孤女，從蒙田夫人手裡接過一個本子，上面差不多寫滿了蒙田在一五八八年版樣書邊白作的注解，原是爲了再版時使用的——兩年後，在一五九五年，根據這個本子出版了對開本的《隨筆集》。

長年內戰使法國一時對暴力感到厭倦，人們準備靜心欣賞《隨筆集》內俯拾皆是的智慧。那是「正直者的枕邊書」，佩龍紅衣主教這樣說。有一位朱斯圖斯・利普修斯稱讚作者，觀其文如觀其人；有一位塞沃爾・德・聖馬特稱讚說「通篇表述無拘無束，樸實無華」；還有一位德・圖說「一個眞正的金玉良言研討會」。皮埃爾・夏隆，另一位「蒙田的見證人」，蒙田因沒有兒子做繼承者，就把家族紋章的佩帶權遺贈給了他。夏隆在《論智慧》一書中，對《隨筆集》作出大膽、有力、不摻個人感情的反響，像聖伯夫說的，頗似「《隨筆集》的教育版讀物」。

對蒙田的最初反應出現於路易十三統治末期。德・古內小姐難辭其咎，她不該活得那麼久（卒於一六四五年），成了個老學究，態度咄咄逼人，談話嘮嘮叨叨，儘管在一六三五年版中她認爲應該加進一篇序言，說一說自己對偶像的欽慕忠誠，這不但沒有平息，反而加強蒙田反對者的反感。他們指責蒙田在書中談論自己過多，使用借自加斯科涅方言或拉丁語的冷僻字眼。蓋茲・德・巴爾札克經常出入朗布耶府，爲蒙田辯護，反對那些「挑剔者」，但是他對蒙田的這種缺乏條理的文章結構也表示不滿：「蒙田對自己正在說什麼當然是知道的，但是我同時不揣冒昧，也認爲他對自己接著要說什麼就不一定知道了。」他還補充說，《隨筆集》的語言與風格粗鄙俚俗，帶上他寫作的時代與生活的外省烙印。

巴爾札克的批評是膚淺的，主要針對形式，而帕斯卡的批評則針對內容。帕斯卡受惠於蒙田的地方很多，但是，據聖伯夫的說法，他的一項主要任務是在《思想錄》中「破壞和摧毀蒙田」，甚至說出《隨筆集》的作者「通篇想的只是膽怯畏葸地死去」。薩西、阿諾、尼科爾都是純正的王家碼頭派代表人物，對蒙田的態度當然更加嚴厲，據他們的說法，蒙田「要推翻一切知識，從而也是宗教的基礎」。

波舒哀和馬勒伯朗士的攻擊更是變本加厲。前者以宗教的名義，譴責蒙田把人貶低爲動物，後者主要責怪他是「騎士型學究」，眞不願意看到《隨筆集》竟是一部小故事、俏皮話、二行詩和格言的大雜燴。《尋找眞理》的作者繼而嚴厲地說：「爲了消遣而讀《隨筆集》是危險的，不僅因爲閱讀的樂趣會對讀者的感情潛移默化，還因爲這種樂趣是出人意外的罪惡。可以肯定的是這種樂趣主要出自淫念，只會維持和加劇人的情欲，這位作者的寫作方式所以令人愉悅，只是因爲它不知不覺地觸動我們的神經，煽動我們的情欲。」

但是，十七世紀上半葉的巴爾札克和語言純潔派與下半葉的帕斯卡、王家碼頭學派、波舒哀和馬勒伯朗士不能代表整個世紀。如果說一六七六年把《隨筆集》列爲禁書，似乎認可了這些先生和奧拉托利會的嚴厲態度，然而也有另一些來頭並不小的人物欣賞《隨筆集》。皮埃爾・莫羅指出：「寫《隨筆集》的人早已是古典人物，也就是笛卡兒、莫里哀、拉封丹、拉羅什富科、聖埃勒蒙、拉布呂耶爾這樣的古典人物，他們的規則存在於自然、理性與正直中。」在十七世紀反對蒙田的人，歸根結蒂只是朗布耶府的風雅之士和信仰呆板的作家。

還有必要提一提的是，被羅馬封爲聖人的神職人員兼作家、文筆優美的弗朗索瓦・德・薩勒，還有一位主教、善於寫各類作品的作家尙－皮埃爾・加繆，從蒙田書裡獲取的營養不亞於他讀阿米奧的佳作。在其他古典人物與蒙田之間又有多少相近與相比之處！

費迪安・戈安在他出色的拉封丹研究作品中，專有一章題目是〈拉封丹與蒙田〉，埃蒂安・吉爾松把蒙田與笛卡兒比照。雖則我們剛才提到的兩位大作家做的只是閱讀與「摘引」蒙田，有人如拉羅什富科或拉布呂耶爾，不會被隱射與表面現象所迷惑，在他們的《箴言錄》或《品格論》中，吸納了《隨筆集》作者的眞知灼見。拉羅什富科的兩百五十多條箴言在思想和表達上，跟蒙田的某個章節「不謀而合」，而拉布呂耶爾只用三言兩語就阻擋了巴爾札克和馬勒伯朗士的攻擊，他俏皮地寫道：「一個人思想不深，如何能夠欣賞一個思想很深的人；另一個人思想太鑽牛角尖，也就不適應樸實無華的思想。」《品格論》的作者也是個天主教徒，不會不承認他對蒙田不勝欽佩，讀他的書感到喜悅。

在十七世紀不同類型的文人都分享他這樣的喜悅。德・塞維尼夫人就對蒙田文章的吸引力讚不絕口，一六七九年十月二十五日給德・格里尼昂夫人的信中說：「我有幾本好書，蒙田的書最佳，當人家不想蒙您時，還有何求呢？」德・蒙特斯龐夫人和她的當豐特夫羅修道院大教長的姐姐，也都讀過這部書。夏爾・索雷爾把這部書看成是「朝廷與社交界常備手冊」。于埃，這是位洞察細微的人文主義者，跟巴爾札克截然不同，稱讚蒙田寫了一部談思想的集子，「信筆寫來，也無順序」，還是從中看出它「受人歡迎」的深刻理由，因爲——他寫道——「很難見到一位鄉下貴族，不在壁爐上放上一部蒙田的書，以此顯示他不同於捕兔子的鄉紳。」

十八世紀對他仍不乏好評，但是也應該看到他們會滿不在乎地以自己的方式解釋。豐特奈爾在《死者對話》中讓蒙田和蘇格拉底對話；培爾讚揚他的皮浪懷疑論思想；孟德斯鳩對他發表了這個驚人的看法：「這四位大詩人：柏拉圖、馬勒伯朗士、沙夫茨伯里、蒙田！」……這張名單上，也許用孟德斯鳩自己換下馬勒伯朗士還更合適。伏爾泰駁斥帕斯卡時大聲說：「蒙田的設想是很巧妙的，他就是這樣樸實無華地描述自己！因爲他描述的是人性……」杜・德方侯爵夫人要賀拉斯・沃波爾讀一讀蒙田：「這是有史以來唯一的好心哲學家和好心玄學家！」沃夫納格侯爵平時談話謹慎，態度嚴肅，看出「蒙田是他那個野蠻時代的奇才。」

如果說讓—雅克・盧梭精神病態古板，不喜歡搖曳多姿的文章，對蒙田持保留態度，那些百科全書派、時尚文人、詩人則把蒙田引爲知己，但以自己的情趣去擺布他。格林宣稱他「超凡入聖」，議論他彷彿是個「獨一無二的」人物，散布「最純……最亮的光明」。阿讓松侯爵的兒子出版了父親的一部著作，書名叫《論蒙田隨筆的情趣的隨筆》。若弗蘭夫人的女兒德・拉・費泰—安博夫人準備出版蒙田的選集。巴貝拉克名副其實受蒙田的培育。聖朗貝爾在鄉下坐在「一棵開花的李樹下」讀蒙田。德利爾指出「他知道像賢哲那樣講話，像朋友那麼閒談」。安德列・謝尼埃多處引用蒙田的話。他的弟弟瑪麗約瑟夫看到「蒙田逐漸創造和運用了按自己天才所需要的語言」。人人按照自己的主意塑造他，據爲己有。革命派毫不猶豫地把他視爲自己「偉大的先輩」，強拉他跟笛卡兒和伏爾泰一起。

夏多布里昂開啓和統率了十九世紀，表現出這樣的特點，起初提到蒙田時是攻擊他，繼而從他的書中就像在拉伯雷的書中看出他是斯賓諾莎的先驅之一（《論古今革命》），繼而又接受蒙田，並對〈雷蒙・塞邦贊〉的作者表示感謝（《基督教眞諦》），最後又在自己的《墓外回憶錄》中把他跟自己、自己的生活經歷相比較，彷彿在羨慕蒙田的恬靜從容：「親愛的米歇爾，你說的事輕鬆愉快，但是在我們這個時代，好心得不到你說的好報……」

第一帝國末期，法蘭西學院把頌揚蒙田作爲競賽題，年輕的維爾曼摘取桂冠；這也可說是時代的一個標誌吧！然後又是貝朗瑞對蒙田的書「不斷地」反覆閱讀，瑪塞琳·德博爾德—瓦爾摩爾喜愛他的書：

全世界在書中出現在我面前，
窮人、奴隸、國王，
我看到一切；我看到自己了嗎？

達爾巴尼伯爵夫人讀《隨筆集》是一種「安慰」；司湯達在寫《愛情論》時頻繁參照他的這部書；還可以說無處不出現蒙田，德國有歌德、席勒，英國有拜倫、薩克雷，不久美國又有愛默生都讚揚他。

在那個時代的評論家中，尼札爾能夠這樣寫道，「以《隨筆集》爲契機，開始了一系列傑作，面面俱到表現法國精神的形象。」聖伯夫認爲蒙田是古典主義者，「賀拉斯家族中的這類古典主義者。」在那些倫理學家中，只有庫辛對他的作家天賦表示異議，可是受到可親的克西梅納·杜當的反駁。

在十九世紀下半葉和我們的世紀，蒙田這個道德學家和人，受到一部分人議論和另一部分人頌揚。米歇萊，火氣十足的米歇萊，聲稱《隨筆集》散發出一種無法呼吸的臭氣；伯呂納蒂埃爾指責他是利己主義和自我至上者，且不說他生來愛好一切逸樂的傾向；紀堯姆·基佐稱他是「荒淫好色」的作家，是「庸俗的教外人士中的聖弗朗奈瓦・德・薩爾」。

另一些人讚揚他，按自己的意思使他的形象讓人樂於接受，其實從中是在說他們自己。勒朗松贊他是純粹世俗主義的先驅；安德列・紀德條分縷析把他拉向自己，引以爲知己。勒南、法朗士、勒梅特，都以勒南派的評論方式，只是把他看成是懷疑論者，強調蒙田說的疑問其實就是「軟枕頭」，未免有點過甚其詞。只有法蓋，善良的法蓋，寫得比誰都好，我的意思是評判較爲公正，讚揚「這位偉大的賢哲……是法國三、四位大作家之一」，用恰如其分的語言稱讚他的文筆「絕對自成一派……隱喻自然……這是智慧的一種慶典」。

最後整體回顧來看，最近五十年研究人員和學者所做的許多工作，無疑可對某些細節作出更改，對某些不足表示遺憾，思考方法也有所不同，但是改變不了作品的大體綱要。有人立志研究他的天主教身分，有人研究他的享樂主義一面，還有人，如亞歷山大・尼科萊，研究蒙田的內心世界、社交生活與政治活動。在一位馬塞爾・普魯斯特之後有一位蒙泰朗，在一位波瓦萊夫之後有一位加克索特，都精細入微地找出他的某方面特徵。高等學府的評論家，從福圖納・斯特羅夫斯基到皮埃爾・莫羅，到皮埃爾・米歇爾，到雅克・維埃爾，到凡爾登・L・索尼埃，對蒙田的理解與剖析都比上一世紀要深刻得多，還像聖伯夫說的那樣明白，「我們的心中沒有眞正的底，只有無盡的表面。」這些層層疊疊的「表面」，德國的一位弗雷德里希，紐約的一位唐納德・M・弗萊姆，東京的一位前田洋一，都曾仔細地分解。阿曼戈博士在半個多世紀以前創立了蒙田之友協會，今日會員幾乎遍及世界各國，從巴西和加拿大直至印度和日本。

總之，《隨筆集》在全球皆有讀者，這是一種標誌，說明這位從綜合來說是我們第一位大政治家，我們第一位大道德學家，在世界上具有極強的生命力。

致讀者

「讀者啊！這是一部眞誠的書。一開頭就提醒你，我沒有預設什麼目標，純然是居家的私語。我絕不曾有任何普濟天下與追求榮名的考慮。我的才分達不到這樣一個目的。只是寄語親朋好友作爲處世之道而已。當他們失去我時（這將是他們不久要面對的事實），還能在書中看到我的音容笑貌，以此對我逐漸保持一個更完整、更生動的認識。若要嘩眾取寵，我自應更用心思塗脂抹粉一番，矯揉造作地走到人前。我希望大家看到的是處於日常自然狀態的蒙田，樸實無華，不耍心計：因爲我要講述的是我。我的缺點，還有我幼稚的表現，讓人看來一目了然，儘量做到不冒犯公眾的原則。有些民族據說還生活在原始的自然法則下，享受溫馨的自由，假若我身處在他們中間，我向你保證，我很樂意把自己整個赤裸裸地向大眾描述。因此，讀者啊！我自己是這部書的素材，沒有理由要你在餘暇時去讀這麼一部不值一讀的拙作。再見了！蒙田，一五八年三月一日。」[1]

① 並不是所有的版本都有這篇《致讀者》。日期也不盡相同。在一五九五年的版本中是一五八年六月十二日，而在一五八八年版本中是一五八八年六月十二日。

目次

第三卷

第一章　論功利與誠實

誰都難免說傻話，可悲的是還說得很起勁。

他花大力氣去說大傻話。

——泰倫提烏斯

這事跟我無關。我的傻話都是漫不經心時傻裡傻氣說出來的。想說就說，也隨說隨忘，毫不在乎。我對著白紙說話也像對著任何人說話，求的是眞，有下例事件爲證。

雖則提比略拒絕背信棄義而遭受那麼大的損失，但是誰對背信棄義不痛恨呢？有人從德國捎話給他，他若認可，可以用毒藥把阿爾米尼除掉。（阿爾米尼是羅馬最強大的敵人，與瓦魯斯對陣時曾卑鄙地對待羅馬人，曾獨力阻擋羅馬在這些地區擴張霸權。）他當下答覆說：羅馬人民一貫手執武器光明正大報復敵人，從不偷偷摸摸使用詭計。他不講功利，而講誠實。

你可以對我說，「這是個僞君子。」我相信。他這類人做這樣的事沒有什麼了不起。但是從憎恨道德的人嘴裡說來要尊重道德，這意義也不可小看。尤其他受眞理所逼說出這樣的話，即使內心不樂意接受，至少還要用言辭加以掩飾。

我們的制度，不論在公共領域或私人領域，處處都不完美。但是自然中沒有無用的東西，即使無用的也有用，這個宇宙中的萬物息息相關，無不有其位子。我們人身則由病態的品性組合而成。野心、嫉妒、羨慕、報復、迷信、失望，在我們身上與生俱來，難以改變，也可從野獸身上看到其影子。殘忍性——這個違反自然的惡行，也是如此。因此，我們看到其他人受苦，內心不但不同情，還會產生一種難以形容的幸災樂禍的快感；連孩子也體會得到；

大海中白浪滔天，
生死掙扎的觀賞者在岸邊。

——盧克萊修

誰能從人身上消除這些品質的種子，也摧毀了我們人生的基本條件，同樣在我們的制度中，有一些必要的職能，不但是惡劣的，還是罪惡的。這些罪惡有它們的位子，還竭力在彌合我們的關係，就像我們的健康要靠毒藥維持。尤其這些罪惡對我們是必要的，共同的需要也就抹去它們的本質，從而也變得情有可原的了。這樣的事還應該讓更有魄力、更無畏的公民去做，他們犧牲榮譽與良心，就像有些古人犧牲生命去拯救自己的國家。我們這些弱者，還是去扮演一些更輕鬆、更少風險的角色。公眾利益需要有人去背叛、去撒謊、去屠殺，我們不該叫那些較聽話、較懦弱的人去擔當如此重任。

事實上，我經常看到一些法官透過舞弊、許願或寬恕，使用哄嚇詐騙來誘使罪人招供，而感到氣憤。若使用其他更合我心意的方法，這對於法律，甚至對於贊成這種做法的柏拉圖都是有益的。這種不講信義的法律，我認爲會受到別人的傷害不亞於受到自己的傷害。不久以前我曾回答說，由於我很不樂意爲一位君王去背叛一個普通人，我也就不會爲一個普通人去背叛一位君王。我不但痛恨欺騙，也痛恨人家因我而受騙。我絕不願爲此提供內容與機會。

我也曾幾次參與君王之間的談判，在今日令我們相互廝殺的分歧與不和中進行斡旋，我竭力避免他們因我而產生誤解，因我的假象而迷惑不解。樽俎折衝的人要不露聲色，掩飾自己的心意，裝得最中立、最迎合別人的觀點。而我卻把自己最強烈的意見以自己獨特的方式全盤托出。我這個稚嫩的談判新手，寧可完不成任務也不願有違於自己良心！

幸好直到今天爲止，一切都那麼順利（肯定是全靠好運氣），斡旋於敵對雙方的人很少比我受到更少的懷疑、更多的禮遇和親善。我做事開誠布公，初次交往就深得人心，取得信任。不論在什麼世紀，純樸與眞誠總有機會被人接受的。而且，不謀私利的人心直口快，不會遭人懷疑和討厭，眞正可以用上伊比里德的那句話，雅典人埋怨他說話粗暴，他回答說：「先生們，不要看到我直言不諱，而要看到我直言不諱並不是在謀一己之利。」

我直言不諱時，語言激烈，很少顧忌說得過重和刺傷人心，即使在背後也不會說得更加惡毒，完全是一種坦誠與有感而發的表現，因而也更易讓人覺得我不是心懷叵測。我行動時只思行動，不期望其他結果，也不考慮其長期後果、也不提長期建議；每次行動都是針對事件本身，成功則好！

此外，我對於那些大人物也不急於表示愛憎，我的意願也不沾任何的個人恩怨。我只是以正統的老百姓的感情看待那些君王，不因私利而興奮或洩氣。這點我對自己心存感激。我對公義大事態度很節制，不會頭腦發熱。對於蠱惑人心的假設與私下的許諾也不偏聽偏信。憤怒與憎恨都越出履行正義的義務，這些情欲只是對不以單純理智來恪守義務的人是有用的。任何合理公正的意圖本身就是自然的、溫和的，不然就會變質成爲煽動性的和不合理的。這使我走到哪裡都昂首闊步，心胸坦蕩。

說眞的，我不怕承認這個事實，遇上必要時我會按照那則民間故事中老嫗的做法，靈活地把一支蠟燭獻給聖米迦勒，另一支蠟燭獻給他的對手蒼龍，做到兩邊不得罪。我會爲正義的一方赴湯蹈火，但是光是爲此而盡我的力量。不妨讓蒙田莊園在浩劫中一起毀滅；但是能不這樣，我就要感謝命運讓它倖免於難；只要我盡責中尚有一線希望，我將努力使它保存下來。清心寡欲的羅馬騎士阿提庫斯站在正義的一方、失敗的一方，在這人事變幻莫測的亂世，不是依靠溫和與節制而實行自保的嗎？

像他這樣不參政的人，較爲容易；在我這類任務上，我覺得要做得恰如其分，不抱有橫加干涉的野心。國家多難、四分五裂之際，搖擺不定、模棱兩可，還有無動於衷，沒有傾向，我覺得這既不高尚也不誠實。「這不是一條折衷的路，而是一條不通的路；這不啻是等待事件來了站到命運的那一邊。」（李維）

在鄰國鬧糾紛時或許還可以這樣做。敘拉古暴君吉洛，在蠻族對希臘人發動戰爭時暫不表態，而是在德爾斐派駐一個使團，置辦許多禮物，窺測命運之神降臨到哪一方，然後乘機向勝利者討好。若用這種方式對待國內事務則是一種背叛行爲，那時必須表明意圖採取立場。

但是對於一位不擔任公職、也沒有明確使命急於完成的人，我覺得不參與其事還是比不加入國外戰爭更可以原諒（然而我對自己不這樣原諒）——按照我們的法律，誰不願意是可以不參與國外戰爭的。不過，即使全身心投入的人，也可保持某種分寸與節制，當暴風雨襲來時，吹過頭頂而免遭災難。當初我們希望已故的奧爾良主教德·莫爾維利埃閣下這樣做不是很有道理的嗎？①在當今那些勇於表態者之中，我也認識一些人，他們公正溫和，不論上天準備什麼不幸的遭遇與貶謫給他們，他們都能屹立不倒。

我認爲讓君王自己去跟君王打打鬧鬧，而好笑某些人興高采烈投入到力量那麼懸殊的紛爭中去。因爲一般人不會跟一位君王有任何個人過節，以至於爲了榮譽根據義務要去公開勇敢地向他發動進攻；他若不喜歡某一個人，那最好是尊重他。在維護法律與保衛國家中這一點是不變的；那些爲了個人目的而製造動亂的人，對那些保衛者即使不尊重，也是原諒

---

① 讓·德·莫爾維利埃也是掌權大臣，參加特蘭托主教會議，爲人謹慎小心。

的。

但是出於個人利益與情欲所產生的刻骨仇恨，不應該稱為「責任」（我們天天在這樣做），一種背叛陰險的行為不應該稱為「勇氣」。他們把自己邪惡暴烈的天性稱為「熱誠」；使他們心熱的不是事業，而是他們的利益；他們煽動戰爭不是因為正義，而是因為要戰爭。

在把對方視為敵人的人之間，完全可以做到合情合理、光明正大。你也要帶著感情對待他們，即使不能平等對待（因為這方面程度上會有所不同），至少要溫和對待。對於一個向你要求一切的人也不必悉數照付，對於他們適度的感謝也可以心滿意足，可蹚過混水，但不要在混水裡摸魚。

全力為雙方效勞的另一種方法，在於多憑良心，不是在於多加小心。雙方都對你提供同樣的禮遇，你為一方背叛另一方，另一方難道不知道你今後也會對他做同樣的事嗎？一方就會把你當做小人。他聽著你時，就在算計利用你的不忠為他謀利。因為兩面討好的用處是會給他們帶來什麼；但是利用的人也會儘量防著不讓他們帶走什麼。

我對一方不能說的話，不會找個適當時機，變換一下措辭，去對另一方說。我只轉述毫無區別或共知的事，或者對雙方都有利的事。凡是有用的事我不用向他們說謊。交待我保密的事，我都深藏心底，但是也儘量少去沾邊。君王的祕密對於知道了也無用的人來說，要保守也是很麻煩的事。我很樂意做這樣的交易，我不好講出去的事儘量少跟我講，我向他們講出去的事，大著膽子去相信。結果我知道的事總比我要知道的多。

自己說話坦率也使別人坦率說話，把心事全盤托出，猶如酒與愛情。

萊西馬庫國王問菲力彼代斯：「我的財富中，你要我給的是什麼？」菲力彼代斯聰明地回答：「隨便你給什麼，只要不是你的祕密就好。」受人之託，又不被人告知事情的底細，或還隱瞞著某些背後的意義，我注意到誰都會不高興。而我，人家除了要我做的事以外什麼都不跟我說，反而會很高興，我不要求知道太多，妨礙說話。如果我必須當作欺騙工具，至少不要抹煞良心。我不願意被人看作是個死心塌地的奴才，可以指使我去出賣別人。誰對自己不忠，也會原諒自己去對主人不忠。

要是君王不接受保留自己主見的人，鄙視別人有限度、有條件地爲他效力，那就沒好說的了。我向他們坦白說出自己能力有限。因爲作爲奴才，我只是理智的奴才，即使這樣我也無法徹底做到。要求一個自由人，就像要求一個他們提拔和收買的人，或者其命運完全取決於他們的人，那樣卑躬屈膝地爲他們效力，這也是他們自己的錯誤。

國法爲我消除了大患，選擇政治派別和爲之效力的主人給我；其他一切等級與義務對它都是相對次要的。這並不是說，當我的感情屬意另一方時，我會立即予以援手。意願與欲望有自己的法則，而行動必須接受公約的命令。

我這套行事方式與我們現行的做法頗不一致。這樣既不會產生重大效果，也不會長久。談判不會不裝腔作勢，討價還價不會不撒謊，天眞的人本來就做不出這些。所以擔任公職絕不合我的脾性。我的職務要求我做的，我盡力而為，盡可能以我獨特的方式去處理，我在年幼時就對政治耳濡目染，印象深刻。但是我及時抽身而出。此後經常避免捲入，很少接受，更不求上門去；對野心敬而遠之，萬不得已時像個划槳的人，背著方向往前進，就這樣由於不是甘心上船，靠命運而不是靠個人意願，隨遇而安。由於有些途徑我並不反感，也更符合我的志趣，如果命運召喚我去為大眾服務，獲得世人的稱譽，我知道我也會越過我的種種道理而去追隨命運的。

有人對我的人生宗旨不以為然，說我所謂的坦率、眞誠和單純，無非是策略與手段，其中謹慎多於善意、賣乖多於本性、良知多於好運，不但不會讓我受累，更會給我增榮。但是說眞的，他們把我的狡黠說得太過了。任何仔細觀察我、注意我的人，若不承認他們的學派中沒有一條規則，可以讓人在這曲折複雜的世道上做得這麼自然，保持一種始終如一、不折不撓的自由與灑脫，自己就是用努力與機智也達到不了這一境地，那我就心甘情願讓他當勝利者。

眞理的道路是單一的、單純的，在公事上謀私利、投機取巧的道路是雙重性的、非法的、充滿不測因素。我在生活中經常看到這些裝模作樣的自由自在，絕大多數都不成功。讓人覺得就像伊索寓言中的那頭驢子，為了跟狗爭寵，竟然撒嬌把兩條前腿擱到主人肩上；狗這樣表示親暱會得到撫摸，可憐的驢子這樣換來兩倍的棍棒。「最適合各人的東西也是最符合天性的東西。」（西塞羅）

我不否認欺騙也有其用途，不然就會對人世產生誤解，我知道欺騙經常也可以成全好事，人的大部分天職是靠欺騙維持與培育的。世上有合法的罪惡，就像有許多良好的或可以原諒的行動，但卻是非法的。

自然界、宇宙間有其本身的法規，其運用不同於、也更高尚於那種服從於制度需要而特殊制訂的國家法規。「對於真正的法與完美的司法，我們並不掌握其堅實正確的模式；我們只是在實施中捕捉到一點影子和圖形而已。」（西塞羅）以致印度哲人丹達米斯聽了人家講述蘇格拉底、畢達哥拉斯、第歐根尼的生平後，認爲他們在什麼方面都是大人物，但是對法律過於畢恭畢敬；爲了同意和輔助法律，眞正的道德不得不失去原有的許多活力；不論在法律的允許下，還是在法律的慫恿下，許多壞事都做了出來：「有些罪行是經元老院批准和平民會議通過後再犯的。」（塞涅卡）

我使用大眾語言，把功利的東西與誠實的東西區分開來；而大眾語言卻把一些不但有用而且必須的天然行爲，稱爲不誠實和骯髒的。

還是讓我們繼續談背信棄義的事例。有兩位色雷斯王位的覬覦者爲了自己的權利起爭論。皇帝阻止他們武力相拼；但是其中一位藉口要達成一份友好協定建議兩人見面，邀請他的對手出席家宴，把他關起來殺了。

司法要求羅馬人對這個罪行予以懲罰，但用正常途徑很難辦到，按照合法手段就會引起戰爭和意外不測，他們想用暗算來解決。有一位龐波尼烏斯·弗拉庫斯非常適合做這件事；這個人花言巧語、信誓旦旦，把那人引入圈套，不是給他許諾的榮譽與恩惠，而是把他五花大綁押到羅馬。一名叛徒違背常理背叛另一名叛徒；因爲他們滿腹狐疑，很難用他們的伎倆去襲擊他們：剛才那個故事就是一個例子，令我們心情沉重。

誰想做都可以做龐波尼烏斯．弗拉庫斯，而且想做的人還不少；至於我，我的諾言與信義，猶如其他，都是我整個人身的一部分；最佳的效應是爲大眾服務；我以此作爲一切前提。但是若有人命令我當法官和辯護律師的職務，我會回答：「我對此一竅不通。」或者做工兵先鋒，我則會說：「我做這個角色有點屈才。」同樣，誰要用我在某項大事中撒謊、背叛和起僞誓，且不說去暗殺和下毒，我會說：「我要是偷了誰、搶了誰，你盡可把我送上苦役船去。」

斯巴達人被安提派特打敗以後，即將簽訂協定時說：「你們可以隨心所欲命令我們做有傷身體的重活苦活；但是要我們去做可恥、不誠實的勾當，那是在白費時間。」一位正人君子完全可以說這樣的話。

埃及國王要法官莊嚴宣誓：「不論什麼命令，即使是國王下的，他們在執行時不要偏離自己的良心。」每個人對自己也應這樣發誓。執行這樣的任務，顯然充滿恥辱，被人唾棄；誰要你做，其實是指控你，你必須明白，要你這樣做是給你負擔，讓你爲難。你把這些公事辦得愈是出色，你的私事就愈是糟糕。你做得愈好，你闖的禍愈大。讓你這樣去做的這個人也會爲此責怪你，這也不是什麼新鮮事，或者看來也沒什麼不公正。在特定的情況下，背信棄義可以看作是可以原諒的，那也只是用來去懲罰和背叛背信棄義的人。

還有不少背叛行爲，不但被背叛的受益者否定，還遭到他們的懲罰。誰不知道法布里西烏斯對皮洛士的醫生的制裁？②但是也有這樣的情況，某人下命令以後，又嚴厲懲罰那個幫他執行命令的人，否認他曾允許這樣濫用權力，要人俯首貼耳、唯唯諾諾去做這麼一件卑鄙的事。

俄羅斯大公雅羅佩克收買了一名匈牙利貴族，要他背叛波蘭國王博萊斯拉斯，或者把他殺死、或者提供他重創的機會給俄國人。這個人堂而皇之到了波蘭，比從前更加殷勤侍候國王，當上了他的樞密大臣，成爲他的一名心腹。他有這些有利條件，選擇主人不在的大好機會，把那座富庶的大城市維耶利奇卡出賣給俄國人，被他們搶劫一空，放火燒毀，不僅居民不分男女老幼盡遭殺戮，而且被他爲此目的召集於此的大部分貴族也死於非命。

雅羅佩克這下子報了仇、洩了恨，他的仇恨也是有其原因的（博萊斯拉斯也曾用這個方法對他下過毒手），對於背信棄義的勝利果實陶醉了一陣以後，逐漸覺得這純然是種赤裸裸的醜惡行爲，用一種健康的、不再受情欲操縱的目光來看待，深深感到內疚與悔恨，下令剜掉執行人的眼睛，割去舌頭和陰部。

---

② 皮洛士的醫生向羅馬執政官法布里西烏斯獻計，由他毒死皮洛士，反被法布里西烏斯拒絕而受到懲罰。

安提柯說服阿吉拉斯庇德士兵去背叛他的對手攸墨涅斯統帥。但是一旦他們把統帥交出給他下令處死後，他又要充當神聖的正義之神，要懲罰這種令人髮指的罪行，把這些士兵交到行省總督的手裡，明確下令不論用什麼手段把他們折磨到死才甘休。以致這一大批人沒有一個再看到馬其頓的天空。人家對他效力愈周到，他認爲這種做法愈陰險，愈應加重懲罰。

那個奴隸說出他的主人P．蘇比西烏斯的藏身之地，根據蘇拉作出的允諾，他成了自由人；但是根據社會公理的要求，他這個自由人要被人從塔爾塔雅山上推下去。他們把叛徒吊死，脖子上還掛著獎金袋。他們首先完成第二種特殊的信念，又完成第一種普遍的信念。

穆罕默德二世，嫉妒根據民族的做法而居統治地位的哥哥，想要除掉他，於是僱用他的一名軍官，在哥哥的喉嚨裡一下子灌了大量的水而把他嗆死。事情做成以後，爲了贖罪，他把這個謀殺犯交到死者母親的手裡（因爲他們是同父異母兄弟）；她當著他的面，剖開謀殺者的胸膛，兩手在汩汩熱血中掏出他那顆心，扔給狗吃。

我們的國王克洛維買通卡那克的三名僕人，僕人把主人出賣後，他又下令把他們三人吊死。

即使那些無賴，在一次惡行中得到好處以後，安安心心做出一件善良公正的小事，好像讓良心得到補贖與悔改，這有多麼甜蜜啊！

此外，他們把手段毒辣的僱傭殺手，看作是會對他們進行譴責的人，非要他們去死才能滅口銷贓。

有時，爲了公眾利益不得不出此下策，而你也因幸運受到了獎賞，那個獎賞你的人絕不會把自己，而把你看成是個千夫所指的壞人；認爲你是比你背信忘義做掉的人更加背信忘義。因爲他透過你的雙手，不用否認、不用狡辯，就觸及你內心的惡毒。他使用你，就像使用社會渣滓去執行極刑，這項工作雖有用但不光彩。這樣的差使不僅低賤，也出賣良心。

塞亞努斯的女兒犯了罪，因爲還是未婚，不能用羅馬任何一條法律來處以死刑；爲了符合法律程序，先由劊子手強暴她，然後再把她掐死。不但是他的手，即使他的良心，也是國家利益的奴隸。

穆拉德一世，由於他的大臣支持他的兒子弒父篡位，要對他們嚴厲懲罰，下令要他們最近的親人去執行死刑，其中有些人寧可極不公正地犯罪去殺別人的父親，而不願執行法律去殺自己的父親，我覺得這是很眞誠的。

當年在小要塞的攻克戰中，我看到一些卑鄙小人爲了保全自己的生命，同意去吊死自己的朋友與同伴，我認爲他們比被吊死者更可悲。據說，立陶宛親王維托爾德以前頒布過這條法律，死刑犯都必須親手對自己處以極刑，他認爲讓一個沒有任何過失的第三者去執行殺人的任務是一樁怪事。

當一件緊急情況或某種不測變故危害到國家，迫使君王背棄諾言和信仰，或者使他無法履行職責時，他應該把這種萬不得已的事看成是神的一種鞭策。這不是一種罪，他只是拋棄了自己的理性，而接受一種更普遍、更強大的理性，但這當然也是一種不幸。因此，有人問我：「有什麼辦法？」我回答：「沒有辦法。如果他實在處於兩難之間，『但是他不要尋找藉口去作僞誓』（西塞羅），還是必須這樣去做的；但是做的時候若不遺憾、也不痛苦，這說明他的良心有毛病。」

如果有人良心實在太脆弱，覺得沒有一種疾病值得這樣的猛藥去治療，我也不會對他有失尊敬。他也不見得會更可原諒、更像樣地毀了自己。我們不是什麼都能做的，事實就是如此，就像我們的船拋下了最後一隻錨，經常只有完全求助上蒼的指引來保護了。他還有什麼更緊急的正事要做嗎？國王應該視信仰與榮譽比他自己的安全、甚至比他臣民的安全更可貴，那樣他怎麼還有可能去做損害自己的信仰與榮譽的事呢？當他雙臂交叉高呼上帝幫助他時，他就不會認爲上帝的仁慈會拒絕給一隻純潔正義的手特殊的幫助吧？

這都是些危險的例子，在我們的自然法則中也是罕見和病態的例外。我們必須忍讓，但是給予極大的節制與界限。這對良心是個極強的衝擊，任何私人意圖都不能這樣做；爲了公利，還要是非常明顯與重要的公利，那也許還可以。

蒂莫利昂爲自己非同尋常的功績[3]辯護時熱淚縱橫，他回憶說他是懷著手足之情殺死暴

---

③ 指古希臘軍事政治家蒂莫利昂（約西元前四一〇—三三七），協助科林斯人誅死其暴君兄弟。

君的，他爲了大眾的利益而不得不犧牲自己光明磊落地做人，這使他深感痛心。即使是元老院從他的行爲中獲得解放，也不敢對這件功勞給予圓融的結論，還鬧得勢均力敵的兩派對立。恰在此刻，敘拉古人派遣的使者來得正是時候，要求科林斯人提供保護和派一員大將恢復他們城市的基本尊嚴，清除壓迫西西里的幾名暴君。

元老院委派蒂莫利昂承擔此一重任，又一次巧妙地聲明，根據他這次完成使命的好壞，再決定以國家的解放者讚揚他，還是以殺害兄弟的罪犯審判他。鑒於這個突出事例的危險性與重要性，這個結論雖然匪夷所思，還是情有可原。元老院避免作出自己的判決，而以客觀的考慮來予以支持。蒂莫利昂在這次出征中的表現，立即使他的案件明朗化，他在各方面的爲人處事都大度高尚。他在這次講究仁義的任務中，如有神助似的克服了一切艱難險阻，彷彿神也在暗中串通好爲他的案情辯護。

若有什麼錯誤的目的是可以原諒的，那麼元老院的這個目的就是。但是我接著要說的羅馬元老院爲了有利於增加國家收入而提出這樣卑劣的決定，就不夠有力去爲這件不正義的事辯解。某些城邦獲得元老院批准以後，用錢從蘇拉手中贖回自由。事情又回到原地重新審批，元老院卻要城邦像以前那樣繳付人頭稅，他們用於贖買的錢不是白付了嗎？

內戰經常製造這類不光彩的事。當我們搖身一變，又去懲罰那些原來信任我們的人。同一位法官自己改變主意，卻把處分轉嫁到無能爲力的人身上。師傅鞭打聽話的徒弟、帶路人鞭打瞎眼的主人，多麼可怕的公正面目！哲學中有些規則是錯誤和站不住腳的。有人舉例子給我們，爲了讓私利高於公義，添加了一些情景也未能具有足夠的說服力。盜賊把你逮住，要你發誓付出一定贖金後放了你，若說一位正派人因已脫離他們的魔掌，不用付贖金也是信守了自己的諾言，這話是不對的。

因爲事情並非如此。害怕時作出的諾言，不害怕時也有責任履行。即使害怕逼得我口是心非，我還是有責任讓我說的話始終如一。對我來說，有時說話過於輕率，走在思想前面，因此予以否認就會良心不安。不然，我們就會逐步剝奪他人從我們的諾言與誓願中得到的一切權利。「彷彿正直的人也需要強迫命令。」（西塞羅）如果我們作出的諾言是惡的和不公正的，個人的利益才有權力原諒我們不去履行。因爲美德的權利應該超越義務的權利。

過去我把伊巴密濃達看成是第一流的俊彥人物，自後沒有改變看法。他重視個人職責，實非常人所能及！他從不殺害俘虜；爲了國家自由這個至高無上的義務，他下手誅戮了一個暴君和他的黨徒，但因沒有經過司法程序而感到有愧；他認爲一個人不管是多麼好的公民，在敵人中間、在戰場上作戰對朋友和客人手下無情，就不是個好人。他有一顆豐富的心靈！他在世上最嚴酷暴烈的行爲中，從不放棄善良與人道的做法，也即是哲學探索中最博大精深的部分。他對待痛苦、死亡與貧困的態度英勇豪邁、堅忍不拔，不知是天性還是修養，使他的性格達到如此質樸敦厚？

他在鐵與血的戰場上如凶神惡煞，屢戰屢勝的斯巴達民族只是遇上他才遭到滅頂之災，在鏖戰正酣時他會轉身避開他的朋友與客人。說眞的，在大家殺得昏天黑地，眼睛發紅，口吐白沫時，會給戰鬥這匹野馬套上嚼子，壓一壓煞氣，這才是善於駕馭戰爭的將才。

在這類行動中還能講究一點正義，這可算是奇蹟了。但是也只有剛正不阿的伊巴密濃達才能做到如此溫良謙恭而保持清白，不被人指責。有一人④對馬墨提人說法律對付不了武裝人員；另一人⑤對平民保民官說司法時期與戰爭時期是兩回事；第三人⑥又說武器的乒乓聲不但使他聽不到禮樂之聲，也聽不到法律之聲。而伊巴密濃達卻向敵對的斯巴達人借鑒出征前祭祀繆斯女神的儀式，不是以她們的溫和婉約抵消了一些戰神的殺氣嗎？

有這樣偉大的導師在先，我們也就不必擔心認爲對付敵人也有不盡如人意的地方，公衆利益並不要求所有的人做所有的事都不計較個人利益，「即使大衆社會分崩離析時還會念念不忘個人利益」（李維）：

……世上沒有一種力量

---

④《據七星文庫·蒙田全集》，指龐培。
⑤《據七星文庫·蒙田全集》，指凱撒。
⑥《據七星文庫·蒙田全集》，指馬略。

允許侵犯友誼的權利。

——奧維德

一個正派人即使爲他的君王效忠，爲大眾事業與法律服務，也並不是什麼都可爲所欲爲的。「因爲對國家盡職並不排斥對其他一切盡職，公民對父母盡孝道，對於國家也很重要。」（西塞羅）這是一條適合現代的訓詞。用刀劍磨礪我們的勇氣是做什麼用的呢？我們的肩膀已經受夠了。用筆蘸墨已經不錯，不要再去蘸血。要是說爲了服從官府、體恤眾情而置友誼、個人義務、諾言與親情於不顧，也表現一種大勇和罕見的特殊美德，那麼，請原諒，這種大勇在伊巴密濃達的大勇中是沒有位子的。

另一個失去理性的心靈發出這樣狂妄的煽動，實在令我感到厭惡，

劍出鞘，讓憐憫死掉！
即使看到父輩們在敵陣，
在他們的老臉上試一試你的劍刃！

——盧卡努

別去聽信天生嗜血成性、六親不認的惡人講的這番道理；別去理睬這個大而無當、高不可攀

的正義，讓我們效法最有人性的行爲。凡事都是此一時，彼一時也！在龐培與秦那的內戰時期，龐培的一名士兵無心殺死了在敵營中的親兄弟，羞愧之下當即自刎而死。幾年後，在同一民族的另一場內戰中，一名士兵殺死了自己的兄弟，還向他的將軍要求領賞。

從功利性出發，很難辯說一個行動的誠實與高尚。這個行動若是功利性的，那也難下結論認爲每個人都有義務去做，對每個人都是誠實的：

不是什麼事都一律適合每個人。

——普羅佩提烏斯

若選擇人類社會最需要和最有用的一件事，那就是結婚。然而聖徒們則認爲不結婚更純潔，從而排除人最應該尊重的天職，這就像我們只是把劣馬送進種馬場。

第二章　論悔恨

其他人教育人，我則敘述人，描繪一個教育不良的個人；若由我來重新塑造，則會塑造出另一個截然不同的個人來。但是一切已成定局。

我描述的面貌不會相差太遠，雖然它一直變化不定。世界只是一個永動的鞦韆。這裡的一切事物不停地搖擺：地球、高加索山地、埃及金字塔，隨著「公搖」也「自搖」。所謂恆定其實只是一種較爲有氣無力的搖擺而已。

我不能保證我這個人不動。他帶著天生的醉態糊裡糊塗、跌跌撞撞往前走。我此時此刻關注他，也就畫出此時此刻的他。我不描繪他的實質，我描繪他的過程，不是年齡變化的過程，如俗語說的，以七年一期；而是從這天到那天，從這分鐘到那分鐘。我的故事必須適時調整，我時時刻刻會改變，不僅隨世事變，也隨意圖變。這是時局變幻莫測，思想游移不定，有時還是相互矛盾的寫照；或是因爲我自己換了一個人，或是因爲我從另外的位置與角度來看待這些事物，不論我有時會自我違背，但是實際上像狄馬德斯說的，我絕不會違背眞情。如果我的思想能夠安定下來，我不再試探，而是作出決定；我的心靈永遠處於學徒和試驗階段。

我提出的是一種平淡無奇的人生，如此而已。豐富多彩的人生中含有哲學倫理，平凡家居的人生中也含有哲學倫理；每個人都是人類處境的完整形態。

著書者透過獨特奇異的標誌與老百姓溝通；而我，第一個向世人展現不是作爲語言學家或詩人或法學家，而是他本人全貌的米歇爾·德·蒙田。如果世人抱怨我過多談論自己，我則抱怨世人竟然不去思考自己。

但是，我這人在生活中與世無爭，卻又張揚得讓誰都知道，這有道理嗎？在這個爾虞我詐的世界上，我要人保持自然坦蕩、屈服順從的生活姿態，這又做得對嗎？要寫書沒有學問又不講技巧，這不是像砌牆壁沒有石頭嗎？音樂的幻象受藝術的指導，我的幻象受天命的指導。

從學科體裁來說，至少這是我獨有的：在我目前所做的這份工作，在內容上沒有誰比我更懂、更理解，就此而言，我是世上最有學問的人了。其次，也沒有誰對自己本人的材料鑽研更深，細微末節解析更精闢，更能全面確切地達到預期的工作目標。要做到完美，我只需寫得眞實；眞實，那是出自肺腑的純正、直率。我說的眞實，不是一切直言不諱，而是我敢於說的一切；隨著年事增高，敢說的事也增多，因爲依照習俗，大家也允許這把年紀的人更加自由閒聊、更加放肆議論自己。

在這裡不會發生我常見的工匠與工作不一致的情況——談吐文雅的人怎麼寫出這麼愚蠢的文章？或者這麼精彩的文章怎麼會出自語言乏味的人之手？

一個人口才平庸、文采斐然，這就是說他的才能是借來的，不是他的天分。有學問的人不是處處都有學問，自滿的人則處處自滿，即使自己無知時也自滿。

在這裡，我的書與我亦步亦趨，一致前進。別的書裡，大家可以撇開作者不談，只對作品說長道短。這部書裡不行，誰動了這一個，就也動了另一個。誰不了解這一點就加以評論，對自己造成的損失更大於對我的損失；誰認識到這一點，就使我完全滿意。我若在這點上得到大家的贊許，讓善於領會的人覺得我——若有點學問的話——還學有所用，我值得得到記憶更好的幫助，那樣我就感到分外的幸福了。

請大家在這裡原諒我常說的那句話，我很少反悔，我也心滿意足，不是像天使或馬那樣心滿意足，而是像人那樣心滿意足。還要加上這句老話，不是禮節性的老話，而是與生俱來的謙遜：我說話像個無知的探索者，僅是誠懇地祈求從大眾合理的信仰中得到結論。我不教育，我只是敘述。

眞正罪惡的罪惡沒有不傷人的，不會不遭到全體一致的譴責與審判。因爲它的醜惡與劣跡那麼明顯，以致說作惡的人簡直愚蠢與無知可能是有道理的。很難想像有人會認識罪惡而不憎恨罪惡的。噁心惡意的人吮吸了自己身上的大部分毒汁，因而中毒身亡。罪惡在心靈中留下悔恨，就像在人體內留下潰瘍，總是在糜爛出血。

因爲理智抹去其他一切悲哀與痛苦；但是卻滋長悔恨，它從肉裡長出來的，從而也更痛。猶如發高燒時的冷與熱要比戶外的冷與熱更難受。我說的罪惡（但各人有各人的標準）不但是理智與天性譴責的罪惡，也指眾人的意見造成的罪惡；這種意見即使是平白無據與錯誤的，但是已爲法律與習俗所接受。

同樣，沒有一件好事不叫天性善良的人喜歡的。確實，做好事會在我們心中感到一種難掩的愉悅，伴隨著心地磊落也會有一種慷慨自豪。不顧死活的壞人有時也會逍遙法外，但是絕不會感到怡然自得。一個人覺得自己不受當今壞風氣的影響，還可對自己說以下這樣的話：「誰看到我的靈魂深處，也發現不了我有什麼罪過；既沒有讓人痛苦和破產，也沒有報復與嫉妒心理；既沒有公開觸犯法律，也沒有標新立異製造混亂，說話不足爲憑。雖然糜爛的時代教唆人胡作非爲，我可沒有把手伸進哪個法國人的錢包，侵占別人財產，不論戰時與平時都靠自力更生，也不曾無償地利用別人的勞動。」能這樣說這不是一樁小小的樂事。而是證明良心安寧，聽了讓人開心。這種來自天性的歡欣對我們有極大的好處，也是唯一不會令我們失落的報酬。

做了好事期望別人讚揚才算是得到了回報，這種期望太不可靠，也是非難辨。尤其在這麼一個腐朽愚昧的時代，受到大眾的好評是對人的一種輕侮，什麼是值得讚揚的你該去相信誰？從我看到天天把榮譽賜給了誰，只想祈求上帝不要讓我做這樣的好人。「從前的罪惡現今成了社會公德。」（塞涅卡）

我的某些朋友或是主動或是應我的要求，有時開誠布公地責備我、批評我，對於一個有教養的人來說，這是一種友愛，比任何其他友愛更有益、更溫情。我總是敞開胸懷，滿心感激歡迎他們這樣做。但是此刻靜心一想，我經常覺得他們的責備與表揚中有許多錯誤的標準，我寧可犯我這樣的錯誤，而不願按照他們的方式去做好事。

主要是我們這些人，深居簡出，心中必須樹立一套行爲準則，以此自律，根據這個準則自勉或自責。我有自己的法律和法庭審判自己，有事在這裡而不去別處告狀。我根據別人的看法來約束我的行動，但根據自己的看法來擴展我的行動。只有你自己才知道自己膽小還是殘酷，忠心還是虔誠；別人看不透你；他們只是用不確定的假設來對你猜測；他們看得多的是你的表現，不是你的本性。因此不要在乎他們的判決，而在乎你自己的判決。「你應該運用你自己的判斷力。」（西塞羅）「由良心提出善與惡的證據，這才有分量。」（西塞羅）

有人說悔恨緊緊跟隨罪過，這話似乎不是指那種自以爲是、根深蒂固的罪過。對於不經意和情急之下犯的罪過可以否認和推卸；但是那些蓄謀已久、不做誓不甘休的罪過，就沒有什麼好說的了。悔恨只是對我們意願的否定，對我們怪念頭的抵制，這可以用各種意義解釋。悔恨使這個人否定他從前的美德和節制。

爲什麼我年輕時沒有現在的心靈？
爲什麼我有了智慧就失去紅潤的面色？

——賀拉斯

內心一切保持井然有序，這是一種美妙的人生。人人都會當眾演戲，在舞臺上扮演正人君子，但是在一切都可自由自在、不爲人知的內心，做到中規中矩，這才是要點。接著可做的是使家庭、日常起居中保持井然有序，那也是我們無須向人說明理由，不用做作、不用矯飾的地方。

貝亞斯描述美滿的家庭生活時說：「主人在外面法律管束與人言可畏的情況下怎樣做的，在家裡也該怎樣做。」還有朱利烏斯·德魯蘇的一句話也值得一聽，工匠向他提出，花三千埃居可以把他的房子蓋得讓他的鄰居再也看不到裡面。他則回答說：「我給你們六千埃居，造一個每個人從任何角度都可看到裡面的房子。」

大家也欣賞阿格西勞斯的做法，他旅行時總是投宿教堂，爲了讓大家和神看到他私下是怎麼生活的。有些人在社會上備受尊敬，但是他的妻子與僕人則看不出他有任何出眾的地方，受到僕人稱讚的人是很少的。

歷史經驗告訴我們，沒有人在自己家裡，還有在自己家鄉做得成先知。在小事上亦復如此。從瑣碎的事例中看出大事是怎麼樣的，在我的家鄉加斯科涅，他們看到我出書都感到有意思。離家愈遠，我的名聲愈大，身價也愈高。在居耶納，我買印刷商，在其他地方印刷商買我。活著時深居簡出的人，就是從這點起做到日後不在人世時獲得好聲名。我寧願少些名氣，我來到這個世界只求得到我的一份教益。除此以外，我就不予以理會了。

那個人從官署出來，被大家一路簇擁護送到大門口。他脫下官袍，離開官職，原先升得愈高，如今跌得愈低。他家裡的一切都雜亂無章，即使有什麼秩序，也必須有敏銳的觀察力在這些日常平凡的行動中把它識別出來。再說秩序本來就是一種死氣沉沉、不起眼的美德。攻破一座要塞、率領一個使團、治理一方人民，這是威風顯赫的大事。責備、歡笑、買與賣、愛與恨，跟家人與自己平靜愉快地交談，不懈怠、不否認自己，這些事更少、更難，也不引人注目。

不管怎麼說，退隱生活中包含的義務要比其他的生活更艱鉅、更緊張。亞里斯多德說，平民百姓實施美德要比身居官職的人更難更可貴。我們準備去建功立業，更多是求榮耀，不是爲良心。其實達到榮耀的最短途徑，就是立志在良心上去做你願爲榮耀所做的一切。

我覺得亞歷山大在他的舞臺上表現的美德，不及蘇格拉底在底層默默表現的美德有力量。蘇格拉底處於亞歷山大的位子，我很容易想像，但亞歷山大處於蘇格拉底的位子，我則想像不出來。若問亞歷山大他會做什麼，他會回答：「征服世界。」問蘇格拉底，他會說：「讓人按照自然狀態過日子。」這倒是更普遍、更重要、更合理的學問。心靈的價值不是好高騖遠，而是踏實。

心靈的偉大不是實現在偉大中，而是實現在平凡中。因而從內在來評判我們的這些人，不看重我們在公開活動中的出色表現，認爲這只是從淤泥河底濺上來的幾顆小水珠。同樣，那些從堂堂外表來評判我們的這些人，也會對我們的內在氣質作出結論，但無法以他們平庸凡俗的能力去攀附驚世駭俗的才情，高低太懸殊了。

所以，我們讓魔鬼長得奇形怪狀。隨著帖木兒聲名遠播，根據想像揣摩他這人的外表，誰不把他說成兩眉倒豎、鼻孔朝天、面目猙獰、身材像個巨無霸？我若在從前見到伊斯拉謨，我很難不認爲他對妻子和僕人說話也是滿口警句與格言。從工匠的穿著或妻子去想像他是怎樣的人，那要比想像一位大法官要容易得多，大法官道貌岸然，一本正經。讓我們覺得他們高高在上，不過人間生活的。

壞人有時心血來潮做了好事，好人也會這樣去做壞事。那就應該以他們日常的心態、一貫的行為來評判他們。至少與平時的自然狀態相差不遠。人的天性可以透過教育改進與加強；但是不會完全改變與消除。在我們這個時代，成千上萬的人透過相反的學說走上行善積德或是爲非作歹的道路：

在囚籠中忘記自己的森林，
溫順的野獸失去了凶相，
接受人的馴服，但是有一滴鮮血
落進牠們的嘴裡，那時
又會野性大發，張開血盆大口，
連驚慌失措的主人也不放過。

——盧卡努

本性是不可能根除的，只能掩蓋、隱藏。拉丁語對我像是個母語，我理解得比法語都好；但是四十年來沒用拉丁語交談與書寫了。如果遇上意外的危急事——我一生中有過兩、三次，一次是看到父親好端端的仰倒在我身上不省人事，我從肺腑發出的第一句話總是拉丁語。長期的習慣也攔不住本性強烈的表現，這個例子可以引出許多其他例子。

在我這個時代，那些人試圖用新觀點來糾正社會風氣，只是從表面上去改變罪惡。那些實質性的罪惡，他們若沒有去增加，也是根本沒有觸動，增加倒是必須擔心的。他們要去做其他好事，還是更樂意停留在這些奪人耳目的外表改革，代價更小、更易討好；這樣也就不費多大工夫就滿足了其他共生共滅的天然罪惡。

從我們自身經驗就可以明顯看出。誰若願意審視自己的話，沒有一個不會發現自己的內心有一種固有的占主導地位的脾性，抗拒外界的教育和一切相反的情欲引起的風暴。至於我自己認爲較少受到陣陣衝擊，幾乎總是穩穩當當留在自己位子上，像那些笨重的軀體。我若失去常態也不致太離譜。做荒唐事也不會太過分。行爲不極端也不怪異，也常作清醒與深刻的反省。

眞正應該譴責的是，我們這些人一般在退思生活中也充滿汙穢與墮落；改革的想法屬於空談；補贖的方法是病態和錯誤的，與他們的罪惡相差無幾。有些人，或是不能擺脫天性的罪惡，或是由於長期的沉湎，已不覺其醜惡。另一些人（我也在其中）感到罪惡的沉重，但是會找樂趣或其他機會去減輕，還會付出一定的代價罪惡地、卑微地去容忍、去接受。

因而，一有歡樂就原諒罪惡，就像我們對待功利一樣，完全可以想像這個措施是那麼不成比例。不論是那種偶一而爲、算不得罪惡的小偷小摸，還是那種如跟女人睡覺，這類衝動是強烈的，有時還說是無法抗拒的犯罪行爲。

那天我在雅馬邑一家親戚的領地上，遇見一個農民，大家都叫他小偷。他對自己的身世是這樣說的：他一生下來就當乞丐，他看到靠雙手掙麵包，怎麼也擺脫不了貧困，於是想到去當小偷。他靠體力以偷盜爲生，青年時代過得太太平平。因爲他到別人的地裡去收割莊稼，路程遠、數量大，人家沒法想像一個人用肩膀在一夜間扛得回那麼多東西。此外他還細心把作案的損失均勻分散給各家，因而每家每次受害不是太大。

現在他已年邁，作爲農民他是富裕的，他公開承認這是靠他的偷盜；爲了要上帝諒解他的所作所爲，他說每天去給他偷過的人的後代做好事；他若做不完（因爲他不可能一次都做完），他責成他的繼承人，根據只有他知道給每人造成的損失去給他們作補償。從他這番不論是眞還是假的敘述來看，他還是認爲偷盜是不誠實的，雖恨它，但不及恨貧困那樣深。悔恨也很坦率，但是這樣使這件事得到平衡與彌補，他也就不悔恨了。這不是習性讓我們對罪惡執迷不悟，也不是狂風使我們的心靈迷亂，一時失去判斷和一切，捲進罪惡不能自拔。

我做事習慣一旦行動就做到底；也沒有什麼需要向理智隱瞞和迴避的，差不多都是得到全身心各部分的同意才做的，不會引起分裂和內亂。事情的對錯與褒貶全在於我的判斷。判斷一旦錯了，就永遠錯了，因爲幾乎生來它是這樣的：同樣的傾向、同樣的道路、同樣的力量。對待一些具有普遍性的問題，我從童年就站在了我那時必須保持的立場上。

有一些來勢凶猛、猝不及防的罪惡，讓我們暫且撇在一邊。但是另一些罪惡，屢犯不改，有計畫、有預謀，甚至可以說是職業性的天賦，我不相信沒有理智和心計時時刻刻的醞釀和支持，怎麼可能在這些有罪惡意識的人的心中存在那麼久。他們宣稱在某個時刻幡然醒悟，我對他們大談悔恨的話是很難想像與苟同的。

我不能接受畢達哥拉斯的學說，「人在走近神像領受神諭時，靈魂煥然一新。」除非他的意思是說，爲了這個時刻必須換上一顆不同的新靈魂，原有的靈魂藏汙納垢，已不配出席這番祭禮了。

他們做的一切恰與斯多葛派是相反的，斯多葛派要求我們改正自身認識到的不足與罪惡，但是不用爲此感到悔恨、鬱鬱不樂。畢達哥拉斯派要我們相信他們內心感到極大的遺憾和內疚。但是從表面上他們沒有讓我們看到有一點改過自新、絕不重犯的樣子。病若不除根，就不算痊癒。悔恨若放在天平上，重量必須超過罪惡。我覺得不從行爲與生活上去規範，表面上裝得信仰上帝還不是輕而易舉的事。虔誠的實質是深奧的、隱藏的；外表是容易裝模作樣的。

至於我，整體來說，可以希望成爲另一個人；我也可以對自己全盤否定和不滿意，懇求上帝給我來個脫骨換胎，並消除我的天性懦弱。但是這樣的心願我無法稱之爲悔恨，好像也不是當不成天使或加圖而不高興。我的行動是根據我的天性和條件調整而與之相符合的，我無法做得更好了，那些不是我的力量能夠做到的事，因此談不上悔恨，要說的話也只是遺憾。天性比我高又比我更懂自律的人，我想不計其數，但是儘管如此，這改變不了我的天賦，正如我不會因爲想像別人有強壯的四肢與堅毅的精神，我的四肢與精神也就會強壯和堅毅了。

如果想像和盼望一種比我們更高尙的行爲，就對自己的行爲產生悔恨，那麼我們還是對自己更平常的行爲表示悔恨吧！尤其我們認爲若天性更優秀，這些行爲必然會更加完美、更加講究尊嚴，我們也會願意這樣去做的。

當我用老年的眼光去審視我青年時期的行爲，我覺得依照我的能力，通常還是做得規規矩矩的，我的生活能力也僅此而已。在這些情況下我不自我吹噓，我會一如既往地這樣做。這不是我身上的一塊斑痕，而是塗遍全身的色彩。我不會有表面的、不痛不癢和裝門面的悔恨。要我說悔恨，那要觸動我身上每一部分，引起撕心裂肺般的痛苦，就像被上帝看在眼裡，深刻、無一遺漏。

說到經商，由於缺乏有效的管理，我失去了不少好交易。根據當時的情況，我的建議還是經過良好選擇而定的；做法總是以簡捷可靠爲原則。我覺得在我過去所做的決策中，都是以人家對我提出的實際情況，按照自己的規則去審慎行事的。即使一千年後處在相似的情境中，我還是會作出這樣的決定。我不看現在的情況是如何，而是看我考慮的當下情況是怎麼樣的。

一切建議的力量取決於時間，時機稍縱即逝，事物不斷變化。我一生中有過幾次重大的失誤，不是我的主意不對，而是時機不對，後果嚴重。我們接觸的事物中都有其祕密的部分，尤其涉及人性時更深不可測，一些因素不聲不響、深藏不露，有時即使本人也不明就裡，遇到機會突然爆發出來。如果小心翼翼還是沒能看透和預見，我也不會鬱鬱不樂，謹愼只是在其範圍內發揮作用，我就接受事情的打擊。事情若對我拒絕過的一個方案有利，那也沒有辦法，我不怪自己也不責怪我的工作，我責怪命運；這就不叫做悔恨了。

福西昂出了個主意給雅典人，未被採納。事情進展順利確實跟他的意見大相徑庭。有人對他說：「福西昂，事情那麼順利你很滿意吧？」他回答說：「事情發展成這樣我當然滿意，但是我提那樣的建議也不後悔。」

當我的朋友要我提什麼建議時，我坦率明確地給予回答，不像其他許多人所做的那樣，不敢盡言，擔心事情吉凶難測，一旦與我的預測相悖，他們就會責備我出那樣的主意。這點我不在乎，因爲這是他們不對，他們要求幫忙，我是不該拒絕的。

我不會把自己的過失或不幸去怪別人，而不怪自己。因爲事實上，我很少採用別人的意見，除非出於禮貌性表示，或者我需要請教科學知識或了解事實眞相的時候。但是只是要求我作出判斷的事情上，其他人提出的理由可以支持我的論點，但很少改變我的論點。他們說的我都會側耳聆聽；但是就我印象所及，迄今爲止我還是只相信自己的意見。依我來說，這只是一些蒼蠅與原子，來分散我的意志。

我不太賞識自己的意見，同樣不太賞識別人的意見。命運對我很寬厚，我不採納人家的建議，我給人家的建議也少。請教我的人不多，相信我的人更少；我也不知道哪件公眾或個人事務是聽了我提出的意見而通過的。即使那些被命運拴在一起的人，也樂意讓自己聽從其他人的頭腦指揮。像我這個對自己的休息權利和自主權利同樣珍惜的人，更喜歡這樣去做。他們按照我表達的信念對待我，絕不要勉強，我的信念是一切都取決於自己，不捲入其他人的事務，擺脫它們的約束，這對我是一大快事。

對於一切已經過去的事，不論其結果如何，我很少抱憾。它們本來就應該這樣發生的，這個想法使我免除煩惱；如今它們已經進入宇宙大循環，斯多葛的因果連鎖反應。你用什麼方法祈求和想像，都不能改變一絲一毫，不論過去與未來，事物的順序不會顛倒。

此外，我討厭隨著老年而來的那種油然而生的悔恨。一位古人說他感謝年歲增長使他擺脫了情欲，這個意見可是跟我的不一樣；不論陽萎給我帶來什麼樣的好處，我絕不會表示感激。「上帝絕不會那麼仇恨祂的創造物，竟把性無能看作是一樁好事。」（昆體良）人到老年欲望衰退，此後又了無興趣，這在我看來心靈不見得作如是想。憂愁與衰老強迫我們遵守一種力不從心的美德。我們不應該讓自然衰退帶走一切，連帶判斷力也拿不準了。青春與冶樂在從前並沒有讓我看不到肉欲中的罪惡面目，同樣此時此刻，年歲帶來的厭世情緒也別讓我看不到罪惡中的肉欲面目。

現在我對此已不再接觸，還是像接觸時一樣去判斷事物。當我用力用心去撼動理智時，發現理智與我在尋歡作樂的年代是一樣的，只是有時因年事已高而有所減弱和衰退；還發現理智雖因關心我的身體健康，不讓我沉湎於歡樂，但在精神健康上並不比從前有更多的限制。看到理智退出戰局，我也不因而認爲它是急流勇退。

誘惑對我已失去威脅，無能爲力，不値得運用理智去抵抗，只需伸出雙手便可驅散。要是讓我的理智去面對早年的情欲，我只怕它已不像從前那樣有力量去承受。我看不到它判斷事物跟以前有什麼兩樣，也沒有新意。若有什麼復原，也是向惡的復原。

若要健康得先生病，哪有這樣可憐的藥！這樣做不應讓我們陷入不幸，而是讓我們判斷力健全。傷害與打擊除了逼得我咒罵以外，做不了其他事。只是對鞭撻後清醒的人才可以這樣做。我的理智在意氣風發時運用自在，消化痛苦必然比消化歡樂更分心、更費力，風和日麗時我也看得更清楚。健康要比疾病更輕鬆，也更有效地提醒我。我還有健康可以享受時，也就儘量清心寡欲，講究養生之道。要是年邁衰老竟至勝過我精力充沛、思維敏捷的好時光，要是人家不以我一貫是的那個人，而是以我不再是的那個人來尊重我，我會感到汗顏和嫉妒。

依我的看法，做人之所以美妙是活得幸福，不是安提西尼說的死得幸福。我不曾想把一位哲學家的尾巴醜陋地續接在一個絕境中人的頭和身體上，也不會讓人生殘局去否定和抹殺我大段的美好人生，我希望讓人把我通體融合統一來看。我若會重生，會照樣再活一遍。我不埋怨過去，也不畏懼未來。我若不想欺騙自己，心裡與外在都一樣表現。我對命運至爲感激的一件事，就是我的身體狀況跟歲月配合得恰到好處。我看到人生的長苗、開花與結果；而今又看到枯萎，這也是件幸事，因爲這順乎自然。我較爲平心靜氣地忍受著病痛，因爲它們是按時來的，更有利於我去回憶從前的大好時光。

彼時與此時，我的智力可以說還是不相上下；但是從前更有建樹、更見精彩、朝氣、活潑、純眞，而今遲鈍、多怨、辛苦。我也就放棄了進行效果難料、痛苦的改造。

必須由神來激勵我們的勇氣、必須透過理智的改造，而不是欲望的減弱，來促進我們的覺悟。肉欲本身絕不像昏花老眼看到的那麼蒼白、那麼暗淡。節制是上帝對我們的命令，爲了尊重上帝，我們應該愛節制，還有貞潔。由於患上重感冒或者爲了醫治腹瀉而不得已爲之，那就不算是貞潔和節制了。

人若看不到也不知道肉欲爲何物，不體會它的風情、力量、極爲迷人的魅力，那就不能吹噓說自己輕視肉欲、戰勝肉欲。我對兩個時期都有體會，有資格來談一談。但是我覺得，我們到了老年後心靈沾上的毛病與缺點，還比青年時期更不易改掉。我年輕時說過這樣的話，他們嘲笑我嘴上無毛。如今鬚眉花白給了我威嚴，我還是說這樣的話。

我們常把脾氣執拗、不滿現實稱爲「智慧」。但是事實上，我們沒有拋棄罪惡，只是改變罪惡，按我的看法，還愈變愈壞。愚蠢老朽的傲慢、令人生厭的嘮叨、難以相處的倔脾氣、迷信，對於用不著的錢財錙銖必較的可笑心態，除了這些以外，我還覺得比從前更嫉妒、更不公正、更狡猾。歲月在我們精神上留下的皺紋比面孔上的還多。人到老年不變得更加尖酸刻薄，不是絕無僅有就是很少見。人總是整個走向成長與衰退的。

看到蘇格拉底的智慧以及幾次對他判決的情境，我敢相信從某種程度上說，他是有意瀆職去迎合的，他年屆七十，敏捷豐富的思維終究遲鈍了，素來明晰的頭腦也糊塗了。

我天天在許多熟人身上，看到老年帶給他們多大的變化！這是一種勢不可擋的疾病，在身上自然地、不可察覺地擴散，必須仔細觀察、小心預防去避免它在我們身上造成的缺陷，或者至少延緩其勢頭。我覺得不論我們如何設防，它還是步步進逼。我竭力支撐，但是我不知道它何時把我逼入絕境。不論如何，讓人知道我是在哪裡跌倒的也就心滿意足了。

第三章　論三種交往

人不應該按照自己的脾性與心意斤斤計較。我們的看家本領是懂得應付不同的局面。認定一種方式非此不可，這是存在，不是生活。最美麗的心靈是善於靈活適應的心靈。

大加圖的一句名言可以爲證：「他的思維那麼靈活，對一切都應付裕如，不論他做什麼，人家都說他生來就是做這個的。」（李維）

若由我自己來培養自己，我不願意在一件事上做得那麼專注，以致放不了手。生活是一種不均勻、不規則、多形式的運動。一意孤行，囿於個人愛好固執不變，絕不肯偏離和遷就，這不是在做自己的朋友，更不是主人，而是奴隸。我現在說這樣的話，是由於自己不容易擺脫心頭的騷擾，只有在強制之下思想才會集中，集中以後又全身緊張專注不會放鬆。就是遇上微不足道的題目，也會任意誇大，誠惶誠恐地全力以赴。也由於這個原因，無所事事對我而言是一件艱難的工作，損害我的健康。

大多數人的頭腦都需要外來事物使它轉動活躍。而我的頭腦則需要外來事物使它穩定休息，「必須由工作驅除懶散的惡習。」（塞涅卡）因爲最辛苦、最根本的工作是研究自己。對我的頭腦來說，讀書屬於從工作中分心的一種做法。凡有思想閃現，我的頭腦便激動起來，向各個方向證明自己的活力，時而朝向力量，時而朝向條理與雅致，它自我整理、節制、加強。頭腦自有激發內在天賦的機能。大自然給我的頭腦像給其他人的頭腦，自有足夠的材料讓它變得有用，自有足夠的事件讓它去創造、去判斷。

對於懂得自省與努力奮發的人，思考是一種深刻全面的學習，我喜歡磨礪我的頭腦，而不是裝滿我的頭腦。根據各人的心靈保持思想活動，這比什麼工作都費力，也都不費力。最偉大的心靈都把思考作爲天職，「對於它們，生活即是思想。」（西塞羅）因而大自然賦予心靈這樣的特權，沒有一件事我們可以做得那麼長久，要做又可以那麼方便容易。亞里斯多德說：「這是神做的事，他們的幸福與我們的幸福都是從中產生的。」書籍中的各種內容主要是啓迪我的思維，促進我的判斷，不是推動我的記憶。

有些缺乏生氣與活力的議論使我讀不下去。文筆清新美麗使我滿足與思考，的確也不亞於內容深刻與有分量。對於其他的交流，我都昏昏欲睡，心不在焉。遇上這類無精打采的談話與應酬，經常會說出孩子才會說的可笑夢囈與蠢話，或者固執地沉默不言，更加僵硬無禮。我自有一種在一旁出神的傻樣，還對許多日常事物的極端幼稚無知。靠這兩個優點，承蒙別人給我編了五、六則故事，每一則都傻得可笑。

再接我的話往下說，我的這種怪脾氣使我跟人來往很挑剔（必須由我精心選擇），處理日常事務很笨拙。我們是跟老百姓一起生活和打交道的。假若我們討厭跟他們交談，假若我們不屑跟市井小民混在一起，市井小民跟有識之士同樣都有他們自己的規則（不能跟大眾的愚昧打成一片的智慧是愚昧的智慧），那麼我們對自己的事還是對人家的事都不應該去管了，因爲不論公事與私事都必須跟這些人一起做。

讓我們的心靈最放鬆與最自然的做法是最美的做法，最不勉強人的工作是最好的工作。我的上帝，智慧若使人能夠量力去滿足自己的欲望，那才是對人做了一件好事！沒有比這更有用的哲理了。「量力而爲」，這是蘇格拉底最愛最常說的一句話，內涵豐富。應該把我們的欲望導向和定位在最近、最輕易的事上。命運讓我接觸到我生活中千百件不可或缺的東西我就是不樂意，偏偏要去追求一、兩件我鞭長莫及的東西，或者甚至是一個非我所能冀求的怪念頭，我豈不是愚蠢至極？

我天性軟弱，厭惡任何粗鄙刻薄的事，因而也不難擺脫嫉妒與敵意的困擾。被人愛，我不敢說，但是不被人恨，那是沒有人有過更多的機會。但是我這人說話冷冰冰，理所當然辜負不少人的好意，他們把我的話往壞處去想也情有可原。

那些珍貴的友誼我則很有能耐去獲得和保持。尤其我對情投意合的友誼如饑似渴，我採取主動，慕名相交，自然流露出珍惜之情，給人留下印象。我經常有這樣幸運的體驗。對於泛泛之交，我就顯得冷淡，找不到話說，因爲若不能坦誠相待，我的舉止就不自然。何況從青年時期以來，命運使我有過一次完美的友誼，至今念念不忘，也使我說眞的不思跟其他人結交，那位古人（普魯塔克）說的話給我留下的影響太深：友誼是人與人相伴，不是獸與獸合群。再加上我天生不會語氣婉轉，說話只說一半，像人家囑咐的那樣，在沒有深交的眾人面前要心存戒備，開口謹愼。當前人家尤其關照我們：談論世事就會有風險，就要說假話。

我還清楚看到，像我這樣的人，生活目的只是享受舒適（我說的是必要的舒適），就應該像避開瘟疫那樣避開挑剔的壞脾氣。我讚賞通權達變的人，張弛有度、能上能下、隨遇而安，能與他的鄰居聊房屋、打獵、跟人吵架，也饒有興趣跟木匠和園丁聊天。我羨慕那些人，他們會跟最底層的人接近，還用他們的腔調說得很投機。

柏拉圖的看法我並不喜歡，他說跟僕人說話，不論男的還是女的，都要用主人的語言，不隨便、不親近。因爲，除了我上述的理由以外，用命運賜予的這麼一個特權來擺威風，這是不合人性和不公正的；儘量消除主僕之間差別的做法，我覺得最公平。

其他人竭力發揮和炫耀自己的思想，我則壓制和收斂自己的思想。張揚是有害的。

你大談埃阿科斯家族，
特洛伊城下的鏖戰。
但是希俄斯島的葡萄酒價錢多少？
由誰給我燒水？
何時在何家，我能棲身躲過佩里涅的寒風？
怎麼就不說啦！

——賀拉斯

因而，斯巴達的崇武精神需要克制，在戰時需要悠揚柔和的笛聲來中和，不然只怕會發展成魯莽與狂暴，而其他民族一般都用尖銳響亮的聲音與吶喊，竭力鼓動士兵的勇氣。同樣我覺得——這跟一般的看法不一樣——我們在許多情況下需要的是穩重的鉛，而不是會飛的翅翼，是冷靜與休息，而不是熱情與煽動。尤其，在兩個合不來的人中間裝得挺懂事，說話裝腔作勢，像義大利人說的：「站在叉子尖上說話」，我才覺得是蠢到了家。應該跟你身邊的人處於同一水準，有時還可以裝傻。暫且收起你的力量與機智，日常交往中保持有條有理已是足夠了。若有需要，還得在地上爬呢！。

有學問的人就是樂意撞上這塊石頭。他們總是炫耀自己滿腹經綸，把他們的書撒得滿地都是。到了現在，貴婦人的閨房裡、耳膜裡都是他們的叫囂聲，即使她們抓不住他們要說的內容是什麼，至少要裝得心領神會的樣子。談到無論什麼再基本與通俗的題材，也擺出一副學究的派頭，採用時髦的說話與書寫方式，

害怕、發怒、高興、難過、
洩露心頭祕密，都有自己的一套。
是爲了什麼？
是爲了跟你風雅地睡覺……

——朱維納利斯

她們對什麼事都要引用柏拉圖和聖托馬斯，遇上誰都要他爲此作證。這個學說沒有進入她們

的心房，還是留在了她們的舌尖上。

大家閨秀要是相信我的話，我勸她們只需發揮自己的天生麗質就可以了。她們卻用外來的美掩蓋自身的美。還頭腦簡單地撲滅自身的光而借外界的光閃閃發亮。她們被矯揉造作葬送了。「個個都是從粉盒子裡走出來的。」（塞涅卡）這是她們對自己認識不足；世上沒有什麼比她們更美了；應該由她們為藝術增光、為胭脂敷彩。

除了生活在愛慕與崇拜中，還應該讓她們有什麼呢？這方面她們擁有與理解的東西是太多了。她們只需稍稍開啓與激發內心的天資。當我看到她們熱衷於修辭學、星相學、邏輯學以及這一類對她們毫無實際用處的毒藥，我擔心建議她們學這些玩意的人，這樣做的目的是存心要她們就範。因為我還能找出什麼別的原因呢？她們其實不需要我們，只要美目一盼，包含快樂、莊嚴與溫柔，在說「不，不！」時加一點嚴厲、疑慮與恩寵的表情，根本不用人家教她們道理來表達自己的意思。有了這門知識讓她們手執教鞭，給那些學者傳道解惑。

如果她們不高興什麼都屈從我們，懷著求知欲願意分享書本知識，詩歌是適合她們需要的一種消遣。這是一種要小聰明的搞笑藝術，說話躲躲閃閃，又收不住口，始終開開心心、搔首弄姿，像她們一樣。她們也會從歷史故事中得到不同的教益。在哲學方面——對人生有用的那部分，她們可以學習一些道理，幫助她們判斷男人的脾氣和性格，對我們的背叛有所提防，調節她們自己的欲望衝動、安排自己的自由、擴大生活樂趣，從人性觀點去忍受親信的變心、丈夫的粗魯、年紀與皺紋的困擾，以及這一類的事。以上就是我給她們指定的學習大框架。

有些人天性與眾不同、孤僻內向。我這人本質上還是適合交往與表達的。我感情外露，讓人一望而知，舊雨新知都愛來往。我喜愛和鼓吹獨處，主要只是集中自己的感情與思想，限制與減少自己的欲望與焦慮，而不是步伐。不操心外界的侵擾，死活也要躲開俗念雜務的羈絆，要迴避的不是人群而是事務。

說眞的，獨處一地使我心胸更寬闊、視野更遠大；當我獨處時更加關注國家大事和世界風雲。在羅浮宮或人群中，我屈服順從、身子蜷縮。人群遏制著我，在這些肅穆莊嚴的地方，我的思想卻出奇地瘋狂與放肆。使我發笑的不是我們的瘋狂，而是我們的智慧。

從性情來說，我並不仇視宮廷裡的人事紛擾。我也曾在那裡度過一部分歲月，也習慣跟大家談笑風生，但只是偶爾爲之，要合乎我的心情。但是我上面提到的缺乏主見，逼得我甘心獨處，即使在家裡人多口雜、訪客頻繁，也是如此。我在家遇到不少人，但是樂於交談的實在不多，我爲自己也爲別人保留一份少見的自由。虛文浮禮、恭迎禮送以及我們禮節中的這些辛苦規矩（唉，脫不開的煩人客套！）統統都免了。各人按照自己的方式行事，誰愛怎麼想就怎麼想。我保持沉默，關在房裡沉思默想，也不怠慢客人。

我要與之來往與深交的人，都是被大家稱爲正派和能幹的人。目睹他們的儀態使我不思再與其他人相見。從他們的談吐來說，也是我們中間的佼佼者，舉手投足莫不自然大方。這類交往的目的，無非是親密相處，常來常往、談天說地，心靈切磋以外並無他意。在我們的談話中，一切題目對我都是無所謂的，我不在乎什麼輕重深淺，總可談得優雅得體；對每項事物都有一個成熟的見解，含有好意、坦誠、歡樂與友誼。我們的智慧並不只是在王位繼承、宮廷大事上表現出美麗與力量，在私下談話時也不見遜色。

我從他們的沉默與微笑也可以明白他們，有時在餐桌上還比在會議上更能發現他們。希波馬庫斯說他看人的走路姿態就可以知道他們是不是好角鬥士。談話就是扯到哲學題目那也無妨，不會把它拒之門外，也絕不會像一般那樣道學、不容置辯、令人討厭，而是爭論熱烈、靈活有趣。

我們只是以此消磨時間而已；應該受教育與聽教誨的時候，我們自會上哲學王國去朝覲，目前只好委屈它下位來見我們了。因爲不管它多麼有用、受人歡迎，我若認爲沒有必要，也還是可以不去求教於它，沒有它，照樣做我們的事。一個有天賦、有過人際關係磨練的心靈，必然各方面都討人喜歡。藝術不是別的，只是這樣的心靈的流露與呈現而已。

與正派的美女交往，對我而言也是一大樂事，「因爲我們也有一雙慧眼。」（西塞羅）如果說心靈不像在第一種交往中那麼滿足，感官享受對第二種交往充分發揮作用，雖然據我看還不能把這兩種交往拉到相等地位，但也可是相近程度。但是這種交往還得留一點心眼，尤其是我這樣肉體很容易衝動的人。我在青春期突然鍾情，受盡了詩人所說濫情男子身上產生的一切苦楚。這次鞭笞說實在的此後被我當作一個教訓，

希臘船要避免在卡法雷觸礁，
必須在優卑亞海面上轉舵。

——奧維德

在這件事上朝思暮想、熱情貫注，愛得死去活來，也是瘋狂。但是從另一方面來說，如果沒有愛情、沒有意願，只像演戲似的湊在一起，因年齡與習俗的需要共同扮演一個角色，只是在嘴上說得好聽，這樣做萬無一失，但卻是懦夫行爲，就是害怕風險而甘願放棄榮譽、利益或歡樂的人。

因爲可以肯定的是，實行這種做法的人絕不可能期望一顆高尚的心靈會感動、會滿足。眞心實意渴望得到的東西才會眞心實意享受其帶來的歡樂。我說這個話只是命運可能會不公正地垂顧她們的外貌，因爲女人不管長得多麼醜，沒有一個不覺得自己嫵媚可愛，沒有一個不會以青春年少或一顰一笑而顯得楚楚動人，這也是常見的事；其實世上沒有完全醜的女人，也沒有完全美的女人。婆羅門種姓的姑娘，沒有什麼可以自我推薦的時候，會應群眾高聲怪叫走到廣場上，露出自己的私處，光憑這點看看她們是不是該得到個丈夫。

因而，誰第一個發誓要侍候她，所有女人都會輕易相信的。今日男人偷香竊玉已司空見慣，我們也必然看到這樣的事實，她們自發聚會，彼此傾訴，就是爲了躲開我們。或者按照我們給她們做出的榜樣，抱成一團，玩她們自己的把戲，也跟人眉來眼去，沒有激情、不動心、也談不上愛。「不論自己與別人的激情，都體會不了。」（塔西陀）就像柏拉圖筆下利齊婭的論點，認爲我們愈是不愛她們，她們愈是對我們大開方便之門。

好比在舞臺演戲時，觀眾得到的樂趣至少不亞於演員。

就我來說，我認爲不存在丘比特就沒有維納斯，不生孩子就沒有母愛。這兩者在本質上是相互融合、相互依存的。這樣騙人者反受自己騙。不費工夫的人也得不到有價值的東西。把維納斯當做女神的人，看到她本質的美不是出自肉體，而是出自精神。這些人尋求的美不完全是人間的，也不是野性的，動物追求的美未必那麼粗鄙庸俗！

我們看到想像與欲望經常使動物在身體發熱以前感到興奮。我們看到不論雄性還是雌性，在群體中同樣有所選擇、有所鍾情，相互保持長期的恩愛關係。那些年老而體力不濟的動物，還會因愛情而發抖、嘶鳴、寒顫。我們看到它們在交配前充滿期望與欲念。當身體履行職能後，心裡癢癢的還沉浸在回憶的甜蜜中；我們看到它們這時昂首闊步、非常神氣，發出吼叫好似歡慶節日、高唱凱歌，表示疲勞與陶醉。誰只是滿足肉體的本能需要，何必挖空心思施展奇招去麻煩別人呢？這又不是去塡滿欲壑的一塊肉。

我這個人並不要求人家把我看得比本人好，我還要說一說自己青年時期的錯誤。我很少前去狎玩娼妓，不單是因爲對健康有危害（我還是不夠謹愼，得過兩次病，還好是輕的，初期症候），還由於看不起這樣做。我願意以困難、欲望和某種榮譽來提高快感。

我贊成提比略皇帝的做法和芙羅拉妓女的派頭。皇帝在愛情上除了那種功夫以外，同樣講究謙恭高貴。而芙羅拉絕不委身於獨裁者、執政官或監察官的男人，根據求愛者的地位來調情。①當然珍珠、羅緞、頭銜與排場也是產生作用的。

再說，我非常重視精神，然而肉身也不可馬虎。兩者的美若非缺一不可，說句心裡話，我會選擇捨棄精神美。精神美可以在更重要的事情上使用。但是說到愛情，主要跟視覺與觸覺有關，沒有精神美做起來不減聲色，沒有肉體美就味同嚼蠟。美實在是女性的眞正優勢，她們的美是女性特有的。我們的美要求五官的標準稍有不同，但只是具備她們稚氣無毛的特徵，才臻於完美。有人說土耳其皇帝後宮，以美色侍候他的人不計其數，最多到了二十二歲就要退役。

男人更善於思考、更謹愼、更重友情，因而他們管理天下大事。

這兩種交往都包含意外、依賴別人。前一種因少見而令人煩惱，後一種因年邁而徒呼奈何；這樣它們滿足不了我的一生需要。跟書籍打交道是第三種交往，更可靠，更取決於我們自己。它沒有前兩種的不少優點，但是自有其長處，就是長期方便的服務。那種交往伴我一生，處處給我幫助，是我晚年與孤獨時的安慰。百無聊賴時，使我不感到沉悶，什麼時候都

---

① 據勃朗托姆《名妓傳》，芙羅拉在門前釘一塊告示：「國王、王爵、獨裁者、執政、主教、財務大臣、大使們請進，其餘人概不接待。」

讓我擺脫叫我生氣的夥伴。只要它不是達到極點控制我的全身，總能減少我些許痛苦。我唯有拿起書本才能排遣揮之不去的念頭，書本很容易吸引我，把一切忘得乾淨。我在得不到其他更眞實、活生生、天然的散心時去找它們，它們見了我也不會賭氣，總是用同一副面孔接待我。

俗語說：有馬代步的人不用走路。那不勒斯和西西里國王雅克，年輕、英俊、健康，坐在擔架上巡遊全國，頭下墊一只乾癟的羽毛枕頭，穿一件灰布長袍，戴一頂同樣質地的便帽，在後面的隨從則是華麗的王室衛隊，形形色色的轎子和牽著走的馬、貴族、軍官，表現一種初期還不鞏固的權勢。有望治癒的病人不用可憐，這句警言說得很有道理，我從書本中得到的全部好處，全在於對這句話的體會與應用。事實上我利用書，比那些不懂書為何物的人多不了多少。我享受書，猶如守財奴享受財寶，只要知道高興時就可以用來享受就夠了，有了這個占有權我就心滿意足。

不論和平還是戰爭年代，我出門必帶書籍。然而我會好幾天、好幾個月不翻一頁。我說：「等一下看、或者明天、喜歡看時再看。」時間飛快過去，我也不難過。這些書在我身邊可以隨時給我樂趣，認識到它們對我的生活有多大幫助，想到這裡我就很難說清我多麼心安理得，坦然過日子。我覺得這是人生旅途中最好的儲糧，那些缺乏儲糧的聰明人使我無限惋惜。其他任何消遣不管如何幼稚我都可以接受，好在我也永遠不會斷糧。

居家時，我時常晃悠到書房裡去，在那裡用目一掃整個庭園盡在眼前。我面對著入口，看到下面的花園、飼養場、院子、大部分房屋。在這裡我一時翻閱這一部書，一時又翻閱另一部書，毫無次序，毫無目的，讀的文章也不連貫；一會我沉思，一會我摘錄和散步時口授我以下的種種遐想。

我的書房在塔樓的第三層，一層是我的禮拜堂，二層是一間臥室及其套間，我一人過日子時經常住在那裡。這上面有一間大藏衣室，從前原是我家最無用處的地方。我一生中大部分日子、一天中大部分時間在那裡度過。我從不在那裡宿夜，在這後面是一間精緻的小室，冬天可以生火，窗戶採光很舒適。我若不怕辛苦和花錢（怕辛苦使我什麼都不想翻修），可以在兩邊都接上一條長百步、寬十二步的長廊，平的不用臺階，牆頭是現成的，高度也正符合我做其他用途的需要。任何隱蔽的地方都需要有個走廊。我若讓思維坐下，思維就會睡著；我的兩腿若不催動精神，精神就會不濟。不用書本讀書的人都會陷入這種狀態。

書房的形狀是圓的，僅有的平面牆壁恰好放我的書桌和椅子。我的書分五排貼牆繞成一圈，其弧度可以讓我把它們一覽無遺。從三個方向可以看到遠處寬闊的美景，房間的空地直徑有十六步闊。冬天我不在那裡長住，因爲我的家築在一座小丘上，就像我的姓氏原意是「山」，我這個房間也最通風，我喜歡這裡地處偏僻，出入不便，這有利於我工作出效果和生活圖清靜。

這是我的地盤。我也竭力要獨霸一方，不讓這個小角落併入夫妻、父子、親友共同的大集體。在其他地方我只有一種口頭權威，實質上是含糊不清的。依我看，有的人很可憐，在家裡沒有自己的位子、沒有自己的享樂、沒有自己的藏身處。有野心必須償付拋頭露面的代價，像廣場上的雕像：「大富貴也是大鎖鏈。」（塞涅卡）他們要退後面沒有退路！我認爲修士的清苦生活中，最難受的莫過於看到他們不論做什麼事，紀律要求大家必須自始至終待在一起，當著眾人的面做，我覺得永遠獨處也比永遠不能獨處要好受得多。

假若有人對我說，把藝術僅僅當作娛樂與消遣，這是對繆斯的褻瀆，這是因爲他不像我那麼明白歡樂、遊戲與消遣是多麼重要，我差點還要說其他一切目的都是可笑的。我有一天過一天；說句不中聽的話，只是爲我而生活：我的目標僅此而已。

青年時期我學習爲了炫耀，後來有點爲了明白事理，現在爲了自娛，倒也從來不是爲了謀利。從前我到處蒐集這類傢俱（圖書），不是爲了提高修養的需要——與此還差得很遠，而是爲了布置牆頭做裝飾，很久以前也就放棄了。

對於善於選擇的人來說，書籍有許多可愛的品質；但是沒有不費工夫的好事。書的樂趣跟其他樂趣一樣，不是明白的、純的。它有它的困難，而且還是不小的困難。頭腦隨著書本的內容在轉動，但是身體——我可沒有忘了去照顧，則保持靜止狀態，變得萎靡不振。我知道過度沉湎對我最爲有害，但不知道年老力衰之際如何避免。

以上就是我的三種喜愛與主要的交往，我因職責需要在外界的交往，則不在此贅述了。

第四章　論分心移情

的：

從前，我受託去勸慰一位眞正傷心的夫人；因爲她們大多數悲哭都是假裝來應付場面

她身上總是儲備大量淚水，
只等待一聲令下，
嘩啦啦地流啊！

——朱維納利斯

對待這種情欲阻撓不是良策，因爲阻撓反會刺激她們，變得更加悲傷，眞是勸得起勁哭得傷心。我們看到平時談話時，我不經意說了些什麼，有人上來反駁，我生氣起來更會堅持；比我對之有興趣的事還爭得厲害。

還有，這樣做的時候，你給自己的工作造成一個艱難的開局，好比醫生最初接待病人應該和藹可親，笑容可掬，板著臉表情可憎的醫生治病絕不會有好效果。相反地應該一開始幫助和鼓勵她們吐苦水，表示一些同情與諒解。有了這樣心靈溝通，你獲得信任才會走得更遠；不知不覺順水推舟，轉入正題說些踏實的、有利於她們心病治療的道理。

我主要想做的是吸引那個眼睛盯著我看的人，趁機會包紮她的傷處。然而我從實踐發現自己拙於辭令，難以說服別人。我提出的理由不是太尖銳、太乾巴巴，就是方式太生硬或

太大意。我專心聽她訴苦一段時間，並不試圖振振有辭地用大道理去治癒她，因爲我沒有這些大道理，或者我在想著其他更能奏效的方式；也沒有選擇哲學家開的五花八門的安慰方子，如克里昂特斯說：「說出來的苦不是苦。」、如逍遙派說：「這是小苦。」、如克里西波斯說：「怨天尤人這種行爲不對也不值得提倡。」；也不使用比較接近我的伊比鳩魯觀點，把思想從不愉快的事轉移到愉快的事上去；也不像西塞羅，遇上機會把累積的煩惱一次打發掉。

我慢悠悠把我們的談話一點點拉到相近的話題上，然後根據她聽我說話的程度再往遠處扯，這樣不知不覺把她的苦楚偷走，讓她換上好心情，待在我身邊時保持平靜。使用的是分心法。但是跟著我這樣做的人並不覺得症狀有任何改善，這是因爲我沒有把斧頭砍到病根上。

有時我在其他場合談到表現在公眾大事上的分心法。伯里克利在伯羅奔尼撒戰爭中的用兵法，以及其他千百個用此法把敵軍驅出國門的例子，眞是史不絕書。

這是一種巧妙的迂迴戰術，安貝庫王爵在列日就用此法救自己和別人。勃艮第公爵包圍列日城，要他進城去執行雙方簽訂的投降書協議。市民夜裡召集一起討論這個問題，準備拒不接受已經通過的條款，有不少人奮起攻擊已在他們掌握之中的談判者。安貝庫聽到風聲說那些人朝著他的住宅發起第一次襲擊，突然派出兩名市民（因爲有一些人是跟他一起的）朝他們走去，帶著兩條更爲溫和的新建議提給市議會，那是當時他爲了應付局面自編的。

這兩人擋住了第一場風暴，把這群激動的暴民帶回市政廳，聽他們的新建議，進行討論。第二次討論爲時不久，又掀起了第二場風暴，跟第一場同樣猛烈。安貝庫又派出四位新的調解人，聲稱這次提出更優待的建議，完全可以使他們稱心滿意；群眾又被攔回到他們的會場裡，總之依靠這種拖延搪塞的策略，引開他們的怒火，撲滅在無謂的協商中，最後使他們也迷糊了，昏昏沉沉到了天明，這是他的主要目標。

還有一個故事也屬於這一類。阿塔蘭達是個容貌出眾、天資聰敏的姑娘，追著向她求婚的人不計其數，爲了擺脫這些人的糾纏，給他們定下一條規則，誰能跑得跟她一樣快，她就嫁給他，跑不過她的就要喪命。自有不少追求者認爲這個獎品值得冒這樣的風險，再難也要參加這場殘酷的交易。

希波梅納輪到最後一個比賽，向主宰這場戀情的女神祈禱求助；女神滿足他的願望，給他三顆金蘋果，告訴他如何使用。比賽開始，希波梅納感到他的意中人緊緊跟在後面，他好似失手掉了一顆蘋果。姑娘被美麗的蘋果吸引，禁不住回頭去撿。

少女吃了一驚，被美麗的果子迷住，
轉過身去撿那個滾動的金球。

——奧維德

這樣他選擇適當時機掉下第二顆，掉下第三顆，最後靠這個誘敵分心的計謀，賽跑的桂冠非他莫屬了。

當醫生不能消除卡他性炎症時，就把它轉移到其他較不危險的部位，我發覺這也是醫治心病最常用的藥方。「有時要把心思引到其他情趣、其他操心、其他關注和其他工作上；總之，猶如對待健康無望恢復的病人，必須經常換個地方治療。」（西塞羅）不要正面進攻病患，也不要把病痛強忍或強壓下去，要讓它慢慢消除或分散。

另一種方法要求太高太難。這只適用於第一流人物，要他們乾脆面對這件事，予以審視與評判。只有舉世無雙的蘇格拉底才能視死如歸，面不改色，滿不在乎。他絕不拋開它另去尋找安慰；死亡對他好像是件順乎自然、無關緊要的世事。他盯著它目不轉睛，堅定走去。

赫格西亞斯的弟子在老師慷慨激昂的言辭鼓動下，都絕食而死，人員之多，令托勒密國王下令禁止他在學校繼續發表這類殺人言論。這些人絕不考慮死亡本身，也不對此議論，他們的思想並不停留於此，而是匆匆往前，目標是朝向一個新的人生。

這些可憐的人就是在死刑架上，看來也是熱情虔誠、全神貫注，耳朵在聽別人對他們的訓誡，雙目和雙手舉向天空，高聲念經祈禱，情緒持久激動，在這最後關頭做這樣的事很合適，值得讚揚。我們應該表揚他們的宗教性，但是不符合做人的堅定性。他們在逃避鬥爭；他們不敢正視死亡，就像我們給孩子扎針時逗他們玩。我見過有些人，要是他們的視線偶爾落在四周駭人的死亡刑具，全身發僵，恨不得拋開思緒。我們也會告訴那些經過可怕深淵的人，要閉上眼睛或者看別的地方。

蘇布里烏斯・弗拉維烏斯被尼祿下令處死，由尼日執行。弗拉維烏斯與尼日都是將領，當他被押到將要執行判決的場地，看到尼日命人挖的那個要他待著的坑，亂糟糟不平整，他轉身朝在場的士兵說：「連這個也不照軍隊規矩辦事。」尼日要他把頭擺精準，他對他說：「只是你也要砍得準些。」他猜得果然沒錯，尼日胳臂發抖，砍了好幾刀才把他的頭顱砍下來。弗拉維烏斯看來倒像是心裡早已有主見，堅定不移。

手執武器在混戰中要死的人，那時絕不會研究死亡，也不感覺和考慮死亡，殺性蓋過一切。我認識一個正派人，戰鬥時在場上倒下，躺在地上覺得被敵人捅上九刀、十刀，周圍的人都向他喊叫，要他想一想自己的良心。他後來跟我說，雖然這些話傳到他的耳朵裡，但是絲毫沒有觸動他，他想的只是反撲報仇。他在這場戰鬥中殺死了那個人。

那個給L・西拉努斯宣布死刑的人是幫了他的大忙。西拉努斯當時說他早已置生死於度外，只是不願毀在小人手裡，那人聽了他這個話，率領士兵向他撲過去，逼他就範。他沒有任何武器，赤手空拳拼命抵抗，在掙扎中被弄死了。原先他是註定要被慢慢折磨而死的，這樣一來他的痛苦感情都在憤恨毆鬥中迅速消失了。

我們總想到其外的事情上去。希望有一個更美好的人生，或者希望我們的孩子有出息，我們身後留名，復仇要去威脅那些造成我們死亡的人；這都使我們徘徊、使我們堅定，

正義之神若握有權力，我希望
你在礁石之間受盡苦難，
呼喊狄多女神的名字求救……
我會聽到的：聲音會傳至陰曹地府。

——維吉爾

色諾芬頭戴花冠正在祭祀，這時有人過來向他報告他的兒子格里呂斯在芒蒂內戰役中陣亡消息。聽到後的第一反應是把花冠扔在地上；但是聽說他死得非常壯烈，又把花冠撿起戴在頭上。

就是伊比鳩魯生命將結束時，對自己的文章能夠傳世益人感到欣慰。「一切光榮卓絕的工作都是會留傳的。」（西塞羅）色諾芬說，同樣的傷勢、同樣的操勞，對將軍與對士兵不是同樣沉重。伊巴密濃達獲悉自己已經勝券在握，就非常輕鬆對待死亡。「這是安慰，這是最大痛苦的油膏。」（西塞羅）還有其他情景，也可把我們的心思引開，不專注在某一事物上。

即使哲學論述對這個問題也僅淺嘗輒止，談到時只是輕描淡寫提一提。雄踞哲學界第一學派的第一人，這位偉大的芝諾這樣說到死亡：「沒有罪惡是光榮的，死亡是光榮的，因而它不是罪惡。」還說到酒醉：「沒有人會把祕密告訴醉鬼，大家都會把祕密告訴賢人；賢人就不會是醉鬼。」這話說到關鍵點了嗎？我是喜歡看到這些領袖人物對我們共同的命運少談為妙。不管這些人如何完美，總是世俗裡的人。

復仇是一種大快人心的情欲，生來就很強烈。我看得很清楚，雖然尚無親身體驗。最近，為了要一位年輕的親王打消此意，我不跟他說有人打了你左臉，你要主動把右臉湊過去讓他打，履行慈善的義務；也不跟他說詩歌中這種情欲引發的種種不幸事件。我不提復仇，而是饒有興趣地要他體味相反去做會有多美的前景：他寬容與善良會帶來的榮譽、恩惠和好意。結果就是這麼做成了。

他們說：「愛的情欲如果太強烈，那就要把它分散。」這話說得對，因為我屢試不爽。把情欲切割成分散的欲望，使得它們每個都可以受你的控制和駕馭；但是，為了不讓它們吞噬你、折磨你，用分治法、聲東擊西法來削弱它、拖垮它。

當你的陽具虎虎生風……

——柏修斯

不妨把濃液注入任何東西內。

——盧克萊修

最好及早解決，免得一旦被它逮住備受其苦，

用新傷來醫治老傷，
露水姻緣也可把傷疤洗掉。

——盧克萊修

以前我遭遇一次重大的不幸，這是依我坦然的天性來說的，其實比重大還重大；如果我只是依靠自己的力量，可能會一蹶不振。我需要一種強烈吸引我的事排遣心情，我有意也有心地墜入了愛河，這也靠年紀幫了我的大忙。愛情紓解了我的心，使我擺脫失去好友帶來的痛苦。

其他的事也一樣，一個不愉快的念頭留在心間，我覺得改變它比克服它更快見效。我不能讓它從相反的方面去想，至少從較好的方面去想。變換著想法總能起一種減輕、化解和驅散的作用。我若打不倒它，就躲開它；躲開時我走岔路、使詭計；轉移地點、換工作、找不同的朋友、溜出去找其他樂子、想其他事，讓它失去我的蹤影，找不到我。

天生變化多端這是大自然的恩典；因爲時間也是大自然賜給我們管理一切情欲的醫生，主要也是靠下述的辦法奏效的：第一次感受不論如何強烈，時間提供的其他事侵入我們的思想，總會把它層層疊疊遮蓋與淹沒。一位哲人回想起朋友臨死的情景，二十五年後跟第一年差不多同樣清晰。據伊比鳩魯的說法還絲毫不差，因爲他認爲新愁與舊愁沒有什麼程度上的差別。而是其他許多雜念穿過腦海，使憂愁終於疲憊，支撐不住。

爲了躲開流言蜚語的矛頭所指，亞西比得把他那隻美犬的耳朵與尾巴都割掉，放到廣場上，讓老百姓拿這個題材說個不休，才讓他清靜地做別的事。我見過有的女人轉移大家談話與猜測的目標，有意用編造的戀情來掩蓋自己眞正的戀情。但是我還見過某個女人假戲眞做，動了感情，離開原先的眞戀人，投向假戀人；我還聽她說自以爲愛情牢靠的男人，就是會被假面具矇騙的傻瓜。既然公開的談話機會與接待場合都留給了那位替身情人，那個人最後坐不上你的位子，不讓你去坐他的位子，相信我，他就算不上是個精明的人。眞是一人做鞋另一人穿吶！

一點點小事就可以讓我們分心，轉移視線，這是因爲我們放在心裡的也只是一點點小事。我們很少注意事物的整體和本身；而是那些表面的、次要的情景引起我們的注意，還有就是毫無意義的雞毛蒜皮內容，

猶如看到知了在夏天
蛻下圓圓的薄殼。
——盧克萊修

即使普魯塔克想起女兒幼時的頑皮而愈加思念。一次告別、某個行動、特殊的恩惠、最後的囑咐，都令人傷心。凱撒的血袍比他本人的死亡更加震撼全羅馬。在我們耳邊響起呼喚名字

的聲音：「我可憐的主人！」、「我的好朋友！」、「我親愛的父親啊！」或者「我的好女兒！」，這些老套令我揪心，當我仔細辨別時，我覺得這只是一種包含語法與詞語的呻吟聲。詞語與語調觸動我（就像布道師的驚歎經常比他們的道理更加打動聽眾，就像用於祭祀的牲畜在宰殺時的哀叫使我們吃驚），用不著我再去揣摩或細察句子的眞正含義；

悲痛是由這些刺激而來的。

——盧卡努

這是我們哀傷的基礎。

我的結石頑症，在陰莖部位更加嚴重，使我有時三天甚至四天不能排尿，離死亡也不遠了；希望逃過一劫眞是妄想，甚至由於這個病情帶來的陣陣劇痛，還巴不得一走了事呢！那位仁慈的皇帝下令把罪犯的陰莖紮住，讓他們憋尿而死，眞是精通酷刑的大師啊！

就我目前的狀況來說，我認爲還讓我對人生有所留戀的只是一些想像中的微不足道的東西與原因。對於離開人世感到沉重與困難的也是心靈中一些芝麻綠豆小事，在這個重大的事件中，我們卻讓一些無聊之至的事占據了我們的思想：一隻狗、一匹馬、一部書、一只玻璃杯，還有什麼呢？都是我死後放心不下的東西。對於別人，就是他們的壯志雄心、他們的財產、他們的學問，據我看來不見得更加聰明。

從全貌看待死亡時，我就會以超然的態度把它看做是生命的終結。我從整體上消受它，它又從細節上偷竊我。僕人的眼淚、舊物的分送、熟人的撫摸、普通的安慰，都使我心酸、動情。

因而悲情故事總能打動我們的心靈。維吉爾和卡圖魯斯書中狄多、阿里阿德涅的哀怨悱惻，即使不相信其人其事的人讀了也受感動。對此無動於衷說明天生硬心腸，就像說到波萊蒙的傳奇故事，他被一隻瘋狗咬去一塊腿肚肉，居然面不改色。不論有多大智慧，單憑判斷不能理解一個人悲傷到了極點的原因。他只能在現場依靠眼睛與耳朵的參與才能完成，然而眼睛與耳朵又只會反映外界無謂的干擾。

是不是這個道理使藝術利用我們天性中的愚蠢與笨拙而大謀其利呢？修辭學說，那位演說家在辯論的鬧劇中，被自己的聲調與裝腔作勢感動，也會受自己所表達的熱情欺騙。他會讓自己沉浸在眞正的來自心田的哀悼，透過虛張聲勢讓法官感染這份感情，但是法官就不是這麼容易動感情。就像喪禮上僱來增加悼念氣氛的哭喪人，他們論斤計兩出賣自己的眼淚與悲傷。雖然搶天呼地的樣子都是裝的，可以肯定的是，要在這種場合應付裕如，有時必須全力以赴，內心也會感到眞正的憂傷。

格拉蒙王爵在拉費爾圍城中戰死沙場，我與他的一些朋友護送他的遺體到蘇瓦松。我們所到之處，我看到一路上遇到的老百姓，只要看到我們護送靈柩的排場，就唏嘘落淚；其實他們連死者叫什麼名字都不知道。

昆體良說他見過一些演員，演悲劇角色那麼投入，回到家裡還在哭；還說自己把別人的感情打動以後，自己也動了感情，發現自己不但流眼淚，還臉色蒼白，一副眞正傷心欲絕的樣子。

在我們山區附近，女人扮演自問自答的馬丁神父①角色。她們失去了丈夫，回憶他生前的好人品、好事來強調對他的悼念，同時又蒐集和公布他的種種缺點，彷彿自己內心得到了平衡，對他從憐憫轉向輕視；這比我們的做法要親近得多。我們見到誰過世了，忙著給他奉上幾句不眞實的讚詞；我們看不見他了，就把他說得好像跟我們見著他時不一樣；彷彿悼念是一堂教育課，我們的理解力經眼淚一洗，變得明晰了。從現在起，我不接受人家不是因爲我配得上，而是我死了要給我唱的讚美詩。

若問那個人說：「你圍攻這座城池有什麼道理嗎？」他說：「發揮警戒作用，要大家服從我們的大王。我不奢求什麼好處；說到光榮，我知道我這麼一個人只能分享極小一部分；我對此既無熱情，也不思去爭。」可是第二天看到他這人完全變了，站在進攻隊伍裡熱血沸騰，滿面怒容。這是刀光劍影、隆隆的炮聲與鼓聲使他血脈賁張，充滿仇恨。

你會跟我說：「這算什麼大不了的原因！」爲什麼要原因？要使我們心靈激動根本不需

---

① 民間故事中的一位神父，在彌撒中常常自問自答。

要原因。平白無故的胡思亂想就可以攪得人神魂顚倒。搭起了空中樓閣，就會想像出各種玩藝與樂趣，鬧得心裡癢癢的，快活得不得了。多少次我們看到了什麼，捕風捉影，心裡迷糊糊的發火了，難過了，我們陷入荒唐的激情，弄得精神與身體都變了樣。

痴心夢想會在我們的面孔上擺出多麼驚奇、嬉笑和惶恐的怪模樣。而使我們的四肢與聲音表現多大的衝動與激情！孤獨的人，他不像是與和他打交道的人有了錯誤的看法，還是內心有魔鬼在折磨他？那就問一問自己這種變化的道理何在，在自然界除了我們以外還有什麼是用虛無滋養的，是靠虛無支撐的。

岡比西夢見他的弟弟巴爾狄亞後來當了波斯國王，就把他弄死；這還是他喜歡的和此前一直信任的弟弟！梅西尼亞國王阿里斯托德繆斯，聽到他的群犬莫名的狂吠，認爲是不祥之兆就自殺了。米達斯國王做一場噩夢，心煩意亂，也尋了短見。爲一場夢而拋棄生命，那是把生命看成了一場夢的價値。

可是也要看到我們的心靈戰勝肉體的可憐與軟弱，那是肉體受到了各種各樣的侵蝕和衰變；說眞的，心靈是有理由去議論肉體的：

> 普羅米修士是糟蹋泥身的元凶，
> 他創造人的時候粗心大意，

設計了身體，忘了精神。
先從靈魂開始才能把人做好！

——普羅佩提烏斯

第五章　論維吉爾的幾首詩

有益的思想日趨充實與穩定的同時，也愈加成爲羈絆與負擔。罪惡、死亡、貧困和疾病都是重要的主題，令人感到沉重。必須讓心靈接受教育，學習承受和戰勝這些苦難的方法，學習好好生活與好好信仰的規則，經常還要在這種美好的學習中啓發、鍛鍊它。但是對於一個普通的心靈，還必須有條不紊地進行，如果操之過急，會使它急得發瘋。

我年輕時需要敦促、激勵，才會安於職守。有人說，性格活潑、身體健康，不適宜於進行這類嚴肅與睿智的思考。我現在處於另一種狀態。遲暮之年對我屢敲警鐘，也使我安分聽話。我從輕舉妄動陷入老成持重，反而更加有害。故而此刻有意稍稍放縱自己，有時讓心靈停留在年輕人的虛無中想入非非。此後我只會是太沉著、太穩重、太成熟。年歲天天教育我要冷靜、要節制。肉體對越軌行爲又是躲、又是怕。

現在輪到肉體帶領著精神去進行改造了。輪到它更粗暴、更專橫地管教。不論睡著或醒著，不讓我有一小時不聽到關於教育、死亡、耐性與悔罪的訓誡。我防止自己克制就像從前防止自己耽樂，克制把我往後拉到了發呆的程度。我要在各種意義上做自己的主人；明智也有過分的時候，也像瘋狂一樣需要節制。因而，在病痛留給我的間歇時刻，只怕自己精神枯竭，思想斷流，謹小愼微得不敢有所行動了，

怕只怕對病痛終日提心吊膽

——奧維德

我輕輕轉過身子，移開視線，不去看面前這片布滿烏雲、孕育暴風雨的天空。感謝上帝，我看著時並不恐懼，但是不能說不費力、不思索。回憶過去的青春年代不純然是一件樂事。

心靈思念失去的東西，
完全潛入舊時情景的記憶。

——佩特羅尼烏斯

童年瞻前，而老年顧後，這是伊阿諾斯兩面神的意義嗎？歲月若願意可以挾著我去，但是往回去吧！只要目光還能辨認出這段逝去的錦繡年華，總會不時轉過頭去看它。雖然青春已從我的血與血管中消失，至少這個形象不會從我的記憶中根除，

回憶過去的日子，是把人生過了兩次。

——馬提雅爾

柏拉圖要求老人去觀看青年的體操、舞蹈和遊戲，在他們身上去享受自己不再有的肢體柔軟和健美，去回憶這個青春年代的優雅與恩賜，還要他們在這些活動中把勝利的榮譽頒發

給那個生龍活虎、最逗人快樂的青年。

從前我把沉重陰鬱的日子標爲不平常日子，後來，這些日子反成了平常日子，而不平常的則是那些明朗美麗的日子。哪天沒有不稱心的事，我就像受到新的恩寵似地歡欣雀躍。後來就是強顏歡笑，這張老朽的臉上也不會添一絲可憐的笑容。只是在幻想與夢境中才心情開朗，用詭計轉移老年的悲哀。

當然還需要在夢幻以外尋找另一種良藥，跟自然對抗也僅是一種於事無補的辦法。大家所做的延長或提前做人的種種不便，這是最簡單不過的。而我寧可老而速去而不要未老先衰。我要緊緊抓住遇到的任何細微的歡樂機會。聽人說起好些溫和、快活和正派的消遣，但是我聽了並不感興趣。

我不要那些奢侈豪華、崇尚氣派的遊樂，我要的是溫馨、簡單易玩的遊樂。「我們離大自然漸行漸遠，像大家那樣去做，他們可不是好嚮導。」（塞涅卡）

我的哲學在行動，遵循自然與現實的習慣，很少耽於幻想。就是玩上了擲骰子與轉陀螺覺得有趣又怎麼樣呢！

不要把街談巷議置於造福之上。

——埃尼厄斯

逸樂是一種不必興師動眾的品質。它不用虛名的摻入本身就豐富多彩，悄悄地進行還更有意思。年輕人若把時間消磨在對酒類與飲食的挑剔上，應該挨鞭子的抽打。這類事我最不擅長，也最不重視。現在我學了起來。爲此很難爲情，但是又能做什麼呢？使我更難爲情與更惱火的是促使我這樣去做的情境。我們這些人空想和閒蕩；年輕人安身立業，他們走向世界，尋找立足之地，我們則已從那裡回來了。「給年輕人刀劍、馬匹、標槍、狼牙棍，讓他們去游泳、去奔跑；但是給我們老年人各種各樣玩具以外，還有骰子和骨牌。」（西塞羅）

自然規律正在送我們回家。年老體弱，爲了養生，我也只能像童年時期一樣找玩具與戲耍，我們都返老還童了。智慧與愚笨有許多事要做，必須交替上班，幫助我們度過這段人生的災難：

在明智中做點傻事。

——賀拉斯

就是最輕微的刺激我也避開。從前損傷不到肌膚的事，如今讓我感到心如刀割，我已開始習慣凡事都往壞處上想！「病弱之軀受不起任何打擊。」（西塞羅）

我遇事一向多愁善感，現在更加脆弱，處處又很大意，易受傷害，有裂縫的罐子一碰就破。

——奧維德

自然責成我去承受的種種苦難，理智不讓我去埋怨與抗拒，但並不阻止我去感受。我別無目的，只求生活與歡樂，會走遍天涯海角去尋找在哪兒過上一年平靜愉悅的好日子。死氣沉沉、了無生趣的寧靜我並不缺乏，但這使我消沉與偏執，我不樂意這樣。若有什麼人、什麼好同伴，不論在鄉下、在城裡、在法國或他鄉、居家或旅途上，他與我、我與他同聲相應、同氣相求，只要用手打聲招呼，我就帶去幾篇有血有肉的隨筆給他。

既然思想的特權是老來也可以活力不減當年，我就竭盡全力讓我的思想做到這一點。讓它回春，讓它開花，能做到像一株枯樹上的槲寄生，但是我希望它別是一個叛徒。思想與肉體密切相連，遇上事情總是拋下我而去滿足肉體的需要。我在一旁向它獻媚，再賣力氣也是一場空。徒然想拆散它們的聯盟，向它介紹塞涅卡、卡圖魯斯、貴夫人和宮廷舞蹈；要是它的同伴患了腹瀉，它好像也會拉稀。即使是它的獨家本領同樣無法施展，顯然都予人一種頹唐的感覺。身體萎靡不振，精神也不會表現出興高采烈。

我們的先師沒有說對，他們在研討精神十足、靈光閃現的原因，只是歸之於靈感、愛情、戰鬥激烈、詩歌、酒，從不提到健康的功勞。想當初我青春年少，生活安定，從不感到不安的那種健康狀態：熱血沸騰、朝氣蓬勃、精力飽滿又優哉游哉。在我天生的稟賦之外，這種快樂的火苗使人精神激揚清明，既保持快活但又不發狂的熱望。相反的肉體狀態使我處於相反的精神狀態，消沉頹唐，也是不足爲奇了。

跟肉體一起萎靡不振，不思做任何事情。

——馬克西米安

然而我心裡還是要對它表示感謝，因爲據它說，它約束我還比約束其他人寬鬆得多。至少當它與我停火的時候，沒有給我們的交往添加麻煩、製造困難：

盡可能別讓老年的憂愁上心頭！

——賀拉斯

「不妨用嘻嘻哈哈打發憂愁。」（阿波里奈爾）我喜歡一種愉悅、合乎性情的智慧，避開刻板僵硬的世情，覺得面目可憎的人都別有用心：

沉著臉陰森森傲氣十足。

——布加南

道貌岸然的人中間也有淫邪之徒。

——馬提雅爾

柏拉圖說，性情隨和與乖戾對心靈的善良與邪惡有極大影響，這話我衷心贊成。蘇格拉底的面容保持一致，恬靜含笑，老克拉蘇的面孔是另一種始終如一，他從來不笑。

美德是一種愉悅快活的品質。

我知道少數人會對我的思想自由皺眉頭，但對他們自己的思想自由不見得會如此。我符合他們的勇氣，但是冒犯了他們的眼睛。

停留在柏拉圖的著作，而避開據說他與費多、迪昂、斯特拉、阿基納薩之間的交往，這也是一種爲尊者諱的做法。「不怕難爲情去想的東西也要不怕難爲情去說。」（佚名）

我討厭滿腹牢騷、愁眉苦臉的人，他們對生活的樂趣視而不見，牢牢抱住苦難不放；猶如蒼蠅，在平潔光滑的物體上站不住，專找粗糙崎嶇的地面停下；猶如水蛭，專門吮吸膿血。

此外，我還要求自己敢做的事就要敢說，不能公諸於世的事想了也不舒服。我最壞的行動與做法還不至於醜惡得連自己也不敢說。大家在懺悔時謹慎小心，其實應該在行動時謹慎小心。大膽做壞事在一定程度上受到大膽懺悔的制衡與阻止。誰有義務把一切都說出來，也有義務不去做必須隱瞞的一切。但願我這種毫無顧忌的言論，引導大家超越自身缺點造成的那些怯懦有害的美德，而走向自由；憑我個人不加節制的想法，把大家帶往理智的起點！

個人的罪惡應該看到，研究以後再去否定它。對別人隱瞞罪惡的人，通常也是對自己隱瞞罪惡。他們看到了，只是想到沒把它遮蓋好；在良心上迴避掩飾。「人怎麼會不承認自己的罪惡？這是他依然在當罪惡的奴隸。夢都是在醒了以後才會去敘述的。」（塞涅卡）

肉體的病痛愈重愈明顯。原以爲是感冒與扭傷，其實是痛風。精神的病痛愈深愈隱蔽；病得愈重的愈不承認。這就需要經常用無情的手把病痛抖漏在光天化日之下，把它們從心底挖出來進行剖析。對待好事與對待壞事都一樣，有時唯有一吐爲快。有什麼醜事是我們不應該說出來的呢？

我這人不善於做假，因而避免代別人保守祕密，因爲沒有勇氣矢口否認自己知道的事。我可以不說出來，但是予以否認，就會很爲難、很不開心。會不會保守祕密，這是出於天性，不是出於義務。爲君王效忠，不要求說謊，只要求不說，這還是容易做到的。有人問米利都學派的泰勒斯，他是不是應該鄭重聲明他沒有通姦；他若問到我，我就會回答說他不應該這樣寫，因爲在我看來撒謊比通姦還要不得。而泰勒斯給他另一種勸告，要他發誓，用較小的罪惡掩飾較大的罪惡。然而這樣的勸告不是在選擇罪惡，而是讓罪惡增多。

說到這裡，順便說一句，向一個有心人提出做一件難事去抵消他的罪惡，這對他是一樁便宜的交易；但是要他在兩樁罪惡之間選擇，這就叫他左右爲難，就像有人向奧利金說，要麼他進行偶像崇拜，要麼把他交給一個衣索比亞大無賴當肉體玩物。他接受第一個條件，據說痛苦無比。那些改信新教的女人如今向我們抗議說，她們寧可在良心上壓著十個男人，也勝過壓著一場彌撒；按照她們信新教的錯誤戒律，她們這樣說也不是沒有道理的。

若不愼把一個人的錯誤公布出來，也無須擔心它會成爲仿效對象；因爲阿里斯頓說，最令人害怕的風是暴露人的風。必須把遮蓋我們行爲的這塊愚蠢的破布往上拉。他們把良心送進妓院裡，表面上卻道貌岸然。即使是叛徒與殺人犯也遵守禮儀，作爲應盡的義務。也不必由不公正來指責不文明，狡詐來指責冒失。可惜的是壞人不全是傻子，用體面掩飾罪惡。這些鑲嵌裝飾只值得用在保存或翻新的精緻牆壁上。

胡格諾派指責我們只是在私下用耳朵聽懺悔，遵照他們的意見，我就公開地、虔誠地、專心地懺悔。聖奧古斯丁、奧利金、希波克拉底把他們言論中的錯誤都發表了，我就把我行爲中的錯誤也發表出來。我急於讓世人了解我，不在乎多少，只在乎眞實。或許說得更恰當一些，是我不急於做什麼，但是令我心驚肉跳的是，偶爾聽到我名字的人把我錯當成了另一個人。

一生以榮譽與名望爲目的的人，若戴了一副面具混跡人間，不讓大眾見到他的眞面目，那他想獲得什麼呢？誇獎一個駝背身材好，他聽了必然認爲是侮辱。你若是個懦夫，被人當做勇士，大家說的眞的是你嗎？那是把你當成另一個人了。我還覺得有趣的是，那個人見到人家向他舉帽致禮，以爲自己是什麼老大，其實他只是個卑微的隨從而已。

馬其頓國王阿基勞烏斯走在街上，有人向他身上潑水，隨從說他該罰，國王說：「不過，他沒有向我潑水，他是在向他認爲我是的那個人潑水。」有人對蘇格拉底說有人說了他壞話，他說：「不會吧，我沒有他們所說的缺點。」就我來說，誰若說我是好船員、謙遜有禮、不近女色，我是不會領情的。同樣說我是叛徒、小偷或酒鬼，我也不感到冒犯。沒有自知之明，才會被虛假的好話陶醉；而我不會，我對自己的心靈深處有深刻的了解，知道什麼是自己有的。我喜歡人家對我少讚揚，只求對我多了解。人家會認爲我在某種需要明智的情況下表現很明智，而我自己覺得那時很傻。

我的《隨筆》成了貴婦名媛的一件常用傢俱，而且是放在客廳裡當作擺設，這讓我很煩惱。我喜歡跟她們私下有一點交往。在大庭廣眾之前那就毫無情趣與情調可言。在跟要放棄的東西道別時，總不免表現出超過平時的矯情。我在跟人世間百事作最終告別，是我與它們的最後擁抱。但是還是回到正題吧！

生殖行爲對於人是那麼自然、必要、正當，但是怎麼又會讓大家不敢坦然議論，在嚴肅正經的談論中從不提及呢？我們使用這些字眼時神氣十足，如殺、偷、背叛；而那件事只敢在牙縫裡囁囁嚅嚅說。這是不是說我們愈是不用言辭表達的東西，愈是有權利在思想裡誇大嗎？

因爲這倒不錯，愈是少用、少寫、少說的詞愈是讓人知道得最清楚、最普遍。無論什麼年齡、什麼風俗的人沒有不知道的，就像麵包一樣。不用表述、不用聲音、不用形象，都深深印在每個人心中。這也不錯，我們給予這個行爲沉默豁免權，即使爲了批判它、審問它，也不可剝奪它的豁免權，不然就是犯罪。我們也只敢用隱語、用比喻來鞭笞它。

一名罪犯壞得連法律也認爲無論怎麼碰他和看他，正義都得不到伸張，這對他反是一件大好事，嚴厲的懲治倒使他沾光得到了自由。書籍難道不是這樣嗎？遭禁後往往賣得更好、更廣爲流傳。我接著要借用亞里斯多德的這句話，他說難爲情對年輕人是一種表露，對老年人是一種指責。

這些詩句在古代學派中傳誦，我對古代學派比對現代學派更景仰（那裡我認爲更講究道德，更貶低罪惡）：

過分躲避愛神的人，其過錯
不亞於過分追求愛神的人。
——普魯塔克

女神啊！你獨自支配著自然！
沒有你，無物會升起在白日神聖的邊緣，
沒有你，無物是快樂的，無物是愛的！
——盧克萊修

我不知道是誰攪和了帕拉斯與繆斯女神跟維納斯的關係，使他們對愛神很冷淡；但是我也看不到有哪些神比他們更般配、更相宜。繆斯女神若失去了愛的遐想，這也奪走了她們的主心骨，她們的作品精華。愛情若失去詩情的交流與眷顧，也使愛的武器不再銳利；然而，我們說神親切慈愛，而把人類與正義的守護女神說成具有忘恩負義、不識好歹的罪惡。

我與這位神斷絕來往還不算太久，不致對她的威力與價值有所誤會，

我還認得出舊情的痕跡。

——維吉爾

狂熱之後還留下餘溫與殘情，

但願在我生命的冬天還保留這團熱火。

——西孔德斯

不管我如何乾癟蹣跚，還是感到一點舊時的朝氣、昔日的溫情：

如在愛琴海上，阿波羅和諾圖斯
掀風作浪以後靜了下來，
但尚有餘波。好久時間
依然白浪滾滾，濤聲不息。

——塔索

但是據我的理解，這位神的威力與價值在詩情描述中，要比她原有的實質更爲活躍與強大，

詩自有妙手回春之技藝。

——朱維納利斯

詩表現出比愛還纏綿的愛意。維納斯一絲不掛也不如在維吉爾詩中那麼美麗、嬌媚、喘氣：

女神不再說話，雪臂勾住他的脖子，
神在溫柔的懷抱中不再猶豫。

他感到全身火燒，熱流穿透骨髓，
骨架酥軟無力。
這時，閃電劃過天空，轟隆隆，
烏雲中竄出一條火龍。

——維吉爾

……說完這話，他依她的心願擁抱她，
懶洋洋躺在她的酥胸上，
全身陷入寧靜的夢鄉。

——維吉爾

我覺得這首詩中有欠考慮的是，把一位早爲人婦的維納斯描述得過於衝動。在這場心平氣和的交易中，欲念已不是那麼旺盛，而是深沉、較爲衰退。愛情憎惡人們不是因它而聯結在一起，其中摻入了其他名義的干預和維持就會無精打采，比如婚姻講究門當戶對，跟風度、美貌同樣重要，或許還更加重要，也會這樣。

不管怎麼說，結婚不是爲了自己；結婚是爲了傳宗接代、人丁興旺。婚姻制度與利益遠遠影響到我們以後的家族。故而透過第三者而不是透過自己選擇，照別人的心意而不是照自己的心意操辦，我是同意這種做法的。這一切跟愛的本意完全背道而馳！因而，像我好似在某個場合說過的，在這種崇敬神聖的聯姻中，用上你情我愛時的輕佻放肆，簡直是一種亂倫行爲。

亞里斯多德說，接觸妻子時應該謹愼嚴肅，只怕過於猥褻的撫摸，使她興奮得衝破理智的藩籬。他針對婦道說這番話，醫生針對健康說同樣的話。房事過於熱烈、刺激、頻繁會損害種子，妨礙受孕。他們此外還說，從自然規律來說，交媾過程是緩慢的，爲了使它充滿恰當與生殖的熱力，這件事應該做得次數少、間隔長。

她迫不及待抓住，往體內深深插入！

——維吉爾

我也沒見過哪種婚姻比建立在美貌與情欲上的婚姻更快產生裂縫、陷入混亂。婚姻應該有更堅實、更穩定的基礎，必須小心對待，沸騰的激情於事無補。

那些人認爲婚姻中加上愛情使婚姻更加光彩，這使我覺得他們的做法跟另一種人一樣，爲了提倡美德就說貴族不外乎就是美德。這些事有相似之處，卻有很大的不同。把姓氏與稱號混淆毫無必要，把它們合在一起對兩者都不利。貴族是一種良好的品質，引進也很有道理；但是這個品質是由別人給的，也會落在一個品德敗壞、不學無術的人身上，它就遠遠不及美德那樣受人尊敬；這若是一種美德的話，也是人爲的與看得見的；取決於時間與運氣；根據地域有不同形式；有生也有死；像尼羅河一樣找不到發源地；世襲的和出自民間的；自上而下的和彼此相似的；有功受祿的和無功受祿的。學問、力量、善良、美貌、財富，還有其他品質，都進入到社會交往與聯繫中，而貴族頭銜只歸個人擁有，對他人毫無用處。

有人向我們的一位國王推薦兩個人，謀取同一職位，一位是貴族，另一位不是。國王下令說不論身分如何，選擇最能做的那個，但是同樣能做時，那就考慮貴族，這就是所謂讓貴族身分沾了光。安提柯遇到一個陌生青年，向他要求讓他繼承父親的職位，他父親是位傑出人士，不久前逝世。安提柯對他說：「我的朋友，在這類事情上我注意軍人的是他的勇敢，而不是他的貴族身分。」

說實在的，不應該學斯巴達國王的官員那樣，不論號手、樂師、廚師，都由他們的孩子頂替，不論是多麼無知，也比精通技藝者優先錄用。卡利卡特人把貴族視作高人一等。禁止結婚，不得擔任軍職以外的任何工作。妻妾要多少都可以，女人也有同樣多的情夫，從不相互嫉妒，但是跟其他階層的人姘居就是犯了不可饒恕的死罪。他們走在路上被人碰撞一下，就認爲玷汙了身子；於是貴族身分也必受到極大的汙辱，誰只要過於靠近他們，就會遭到殺害。

因此賤民在行走時就像威尼斯船夫在水路轉彎時，必須喊叫以免相互碰撞。貴族命令他們朝指定的方向繞道。這樣貴族避開他們認爲終生洗不掉的汙漬；而賤民則可免於一死。不論時間多長、不論君王多恩寵，任何功勛、美德和財富，都不能使平民變成貴族。行業之間禁止通婚，更鞏固了這種風俗。鞋匠的女兒不能嫁給木匠，父母有義務培訓孩子繼承父輩的職業，不能從事其他職業，這樣維持他們的社會地位涇渭分明，長期不變。

若有什麼好婚姻，也不讓愛情作伴，以愛情爲條件，會竭力以友誼爲條件。這是一種溫和的終生交往，講究穩定，充滿信任，平時有數不清的有用可靠的相互幫助和義務。體驗其中深意的女人，

> 婚禮的歡樂燭光使他們結合。
>
> ——卡圖魯斯

沒有一個願意當丈夫的情人與朋友。以妻子身分享受的感情，會使她感到更光榮更安全。當他在其他地方動心獻殷勤，這時有人問他寧可讓妻子還是讓情婦忍受恥辱，誰的不幸會讓他更難受，他希望誰更體面風光。在美滿的婚姻裡，對這些問題的回答不用任何懷疑。

琴瑟和諧那麼少見，正說明它的寶貴與價值。夫妻若圓滿結合，彼此相敬，婚姻實在是組成我們社會的最好的要件，我們少了它不行，但又時時在損害它。這就像看到鳥籠的情況，籠外的鳥死命要往裡鑽，籠裡的鳥又絕望要往外飛。

有人問娶妻與不娶妻哪樣更好？蘇格拉底說：「人不論做哪樣，都會後悔。」有一句話

完全適合用到這個契約上去：「人對人」既是「神」又是「狼」。必須有許多因素的結合才造成這種情況。當今這個時代，婚姻更適合平民百姓，他們的心不會被享樂、好奇和閒散無事攪亂。像我這樣生性放蕩的人，憎恨任何形式的聯繫與義務，是不適宜結婚的，

脖子上不套個項圈，活得更加自在。

——馬克西米安

憑意願，即使有賢慧女子要嫁我，我也會躲開不去娶她的。但是這話都是白說，男婚女嫁的社會習俗比我們都強。我的大部分行爲都是出於仿效，不是出於選擇。而且也不是自己要仿效，而是被人牽著走，再加上各種巧合就上鉤了。因爲不要說是不適宜，就是再醜、再墮落、再不該沾邊的事，都可以在某種條件和情急之下變得可以接受的：人的姿態都是徒勞的！如今我已有了這種體驗，面對這種事自然更加無意和敵對。不管人家說我多麼放浪，其實我遵守婚姻的法規遠遠比我口頭說的、心裡想的更爲嚴格。

讓自己入圈套，再抱蹶子也爲時已晚矣。必須小心掌握自己的自由；但是既然承擔了義務，那就要受共同責任的約束，至少努力去做。有些人接受婚約卻又仇恨它、輕視它，這樣的做法不公正也不利。我還看到女人們相互傳授的那個民間金點子，簡直是一條神諭，

對你的丈夫，像對老爺般侍候他，
像叛徒那樣提防他。

——民間諺語

這就是說，「你對他的敬意是被迫的、敵對的、懷疑的」，這種戰爭與挑釁的叫囂同樣也是有害的、難以接受的。

我這人太軟弱，無法對付布滿陷阱的用心。說實在的，我還沒有這麼完美的手段與心計，會不分理智與不正義，把一切不合我脾性的秩序與規則都看作笑柄。我不會因爲憎惡迷信，而沒頭沒腦去反宗教。人若盡不到自己的責任，至少要愛和承認責任之所在。既結了婚又不算夫妻，這是背叛。再深入談一談吧！

我們的詩人維吉爾描繪了一宗婚姻，兩相情願、門當戶對，就是沒有太多的忠誠。他是不是要說，努力得到愛情又對婚姻保持若干義務不是不可能的，婚姻會受傷害但又不完全破裂？猶如一個僕人偷了主人的東西但並不恨他。美貌、機緣、命運（因爲命運也會插手），

人體器官也受命運的擺布，

被衣服遮住得不到星光青睞，
　尺寸大大的藏在陰影裡也是枉然。

——朱維納利斯

使她戀上了一個外人，可以不是全心全意的，對丈夫在屬於他的權利上還保持著一些情分。

這是兩種意圖，各有各的道路，不可以混淆。一個女人可以委身於某個自己絕對無意要嫁的男子。我不說這是財富的條件，而是男子本身的條件。很少有人娶了以前的情人而不後悔的。即使在另一世界也是如此。朱庇特起初對他的女人又愛又憐，結成夫妻後不是鬧得不可開交嗎？這就是俗語說的：在籃子裡拉了屎，又把它扣在自己頭上。

從前，我見到上等人家，用婚姻來可恥虛僞地治療愛情，對事情的考慮是完全不同的。我們可以互不抵觸地去愛上兩件不同與相反的事。伊索克拉底說雅典城令人賞心悅目，就像風月場上的女人。大家都喜歡到雅典城內散步，消磨時光；但沒有人愛她是爲了娶她，在這裡也就是說定居扎根。我看到有的丈夫自己對妻子不忠，卻對她們發狠，很不是滋味。自己有了錯誤至少不應該再去少愛她們，至少出於悔恨和同情，看她們更應該覺得親熱。

他①還說，目的各異，但在某種形式中又是互容的。婚姻這方面講的是實際、合法、榮譽與穩定，樂趣是平淡的，但是包括全面。愛情僅建立在快活上，也確實叫人更心癢、更興奮刺激；因不容易得到而點燃的一種快樂，需要激情與煎熬，沒有箭矢與烈火就不成爲愛情。女人在婚後過於慷慨大方，反而澆滅了欲火與熱情。讓我們看看，爲了彌補這個缺點，利庫爾戈斯和柏拉圖是如何爲立法而操心的。

女人拒絕這些世上通行的生活規則並沒有錯，尤其是男人制訂時並沒有和她們商量過。她們與我們之間自然會有磨擦和口角。我們跟她們訂立最密切的協定也是是非不斷、充滿暴風驟雨。

據維吉爾的看法，我們在下列事件中對待她們過於輕率：我們發現她們在愛情上的能耐與奔放，高得使我們無法比擬，這也得到那個忽男忽女的古代祭司②的證實，

兩種性別的維納斯，他都不陌生。

——奧維德

① 據《七星叢書·蒙田全集》法語原版的注釋，「他」是指維吉爾。據唐納德·M·弗萊姆與M·A·斯克里奇的兩部英譯本《蒙田隨筆》，「他」是指伊索克拉底。

② 指提瑞西阿斯，希臘神話中底比斯盲人占卜者。因向死者揭示奧林匹斯山的祕密，七歲時便雙目失明。

此外，我們還從生於不同世紀的一位羅馬皇帝和一位羅馬帝后的口中得到這樣的證據，兩人都是行房事的至尊高手，他在一夜間給十個薩爾梅舍被俘少女破瓜，而她也在一夜間二十五次顛鸞倒鳳，根據自己的需要與興趣輪換對手；

陰門洞開，還熱得發燙，
她把男人撂倒，自己疲憊不堪，但是沒有滿足。

——奥維德

在加泰羅尼亞發生的一樁訴訟案裡，來了一個女子，埋怨丈夫要求過於頻繁，以我看來並不多得讓她感到厭煩（因爲我只在信仰中相信有奇蹟），她只是利用這個藉口在婚姻的基本行爲上，去削弱和控制丈夫對妻子的權威，表達她們的不滿與惡意已經超越婚姻範圍，還把維納斯的溫文爾雅踩在腳下。丈夫是個十足變態的粗漢，對這樣的控制提出自己的回答，說即使在齋日他也不能少於十次。

這時頒布了亞拉岡王后的著名法令。經過內閣深入討論，這位善良的王后，爲了在正當的婚姻中讓節制與謙恭在任何時刻都有例可循，制定合法與必要的限額是每天六次。這對於女性的需要與欲望是遠遠不夠和欠缺的，然而是爲了建立——據她說——一種容易執行，因而也是長期不變的形式。

醫生們對此表現得大驚小怪，既然她們透過理智、改良和賢德還得到了這個尺碼，女性的胃口與荒淫又會達到怎樣的程度呢？至於男性的胃口，經過多方面的審察，首席立法官梭倫爲了夫妻盡興而玩，不致有名無實，定出每月三次的法令。我們對此是這樣相信和宣揚的，這以後又去要求她們克制天性，不堪忍受極端的痛苦。

比此更迫切的欲念是不存在的，我們卻要她們獨自去抵抗，不僅僅是一樁不容輕視的罪惡，還十惡不赦，該受詛咒，比不信教和弒父之罪更加要不得。我們做了則不會受到自責和咒罵。我們中間有人曾試圖克服它，又承認這有多麼困難，還幾乎是不可能的，還使用藥物抑制、平靜和冷卻肉體。我們相反地要求女人健康、保養好、颯爽英姿，但又要保持貞潔，這就是說血要熱、心要冷。因爲我們說婚姻的職能是防止她們欲火中燒，按照我們的習俗，很難讓她們解渴。如果她們覓到了一個血氣方剛的男子，他把精力發洩在別的地方倒可以引以爲榮：

不怕難爲情，大家上法庭！
我付了一千埃居買你的玩意，
你既賣了，巴蘇斯，這就是我的啦！

——馬提雅爾

哲學家波萊蒙活該被妻子告上法庭，他把傳宗接代的種子撒到了一塊不長莊稼的土地上。如果她們嫁了個沒用的傢伙，那是比做處女與寡婦還慘。因爲有個男人在她們身邊，我們總以爲她們心滿意足了，像羅馬人那樣由於卡里古拉皇帝近過身，就認定貞女克洛蒂雅·萊塔被玷汙了，而事後證實他只是走近她的身邊而已。其實這反而刺激了她們的需要，有男性作伴、接觸會撩動她們的欲念，獨處時心情比較平靜。由於在這種情況下有意保持貞節顯得更加可貴，波蘭國王博萊斯拉斯與王后金姬，雙方同意立下誓願，在新婚之夜同床共衾，既享有婚後的權利也保持童身。

我們培養她們從童年起就熟悉愛情：風度、穿著、知識、談吐，對她們的這一切教育都是針對這個目標的。女教師不做別的，只是在她們的心目中留下愛情的印象，甚至說個不停直到她們心煩爲止。我的女兒（我唯一的孩子）時年十五，達到法律允許早熟少女的結婚年齡；她秉性遲鈍，纖弱瘦小，被她母親養在深閨裡個別教育，以致她剛開始擺脫童年的稚氣，情竇未開。她在我面前朗讀一部法國書。遇到了fouteau這個詞，③只是一種熟悉的樹名；指導她行爲的那個女士立刻有點粗魯地打斷她，要她跳過這個詞彙。我由著她做，不去破壞她們的規矩，因爲我從不干預這種教育；閨訓自有其神祕的一面，這應該讓她們去安排。

③ 因與一個髒話讀音相近。

但是我若沒有說錯，她使喚二十個男僕六個月，也不會在心目中弄清這些可惡的音節意味著什麼？怎麼使用？其中包含的所有後果，而這個好心的老婦人一聲斷喝與責罵倒都教會了她。

婚齡少女就愛學習跳愛奧尼亞舞，
跳得腿都舉不起來，
她從童年已經夢想不純潔的愛。

——賀拉斯

讓她們摒除禮儀客套自由地發表意見，在這個學問上我們跟她們相比還是孩子。聽她們說起我們的追求與談話，你就會知道我們給她們的一切都早已明白與消化。難道正如柏拉圖說的，女孩在前世都是荒淫的少年。

有一天，在一個女人說悄悄話而不用擔心引人懷疑的地方，我的耳朵湊巧聽到其中幾句話，叫我怎麼說呢？（我要說）：「聖母哪！這個時候我們去學些《阿瑪迪》的詞句，研究薄伽丘、阿雷蒂諾的故事集，才不至於落伍；我們眞要好好利用自己的時間！怎麼說？怎麼示範？怎麼進行？她們都比我們書中寫的還懂得多。這套學問生來就在她們的骨子裡，維納斯都自學成才。

——維吉爾

自然、青春和健康，這些都是好教師，不斷地向她們的靈魂灌輸，她們不用去學，這本來就是她們創造的。」

幾曾見過潔白的鴿子或更淫蕩的小鳥，
趕得上戀愛中的女人熱情奔放，
頻頻要求去親吻咬著的嘴唇。

——卡圖魯斯

這般天生的欲火烈焰，若不時時用畏懼與榮譽稍加節制，我們這些人都會聲敗名裂。世上的一切活動都可歸結爲男歡女愛。這個物質無處不在，是一切事物注視的中心。古老智慧的羅馬爲愛情服務所立的條例，蘇格拉底教育娼妓的古訓，依然還可看到：

這些斯多葛派的書籍，
散放在絲綢座墊上。

——賀拉斯

芝諾制訂的法律中，同樣規定了與處女交歡的開苞與入港規則。哲學家斯特拉托的《論肉體結合》是什麼意思？提奧弗拉斯特在他一部題名爲《戀人》，另一部題名爲《論愛情》的書內，談的是什麼呢？亞里斯提卜在他的《論古代樂趣》又談些什麼？柏拉圖對他那個時代較爲大膽的愛情作詳盡生動的描寫，要達到什麼目的呢？還有德梅特利烏斯·法雷魯斯的《論戀人》；赫拉克里德斯·彭蒂古斯的《克麗尼亞斯》或《被迫的戀人》；安提西尼的《論生兒育女》或《婚禮》，另有《主人》或《情人》；阿里斯頓的《論愛的動作》；克里昂特斯的一部《論愛情》，另一部《愛的藝術》；斯弗呂斯的《愛情對話》。克里西波斯的《朱庇特與朱諾》那篇寓言，不堪入目，他的五十篇《詩體書簡》滿紙色情，又是爲什麼呢？

還有追隨伊比鳩魯學派的哲學家所寫的文章，那就不提了。從前有五十位神專門爲愛情服務。還有這麼一個國家，爲了滿足朝聖者的肉欲，在教堂裡養著一批少男少女服侍香客，也用於進入禮拜前的表演儀式。

「顯然，禁欲必先縱欲，滅火也要火來滅。」（佚名）

在世上大部分地區，我們身體的這個部位是被神化了的。在同一個地區，有人剝下這上面的一層皮作爲神聖的祭品，有人貢獻出他們的精子。在另一個地區，青年男子當眾在生殖器的皮肉之間刺幾個洞，再穿上鐵絲，鐵絲的粗長以極度忍受爲限。然後把這些鐵絲放在火上灼燒後奉獻給他們的神。他們若忍受不了這樣劇烈的疼痛，就被認爲不夠堅強與貞潔。另外地方，從這些器官來認定和評審最受人推崇的官員，在許多儀式中，高舉男性器官的圖像隆重地向諸神獻禮。

埃及婦女在酒神節上，脖子上掛一個木製男性生殖器，雕工精緻，大小輕重根據各個婦女的體力而定。此外酒神的雕像也突出這個部位，在尺寸上超過身體其餘部位。

我家附近的已婚婦女，在帽子上也有這個形狀的頭飾，放在額前，炫耀她們享受這份樂趣；當了寡婦，就把頭飾放在腦後，埋在帽子底下。

羅馬最賢淑的婦女接受榮譽向生殖神普里阿普斯獻花與花冠；未出嫁的女子在婚禮之日可以坐在他的不那麼尊貴的部位。在我的時代是否還見過這一類的虔誠禮拜，不得而知了。我們父輩穿的褲子前襟那塊可笑的東西，在今日的瑞士衛隊服飾中還可看到，這算是什麼東西呢？我們現時穿的寬鬆褲下露出那個東西的形狀，更糟的是經常比眞的要大，進行虛飾和欺騙，這又是爲什麼呢？

我不禁要想，這類衣飾是在世風淳樸敦厚的時代發明的，爲了不要遮遮掩掩，大家都公開大方地展示自己的東西。較爲原始的民族依然保持這種符合眞實的習俗。那時還傳授床笫之歡，猶如學習如何量手臂與腳的尺寸。

在我青年時期，那位大好人④為了不允許有礙觀瞻，在他的那座大城市裡把那麼多美麗的古雕像閹割了，這是根據另一位古代大好人的主張做的：

眼裡看到裸體，誘人想到罪惡。

——埃尼厄斯

其實應該像《美哉女神》這齣歌頌貞潔的神祕劇一樣，要考慮不允許出現任何男性象徵；但是不管把馬、驢子，總之一切大自然都閹割了還是無濟於事：

大地上一切生靈，人、野獸、水族、牛羊群、彩色斑斕的飛禽，都撲向愛的烈焰與怒火。

——維吉爾

柏拉圖說，神給我們這麼一個不聽話與專橫的器官，它就像一頭猛獸，貪婪饕餮，企圖把一切吞下肚。女人也一樣，這是一頭貪嘴好吃的動物，發情時不給它食物，就會發狂，一

④ 指保羅四世教皇（一五五四—一五五九）。

刻也等不得，體內熱力上升、血管不通、呼吸不暢、百病叢生，直至它吮吸到共同饑渴的果汁，才感到渾身舒泰，子宮深處滋潤滑溜。

我的立法官也應該想到，讓她們及早見識實物，比按照自由熱情的想像力胡思亂想更加貞潔和有效果。否則她們看不到眞實的東西，出於欲念與希望憑空揣摩出大上三倍的怪物。我就認識一個人，他完蛋了，就因爲他還不知道如何正確掌握、嚴肅使用時，把他的玩意兒到處招搖。

那些孩子在王宮走廊與樓道上留下那麼大的畫像，造成的傷害眞難說個清楚。看了這些後對我們的自然尺寸根本不屑一顧。柏拉圖研究其他制度健全的共和國以後，主張男女老幼在做體操時都要一絲不掛，彼此不迴避，誰知道他是不是針對這一點而言的。

印第安女人看慣了男人赤身裸體，至少減弱了視覺衝擊。（緬甸）勃固大王國的女人，腰部以下只遮一塊小布，前面開縫，非常狹窄，不管她們做得如何端莊，每走一步讓人一覽無遺，這種設計的目的是勾引男人，也是把男人從全民族盛行的戀男妓癖中拉回來。但也可以說，她們是得不償失，顆粒不進畢竟要比眼福不淺難受得多。

所以李維婭說，赤裸裸的男人在正經女人眼裡只是一幅畫。斯巴達女人結了婚也比我們的少女還純潔，天天看到城裡的青年光著身子操練，自己也不在乎走在路上露出大腿，就像柏拉圖說的，有了貞德也就不用衣衫遮羞。聖奧古斯丁則證實有些人認爲裸體有一種神奇的誘惑力，他們猜疑女人在最後大審判後會重生當女人，不願當男人而放棄用這種聖潔的狀態來迷惑我們。

總之，我們千方百計引誘她們、挑逗她們；不斷地煽動和刺激她們的想像力，然後我們又大喊：「肚子！」讓我們眞情自白：我們中間哪個不是怕妻子的罪惡帶來的恥辱，更甚於怕自己的罪惡帶來的恥辱；關注賢妻的良心，更甚於關注自己的良心（眞是一片善意）；寧可自己當小偷、褻瀆神聖，妻子做殺人犯、信邪教，也不願她沒有丈夫那樣貞潔。

女人會高高興興上法庭去打贏官司，上戰場揚名天下，然而卻不願意過著悠閒享樂的生活，那麼艱難地去守貞操。她們難道沒看到哪個商人、檢察官、士兵不放下工作去追逐這另一項工作，就是腳夫、鞋匠，不管工作多麼累，肚子沒吃飽，不也是如此嗎？

當麗西尼婭俯下粉頸接受熱吻，
半嗔半嬌拒絕你，
其實更想要的那件事藏在心裡，
掙脫身子走在你前面；
這時你難道不願用阿基米納斯的珍藏，
弗里吉亞國王米格東的金銀珠寶，
阿拉伯王的百寶箱去換取

她的頭髮，一根頭髮？

——賀拉斯

對罪惡的評議極不公正！我們與她們都會做出千百種壞事，要比淫亂更有害、更反常；但是我們歸納罪惡與衡量罪惡不是根據事物的性質，而是根據我們的利益，這方面的形式眞是差別不一。我們的法令懲罰婦女這方面的罪惡過於嚴厲與惡劣，超過罪行本身，產生的後果也比原因還要壞。

一位美麗的少婦，在我們的教育下成長，接受和接觸時代潮流與知識，受各種不同事例的影響，處在千百種連續強烈的誘惑中守身如玉，我不知道她這種決心，是否要比凱撒和亞歷山大建立豐功偉績時更加堅定。這種無所作爲要比有所作爲更多荊棘、更多生氣。我認爲一生披堅執銳要比守身做處女容易。保持童貞的誓願由於最難遵守，也是最高貴的誓願，聖哲羅姆說：「魔鬼的力量在腎臟裡。」

確實，我們把人類最艱苦卓絕的任務交給了女人，也讓她們去獨占光榮。這大約奇異地刺激她們更加堅定不移；這也成了向我們挑戰的良好材料，把我們自稱在價值與品德上超越她們的這種不符合實際的優越感踩在腳下。她們若加以注意，就會發現自己不但因此受到尊敬，還更加讓人寵愛。風流男士遇到拒絕，只要不是被女人嫌棄，而是她潔身自好，那他就絕不會放棄追求的。我們徒然發誓、威脅、埋怨，這都在撒謊，其實只會爲此更加愛她們。明白事理，又不板著面孔皺眉頭，這是再楚楚動人不過的了。面對憎恨與輕視還窮追不休，這是愚蠢與卑賤；但是對方只是執意保持美德與堅貞，還心存感激，那是一顆高尚慷慨的心靈大展身手的時候了。她們可能接受我們獻殷勤到一定的程度，讓我們眞誠感到她們並不輕視我們。

諄諄教導女人因我們崇拜她們而嫌惡我們，因我們愛她們而恨我們，這樣的法規畢竟太殘忍，也很難實施。只要我們的提議與要求不越出謙遜的責任，她們爲什麼不能聽一聽呢？爲什麼要去猜疑這裡面有沒有不軌的心聲？我們時代的一位王后說得好，拒絕愛的表白是軟弱的證據，說明自己容易得手；一位沒有受過誘惑的女人不能吹噓自己貞潔。

聲譽的界限並不是絕對的的，是有迴旋的餘地，可以避開又不致犯規。沿著它的邊緣總有一段無人管轄、自由中立的空間。誰非得把她趕了出去，逼入她的角落與要塞就不會滿足自己的福分，這是個蠢夫。勝利的價值是以難與易來評估的。你的殷勤與長處在她的心裡留下什麼印象，你想知道嗎？那要根據她的脾性來估計。有的人可以給得更多，但不給那麼多。恩惠的賜予完全取決於賜予者的意願。其他參與恩惠的客觀條件都是無聲的、死亡的、偶然的。她給你的一點點要比她給她的女伴的一切還珍貴。若有什麼物以稀爲貴，那用在這裡正恰當。不要看這那麼少，看得到的人也寥寥無幾。錢幣的價值是隨造幣所的模子與鑄造而定的。

不管惱怒與冒失會使某些人在氣過了頭時說些什麼，美德與眞情總是會占上風的。我見過一些女人，她們的名譽長期受到辱罵，她們既不在乎，也不矯飾，保持堅貞，最後重新獲得男人的普遍讚美，他們人人都後悔，否定以前相信的事。這些遭人懷疑的女人現在躋身於名媛貴婦之列。

有人對柏拉圖說：「人人都在說你的不是。」他說：「讓他們去說吧！我今後的生活會讓他們改變說法的。」除了對上帝的恐懼和獲得這種罕見的榮譽而叫女人保持貞節以外，這個世紀的世風墮落也逼得她們不得不如此。我若處在她們的地位，怎麼也不願意讓自己的名聲毀在這些危險者的手裡。在我那個時代，只是對某個知己與唯一的朋友敘述自己的風流韻事（這種樂趣簡直跟在做的當時同樣有滋有味）。現今聚會與餐桌上的普通話題，就是吹噓自己的豔福和提及那些夫人私下的放浪。讓溫情女子被無情無義的花花公子傲慢地作弄、侮慢、貶低，感到人心實在太卑劣低下了。

我們對於淫亂的這種不合情理的痛恨，源於一種最虛妄、最暴虐的疾病，它戕害人類的心靈，那就是嫉妒。

是誰不讓人借個火點燃火把呢？
火照樣不停地燒，火焰也不會減小。

——奧維德

嫉妒，還有它的姐妹羨慕，我覺得是最要不得的兩種情感。關於羨慕，我無話可說，這種情欲被人家說得那麼強烈，承蒙它的好意，沒有找上我。至於另一種情欲，我知道，至少目睹過。連動物也有這種感情。牧羊人克拉提斯非常寵愛一頭母羊，他的公羊趁他睡覺時，出於嫉妒用角衝撞得他頭破血流。

我們曾提出某些野蠻民族的例子，描寫這種情欲的過激。受文明約束的民族也會嫉妒，但有理智，還不致醋勁大發失去控制：

雖有姦夫被丈夫的利劍刺破，
未見他的血染紅斯提克斯河。

——約翰·西孔德斯

盧庫盧斯、凱撒、龐培、安東尼、加圖和其他一些英雄好漢都戴過綠帽子，他們聽到這件事並未非得拼個你死我活。那個時代只有一個叫雷必達的蠢人，為此事難過得死去，

啊！交了霉運的可憐蟲，
被人家掰開兩腿，後門大開，

硬生生地塞了鯔魚與辣根菜！

——卡圖魯斯

我們詩人書中的那位神，撞見妻子跟他的一個夥伴睡在一起，只是把他們羞辱一頓，

神也有不正經的，其中一位
還希望受這樣的羞辱。

——奧維德

妻子溫柔地撫摸他時，他禁不住心火吊起，怪她不要因此懷疑他對她是否熱情依舊：

還去尋找什麼？你對我的信任，
女神啊，用來做什麼啦？

——維吉爾

她甚至還爲她的一個私生子向他求情，

母親爲兒子請求武器。

——維吉爾

他的請求得到慨然應允。火神伏爾甘說到埃涅阿斯時大大方方，

我們應該給這麼一位勇士提供武器。

——維吉爾

確是比人更有人情味！這種深情厚意，我同意大家神留給著用：

不公正地把人與神相提並論！

——卡圖魯斯

至於孩子的正出與庶出問題，最嚴肅的立法者在他們的共和國裡有規定並實施。這不涉及到女人，在她們心中我不知怎麼總是嫉妒長駐不去：

經常即使是朱諾，這位高高在上的天后，

也對丈夫每日欺騙怒火中燒。

——卡圖魯斯

當這些脆弱可憐、沒有防禦能力的靈魂一旦心生嫉妒，是多麼受它殘酷地折磨與虐待，眞是叫人可憐。嫉妒會以友誼的名義潛入心靈；但是心靈一旦落入它的掌握以後，原先該引起好意的事，都會轉化成深仇大恨的原因。在精神病中，這個精神病誘發的養分極多，治癒的良藥極少。丈夫的品德、健康、才能、聲譽都可以是妻子怒火、妒火的引爆點：

沒有什麼恨勝過愛之恨。

——普羅佩提烏斯

女人身上原有的美與善，都被這種妒火損害與腐蝕，一個嫉妒的女人不論多麼貞潔與善於持家，行動中處處表現出刻薄與討厭。這是一種瘋狂的偏激心理，把她們推向與其動機完全相反的極端。

羅馬有一個奧克塔維烏斯就是如此。他跟彭蒂婭・波斯圖米亞通姦，快活以後對她更加入迷，立刻要求娶她，但沒有能夠說服她。這種極端的愛轉而使他恨之入骨，動起殺機，把她弄死了。同樣的，另一種愛情病的常見症候，是飲恨在心，使詭計，耍陰謀，妒火中燒的女人會做出什麼，誰也不知道。

——維吉爾

這種妒火不得不以好意來辯白，就更加折磨人。

貞潔的義務是很廣泛的。我們要她們克制的是意願嗎？意願這東西靈活生動；它來勢迅猛來不及制止。那怎麼辦呢？有時她們陷入夢幻太深，那就難以自拔。這不是她們自己，也不是貞潔本身（這也是個陰性名詞）所能防止欲念和春心的。如果她們的意願引動我們，我們會怎樣呢？不妨想一想，有多少有幸長了羽毛、瞎了眼睛、沒了舌頭的人蜂擁而去，撲向每個願意接待他的女人懷抱裡去。

斯基泰女人把所有奴隸與戰俘的眼睛挖掉，爲了更加自由隱蔽地利用。

機緣是首要的有利因素！誰問我愛情中的第一要點，我的回答是知道掌握時機；第二要點也是，第三要點仍然是，做到這點就能做到一切。我經常缺乏運氣，但有時也缺乏進取心，上帝讓還能自嘲的人免受傷害呢！當今世界在這件事上必須更大膽，我們的年輕人可以熱情作爲藉口而加以原諒。但是若進一步觀察，他們會發現大膽更可以說是來源於輕蔑。我謹慎小心只怕冒犯人家，樂意對我的所愛表示尊重。還不說在這類交往中，誰缺乏尊重，也就使愛有所減色。

我喜歡在這方面多一點孩子氣、靦腆和騎士精神。我不但做不到這一切，此外還有普魯塔克所說的傻氣和難爲情，一生中爲此受過不同的傷害與連累；這個缺點跟我總的性格是不相符合的；我們這樣不就有了背離與分歧嗎？我遭到拒絕與拒絕別人時都目光溫柔。我在麻煩人家時不亞於麻煩自己，因爲遇上責任迫使我去考驗某人的意願，去做一樁不明不白、令他爲難的事，我總是敷衍了事，不以爲意。倘若爲了我個人的私事（雖然荷馬確實說過窮人害羞是一項愚蠢的美德），我通常委託別人代我去難爲情。別人要我去效勞，我又遇到同樣的難題，我有時居然下決心回絕，然而又沒有這樣的力量去做。

試圖遏制女人身上那麼強烈而又自然的欲望，這是瘋狂。聽到她們吹噓自己做到守身如玉，冷若冰霜，我就會嘲笑她們；她們退縮得太靠後了。要是個掉了牙的乾癟老太太，骨瘦如柴的孱弱少女，說此話即使不可以完全相信，至少她們的外表是明擺著的。但是那些還會走動和呼吸的女子，這樣說反而會壞事，這些沒頭沒腦的謙遜會引起閒言閒語。就像我的一位鄰居鄉紳，被人懷疑是陽萎，

比萎蔫的甜菜還無精打采，
掛在褲襠裡豎不起來。

——卡圖魯斯

婚禮後三、四天，爲了自我辯解，到處信誓旦旦地說前一天夜裡做了二十次，這話後來被人

用來證明他無知，說服他離婚。在這件事上說什麼都是無用的，若不對衝動有過抗拒，也就不存在禁欲與美德。

應該說的是：「是這樣的，但是我不準備投降。」即使聖人說的也不過如此。有些女人，她們眞心誠意誇耀自己冷若冰霜，無動於衷，板著面孔要人相信她的話，就算是這樣吧。可是有的人一臉矯揉造作的表情，眼神也在否定嘴裡的話，滿口職業行話都包含著反意，我倒覺得很不錯。

我十分欣賞天眞與自由，這已無可救藥。如果不是眞誠的單純或孩子氣，那就不適合女士，在交往中也是彆彆扭扭的；不久會變質成了不知廉恥。她們的僞裝與表象只能蒙蔽傻瓜。說謊公然坐上了榮譽席，這也是一條歪路，讓人走錯一扇門卻撞見了眞相。

如果我們不能限制她們的想像，我們又要對她們做什麼呢？限制她們的行爲？玷汙貞潔的行爲逃過世人耳目的也夠多的了，

做這類事經常沒有旁證。

——馬提雅爾

我們最沒戒心的人經常是我們最要防的人；他們不露聲色犯的罪是最惡劣的罪：

直心直意的淫婦引起我的反感不大。

——馬提雅爾

有的行爲可以沒有什麼不貞潔，卻使人喪失了貞潔，甚至還有並不自知的：「有時接生婆用手去檢查少女的處女膜，惡意地、笨拙地或不幸地弄破。」（聖奧古斯丁）處女膜有人是在尋找時破壞的，有人是在嬉戲時喪失的。

我們不能夠明確規定哪些行爲是我們不許她們做的。法律只能用些籠絡、不確定的語言。她們的貞潔由我們來界定，這個想法本身就可笑。因爲在我知道的極端例子中，有一個法蒂婭，福努斯的妻子，她從婚禮以後再也不見任何別的男子；而伊埃隆的妻子不覺得自己丈夫口臭，以爲男人都是這個樣的。她們必須做到沒感覺、不見人，才會使我們滿意。

我們應該承認，評論這個責任的癥結主要還是在於意願。妻子有了外遇，有的丈夫不但不責備與侵犯她們，還奇怪地感謝與推崇她們的賢德。有一個女人愛榮譽勝過生命，爲了讓丈夫逃過一死，委身去滿足一個死敵的淫欲，爲丈夫做出了爲自己也不肯做的事。這裡不是多舉這類例子的地方，都太高尚、太豐富了，不宜從這個角度去看，應該留待更嚴肅的場合去討論。

但是，也可舉出並不那麼光彩的例子，不是天天有女人爲了丈夫的功名富貴，還由他們撮合安排，出外周旋的嗎？從前阿爾戈斯人福里烏斯把妻子獻給腓力國王謀取官職；還有那個加爾巴禮貌周全，他留米西納斯吃晚飯，看到妻子與客人眉來眼去傳情，有意斜靠在一個軟墊上，假裝撐不住打起瞌睡，成全他們的私情，表明自己極盡地主之誼。但是這個當口，一名僕人冒冒失失闖進來取桌上的酒壺，他對僕人大喝：「混蛋，你沒看到我只是爲了米西納斯才睡的嗎？」

有的女人生活放蕩，卻比表面一本正經的女人更有主見。就像我們見過有的女人抱怨自己在懂事年齡以前許願守貞操，我也見過有的女人眞正抱怨自己在懂事年齡以前就註定要放浪。造成這事的原因可能是父母的過失，或者是生計所迫，不想做也得做。在東印度，特別強調貞操觀點，但是習俗又允許已婚女子可以委身給送她一頭大象的男人；還對自己身價那麼高而感到榮耀。

哲學家費多是大家族出身，自從他的家鄉伊利斯被占領以後，只要他青春尚在，有人願意付錢，就以出賣色相爲生。據說梭倫是希臘第一個人，以法律形式准許婦女自由出賣肉體維持生計，希羅多德說在他以前已在許多國家實行這樣的做法。

這樣憂愁多慮帶來什麼後果呢？不論這種嫉妒的情欲如何有道理，還是應該看一看它是否有益地在推動我們。是不是有人相信自己有手段把她們鎖住？

把她鎖在屋裡。那由誰來看住你的看守？

她自有聰明先向他們下手。

——朱維納利斯

在這知識發展的時代，還有什麼事是辦不到的？

對什麼事都要打聽那是缺德，在這件事上好奇更是害人。這一種病沒有藥可治，用藥只會使它加劇和惡化；嫉妒只會增加恥辱，鬧得滿城風雨；報復只會殃及孩子，而不會治癒我們自己；要查明這樣一種病豈不是在做傻事嗎？去打聽這麼一件弄不清楚的事會耗盡你的精力，斷送你的性命。

我那個時代也有人調查得水落石出的，達到目的時多麼狼狽不堪！告發者倘若不同時提供良藥與援助，那麼這種告發有害無益，撒謊否認還應該挨上一刀子。費力去弄清眞相的人受到的嘲笑，不見得少於蒙在鼓裡的人。戴綠帽子的汙點是洗不掉的，一旦沾上，永遠沾上；懲罰反使這件醜事更加熱鬧。把個人隱私從陰影和疑惑中揭露出來，放到悲劇的舞臺上大聲吆喝，這樣很光彩嗎？這類不幸只有愈傳愈傷人心。

因爲妻子賢慧和婚姻美滿不是說眞正如此，而是沒有閒言閒語。這類事實眞相是討厭無用的，應該巧妙地避開。古羅馬人出門回家，習慣上先派人到屋前向女眷通報他們正在過來，免得撞個正著。有的民族還有這樣的習俗，婚禮那天由祭司幫新娘開道，爲了消除新郎的疑惑和好奇，免得春風初度時，追究她嫁過來是處女還是被外來的情人破身。

「但是人人都在說這件事。」我認識上百個正派人，當了烏龜依然作風正派，也沒丟臉。有一位高雅人士得到同情，但不受輕視。要讓你的美德化解你的不幸，讓善良的人指責你的這種遭遇，讓冒犯你的人想到此事心裡顫抖。此外，從一介草民到達官貴人，誰不被人家這樣說過？

是的，上至統領三軍的元帥，
任何方面，比你這可憐蟲都強。
——盧克萊修

你看這聲譴責不就把許多老實人拉到你面前來了嗎？想一想人家在其他方面也不會饒了你的。「連太太們也在嘲笑！」在這個時代，還有什麼比一場和平美滿的婚姻更引起她們嘲笑呢？你們中間每個人都讓某個男人戴綠帽子：大自然在有來有往、一報還一報、風水輪流轉方面是一致的。這類事頻繁發生，可能從此變得不再叫人耿耿於懷，以後會成爲風俗習慣也難說。

可憐的情欲，至今還是不能向人訴說，

命運不許耳朵去聽這類抱怨。

——卡圖魯斯

因爲你敢向哪個朋友去訴衷情，即使他不嘲笑，也會利用這些內情去接近，去通風報信，以求自己分杯羹。

婚姻中的苦與甜，聰明人都不會對外說的。這裡面自有許多麻煩事，對我這樣一個愛嘮叨的人來說，最主要的一個麻煩就是把自己知道與感覺的東西告訴別人，這在禮節上都是不妥當、有害的。

用同樣理由去勸說女人放棄嫉妒，這是浪費時間；她們的天性浸透了懷疑、虛妄與好奇，千萬別抱要用正常方法治癒她們的希望。她們經常經歷了這番折騰有所改善，表面上恢復了健康，其實這比疾病還可怕。因爲，就像有的魔法不會除病，只是把病轉移到另一人身上，當她們自己消除了妒火，很樂意讓妒火燒到她們的丈夫身上。

可是說實在的，我不知道她們身上還有什麼比嫉妒更叫人受不了；這是她們性格特徵中最危險的部分，就像頭腦相對於其他肢體來說。皮塔庫斯說每人都有苦衷，他的苦衷是妻子的那個壞頭腦，除了這個以外，他認爲自己處處幸福。這確是一個嚴重的缺陷，連這麼一個公正、明智、勇敢的人覺得自己的全部生活因此受到破壞，我們這些凡夫俗子更不知該怎麼辦了？

有人為了擺脫妻子的暴虐，要求馬賽元老院批准他自殺，元老院同意這個請求是有道理的；因為這一種痛苦只有隨同根子一齊除去，其他有效的辦法就是躲避或忍受，雖則這兩者都是極難做到的。

那個人我覺得他深諳人生，他說老婆是瞎子，丈夫是聾子，婚姻才會美滿。

還必須看到，我們強加於她們身上的這種極為粗暴嚴酷的義務，會產生兩個與我們的目的相違背的結果，一是慫恿了追求者，二是使女人更容易依從。因為首先是抬高要塞的價值，我們也抬高征服的價值與欲望。即使是維納斯也用法律來拉皮條，巧妙地提高床頭資，認識到不以新奇與高價相招徠，都只是一種平淡無奇的玩樂。

總之，正如款待弗拉米尼的主人說，都是一樣的豬肉，只是醬汁使它分出不同的味道。丘比特是個調皮搗蛋的神，祂的拿手好戲是跟虔誠與法律作對；祂的光榮就是用自己的力量來抗擊其他力量，用自己的規則使其他規則讓步。

祂時時刻刻窺伺著犯錯誤的機會。

——奧維德

其次是根據女人的秉性，假若我們怕做烏龜就會少做烏龜嗎？因為禁止更誘人躍躍欲試。

你要？她們不要。你不要？她們要。

——泰倫提烏斯

走一條通行無阻的路那多難爲情。

——盧卡努

對梅薩山麗娜的行爲還能有更好的解釋嗎？起初她按照常規讓丈夫偷偷戴綠帽子。但是偷情過於容易，丈夫又冥頑不靈，她突然看不起這樣的做法。於是她公開做愛，承認那些情人，供養他們、恩寵他們，對誰都不隱瞞。她要丈夫有所不滿。這個畜生絲毫沒有感覺，反而不聞不問提供方便，好像這些姦情得到他的承認與授權似的，使它們變得平淡無奇，毫無樂趣可言。

她怎麼辦呢？她是一個身體健康、尚在人世的羅馬皇帝的元配正宮，有一天趁丈夫克勞迪烏斯皇帝離開京城，在這座世界的中心舞臺羅馬，正午時刻，跟她長期的相好西利烏斯結婚，舉行公開隆重的慶典儀式。這是不是像是在說，她由於丈夫的冷淡而走向貞潔之路，或者是她找了另一位丈夫，引起他的醋心，來刺激他的肉欲？抗拒他是爲了煽惑他？

然而她遇到的第一樁難事也是她最後一樁難事。這個畜生驚醒過來。這類麻木不仁的聾子經常更難對付，我有過經驗，這種極端的痛苦面臨釋放時，會採取極其嚴酷的報復行爲。因爲怒火與憤恨累積成堆，一著了火，立即迸發出全部能量，擺脫一切節制，任憑怒火狂燒。

——維吉爾

他把她處死，還殺了許多姦夫，甚至包括一個不願做但被她鞭打著上床的男人。維吉爾對愛神維納斯與火神伏爾甘的描寫，在盧克萊修作品中也有；他更適當地用在維納斯與戰神瑪斯的偷情上：

瑪斯，暴烈的神，武功的王子，
經常躲到你女神的懷抱裡。
永恆的愛情創傷把他壓倒；
他要愛的滋養，貪婪的目光
盯著你的目光，呼吸摻入你的呼吸。
他靠著你聖潔的軀體躺直了休息。
女神啊！摟著他，輕輕安慰吧！

——盧克萊修

當我反覆咀嚼這首詩的遣詞用句，美妙高雅，對於後世人瑣碎小氣的隱喻覺得不屑一顧。這些大師不需要誇張做作的堆砌，他們的語言豐滿有力、清新自然。他們的文章不但結尾充滿諷刺，頭、腹、腳也都妙語連篇。不勉強、不拖沓，全文平穩和諧。「他們的文章充滿陽剛之美，不玩弄華麗的辭藻。」（塞涅卡）

他們的辯才不軟弱無力，而是不冒犯人。激情有力，不媚俗，但是讓人充實動情，尤其令具有獨立思想的人動情。讀到這些精彩文章，表述得那麼生動深刻，我不說這話說得好，我說這思想得好。思想充滿朝氣，語言才會志遠昂揚。「心使人能言善辯。」（昆體良）今人稱判斷爲語言，美麗辭藻爲空洞概念。

這幅圖畫的完成不是那麼有賴於手法嫻熟，而是物體在頭腦中留下生動的印象。加勒斯說話簡潔，因爲他思想簡潔。賀拉斯不滿足於膚淺的表述，那會詞不達意。他對事物看得清楚深刻。爲了表達自己的思想在整個修辭寶庫裡去蕪存菁；因爲他的觀念新穎獨特，他就需要新穎獨特的修辭。普魯塔克說他透過事物看拉丁語言；這裡一樣，語言是由感覺照亮和產生的，不再是如風吹過，而是有血有肉。語言的含義多於它的表達。即使魯鈍的人也能感覺到一些形象。因爲在義大利，日常談話中我可以隨心所欲說；但是遇上正經場合，我不敢使用我不能掌握的詞彙，也不越軌使用大眾詞語。這時，我就要能夠用自己的詞語來說話了。

由於才子的生花妙筆提高了語言的價值，他們不改頭換面，也不生造硬套弄得繁瑣複雜。他們不使用新詞，但是豐富自己的用詞，加強加深其意義與用法，產生意料不到的感人效果，但是始終做得謹愼巧妙。從這個世紀那麼多法國作家身上就可看到，只有極少人有這樣的天賦。他們大膽倨傲，不願隨波逐流，但是缺乏創意與謹愼而不得成功。只看到一種追求新奇的可憐做作，沒有感情與荒謬的隱晦，不但不能使語言精練，反而流於庸俗。他們一味標新立異，反而收不到效果；爲了造一個新詞，卻拋棄了常用詞，其實常用詞才更加生動有力。

我覺得我們的語言包容性很大，但是表達方式不多；我們從不使用狩獵與戰爭的用語，其實這是語言的肥沃土壤。說話方式猶如花卉，移植時得到改良和加強。我覺得法語足夠豐富，但是不夠靈活有力。它往往無法表達一個強有力的想法，當你振奮時，常常會覺得這個語言軟弱乏力，無奈之下使用拉丁語救急，其他時刻也用希臘語。

在上面篩選的詞句中，有些很難看到它們的力量，因爲濫用而損害和糟蹋原有的風雅。猶如日常交談中不乏精彩的句子與隱喻，因年代久遠而風采全失，因庸俗使用而色彩黯淡。但是有鑑賞力的人還是可以體味其中之妙處，也無損於這些古代作家的榮譽；就像是他們首先使這些詞句閃閃發光的。

做學問會把這些事玩弄得過於精深玄妙、矯揉造作，跟日常自然的說法有了差別。我的跟班談情說愛很在行。把萊翁．埃布洛與費西諾關於愛情的書唸給他聽，書中說的就是他，他的想法與行動全在裡面，而他絲毫也聽不懂。我在亞里斯多德的作品中也認不出我所做的大部分日常行動。他爲了供學派欣賞給它們蓋上了一件袍子。我若是做這一行的，會儘量讓做作恢復自然，猶如他們儘量把自然變成做作。發表愛的論文的作者邦波主教與埃基柯拉就不談了。

當我寫作時，手邊不放書，也不去回憶書；生怕書會破壞我的狀態。說實在的，優秀作家使我自歎不如，重挫我的勇氣。我還是借用那個畫家的詭計，他自己畫雞畫得很差，就不讓他的學徒把活雞放進畫室裡。

爲了給自己增光，我採用樂師昂蒂諾尼德的好主意，當他要演奏時，在前與在後讓其他拙劣歌手的演唱去灌滿觀眾的耳朵。

但是我要擺脫普魯塔克卻不容易。他學問博大精深，任何時刻不論你談到什麼怪僻的論點，都可以加入你的工作，向你伸出慷慨之手，文采炳蔚，讓人取之不盡，用之不竭。令我氣惱的是，有人在剽竊普魯塔克時也很可能附帶剽竊到我，我在轉述他一點東西時也不免要偷上一隻雞腿或雞翅。

基於這樣的考慮，我選擇在偏僻的家鄉寫作，那裡沒有人幫助我、指正我，那裡我日常遇到的人看不懂《天主經》上的拉丁語，更不懂首都裡說的法語。在別處我或許會寫得更好，但是這樣的作品就不完全是我寫的了；我的主要目的和理想是做我自己。我會改正偶然的錯誤——這比比皆是，也寫得不知所云；但是這些缺點也是我身上常有的，去掉這些缺點就不成其爲我自己了。

當有人對我說，或者我自己說：「你的修辭太晦澀。那是個加斯科涅土話。這個句子用得很玄（我一點不迴避使用在法國街頭聽到的句子，招來用語法反對習慣用法的人的嘲笑）。這一個言論太無知、太荒唐、那一個又太離譜。你經常愛打趣，人家會把你說著玩的話當眞的。」我說，「是的，但是我改正應用不當的錯誤，但是不改正符合應用習慣的錯誤。我不就是這樣說話的嗎？這不是生活中的我嗎？夠了，我做了我要做的事；世人透過我的書了解我，又透過我了解我的書。」

我天生愛模仿、學怪樣。當我貿然寫詩時（只寫拉丁語詩），這些詩明顯帶有我不久前閱讀的詩人的痕跡；在最初的隨筆中，有幾篇帶有異國風情。我在巴黎說的語言也不同於在蒙田說的語言。我對誰仔細觀察，他自然而然會影響我。我對什麼看在眼裡，就會留在身上：笨拙的姿勢、難看的怪臉、可笑的說話方式。舊習慣尤其容易沾上，它們抓住我、抱緊我，我不甩開是擺脫不掉的。人家常見我跟著說粗話，這倒不是天性使然。

這種學樣會弄出人命來的，就像亞歷山大國王在印度某地遇到體格力氣都大得可怕的猿猴，牠們看到什麼就模仿什麼的天性，倒提供了制服牠們的方法，不然要捕獲牠們還眞難。獵人深知牠們的習性，有意在牠們面前穿上有許多繩結的鞋子，在頭上戴有活結的怪帽子，假裝在眼睛上塗黏膠。這種模仿天性害苦了這些可憐的動物自己。牠們把自己捆紮得動彈不得。

另一種本領是把別人的言語動作照樣學得惟妙惟肖，經常帶來歡樂與讚賞，這長在我身上也完全像長在樹身上一樣自然。要我按照自己的意思發誓只是說一聲：「上帝啊！」這是最直率的一種發誓。他們說蘇格拉底是指狗發誓；芝諾是用山羊發誓，義大利人至今仍用這同樣的驚歎句；畢達哥拉斯則用水與空氣發誓。

我這人很容易不假思索地接受這些表面印象，接連三天滿口「陛下」或「殿下」，就是隔了一周以後，該稱「閣下」與「王爵」時還會脫口而出。我在玩樂嬉笑時說的話，第二天會在嚴肅場合說出來。因此在寫作時，極不樂意採用人云亦云的題材，生怕損害到別人的利益。一切題材對我來說都同樣豐富。我可以拿一隻蒼蠅來借題發揮；但是上帝保證我眼前正在寫的文章可不是信手拈來的！我一開始從喜歡的題材著手，因爲一切題材都是相互貫通的。

但是我的心靈使我不悅的是，就是當我不經意時，會平白無故地、出其不意地產生最深邃、最瘋狂、最令我喜歡的遐想，只因沒有立即把它們拴住也就倏忽消逝了。在餐桌上、在床上，但更多是在馬背上，我思路最廣，浮想聯翩。在不得不說話時，我稍嫌過分的要求別人注意與安靜，誰打斷我也就說不下去了。在旅途中，趕路的需要使談話斷斷續續；除此以外，旅行時經常沒有適合長談的旅伴，我也可以從容地跟自己談話。

這樣我就像陷在夢境裡；夢中叮囑自己要把這些夢記住（因爲我樂意夢想我在夢中），但是到了第二天記得清楚的是夢的色彩，快活的、或悲傷的、或奇異的；但是其他又有些什麼呢？愈尋找愈忘得徹底。因而這些偶爾在我遐想中出現的想法，倒頭來留在記憶中的只是一片模糊的形象，徒然尋覓後讓我無奈苦惱而已。

現在把書放在一邊吧！具體與簡單地來說，我最終認爲愛情不是別的，只不過是跟鍾情的對象共同歡樂的渴望，維納斯也只是一種宣洩的樂趣，若不節制與謹愼是有害的。對於蘇格拉底來說，愛情是由美撮合的繁殖欲望。多次看到這種樂趣引起可笑的撓癢，芝諾與克拉蒂普斯在激動時失魂落魄的荒謬動作、失態的狂怒，在愛情最甜蜜的時刻因興奮與殘暴而漲紅的面孔，還有在瘋狂中擺出這副莊重、嚴肅與出神的死樣，這裡面雜亂無章地並存著高尚與齷齪，人生至樂竟像痛苦那樣既會全身僵硬，也會低聲呻吟，我就想到柏拉圖說「人是神的玩具」這句話說得眞對，

多麼殘酷的作弄啊！

——克洛迪安

這是大自然的嘲弄，給我們保留了這個最煩心又是最普遍的行爲，在這方面平等對待，智者與愚者、人與獸都一視同仁。最愛沉思與最謹愼的人，當我想到他處於這個狀態時還裝出沉思與謹愼的樣子，我會把他當做厚臉皮的人，要用孔雀的爪子壓壓他的傲氣。

誰不讓你笑著說出眞理？

——賀拉斯

有人在遊戲時不談正經事，猶如某人說的，神像前面若沒有遮蔽就不敢向他奉禮。我們像動物那樣吃喝，但是這些行爲並不妨礙我們的精神活動，這是我們對動物占有的優勢。但是那件事使其他思想都置於它的桎梏之下，專橫獨斷，擾亂和打懵了柏拉圖頭腦中的全部神學和哲學。即使如此，他也毫不抱怨。你在其他地方都能夠保持分寸；其他活動都要遵守老老實實的規則；惟有這件事在大家的想像中只能是淫蕩或可笑的。你不妨找出一個明智與文雅的做法給大家看看？亞歷山大常說，他主要透過這件事與睡眠認識到自己還是個凡人。睡眠窒息和停止我們的心靈功能，而這件事也同樣使心靈功能蕩然無存。當然，這不但標誌我們的原罪，也標誌我們的虛妄與邪念。

另一方面，大自然又把我們往那裡推，既讓這種欲望包含了最高尚、有用與愉悅的行爲，又要我們把它看成是無禮與無恥的事加以譴責，遠遠躲開，爲此臉紅，又主張禁欲。把我們賴以生存傳種的行爲稱爲禽獸行爲，我們不正是蠢得像禽獸嗎？

各族人民在宗教方面有許多不謀而合的做法，如祭祀、點燈、焚香、齋戒、上供，此外還有譴責性行爲。各派意見在這點取得了一致，包括在廣大區域實行割禮，這也是對性行爲的一種懲罰。可能我們有理由責備自己造出這麼一件愚蠢的產品——人，稱這種行爲是恥辱，完成這個任務的部位是恥部（此刻在下的這個恥部倒是實在恥爲人知的了）。

大普林尼說到艾賽尼派教徒中好幾個世紀沒有乳母，沒有襁褓嬰兒，而是依靠外來者延續子嗣。外來者也讚賞這種美好的教規，不斷加入他們的隊伍。整個民族冒滅種的危險，也不承諾去擁抱女人，寧願絕後也不去生產一個。他們說芝諾一生中只跟女人有過一次交歡，這還是出於禮貌，爲了避免過於固執而有輕視女性之嫌。

人人都是見到生孩子就躲，見到死人要看。毀滅一個人時，找個寬敞明亮的場所，分娩一個人時，要躲在陰暗狹窄的洞穴裡。隱藏起來紅著臉去做人，這是義務；懂得如何去殺人，這是光榮，還附帶產生許多美德。前一種是侮辱，後一種是恩典。亞里斯多德說殺了他就是恩賜他，這是他家鄉的一個說法。

雅典人把生與死都同樣看作是壞事，爲了淨化提洛斯島，到阿波羅面前表白自己，在島內同時禁止生育與喪葬，

我們爲自己難爲情。

——泰倫提烏斯

我們認爲自己的存在是罪惡。

有些民族躲起來吃東西。我認識一位極爲尊貴的夫人，她也有同感，認爲咀嚼極不雅觀，大大有損於女人的風度與美姿，從不願在人前表現好吃的樣子。我認識一位男士，他無法忍受看人吃，也受不了讓人看著吃，因而他進食比排泄更躲著別人。

在土耳其帝國，許多男人爲了顯得比別人優秀，用餐時從不讓人看見；還一星期只進一

餐；在面孔與四肢上進行自殘；從不跟人說話；這些都是狂熱分子，認爲破壞天性就是尊重天性，輕視自己就是重視自己，糟蹋自己就是改善自己。

對自己窮凶極惡，視歡樂爲罪過，身處不幸才安心，眞是可怖的禽獸啊！

有的人一生過隱居生活，
拋下溫暖的家，過流放生活，

——維吉爾

躲開世人的目光；他們視健康與逸樂爲有害的大敵。不但許多部落，還有許多民族，詛咒自己的出生，祈求自己的死亡。有的地方還痛恨太陽，崇拜黑暗。

我們只是折磨自己時手段高明；是自己的精神暴力的獵物，精神錯亂實在是個危險的工具！

不幸的人啊！他們把快樂當成了犯罪！

——馬克西米安

「唉，可憐的人啊，你生來就有不少缺點，不要再動腦子去添加了；你的命運已經夠慘，不要自作聰明去加劇了。你本質上的醜陋應有盡有，也就不必憑空臆造了。如果不在閒中生出些煩惱，你是不是覺得活著太閒？你是不是覺得大自然要你做的事做完後，若不讓自己再做些什麼，就是失職和遊手好閒？你不怕違背不可置疑的普遍法則，自以爲是地建立個人狹窄幻想的法則；那些法則愈是特殊、沒把握和矛盾，你愈是竭力堅持。你自己制訂鐵定的法則占據你全部心靈，你教區的規則——上帝與世界的規則，則使你無動於衷。稍爲瀏覽一下這方面的例子，就包含了你的全部生活。」

維吉爾和盧克萊修這兩位詩人關於維納斯的詩句，談到色情含蓄而謹愼，使我覺得反而得到更多的啓發與說明。女士用蕾絲遮蓋乳房，教士把許多聖物放在胸前；畫家在作品中用陰影襯托光明；有人說陽光的折射與風的旋轉都比走直線方向更強。有人問一個埃及人：「你的長袍下藏了些什麼？」埃及人聰明地回答：「藏在長袍下就是爲了不讓你知道。」但是有些東西藏起來是爲了讓人看的。且聽這個人說得更直白，

我摟著她赤裸的身子緊貼身上。

——奧維德

我好像在被他閹割的感覺。馬提雅爾把維納斯的裙子撩得再高，也不會讓她全身赤裸。誰把話說滿了，使我撐、使我膩煩。誰怕把話都說出來，倒使我們想得更遠。這類謙遜中有

背叛的意味，其實是這些手法給想像力開拓了一條康莊大道。行爲與行爲描寫都應該像是偷偷摸摸的。

西班牙人與義大利人的愛情，較爲尊重與靦腆、婉轉與含蓄，這令我喜歡。我不知道是哪位古人希望頭頸長得像鷺鷥，東西嚥下去可以嘗得時間長一些。這個願望更適用於這個急躁快速的欲望，像我這樣的急性子，成不了好事。爲了防止速戰速決，延長前奏，在他們之間安排一切有利與有效的花絮：一個眼神、一個鞠躬、一句話、一個暗示。一個人若把烤肉的香味當做正餐餵肚子，豈不是個良好的節約習慣？

這種情欲裡實質的東西少，虛榮熱烈的幻想多，那也要按照實際價値付款與食用。應該教會那些女士保持身價、講究自尊，讓我們開心、讓我們發痴。我們一開始就猛衝猛撞，總是改不了法國人的急躁。她們若是讓情意細水長流，那麼每個人到了悲慘的晚年，還可以保存一份快樂，仔細玩味。

誰若在玩樂中享受玩樂，得到最高分才算贏，要狩獵就要有所捕獲，這樣的人不適合加入我們一夥。臺階與梯級愈多，頂上的寶座愈高、愈光榮。我們應該樂於有人引導，就像參觀美輪美奐的宮殿，透過不同的門和過道，悅目的長廊，數不清的彎道。這樣千回百轉增加我們的樂趣，流連徘徊時間更長。不抱希望，沒有欲望，我們的追求也就索然無味。我們的絕對占有欲使她們無限害怕，她們的一切取決於我們的忠誠與堅定，其處境就岌岌可危了。這是罕見、困難的美德；一旦她們是我們的，我們就不再是她們的了：

貪婪的欲望帶來的歡樂既已滿足，
承諾與誓言也就不再放在心裡！

——卡圖魯斯

希臘青年特拉索尼德太珍惜愛情了，他贏得情人的心以後，卻不去占有她的身子，不願因享樂而使他引以爲榮和縈繞心頭的這種不安的熱情有所減弱、膩煩和鬆懈。少吃才知肉滋味。且看有許多敬禮致意的方式，這也是我國的特點，蘇格拉底說接吻刺激、危險、奪人魂魄，但由於日以爲常失去了魅力，對於夫人來說，背後有三個跟班的哪個人無論多麼討厭，都要向他伸出櫻唇，這對她們實在是一個不愉快、帶侮辱性的習慣。

狗鼻子下掛一條灰色冰柱，
鬍子只是一撮又硬又粗的荊棘，
親他還不如親一百次大屁股。

——馬提雅爾

我們也占不上什麼便宜；因爲世界就是這樣組成的，要吻三位美女，我們必須搭上吻五十位醜婦；對於我這把年紀腸胃不好的男人，一個臭吻不是一個香吻所能抵銷得了的。

在義大利，男人即使在賣笑女子面前也做得像個殷勤膽小的追求者。他們是這樣辯解的：「享樂有程度高低的區別，只有貼心相待才會換來她們全心全意的服侍。她們出賣的只是肉體；心可沒有標價出售，它完全是自由的，屬於她個人的。」他們這樣說明他們要的是心，這話很有道理。

應該善待與交往的是心。給我一個沒有熱情的身體，我想到就駭怕，我覺得這是幾近失去理智的行爲，就像那個男孩；普拉克西特勒塑造了一尊美麗的維納斯像，男孩愛上了卻玷汙它。或者像那個瘋狂的埃及人，在爲一具女屍塗香料與裹屍布時竟衝動起來，做出姦屍的行爲。這件事後來促使埃及頒布了一條法律，年輕美女與名門望族的婦女，死後其屍體必須在家保持三天後，才能交給執行殯葬儀式的人手裡。科林斯暴君伯利安得更是人面獸心，他的妻子梅麗薩逝世，還在她的屍體上繼續享受（合法合理的）夫妻情緣。

這不就像月亮女神的怪脾氣，只因沒法得到心上人恩底彌翁的溫情，催眠使他睡上幾個月，跟這位只會在夢幻中活動的俊少年恩愛。

我還要說的是，愛上一個不表同意、沒有欲望的肉體，就像愛上一個沒有靈魂和感情的肉體。並不是一切享樂都是一樣的，有的享樂合乎倫理道德，毫無趣味。除了好意以外還有千百種原因可以使我們得到女士的青睞，這不足以說明有熱情。也可以像在別的方面弄虛作假，她們有時只是伸出半邊屁股讓你做，她們是不是在上香與獻酒？
這是個心不在焉的女人，還是大理石女人？

——馬提雅爾

我還知道一些女人，寧可出借身體也不願出借馬車，也只是在這方面跟人有來往。這就必須觀察她們喜歡跟你作伴是爲了其他目的，還是僅此而已，就像對待馬房裡的大男孩。你在那裡面占什麼地位，有什麼價值，

若委身於你一人，
這天她標上塊白石頭。

——卡圖魯斯

她若吃著你的麵包，卻沾著想像中更好吃的醬汁，那又怎麼樣呢？

摟著的是你，卻爲不在身邊的情人歎氣。

——提布盧斯

怎麼？我們難道沒看到現今有人利用這種事進行可怕的報復，下毒藥殺死一個正派女人？

我不在其他地方尋找這個題材的例子，熟知義大利的人不會覺得奇怪，因爲這個民族在這方面足以自稱是世界的導師。他們的美人通常比我們多，醜女比我們少；但是說到國色天香，我認爲我們不相上下。在人才方面也是如此，平庸之輩他們遠遠超過；性格粗暴的人，相比之下那裡顯然少得多；曠世奇才與精英，我們不遜於他們。

若把這樣的相似性繼續往下做，我認爲說到勇敢，我們比他們更普遍與自然，但是有時在他們身上表現出逼人的霸氣，那要蓋過我們所能提出的最驍勇的事例。這個國家的婚姻制度有如下的缺陷：社會習俗給婦女訂下非常嚴酷的法律要她們伏首貼耳，跟外人有任何交往，不論最疏的還是最密的，對她們都是一樁十惡不赦的罪。這條法律使得任何形式的接近都屬情節嚴重；既然一切皆導致同樣的後果，她們的選擇也就簡單了。一旦衝破藩籬，索性一不做二不休，熱情宣洩無遺：「淫欲如同一頭猛獸，上了鏈子後亂跳亂蹦，再後又被放了出來。」（李維）應該給她們鬆綁韁繩：

我親眼見過一匹馬桀驁不馴，
咬斷韁繩，迅如雷電往外衝。

——奧維德

給牠一點自由，發情反而緩和。

我們幾乎遭遇同樣的命運。他們過於約束，我們又過於放縱。我們國家有一個良好的做法，把孩子寄養在好人家，就像進一所貴族學校接受當宮廷侍從一樣的教育。據說，拒絕接受貴族學習是失禮的、是一種侮辱。我發現（因爲不同的家庭有不同的家風和方式），對收留的女孩管教甚嚴的夫人並不取得更好的效果。必須適度；大部分行爲必須讓她們自己掌握。因爲事實上沒有一種紀律是對什麼都能監控的。可以肯定的是，帶了衣物從自由學校偷跑出來的女孩，比從門禁森嚴的學校走出來的清純少女更多自信心。

我們父輩培育女兒懂廉恥、愼行事（勇氣與欲望是同樣的），培育我們要自信，我們並不理解。薩爾梅舍女人不曾在戰爭中親手殺死過一個男人，就沒有權利跟男人睡覺。而我呢？還有權利用耳朵聽，若倚老賣老讓她們聽我的忠告已是不錯的了。我就要勸她們也勸我自己保持節制，但是如果這個世紀對此很敵對，至少保持謹愼與適度。亞里斯提卜就有這麼一個故事，年輕人看到他走進一名妓女家，面孔紅了起來，他對他們說：「進去不是罪，不出來才是罪。」不願保全良心的人要保全名聲；肉質已壞，至少外觀要好。

兩情相悅，我主張循序漸進，過程緩慢。柏拉圖指出不論哪種愛情，當事者不應該貪易圖快。輕率魯莽地全面投降，這是貪吃的表現，她們應該施展一切伎倆加以掩飾。施與恩惠有條不紊，更加刺激我們的欲望，也不流露自己的欲望。讓她們永遠在我們面前躲躲閃閃，即使那些有意要被逮住的女人也這樣做，像斯基泰人，逃跑時打得我們更慘。

根據大自然給她們制訂的規律，她們確實也不適合主動表達意願與欲望；她們的任務是忍受、服從、同意；這說明爲什麼大自然賦予她們一種長久的能力，而賦予我們是時有時無、不確定的能力；她們常備不懈，可以隨時隨刻適應我們：「天性被動。」（塞涅卡）大自然要我們雄起表示自己的欲望，要她們隱蔽內斂，不宜於張揚，只是用於防禦。

以下的事例說明亞馬遜人的放浪不羈。亞歷山大大帝路過赫凱尼亞，亞馬遜女王塔萊斯特里率領三百名全副武裝、騎大馬的女兵前來找他，大軍的其他人馬在鄰近的山頭後面跟隨。女王對他當眾高聲宣說，久聞他戰功赫赫，勇冠三軍，使她前來瞻仰風采，願爲他的事業獻上她的財力與物力；見他那麼年輕美貌、英氣勃勃，她自己也是個十全十美的女子，還向他建議同床共枕，好讓世上最勇敢的女人和天下最英武的男人今後生個頂天立地的人物。亞歷山大婉言謝絕，但是對於她的第二個要求給予時間滿足，在當地住了十三天，值此時際他日夜宴樂，歡迎這麼一位颯爽英姿的女王。

幾乎在各方面，我們都是女人行爲的不公正的法官，女人對我們也是。我承認這是事實，不管它對我有利還是有害。這是一種惡劣的神經錯亂，使她們經常動搖不定，不能把感情專注在任何一件事物上；從這位維納斯女神身上就可看到，竟有那麼多次變心與那麼多個朋友；然而說來也是，愛情不暴烈就不符合愛情的本質，愛情若穩定就不符合暴烈的本質。

有人對此驚訝、怪叫，認爲這是違背自然與不可思議的怪病，要在她們身上尋找這種病的原因。他們經常看到自己身上得了這種病怎麼就不大驚小怪了呢？還應該說身上沒有這種病才更令人詫異。這是單純的肉體上的情欲，既然吝嗇與野心沒有終止之日，淫欲也無了結之時。滿足後還會存在，人不可能讓它時時刻刻滿足，也不可能讓它滿足後就此消失；它總是貪多務得；而她們的感情不專還比我們的感情不專更加情有可原呢！

她們首先可以像我們那樣聲辯，喜新厭舊是人之常情，大家彼此彼此；其次她們可以聲辯，而我們不能，就是她們買的貓總是打著悶包。（那不勒斯女王雅娜用親手做的一根金絲繩，把她的第一任丈夫吊死在窗前柵欄上，因爲她看到他的身材、美貌、青春與體魄想入非非，到了床上短兵相接時發現他的陽具與力量都不如人意，感到自己上了當、受了騙。）由於主動總比被動要作出更多的努力，因而她們至少可以滿足需要，而我們就會發生意外。

柏拉圖在這件事上明智地制訂了他的法律，爲了決定婚姻是否合適，法官要檢查結婚雙方，男的全身赤裸，女的裸至腰部。在檢驗我們時，她們會覺得我們不符合她們的選擇，

儘管手搓得沒有了力氣，
腰下還是軟若棉絮，
她氣呼呼下了床不再嘗試。

——馬提雅爾

不是有了意願便能使它挺立，軟弱與無能可以合法地解除婚約；

必須尋找一個強壯的漢子，
解開她處女的腰帶。

——卡圖魯斯

爲什麼不呢？根據她的標準，更風流、更有生氣的如意郎君，

要是他做不完這溫情的勞作。

——維吉爾

在我們那麼想取悅於人，博取歡心的事情上，把缺陷與弱點暴露無遺，這豈不是太不謹愼了麼？此刻我不願意功虧一簣，

只一回合，
就壞了事。

——賀拉斯

去惹一個我尊敬、害怕的女人討厭：

對一個可歎的

年過五旬的男人，

什麼也不用害怕。

——賀拉斯

讓這個年紀很可憐，而又不讓這個年紀很可笑，大自然做到這點應該滿足了。我討厭看到這樣的人，藏有一些殘餘的精力，一周要熱身三次，氣急敗壞，窮凶極惡，彷彿腹中的欲火可以燒上一天，其實只是蓬蒿著火，瞬息即滅。我欣賞在人生黯淡的寒冬還亮起強烈搖曳的火光。這種欲望應該屬於風華正茂的年輕人。你心中意氣風發，精神抖擻，眞以爲可以實現這種妄想，你看著，它就會把你撂在半路上的！若把欲念魯莽地發洩在某個稚嫩的少女身上，她驚訝，不懂事，在小棍子前發抖臉紅，

一根帶血色的印度象牙，

一朵在玫瑰輝映下發紅的百合花。

——維吉爾

他可以等著第二天，即使自己不羞死，也會看到她這雙美麗的眼睛中流露出輕蔑，他的卑鄙與無禮都落在她的眼裡，

她無聲的目光充滿譴責。

——奧維德

那一夜殷勤又辛苦，翻江倒海，弄得對方兩眼無光，眼圈發黑，但是無法感到滿足與自豪。當我看到某位女士討厭我，我絕不立即責怪她輕浮；而是想一想我是否應該責罵老天爺使我這麼不爭氣。當然，它這樣對待我有欠公正，很不客氣，造成極大創傷。

如果我的東西不夠長和粗。
婆娘們看了當然有理由不高興。

——《陽神普里阿普斯》

我和其他人同樣都是由自身各個器官組成的。我要是成爲男人則完全虧了這個玩意兒。我有責任向公眾全面地展現自己。我學習的智慧完全存在於眞理、自由、事物本質之中；不屑把虛飾、例行公事、鄉俗的生活小節列爲眞正的義務，而崇尚合乎天性、普遍長久的準

則，禮貌與儀式雖與它們是姐妹，但是私生的姐妹。

當我們在本質上有了缺點，必然會呈現於表面。當我們克服了本質上的缺點，若還需要努力，再去克服其他的缺點。因爲不然有這樣的危險，爲了原諒自己對本分的疏忽，憑空臆造一些新的責任，又把這兩者混淆不清。這樣的話就會看到以下情況，在錯誤是罪惡的地方，罪惡只是錯誤；在一些禮教較少、民風較鬆的民族，原始普遍的法則反而得到更好的遵守，數不盡的清規戒律窒息、減弱、分散了我們的注意力。對瑣事的關注引得我們拋開了急事。哦，這些淺薄的人走的一條路，跟我們相比是多麼輕鬆討巧啊！這都是虛情假意，我們相互掩蓋、相互奉承；但是沒有付出，在偉大的法官面前欠下更多的罪愆，他會撩起我們圍在腰際破爛的遮羞布，不用裝得把我們看透，就是我們最隱蔽祕密的醜事也逃不過他的目光。我們處女的童貞若能不讓他發現這個祕密，那倒也不失爲一樁有益的體面事。

總之，誰若能使人擺脫幼稚，不那麼迷信這種語言上的顧忌，對世界不會帶來重大損失。我們的人生半是瘋狂、半是謹慎，誰只是畢恭畢敬、循規蹈矩寫到它，那是把一大半疏漏了。我不爲自己作辯解，我若作辯解，那不是爲了什麼，而更是爲了我的辯解作辯解。我要向這樣的人辯解，我認爲他們在人數上要超過在我這一邊的人。

想到他們，我還要說〔因爲我希望使誰都滿意，這是很難辦到的：「由一個人去迎合那麼多的習俗、理念與意志。」（西塞羅）〕他們不要責怪我，因爲我引用了幾世紀來得到認可與贊同的權威的話；也沒有理由因爲我寫的不是韻文，就不讓我說些當今教會人士和頭面人物在說的話。這裡就是他們寫的兩句詩：

她的縫兒若不細，還是讓我死！

——泰奧多爾·德·貝薩

情人的陽具使她舒舒服服，歡歡喜喜。

——聖熱萊⑤

還有許多別人寫的，還要引用嗎？但我喜歡謙遜，不說也罷。我選擇這類引人反感的說法不是出於判斷，而是大自然爲我選擇的。我不讚賞它，同樣也不讚賞任何違背習俗的形式；但是我爲它辯解，無論在特殊和普遍的場合下減輕人們對它的指責。

再接著談吧！同樣，有些女人作出犧牲對你表示好感時，你就自認爲對她們有至高無上的權威，這是怎麼來的呢？

她若趁黑夜向你偷偷傳情。

——卡圖魯斯

⑤ 貝薩是加爾文的接班人，改革教會的領袖。聖熱萊是弗朗索瓦一世和亨利二世國王的布道師。

立即擺出夫權的私利、冷漠與專橫？這是一種自由的契約，你既然要她們遵守，你自己怎麼不遵守了呢？在兩廂情願的事情上是不講法規的。

這是違反常規的，但是在我那個時期根據自然許可的範圍，我處理這件事跟對待其他事那樣認認眞眞，還帶一點評理的神氣。我還向她們提出我感受到的熱情，向她們天眞地袒露其中的消沉、興奮、產生、投合與消失，並不總是一成不變的。我不輕易許諾，因爲我想我做到的要比許諾的與積欠的多。她們感到我這人忠實得願爲她們的不忠實效勞。我說的不忠實是指承認的與反覆多次的不忠實。我只要還懷著一絲一縷的感情，絕不與她們斷交；不論她們向我提供什麼樣的機會，我也不會跟她們絕情到輕蔑與憎恨的地步。因爲這種親暱，即使是在最羞慚的條件下得到的，也令我感到她們的好意。在她們耍詭計、找遁詞、雙方爭執時偶爾也會讓人看到我貿然發火與不耐煩。因爲我這人天生會激動，儘管不嚴重，時間也不長，經常也損害我們的交往。

她們曾經要試一試我看問題是否自由開放，我也免不了給她們提出父輩的忠告，觸到她們的痛處。我若任憑她們埋怨我，這是在我身上看到了一種愛，這從現代的習慣來說是又蠢、又認眞的。我信守諾言，即使在人家會輕易放過我的事情上也是如此。她們有時會爲保全名節而投降，投降條款被征服者篡改也不計較。顧及她們的名譽，我不止一次在歡樂達到頂點時懸崖勒馬，這時聽從理智的驅使，甚至給她們編出理由來反對我，她們若坦然接受我的規則，並照此辦理，要比憑自己的規則去行事更可靠、更嚴格。

我總是儘量獨自去承擔幽會的風險，讓她們輕裝上陣。我總是給約會作出最曲折、最出人意料的安排，這樣最不引人懷疑，而且在我看來也最容易促成。約會地點愈隱蔽，其實是愈公開。最不讓人擔心的事是最不禁止和最少有人注意的事，沒有人想到你竟敢會這樣做的事，則最宜於放心大膽去做，這所謂難事不難做也。

男人在交往中總是遇到尷尬的性問題。這種愛的方式更多時候還要講究紀律，但是我們這些人多麼可笑，又那麼缺少效率，有誰比我知道得更清楚呢？我若沒有什麼可後悔的，也沒有什麼可失去的了。

在海神廟的牆上
我掛了一塊許願牌，
向眾人昭示我獻出了
海難後的溼衣衫。

——賀拉斯

現在是公開說出這話的時候了。但是就像我在跟另一個人說似的：「我的朋友，你在做夢；在你這個時代，愛情跟信仰與正直沒有多少關係。」

說什麼用既定的規則約束愛情，
實在是希望胡思亂想。

——泰倫提烏斯

所以，反過來說，若由我重新開始，肯定還是走同樣的路、有同樣的過程，不管它可能會多麼無效。在一件不必讚揚的事情上，缺點與傻氣還是值得讚揚的。這方面我離他們的脾性愈遠，離自己的脾性則愈近。

此外，在這件事上，我不會全身心投入。我愉悅，但不會忘乎所以，大自然賦予我的這一點點理智與謹慎，還是完整保存的，爲她們與自己效力；有一點感動，但是不存幻想。良知也會捲入，在蕩檢踰閑前爲止；但是不會到忘恩負義、背叛、惡毒、殘忍的程度。我不會不計代價去得到邪惡之樂，只肯按照它的原來價值付款：「一切罪都不止於其罪本身。」（塞涅卡）

我討厭昏沉沉無所事事的遊蕩，差不多也同樣討厭艱難竭蹶的勞苦；前者使我無精打采，後者叫我身心交瘁。輕傷與重傷、一刀見血與不見血我都同樣歡喜。在這件事上當我躍躍欲試時，不走極端而採取中庸之道。愛情是一種清醒、活潑和愉悅的激情，我不爲之心煩意亂，愁眉苦臉，但是爲之心熱，還感到口渴，必須到此適可而止。愛情只對瘋瘋癲癲的人是有害的。

一個青年問哲學家珀尼西厄斯，聖賢戀愛是否適宜，他回答說：「不談聖賢，只談不是聖賢的你與我，不要讓我們捲入這種那麼動感情、撩人心火的事，它使我們當別人的奴隸，也被自己瞧不起。」他說的話有道理。誰的心靈都不能承受愛情的衝擊，不能反駁阿格西勞斯的名言：謹愼與愛情不能並存，那就不要去相信這種本質上是來去匆匆的事。這的確是一樁無妄的工作，不正經、不好意思、不合法。但是以這種方式操縱它，我認爲還是健康的，可使沉重的身心活躍起來，我作爲醫生向我這樣性格狀態的人推薦這個方法，完全如同推薦其他一切有益身心健康、延年益壽的方子一樣。趁我們尚停留在老年的門檻，脈搏還在跳動時，

> 白髮新添，人還老而彌堅，
> 命運女神拉刻西斯還有可紡的線，
> 兩腿邁得動，手裡拐杖不用。
>
> ——朱維納利斯

我們就需要有愛情這個讓人癢癢的東西來撩撥心火。你們看愛情使聖賢阿那克里翁恢復青春，朝氣蓬勃！蘇格拉底比我年紀還大的時候，談到他的愛情對象，他說：「我與她肩並肩、頭靠頭，共同在讀一部書，我絕不是亂說，就是在肩頭突然感到一刺，像被動物咬了

一口，此後五天內感覺有東西在我身上爬，一直不停地癢到心裡。」一個年邁冷漠的老人因一次偶然的肩頭接觸，竟重新燃起熱情，使人間最偉大的一顆靈魂煥然一新！爲什麼不可以呢？蘇格拉底是人啊！他不願意是、也不願意像其他東西。

哲學不反對天然的肉欲，只要拿捏分寸，主張節制不是逃避；竭力抵制的是荒誕不經的肉欲。哲學還說精神不應該加強肉體的欲望，巧妙地告誡我們萬萬不可以縱欲去引起饑餓，肚子只要塡飽而不要塞滿，避免去享受一切使我們難熬的樂趣，一切讓我們腹饑口渴的肉食與飲料；說到愛情服務，哲學關照我們只要取得滿足肉體需要的東西就夠了，不要驚動心靈，心靈也無須包攬成爲自己的事，只要照著肉體的意思幫著做就可以了。

但是這些訓誡有些苛刻，這只是涉及會完成任務的身子來說的。一個老朽的身子好比是功能衰退的胃，對於它不妨想辦法溫暖和強壯，透過想入非非去引起它已失去的欲望與輕鬆心情，我這樣認爲不是很有道理的嗎？

我們不是還可以說，當我們困在這個人間監獄裡，身上沒有什麼東西純然是肉體的或純然是精神的，把活生生的人分裂爲二那是十分有害；我們既然甘願去忍受痛苦，不也至少有理由甘願去追求快樂？聖徒透過苦贖忍受劇烈的痛苦（比如說）達到心靈的完美，肉體由於與精神是相連的，雖與這樣做的原因很少沾邊，必然也連累受這份苦，因而聖徒並不滿足於肉體單純跟隨與參加心靈的受苦，還要讓它也遭受殘酷的折磨，以致肉體與精神兩相競爭，讓人沉浸在痛苦之中，愈吃苦愈有益於靈魂。

同樣，追求肉體享受而冷落心靈並強制它如同去做一件必要而不得違背的義務，這是不是公正呢？其實支配的任務屬於精神，更應是精神來醞釀和培育、參與和誘發肉體的快樂；同樣按我的看法，也是在精神感覺本身快樂的同時，也把快樂傳播和注入到整個肉體，做到快樂對肉體與精神都是同樣愉悅與有益的。因爲這就像他們說得很有道理，肉體追求快樂不應有損於精神；但是精神追求快樂不應有損於肉體，爲什麼不是同樣有道理呢？

沒有其他情欲叫我充滿期待。對其他像我一樣沒有特殊天職的人，由吝嗇、野心、口角、訴訟引起要做的事，由愛情來做更爲方便；愛情使我恢復機靈、節制、優雅，注重儀表，保持舉止，不讓老年的鬼臉、可憐兮兮的怪相有損風度；回到健康明智的學習，以此獲得人們最多的愛戴與尊敬；在精神上擺脫自暴自棄，恢復思考；驅除因年老力衰、無所事事而產生的種種厭世思想、憂鬱情緒；被大自然拋棄的這顆心，至少在幻想中重新溫暖起來；這個可憐人正在大踏步走向毀滅，讓他昂起腦袋，保持心靈活力，精神矍鑠，延年益壽。

但是我很明白愛情這件好事是很難恢復的；由於體力弱與閱歷深，我們的情趣變得更細膩精緻；我們要求更多，而給予更少；我們願意作最佳的選擇，而我們只配被人最差的接受；我們認識自己，較前更爲膽怯多疑；了解自己與她的狀況，沒有東西可以保證我們被人愛。置身於這群朝氣蓬勃、熱情洋溢的青年之中自慚形穢，

腹股溝下這個不屈的器官
比山上新種的小樹還挺拔。
——賀拉斯

何苦在人家春風得意時出自己的醜呢？
讓血氣方剛的青年不無揶揄地瞧著，
我們的火棒一下子燒成灰。
——賀拉斯

他們自身有力量、有理智；給他們讓位，我們沒有什麼可以頂的了。

這束含苞欲放的花朵不會讓一雙粗糙的手去撫摸，也不會被純粹的物質手段誘惑。古代一位哲學家追求一名青春少女，未能得到她的青睞，有人嘲笑他，他回答說：「我的朋友，魚鉤釣不住這麼鮮嫩的乳酪了。」

這種交往需要有相互應求的關係；我們得到的其他樂趣可以用不同性質的報酬而接受；但這種樂趣只能用同一種貨幣來支付。事實上，做這件事得到的樂趣，使我的想像力癢癢的，比實際感覺的樂趣更甜美。只思得到樂趣而又不給人樂趣，這樣的人絕不是高尚的人；一切都是欠人家的，把負擔都加在跟他維持關係的人身上，這個人的心靈就更卑鄙了。風流漢要以這個代價去滿足欲望也就談不上美、交情與親密了。

如果她們只是出於憐憫才善待我們，我寧可去死也不願靠施捨過日子。我在義大利看到人家這樣募捐，我也要求有權利這樣問他們：「爲了你自己給我做做好事。」或者像居魯士鼓勵他的士兵：「自愛的人跟我來吧！」

有人對我說：「你去找你這階層的女子，命運相同的人作伴更容易。」——哦！多麼愚蠢乏味的妥協！

我可不願去拔死獅子的鬍子。

——馬提雅爾

色諾芬反對梅諾提出的責問，說自己要找青春不再的女人。看到一對金童玉女在一起眞是天作之合，即使只是心裡想一想，我也覺得比在極不般配的結合中當個配角有味道得多。我寧可讓加爾巴大帝有這種匪夷所思的胃口，他專愛跟身子硬邦邦的老女人做；這個可憐蟲，

願神看到你對我這樣，
在枯髮上留下熱吻，

緊緊摟住乾瘦的身子。

——奧維德

我認爲人造的、裝腔作勢的美是最大的醜。希俄斯島的少男埃莫內，想透過打扮去達到大自然沒有給予他的美，到了哲學家阿凱西勞斯面前，問他一位賢人會不會戀愛，另一位回答說：「會的，只要不是像你這樣裝扮雕砌出來的美。」坦然承認的老與醜，在我看來，比不上濃妝豔抹的醜與老。

我這樣說，會不會有人來掐我的脖子？我認爲稚氣未脫的少年時代，是順乎自然愛的當令季節，

若把他放在少女唱詩班，
柔髮飄飄，五官尚未定型，
最眼尖的人也認不出這孩子竟是個男兒！

——賀拉斯

美也是在這時刻。

荷馬把美延長到下巴開始發黑的年齡，就是柏拉圖也認爲這已是稀世奇珍了。詭辯派迪

昂把阿里斯托吉頓和阿莫狄烏斯⑥戲稱爲少年的絨毛，其原因也是眾所周知的。壯年時代已經出位。更不用說到老年了：

愛情鳥不會棲息在禿樹上。

——賀拉斯

那瓦爾王后瑪格麗特作爲女人，還讓女人把自身的特長發揮更長的時間，下令到三十歲才把「美人」稱號改爲「善人」。

我們讓愛情主宰生命的時間愈短，生命的價值就愈大。且看動情的人，這是個嘴上無毛的稚子。誰不知道在愛情學校裡一切都雜亂無章？學習、操練、實驗都顯得無能，因爲管事的都是些新手。「愛情不懂規則。」（聖哲羅姆）當然愛的行爲就混亂不堪，也回味無窮；出現錯誤，事與願違，也都很有趣美妙。只要刺激與渴望，謹慎不謹慎是小事。你看丘比特就是瘋瘋癲癲、跌跌撞撞的。誰若用道理與明智去指導他，你這是給他戴上了鐐銬；把他交到頑固的老人手裡，也就限制了祂神聖的自由。

⑥ 爲希臘兩少年，合謀殺死暴君，解放雅典。在此比喻少年初生髫鬚，也擺脫愛情的暴政。

此外，我經常聽到女人描繪這種純然精神的融合，完全忽視感官對此的享受。一切都是爲此服務的。但是我可以說我經常看到我們並不在乎她們精神的軟弱，而重視她們肉體的美；我還未曾見過她們爲了精神的美——不管多麼睿智和成熟，願意伸出手去交給一個顯得老態龍鍾的身子。蘇格拉底主張精神美，爲什麼在他高尚的門下就沒有女弟子急著用大腿去建立哲學關係，生出一個智慧的後代——這樣做豈不是能把大腿哄抬到最高價位嗎？

柏拉圖在他的《法律篇》中規定，在戰爭中立下豐功偉績的人，不論多醜、多老，出征時他要得到意中人的親吻和恩寵，都不能予以拒絕。他覺得對戰功的褒獎那麼公正，爲什麼在其他才華方面不能也給予同樣的褒獎呢？怎麼就沒有女人搶在她的姐妹前面去享受這種貞潔愛情的光榮呢？我的確是說「貞潔」兩字，因爲

他往前衝，很可能
只是茅草遇上烈火，
火焰一躥，隨即熄滅……

——維吉爾

罪惡在頭腦裡就夭逝，這不算太糟糕。

我的話一開閘就滔滔不絕，有時還造成危害，爲了給這個長篇大論做個小結，

就像情人偷送的蘋果，
跌落在少女貞潔的胸前。
可憐的姑娘忘了它藏在這裡，
媽媽過來，她站起身，掉下，
滑到孩子腳邊，滾出很遠。
她的臉紅了，洩露了她的過失。

——卡圖魯斯

我要說男人與女人都出自一個模子；除了教育與習慣，區別不是很大。柏拉圖在他的理想國中，毫不區分男性與女性，號召他們參加一切學習、操練、職責、戰爭與和平事宜，哲學家安提西尼一筆勾銷她們與我們的品德有任何區別。對異性指責比爲同性開脫要容易得多。其實彼此彼此，眞所謂：火鉤子嘲笑煤鏟子。

第六章　論馬車

有一件事不難證實，大作家在描述事件原因時，不但使用他們認爲眞實的原因，也使用他們難以相信的原因，只要這些原因有趣動人；再加他們說得巧妙，就會讓人當眞，不會白說。我們對哪個是主要原因沒有把握時，也會羅列出好幾個，看看哪個碰巧說中了。

提出一個原因不夠好。
舉上好幾個，總有一個對上號。

——盧克萊修

你問我向打噴嚏的人祝福，這個習慣是從哪裡來的？我們身上排出三種氣，從下面排出的氣太髒；從嘴裡呼出的氣會被人責怪太貪吃；第三種氣就是打噴嚏；因爲它從頭部發出，沒什麼可以責怪的，我們就給它這個有禮貌的接待。你別嘲笑這樣鑽牛角尖，據說還來自亞里斯多德。

我好像在普魯塔克的著作裡（我認爲所有作家中，他最善於把藝術與自然、評斷與科學結合一起來寫），看到他談起海上旅客翻胃的原因是害怕，還找了一些理由證明害怕會產生這樣一種後果。我這人很容易犯噁心，深知我不是這個原因，這不是從理論而是從切身經驗知道的。還有人對我說，牲畜尤其是豬，經常有這種情況，絕不是害怕什麼危險。一位朋友的經歷也向我證明了這件事，他很會暈船，有兩、三次遇上大風暴嚇得透不過氣，倒沒有想

嘔吐，像這位古人說的，「我難過得連危險也想不到了。」（塞涅卡）

我在水面上從來不怕，其他地方也不怕（要能死的話，這樣的機會也有好幾次了），至少沒有怕到驚慌失措的地步。害怕有時是缺乏判斷，也是缺乏勇氣所引起來的。我面臨一切危險時，總能正視面對，眼界開闊、清晰、完整。況且害怕也需要有點勇氣，與其他相比，有一次是勇氣幫助我有條有理地思索和安排逃離方法，逃離時不是不怕，而是不慌不忙；逃離是激動的，但不是暈頭轉向、氣急敗壞。

心靈偉大的人做一切都出色，他們逃離時不但鎮定自若，還表現出一身豪氣。且看亞西比得談到他的戰友蘇格拉底的撤退。他說：「我們的軍隊潰退後，我在最後的撤退者中間看到了他，他和拉凱斯一起；我從容不迫、不受干擾地觀察他，因爲我騎在一匹駿馬上，而他步行，我們作戰時也是這樣。我首先注意到他跟拉凱斯相比顯得多麼有主意、果斷。還有他昂首闊步跟平時沒有什麼兩樣，他目光堅定沉著，洞察周圍一切，時而瞧著戰友，時而瞧著敵人，對戰友傳達鼓勵之意，對敵人則表示誰敢要他的命，必將付出慘重的代價，他也因此得以脫身，因爲誰也不願攻擊這樣的人，大家只是對驚慌失措的人窮追不休。」

以上是這位大將軍的證詞，告訴我們一個日常的道理，魂不附身地只想落荒而逃，反而會讓我們陷入危險的境地。「愈不怕愈沒有危險。」（李維）我們這裡的人認爲誰表示他夢見了死或者預見到死，這是他怕死；這樣說是不對的。預見可以同樣用於發生在我們身上的好事與壞事。對危險進行考慮與判斷跟驚慌是完全不同的。

我覺得自己不夠堅強，承受不了恐懼以及其他激情的猛烈攻擊。我若一下子被情欲征服，壓倒地上，就再也不會完好無損地站起來。誰在精神上把我打垮，我就會一敗塗地。我的心靈會進行深刻的反省與探索，但是那個刺破的創傷永遠不會癒合結疤，幸好至今還沒有什麼病把我搞垮。遇到任何衝擊，我都全神貫注去對付。第一次衝擊把我摺倒在地，使我一蹶不振。我沒有第二道防線。洪水不論從什麼地方衝破我的堤岸，我立即四面受圍，無可挽回地沉入水底。伊比鳩魯說智者保持一貫本色，不會出爾反爾。我對這句名言另有一種反面的解釋：人一旦變傻，永遠不會再聰明。

上帝根據蔽體衣物來規定天寒程度，根據我的承受能力而賦予我種種情欲。大自然一方面給我遮蓋，一方面又讓我裸露；既讓我天性懦弱，又讓我感情麻木、悟性不高、遲鈍。

我不能長時間坐馬車、轎子和船（年輕時更差）；不論在城裡還是鄉下，除了騎馬以外討厭一切車輛。轎子比馬車還要叫我受不了，出於同樣的原因，令人害怕的水上顛簸也比風平浪靜時的移動更易忍受。船槳划動，船身輕輕晃動在腳下滑過去，我不知怎麼會感到腦袋和胃一陣攪動，就像我受不了坐在一張抖動的座位上。當帆船或水流帶著我們平穩前進，或者我們坐在縴夫拉的船上，這種均勻的擺動並不使我難受；而斷斷續續、拖沓的搖晃，簡直是在作弄我。我也說不出到底是怎麼一回事。醫生囑咐我在小腹下綁一條毛巾應付病情；這方法沒試過，我一向習慣讓自己產生抗力來對付自身的缺點。

如果我還有足夠的記憶力，我會不惜時間在這裡談一談馬車在戰時的用途，根據民族、世紀皆有所不同，史書中的記載也不絕如縷。我覺得效率極高，還必不可少。奇怪的是我們把這方面的知識竟忘得精光。

我只說這麼一件事，還不是很久以前，在我父輩那個時代，匈牙利人非常有效地利用馬車去攻擊土耳其人，每輛馬車配置一名盾牌手，一名火槍手，許多排列整齊、上弓待發的火繩槍，整體都遮在一只大盾罩裡，就像一艘荷蘭漁船。他們打仗時三千輛車排成一條陣線，炮聲一響，策車前進，先給敵軍一個迎頭痛擊，然後再嘗嘗其他滋味，這時已經占了不小的上風。

不然就是派出戰車衝進他們的騎兵陣地，衝得他們七零八落、陣腳大亂。此外當隊伍在平原上行軍，在敏感薄弱地帶可以用來保護他們的側翼，或者掩護和鞏固一個臨時駐地。

在我那個時代，邊境地區有一位鄉紳，身體高大，沒有一匹馬載得動他這身重量，遇上衝突就乘了上述那樣的馬車到處跑，非常方便。但是且不談這些戰車。墨洛溫時代的國王乘了由四頭牛拉的大車到處巡遊。

馬克·安東尼是第一個乘獅子拉的車進羅馬的人，還有一位少女樂師伴著他。後來埃利奧加伯勒斯皇帝也這樣做，自稱是眾神之母庫柏勒，摹仿酒神巴克科斯用老虎拉車；他有時還在車上套兩隻鹿，有一次四隻狗，還有一次讓四個赤身裸體的少女拉車，他自己也赤身裸體，儀式相當隆重。

腓米斯皇帝由奇大無比的鴕鳥拉車，不像在跑，簡直是在飛。這類標新立異的做法也使我頭腦裡產生這個怪念頭，這是國王的一種虛弱表現，證明他們自己本身並不怎麼了不起，必須借窮奢極欲的揮霍來顯出氣派。在國外這樣做還情有可原；但是在臣民中間，他可以爲所欲爲，從他的地位可以得到他所能擁有的至高無上的榮譽。就像一位貴族，我覺得他在私生活中服飾華麗，實屬多餘；他的府邸、排場、膳食已經足夠顯示他的身分。

伊索克拉特向他的國王提出的勸諫，我覺得不是沒有道理的：「他可以添置華麗的傢俱與精緻的器皿，因爲這些東西使用長久，還可以傳至子孫後代；但是應該避免一切在生活與記憶中迅速過去的奢華方面揮霍浪費。」

年輕時我沒有什麼可以炫耀的，就在衣著上講究，覺得很好；漂亮衣服穿在某些人身上有一副哭相。我們有一些精彩的記載，說到我們的國王個人生活儉樸、饋贈簡單；國王偉大在於威望、品德和機緣。雅典城有一條法律，規定公帑要用於盛大的歡慶活動，德摩斯梯尼竭力反對，他主張國家的強盛表現在大量裝備精良的戰船與給養充足、驍勇善戰的軍隊上。

提奧弗拉斯特在《論財富》中提出相反的主張，認爲這一類花費是財富的眞正果實，他這種說法遇到應有的反對。亞里斯多德說，這些娛樂只涉及最底層的老百姓，一旦享受以後也就從記憶中雲消煙散，任何賢達莊重之士都不會予以重視的。我覺得把錢花在建造海港、避風港、防禦工事和城牆、雄偉建築、教堂、醫院、學校、修築道路，這樣更冠冕堂皇，同樣更實用、正當和持久。在這方面格列高利十三世教皇在我青年時期留下值得稱道的回憶，還有我們的卡特琳王后，她若擁有隨心所欲支配的財富，當政那麼多年必然會表現出她天性的慷慨豪情。我們大城市裡那座新橋中斷建造，這是命運對我的打擊，使我無法在有生之年看到它投入使用。①

除此以外，我覺得對於觀看這些凱旋慶典的臣民來說，是向他們炫耀他們自己的財富，用他們自己的錢玩樂。因爲老百姓樂意國王做的，就像我們樂意僕從做的，是他們應該動腦筋去準備大量我們所需要的東西，但是他們自己可別想占到便宜。

加爾巴皇帝在宴席上聽了一位樂師的演奏很高興，命人把他的錢匣取來，從中抓了一把錢幣給樂師，還說這幾句話：「這不是公家的錢，是我自己的。」不論什麼事，大多數情況下老百姓是有道理的，錢應該用來飽肚子的，卻給人用來飽眼福了。慷慨的美德在國王的手裡也變了味，其實老百姓有更多的權利；因爲明確來說，國王的一切都取之於別人，沒有一樣眞正是他自己的。

審判機構不是爲審判者設立的，是爲被審判者設立的。任命一位高級官員，不是爲了他的利益，而是爲了下層的利益，請醫生是爲了病人，不是爲了他自己。一切官職猶如一切藝術，其目的不在本身：「沒有一種藝術僅局限於自身範圍。」（西塞羅）

---

① 指巴黎市塞納河上的新橋，始建於一五七八年，完成於一六〇八年。

因而王子童年的帝師都著重於要他們銘記慷慨的美德，諄諄教導他們不要暴殄天物，對東西的最好利用莫過於施惠於人（我那時盛行這樣的教育）。其實是他們關心自己的利益更多於主人的利益，或者是不理解自己是在跟誰說話。要一個要什麼有什麼的人做事慷慨，這是太容易了，因爲他其實也是慷他人之慨。不應以禮物的輕重，而要以贈予者的能力大小來衡量價值，以他們的能力來說這個價值眞是微不足道。他們在慷慨以前已經是敗家子。因而慷慨這種美德跟君王的其他美德相比，不值得隆重推薦；它在暴君狄奧尼修斯的嘴裡，還是與暴政極爲相配的唯一美德。我更想教他古代農民的這句話：

誰要好收成，必須用手而不是用口袋撒種子。

——寇里那

（種子必須用撒的，而不是倒的。）君王有那麼多人要賞賜，或者更應該說有那麼多替他效力的人要酬謝和償還，他應該是個公正明智的論功行賞者。一位君王若慷慨無度，揮霍成性，我覺得他還是吝嗇比較好。

君王的美德最主要似乎在於公正；在公正方面，從慷慨的公正最能看出君王的爲人。因爲君王總是把慷慨的公正留給自己執行，而把其他的公正很樂意借他人之手執行。過分大方這辦法並不有利於讓人感恩頌德，因爲引起反感的人要比籠絡的人多：「好事做多了以後就不能做少。長時期做得很開心的事竟讓自己不能再做，還有比這更傻的麼！」（西塞羅）若不是論功行賞，對受賞的人是羞慚，得到也不會感激。在民眾的仇恨中，暴君常死於受過他們不當恩賜的人之手，這些人無非想保住自己這份不義之財，顯示自己也蔑視和憎恨給他們賞賜的人，在這點上與人民大眾的看法與意見保持一致。

賞賜無度的君王，也會使臣民貪得無厭。他們分賞時不以理性，而是以慣例爲依據。當然我們經常也該爲自己的厚顏無恥而臉紅。當賞與功相抵時我們其實已經是被人過獎了，因爲效勞君王不就是我們的本分義務嗎？他承擔我們的費用，這是他的好意。他適當說明已是夠好的了，多餘部分則稱爲恩惠，這是不能去討的，因爲慷慨這個詞就含有「自由作主」的含義。②以我們這種方式，永遠得不到效果，收下的不再放在心上，大家喜歡的是下次的賞賜，因而君王愈是竭力賞賜，朋友愈見減少。

欲望的滿足與增長是相應的，有什麼辦法抑制呢？一心想得到的人，從不再想已經得到的東西。貪婪的特性就是忘恩負義。居魯士大帝的例子用在這裡倒是不錯，可以作爲當今君王的試金石，來檢驗他們的賞賜是否恰當，還可讓他們看到這位皇帝遠比他們善於賞賜。今

---

② 法語中自由（Liberté）與慷慨（Libéralité）是同根詞。

日君王淪落到向陌生的臣民借債，經常還是向他曾傷害過的人，而不是向受過他恩惠的人借，得到的援助也只是在名義上是無償的。

呂底亞國王克羅瑟斯責備居魯士太大方，他若出手稍緊一緊，他的財富會達到多少。居魯士爲了證明自己的做法是對的，派人通知他的帝國內受過他特殊恩惠的各處藩王，說他有急用，請他們各人盡其財力幫助他，並送一份贈單。他的每位朋友認爲僅把他賞賜給他們的那筆款項歸還給他是不夠的，另外又加上了自己的一筆鉅款，當他收到這些贈單時，發現贈款的總數遠遠超過克羅瑟斯所說的節約下來的錢。這下子居魯士對他說：「我愛財富不比其他君王差，我只是更會盤算。您看到我花錢不多卻得到那麼多來自於朋友的不可估量的財寶，他給我管理財務，不知要比那些不知感激、沒有感情的僱用者忠誠多少倍，我的錢遠比藏在錢櫃裡更可靠，錢櫃只會給我招來其他君王的憎恨、嫉妒和輕視。」

羅馬皇帝爲他們鋪張浪費的公眾娛樂與慶典辯解說，他們的權威（至少在表面上）取決於羅馬人民的意志，羅馬人民自古以來就喜歡看這類盛大熱烈的演出。然而，隆重盛情接待同鄉賓客，這是民間形成的習俗，由個人自掏腰包，而君王模仿他們這樣做，這裡面的意思就完全不一樣了。「從合法主人那裡取錢交給不相干的人，這不應該稱爲慷慨。」（西塞羅）腓力由於兒子試圖送禮贏得馬其頓人的好感，寫了這麼一封信責備他：「怎麼？你想要你的臣民把你看做是他們的財神爺，還是一國之主？你要爭取他們？那就發揮你的美德，而不是錢庫的作用。」

把大量棵棵都是根深葉茂的大樹，擔到競技場上，種在四邊，形成一座蔥蔥郁郁的大森林，整齊有序，非常美麗。第一天在裡面投入一千隻鴕鳥、一千頭斑鹿、一千頭野豬、一千頭黃鹿，任憑老百姓狩獵；第二天，在他們面前殺戮了一百頭大獅子、一百頭非洲豹、三百頭熊；第三天，像普羅伯斯皇帝那樣，下令讓三百對角鬥士對殺直至死亡爲止，這誠然極爲壯觀；同樣極爲壯觀的是這些美輪美奐的圓形劇場，外牆鑲嵌大理石，上有雕刻與塑像，牆裡裝飾稀世珍寶，熠熠生輝，

門樓上金光閃閃，四周寶石耀眼。

——卡爾普尼厄斯

巨大的空間四周從高到低是滿滿六十到八十排也是大理石的環形階梯，並鋪上座墊，

讓他走吧！他說，不付錢，
那就離開騎士專座，眞不害臊！

——朱維納利斯

那裡可讓十萬人坐得舒舒服服；首先角鬥場深處是表演的場所，巧妙地鑿出一些往下凹陷的

洞口，類似獸穴，表演的野獸從那裡衝出來；再後可以灌滿水造出一個深海，海上怪獸浮沉其中，還有戰船，準備表現海戰；第三場把地填平，把水抽乾，開始角鬥士的廝殺；第四場在地面上鋪朱砂與蘇合香脂，把角鬥場改成宴樂場，隆重設宴招待這群數不清的客人。這是一天中的最後一幕；

多少次我們看見
角鬥場的一角下陷，
從中衝出猛獸，
在深淵遮住的森林裡
長出深紅色樹皮的黃金果樹。
我不但看到林中怪獸，
還有海豹跟狗熊惡鬥，
還有醜陋的海馬群。

——卡爾普尼厄斯

有時看到一座高山拔地而起，長滿鬱鬱蔥蔥的果樹，從山頂流下一股溪流，彷彿來自一口清泉。有時看到一艘大船，船身會自行打開，從中放出四、五百頭鬥獸，自行合攏，消失不見。從前在這地方下面會鑽出水管，朝天噴出水柱，高達蒼穹，灑落在眾人身上香噴噴。爲了防止日曬雨淋，他們在這廣大的劇場上張開針縫的紫色天幕或是彩色絲綢，全憑他們高興可以伸縮自在：

驕陽雖似火，使劇場燃燒，
埃莫琴出場，還是把天棚收了起來。

——馬提雅爾

觀眾面前防止野獸襲擊的防護網，也是用金絲編的：

金絲網閃閃發光。

——卡爾普尼厄斯

這類窮奢極欲若有什麼可以原諒的話，那絕不是一擲千金的豪舉，而是創意與新奇令人讚歎。

即使在這些虛榮的排場上，也可發現在那些世紀裡，他們豐富的精神面貌也與我們不同。這類豐富性也表現在對大自然的其他一切創造中。這不是說大自然在那時已用盡它最後的力量。我們不思前進，左右徘徊，原地不動。我擔心我們的知識在各方面都很薄弱；我們前瞻不遠，後顧又不夠；視野狹隘看得少，在時間的延伸與事件的涵蓋上都是又短又窄。

阿伽門農之前有過多少英雄好漢，
但是對他們已無人流淚，
長夜漫漫已難覓蹤跡。

——賀拉斯

特洛伊戰爭以前，特洛伊淪亡以前，
許多轟轟烈烈的事件都有自己的詩人。

——盧克萊修

梭倫從埃及祭司那裡獲悉他們國家漫長的歷史，以及他們得知與保存其他國家歷史的方法。我覺得不應對這個證詞視而不見。「假使我們能夠看到空間與時間的無垠，心靈在其中八方遨遊，上下探索，沿途遇不到一個極限，我們在這塊太空之中將會發現無窮無盡的事物形態。」（西塞羅）

即使留傳到我們這一代的歷史遺存全部是真實的，還被人知曉，那跟我們不知道的事物相比依然是微乎其微的。對於我們所處時代的世界面貌，就是最好學的人擁有的知識也是如此貧乏與淺陋！不但命運要我們引以爲戒的重大事件，就連那些大國的重大決策的內容，我們遺漏的也遠比知曉的多上一百倍。我們對自己發明大炮與印刷術，大驚小怪稱爲奇蹟，其他民族，遠在地球另一端的中國，早在千年以前就在使用了。假使我們看到的世界跟我們看不到的世界一樣大，可以相信我們發現形態永遠在繁衍變化之中。

對自然界來說，沒有什麼東西是唯一的或極少的，而對我們的認識來說又是這樣的，我們的認識是我們規則的脆弱基礎，也就提供了非常錯誤的事物形象給我們。這就像從我們自身固有的弱點與衰落得出的推論，荒謬斷言說當今世界正在走向分崩離析，

時代在腐朽，大地也如此。

——盧克萊修

同樣荒謬斷言的是那位詩人，他看到他的時代的英才意氣風發，在各門藝術中充滿活力和創新，認爲世界處於蒸蒸日上、氣象萬千的時期。

宇宙萬物欣欣向榮。
世界是新的，剛誕生不久。

無怪乎有的藝術精益求精；
今日航船上增添了那麼多的索具。

——盧克萊修

我們的世界不久前發現了另一個世界（誰向我們保證這是它最後的兄弟，既然精靈、占卜娘娘和我們在此以前都不知道這一位的存在？），個頭一樣大，內臟四肢一應俱全，然而那麼稚嫩，還需要教他ABC。不過五十年前，他不識文字、不用度量衡、不穿衣服、不種麥子和葡萄。他躺在懷中赤裸裸的，靠大自然母親的乳汁成長。如果我們下結論說我們已瀕臨末日是對的，那麼這位詩人說他的世界正欣欣向榮也是對的。我們的世界已日落西山，這另一個世界正噴薄而出。宇宙將處於癱瘓，一條肢體不能動彈，另一條充滿精力。

我只怕由於我們的傳染，會加速那個世界的衰落與毀滅，我們會強制向那裡輸出我們的思想與技術。這是一個處於童年的世界；我們若不利用天然價值與力量的優勢去鞭撻他們、指導他們，我們就不是在用我們的正義與善意吸引他們、用我們的慷慨使他們心悅誠服。從這些民族的答覆以及跟他們的談判來看，大多數都證明他們在思維清晰與做事合理方面絲毫不比我們遜色。

庫斯科與墨西哥城富麗堂皇令人歎爲觀止，尤其這位國王的御花園裡，樹木花草都按原型大小，用黃金製成布置在花園裡；在陳列館裡的也是用黃金仿製王國及領海內的一切動物。那些用寶石、羽毛、棉花、繪畫製成的工藝品精美絕倫，表明他們在工藝製作上也不輸我們。但是說到虔誠、奉公守法、善良、慷慨、忠誠與坦白，我們不及他們還眞是幫了我們的大忙，因爲正是這些優良品德斷送了他們，被人出賣、被人背叛。

至於大膽與勇敢，至於堅定、守信、面對痛苦、饑餓和死亡的鬥志，我不怕提出我在他們那裡找到的事例，跟我們這個世界載入史冊的古代最著名的事例作比較。那些把他們征服的人施展陰謀詭計進行欺騙，是利用了這些民族的正常的敬畏之情。他們突然看到冒出這些長大鬍子的大漢，說不同的語言，信不同的宗教，外表與舉止也不一樣，來自他們從沒想到會有什麼人居住的一個遙遠的世界，騎了他們聞所未聞的大怪獸。而他們不但從未見過馬，也從未見過任何用來馭人或馭物的動物。

這些人身上披一層發亮的硬甲，拿一件鋭利閃光的武器；而他們見到鏡子或匕首閃閃發光覺得神奇，會用一大堆珍珠黃金去交換。他們不掌握任何知識與器材，怎麼也不知道如何刺穿我們的鐵甲；再加上我們火槍與土炮會打出閃電霹靂；即使凱撒在他那個時代，從沒見過這場面，遇上了也會心慌意亂；而他們都是赤身裸體的土著，除了某些地區有什麼發明也只是一些棉織品，武器最多只是些弓箭、石頭、棍棒與木頭盾牌；這些民族被友誼與善意的外衣矇騙，由於好奇看一看從未見過的奇珍異物而上了當。我要說，除去這些差異，這些征服者不配獲得那麼多的勝仗。

爲了保衛自己的神與自由，成千上萬的男女老幼懷著不可征服的熱誠，奮不顧身去面對那麼多不可避免的危險；寧可被逼入絕境，忍受一切困難，慷慨就義，也不願接受厚顏無恥戲弄他們的人的統治；有的人被捕以後，甘心挨餓絕食也不肯從敵人——卑鄙的勝利者——手裡接受食物。當我看到他們這些悲壯不屈的情境，我會預言誰若與他們對等地戰鬥，武器、經驗與人數都相同，那些人的處境就會像在其他戰爭中同樣，甚至更加岌岌可危。

這麼一場波瀾壯闊的征服戰，竟沒有發生在亞歷山大或其他古希臘與古羅馬時代！這麼多帝國和民族的重大變化和命運逆轉，怎麼不落入這樣的人手裡，由他們溫柔地開發和整治那裡的蠻荒，改良和提高大自然撒播在那裡的良好種子，不但把這裡的藝術移植到當地竭盡其用，豐富土地生產與城市裝飾，還可以把希臘與羅馬的美德與當地土著的美德相結合！

這對於我們這個地球會是多麼好的補救與改進，讓我們在那裡用行爲作出最初的榜樣，號召這些民族崇尚和仿效美德，在他們與我們之間建立一個友愛融洽的社會！這些人的心靈涉世未深，渴望學習，大多數情況也確有這樣良好自然的開端，開發這樣的心靈多麼輕而易舉啊！

然而事與願違，我們利用他們的無知與缺乏經驗，以我們的習俗爲指導與榜樣，挾持他們輕易地走向背叛、奢華、貪婪，做出各種各樣不人道與殘酷的行爲。誰曾爲了開拓商埠付出那麼大的代價？那麼多的城市夷爲平地，那麼多的民族瀕臨滅絕，那麼多的平民百姓遭到殺戮！地球上最富饒美麗的部分竟爲了買賣珍珠與胡椒攪得天翻地覆！野蠻的勝利！有史以來，即使野心與民族仇隙也從未驅使人與人這麼相互殘殺，造成這麼可悲的災難。

西班牙人沿著海岸尋找他們所說的礦藏，一路上攻城掠地，占領了出產豐富、風景幽美、人口眾多的地區，向當地人作出慣用的說教：「他們是些溫和的人，受卡斯提爾國王的派遣，遠涉重洋來到這裡，他是有生靈居住的地方最偉大的君主；上帝在塵世的代表人物教皇把全印度③的領地劃歸他管轄。他們如果願意當他的附庸國，將受到非常友善的對待；向他們要糧食要黃金，換給他們一些必要的藥物；還向他們宣傳信仰唯一的神，我們宗教的眞諦，同時使用哄嚇逼他們就範。」

對此應該作出這樣的回答：「要說他們是溫和的人，就算是可是樣子也不像；要說他們的國王，既然向人討東西，可見他是個窮光蛋，缺衣少食；把這塊土地交給他的人是唯恐天下不亂，拿根本不屬於自己的東西交給第三者，引發這個人與從前占有者的糾紛；糧食他們會供應的；金子他們並不多，這東西他們根本不看在眼裡，因爲它在生活中毫無用處，他們唯一關心的是日子過得幸福與快活。可是他們能夠找到的金子，除了用來祭神的一部分以外，其餘儘管拿走；關於唯一的上帝，這番話說來很中聽，但是他們自古以來敬奉自己的宗教非常靈驗也不思改變了，他們只聽朋友與熟人提出的忠告；至於威脅，對於對方的性

③ 當時還是把美洲誤認爲是印度。對於當地的土著用Indian一詞，對以後來說該譯爲「印第安人」。

格與能力毫不了解就加以威脅，這是缺乏判斷力的表現；奉勸他們還不如趕快撤離這裡的土地，因爲一幫外國武裝分子的態度與訓誡不會被人往好裡去想。否則我們將對他們照此辦理。」說著指給他們看城牆四周掛著遭處決者的首級。

以上是這個孩子奶聲奶氣的訴說。但是不管在這裡還是其他許多地方，西班牙人沒有找到他們要尋找的東西；不論得到了其他什麼好處，他們絕不善罷甘休，我的那篇《論食人部落》④就是明證。

在新大陸有兩位最強大的國王，堪稱爲王中王，被他們最後驅逐。那位祕魯王在一次戰役中被俘，要支付一筆誰都難以相信的巨額贖金。贖金如數付清，他發表談話表明他勇敢磊落，大度堅定，做事通情達理；那些征服者從他身上勒索到一百三十二萬五千五百盎司黃金，還有與此價值相當的白銀和其他財物，以致他們的馬掌都用金子打的；還不甘心，不在乎用什麼卑劣的手段也要看一看這位國王的寶庫裡還剩下什麼，供自己任意享用。

他們給他編織了一條假罪狀，說他企圖煽動各省謀反來使他恢復自由。還由那些陷害他叛逆的人據此作出判決，當眾處以絞刑。這刑罰還是他處決前接受了洗禮換來的，不然他要被活活燒死。國王承受了前所未聞的可怕酷刑，神態自若，說話得體，完全一副王者風

④見第一卷，第三十一章。

度。後來，爲了安撫被這類怪事驚呆的民眾，征服者假裝對他的死亡表示沉痛哀悼，下令舉行盛大的葬禮。

另一位是墨西哥國王，長期保衛他的被圍困的都城，在圍城時期表現了國王與民眾的最堅韌耐苦的精神，他的不幸是被敵人生擒，以國王之禮相待後投降（他在監獄中也沒被人看到有任何辱沒這個頭銜的表現）；他的敵人獲勝以後，搜遍每寸土地也沒找到他們自詡的黃金寶藏，於是在關押的俘虜身上打主意，凡能想得出的酷刑都用來提取口供。但是這一招也沒有得逞，對方的勇氣比酷刑還厲害，他們怒不可遏，竟至違背自己的信仰與一切人權，判處國王本人和他朝中一名大臣面對面接受苦刑。

這位大臣的四周是燒紅的炭火，疼痛難當，他實在受不了了，最後可憐地把目光轉向他的主人，彷彿求他寬恕。國王驕傲威嚴地注視著他；是對他的怯懦貪生的責備，聲音嚴厲堅定地對他說出這幾句話：「我是在浴池中嗎？我也沒有比你更舒服啊？」不一會兒那個人禁不住痛苦，倒地死去。國王燒得半焦，便帶走了，不是出於憐憫（由於偶然聽到有個什麼金瓶子可以偷盜，就會把一個人——並不一定要是個德才兼備的大國王——活活燒死，這樣的人會動惻隱之心嗎？），而是他的堅定不移愈來愈使他們爲自己的殘酷感到可恥。後來他還是被吊死了，因爲他曾試圖奪取武器逃出長期監禁他的牢獄。他的結局完全無愧於一位英武的國王。

有一次，他們把四百六十個漢子在同一把火中活活燒死，四百人是平民，六十人是一個省裡的貴冑，都只是戰俘而已。這些事我們都是從征服者那裡得知的，因為他們不但承認，而且還吹噓與宣揚。這是證明他們的公義？或者對宗教的熱忱？這些行徑跟一個這麼神聖的目的相去實在太遠、太相悖了。

如果他們眞要傳播我們的信仰，他們應該思考這不是占有土地就會傳播的，應該占有的是人。出於戰爭的需要帶來的死亡已經夠多了，不要在炮火能夠打到的地方，不分靑紅皂白地像對待野獸似的再進行一次大屠殺，僅僅是有目的地留下一些人，為他們的工作和礦區充當悲慘的奴隸。如果說有不少遠征軍頭領被卡斯提爾國王下令，就在他們征服的地方處死，這是因為他們的行為實在令人髮指，差不多都是些不齒於人類的渣滓。上帝公正地讓大肆掠奪而來的贓物被海水沖走沉入了海底，或者在他們相互殘殺中喪失殆盡。他們中間大多數人也埋葬在當地，帶不去任何勝利果實。

至於那些掠獲的東西，到了那位節儉謹愼的國王⑤手裡，遠遠不及他的前任國王所期望的數量，也不及剛踏上新大陸時看到的第一批財富那麼多（因為雖然他們從中掠奪到不少，跟他們貪婪的欲望相比總是微不足道），因為那裡完全不懂使用貨幣，因而他們聚斂黃金，除了展示與炫耀以外不作他用，就像不少有勢力的王族中世世代代相傳的一件傢俱。他

⑤ 指西班牙國王腓力普二世（一五二七—一五九八）。

們總是挖掘礦藏，爲了鑄造大量金碗、金瓶、金雕像，裝飾他們的宮殿和神廟，而不像我們的黃金是用於貿易買賣的。我們把金子分割，做成千百種形狀，讓它流通交換。要是我們的國王幾世紀來把黃金全部聚集，留著不動，不妨想想那會是怎樣的情景。

墨西哥王國的君主要比那裡其他國家的君主更開明、更愛好藝術。他們跟我們一樣認爲宇宙已接近末日，把我們給他們造成的災難視爲末日的象徵。他們相信宇宙的存在已經歷五個時期，也就是連續五個太陽的生命，前四個太陽已經完成了他們的時代，在他們頭上照耀的是第五個太陽。

第一個太陽在一場全球性洪水中跟其他生物一起消滅。第二個太陽從天上掉下來，悶死所有的生靈。他們認爲巨人出在那個時代，還讓西班牙人看其遺骸，從其比例推算，男人的身高可達二十個手掌長度。第三個太陽是在一場大火中燒光的。第四個太陽是在風與空氣震盪中消失的，巨風吹走了好幾座大山；人沒有滅絕，但是變成了猴（人性軟弱眞是什麼都會信！）。第四個太陽死亡以後，世界經歷了二十五年的黑暗時期；在第十五個黑暗年一個男人和一個女人出世了，他們重造了人類；十年後的某一天，一個剛生的太陽出現了，此後從這天開始計算他們的年份。

新太陽誕生後第三天，那些老神都離去，新神陸續出世。他們認爲現在這個太陽將以怎樣的方法消亡，《印第安通史》的作者⑥還什麼也沒聽說。但是第四次太陽巨變出現在許多星辰大衝撞之時，根據星相學家的推算，在八百多年以前，在世界上出現了好幾次巨變與怪事。

談到我在本文開頭的氣派與富麗堂皇，希臘、羅馬、埃及哪一項工程不論在實用性、難度與雄偉來說，都無法與祕魯境內的大路相比，那是列代君王建設的，從基多到庫斯科，全長三百里，寬二十五步，平整筆直，石條鋪面，兩邊砌起美麗的高牆，高牆內側有兩條水渠，渠邊種上他們稱爲「魔草」的美麗樹木。他們遇到山與岩石就破碎削平，遇到坑穴就用石頭與石灰塡滿。日近黃昏，不論旅客與過路軍隊，總可以找到美麗的客舍供應糧食、衣服與武器。在這樣的地形上建築這樣的工程，我估計難度非同尋常。小於十尺平方的石頭他們棄而不用；運輸全靠人力拉著走。他們不懂搭腳手架的技術，也只知道在建築物邊上壘起土堆，跟著一起升高，用過之後又再撤去。

再回頭談我們的馬車吧。他們不用馬車和其他任何車輛代步，他們由人抬在肩上。最後一位祕魯國王，在被擒的那天，就是坐在一把金椅子上，由一副金擔架抬著，那時正在劇烈交戰。因爲敵人要把他生擒活捉，不管殺了多少轎夫要把他摔下轎子，就有多少人爭先恐後

---

⑥ 指蒙田同時代的西班牙歷史學家洛佩茲·德·戈瑪拉。

接替爲他擔轎，因而對這些人怎麼殺，國王就是不下轎，直到有一名騎士上前一把挾住他的身體，拽了他滾倒在地。

第七章　論身居高位的難處

既然我們不可能身居高位，不妨說說身居高位的壞話來出口氣。（指出一件事的缺點也不完全算是說壞話；況且事情不管如何美好和令人嚮往，總是有缺點的。）一般來說，身居高位有進退自在的明顯優點，也幾乎掌握兩者權衡的選擇。因爲他不會自上而下直摔下來，更多的人能夠做到退出而不摔倒。我覺得我們把這一點過分渲染，也過分渲染我們看到或聽到厭倦仕途而主動引退那些人的決心。

這件事的本質不是表面那麼易於處理，但也不是非要發生奇蹟才能加以拒絕。我覺得忍受不幸需要作出艱苦的努力；但是安貧樂道、不求聞達並不怎麼了不起。這是一種美德，我覺得像我這樣的小人物，不用多費心思也能做到。有些人更在考慮退位後帶來的榮譽，對退位還比身居高位時的冀望懷著更多的野心，這樣的人什麼事做不出來？尤其謀求野心走歪門邪道總是更爲有效。

我磨礪心志，要多忍耐、少欲望。我跟別人有同樣多的期望，也任憑這些期望有同樣多的自由與不切實際的想法。但是絕不敢妄想擁有一座帝國或王朝，登峰造極，無出其右。這不是我的目標，我太自愛了。當我想到有所作爲，也是縮手縮腳的，膽小謹慎，不論在決心、處世、健康、儀表、甚至財富方面，都只適合自己而言的。

位高權大只會窒息我的想像力。跟那一位①不一樣，我寧可在佩里格當老二或老三，不願在巴黎當老大。至少，不說假話，寧願在巴黎當老三，也不做全權在握的老大。我既不要做個可憐蟲跟小門官懇求商量，也不想吆喝著讓群眾恭恭敬敬讓道。我甘居中游，命運安排成這樣，志趣也養成了這樣。從我的生活起居與平生作為也可顯出，上帝在我出生時給我安排的運程，我更多是躲開而不是跨越。一切自然的遭遇都是同樣合理和自在的。

我這人生來窩囊，認為運好不是要飛黃騰達，而是要過得安逸。

若說我志氣不高，可是心地坦誠，使我大膽地暴露自己的缺點。也可讓我比較這兩位人物的生平。一位是L·托利烏斯·巴爾布斯，文質彬彬的美男子，博學多才、品行端正、善解人意，懂得享受各種樂趣，安靜過著自己的生活，對於死亡、迷信、人世間不可避免的痛苦與艱難早有精神準備，最後為了保衛祖國手執武器戰死在疆場。另一位是瑪律庫斯·勒古魯斯，人人都知道他的一生偉大顯赫，死得也有聲有色。

前一位默默無聞，沒有顯職；後一位集榮耀於一身的楷模。我若像西塞羅那樣善於比較這兩人，我也會像他一樣評論。但是如果要把他們的生平用在我身上，我要說第一位的人生是我符合自己能力與志趣所能達到的人生，而第二位的人生則使我望塵莫及，我對它只能肅

---

① 據普魯塔克記載凱撒曾說過這樣的話：「我寧可在小村裡當老大，而不願在羅馬當第二人。」

然起敬，對另一位則可以身體力行。

再回到我開頭談的人世權勢問題吧。

我憎恨一切的控制，不論對人控制還是被人控制。奧塔內斯是有權利繼承波斯王位的七人之一，他作出一個是我也會這樣做的決定。他把依靠選舉或依靠命運掌權的權利讓給了他的同伴，只要讓他與他的家中生活在帝國內，除了古代法律以外不受任何限制與約束，享受不損害帝國利益的一切自由，既不控制他人也不受制於人。

依我看來，世上最棘手與困難的工作是當個勝任的國王。由於他們肩負令我吃驚的可怕的沉重責任，我比一般人更容易原諒他們的錯誤。手握大權而又有分寸地使用，這是很難的。即使天資平庸的人安排到這樣的位子，也是對他的德操的一個奇怪的激勵。因為那時你做的任何好事、壞事都將記錄在案，最小的決策將涉及那麼多人的福利，你的才能猶如傳教士那樣，直接面對老百姓，他們可不是秉公清明的法官，容易受騙，也容易滿足。

世上很少事情我們能夠給予一個誠心誠意的判斷，因為世上大部分的事情我們都會多多少少摻有個人利益。地位的優勢與劣勢、控制與受制，都必然挑起天性的嫉妒與抗爭；它們永遠在你死我活地爭奪。我不相信這兩者誰對誰更有權利；讓理智來說話吧！當我們無法定案時，理智是鐵面無私的。不到一個月以前，我讀了兩部蘇格蘭人寫的書，在這個問題展開辯論。民權派把國王的地位貶得比趕大車的還差；君主派則把國王的權勢與統治捧得比上帝還高。

恰是這件事引起我注意到在本文中所要說的身居高位的弊端。人際交往中最有趣的或許莫過於我們彼此爲了爭權奪利而較勁，有的體現在體力上，有的體現在智力上，這一切跟王權是無關的。事實上我經常覺得，對待君王過分尊敬，反而是對他們的怠慢與侮辱。因爲在我的童年，有人跟我比武有意留一手，覺得若用全力我就不能做他們的對手，我就感到無比惱火。因爲每個人都覺得自己不値得努力跟他們較量，我們天天看到這類事發生。如果誰見到他們對勝利多少有點追求，沒有一個人不是設法讓他們滿足，寧可有損於自己的榮譽也不願冒犯他們的尊嚴；大家都盡力去增添他們的光彩。每個人都捧著他們，他們在比武中又能做什麼？

我好像看到這些古代遊俠，在身上和武器上施展魔法後衝過去角力格鬥。布里松跟亞歷山大比賽跑馬，假裝用了全力，亞歷山大訓斥他，但是他更應該用鞭子抽他一頓。有鑑於此，卡涅阿德斯說王爵的兒子除了馬術以外學不到其他眞本領，因爲在其他訓練中，每個人屈服順從讓他們贏；但是馬不懂得奉承討好，不只是會把腳夫的兒子，就算是國王的兒子也會照樣撂在地上。

就是荷馬也不得不同意讓維納斯這麼一個嬌嫩的聖女，在特洛伊戰爭中受點傷，爲了給她增添一點勇氣與英武精神，若不身處險境是學不到這點的。他也讓神發脾氣、害怕、逃跑、相互嫉妒、傷害和動情而獲得美德；我們之間的美德都是依靠這些缺陷的襯托而建立的。

誰不親身經歷艱難辛苦，就不會眞正體驗艱難辛苦帶來的榮譽與歡樂。掌握的權勢大得什麼都必須向他讓步，這不是一件幸事。你的鴻運把與你交往的人遠遠隔開，使你成爲孤家寡人。凡事唾手可得，眾人逢迎，其實是一切樂趣的大敵；這是在坐轎子，不是邁開兩腿走路；這是在睡覺，不是在生活。讓一個人一切都不勞而獲，這是在毀滅他。必須施捨一些難題與阻撓給他，這是人的本質與天性中缺少的東西。

他們的好品質早已死亡與消失，因爲好品質只是在比較中才會顯露。大家都不讓它們進行比較；只是眾口一詞不停地讚揚，他們聽得連眞正的讚揚也分辨不清了。他們跟最蠢的臣民打交道，也沒有辦法勝過他，他只要說一聲：「他是國王我還能不比他蠢嗎？」這就足夠說明他留了一手才輸的。

這個品質窒息和損耗了包含在王權內的其他眞正主要的品質，讓他們只重視直接跟王權有關、有利於應付日常朝政的行動。最後只要坐在位上就是在當國王了。這種來自外界的光環包圍他、籠罩他，使大家看不見他。我們的視力被這道強烈的光照得模糊，看不清東西。元老院下令給提比略頒發雄辯獎；提比略拒絕接受，他不認爲這是經過自由討論後的決定，即使此獎名副其實，也不會爲此感激。

把一切榮耀都加於國王頭上，不但表現在口頭的讚揚上，也在行爲的模仿上，這也是在加強和容忍他們身上的一切缺點與罪過。亞歷山大的隨從都像他一樣頭向一邊微側，狄奧尼修斯的阿諛者在他面前會走路相撞，把腳下碰到的東西亂踢、亂碰，表現出跟他一樣患近視眼。甚至疝氣病有時也被用來作爲邀寵的敲門磚，我也見過裝聾子的。普魯塔克見過有些大臣因爲國王恨自己的妻子，他們也把自己愛的老婆休了。

更有甚者，荒淫也可以受人尊敬，一切腐敗亦復如此。其他還有不忠誠、褻瀆神明、殘酷；還有異端邪說、迷信、不信教、軟弱；要說到糟糕中還有更糟糕的，那是馬屁精的例子，米特拉達悌眼紅當名醫的榮譽，他的馬屁精投其所好，竟把自己的肢體讓他開刀燒灼。比此例更爲危險的是，還有其他人允許人家燒灼他們更嬌嫩與寶貴的部位——靈魂。

且把我開始的話題說完，哈德良皇帝就某個詞的詞義跟哲學家法沃利努斯辯論，法沃利努斯不一會就讓他贏了。他的朋友向他埋怨，他說：「你們說得好輕鬆，他統率三十個軍團，你們怎麼要他學問不比我大呢？」奧古斯都寫詩攻擊阿西尼烏斯．波利奧。波利奧說：「我還是閉嘴吧！跟一個有權放逐的人比誰寫得過誰，這可不是聰明之舉。」

他們都有道理。因爲狄奧尼修斯，在詩情上不及菲洛克塞努斯，在文采上不及柏拉圖，但是卻把一個人送去採石場服苦役，把另一個人賣到埃吉納島當奴隸。

第八章　論交談藝術

我們的司法中有個做法是殺一儆百。

人做錯事就定罪，柏拉圖說這是愚蠢。因爲做過的事已無法挽回；但是可以讓他們不再犯同樣錯誤，或者別人不重蹈覆轍。

絞死的人無法改正，透過絞死的人來改正別人。我也如此。正直的人作出示範的榜樣讓人受益，而我不讓人學我的樣而對別人有益：

看到嗎，阿比烏斯的兒子生活苦？
巴路斯又多麼窮？讓浪蕩子記住教訓……

——賀拉斯

把我的缺點公之於眾，有人見了就會害怕。最叫我自鳴得意的，自責比自吹還感到光榮。這說明我爲什麼常常樂此不疲。當一切都昭然若揭，再談論自己也不會損失什麼。說自己差，人家就會信你；說自己好，人家就不會信你。

有人可能跟我的氣質相同，從反例中比從範例中、從迴避中比從追隨中學到更多東西。這類教益來自大加圖，他說賢人得益於愚人，更多於愚人得益於賢人。波薩尼亞斯說到那位古代里拉琴師，老是強迫他的弟子去聽他家對面一位拙劣樂師的演奏，學會聽到荒腔走調就發恨。我討厭凶狠，也就使我偏向於寬大，甚至比寬大爲懷的範例還走得遠。一名優秀騎師要糾正我的騎馬姿勢，還不如坐在馬背上的檢察官或者威尼斯人有效。一個錯誤的說法比一個正確的說法更能改正我的說法。

我天天都把別人的愚蠢舉止看在眼裡，記在心裡。難過的事比開心的事更容易觸動我、驚醒我。時間只有回頭來看才能改進我們，衝突比協調、差異比相似更有效。我得益於好事不多，於是就從壞事中去汲取一般的教訓。我看到別人討厭，就努力讓自己討人喜歡；看到別人軟弱，就讓自己堅強；看到別人態度僵硬，就讓自己和氣。我還給自己制訂不做到誓不甘休的措施。

依我看，訓練思想最有效與最自然的方法是與人交談。我覺得這是我們生活中比什麼行爲都要溫和的做法。所以我若被迫作出選擇，我相信就是失去視力也不要失去聽力與說話能力。雅典人，還有羅馬人，在他們的學院中這種訓練居於光榮的主課地位。在我們這個時代，義大利人還保留了古代遺韻，這對他們大有裨益，這從他們與我們的理解力比較上就可以看出。

書籍閱讀，這個行動遲緩，叫人衝動不起來。而討論則讓人學到東西，同時又鍛鍊口才。我若跟一位有主見的人和強手討論問題，他就會不斷出手，令我左右難以招架；他的想像力會刺激我的想像力，嫉妒心、榮譽感、凝神專志會催促我，推動我超越自己。在討論中你唱我和意見一致，那是最沒勁的。

由於我們的思想在跟俊彥人士切磋中得到磨練提高，絕不能說跟凡夫俗子日常不斷的交往會使我們變得遲鈍與衰退。這方面不存在傳染與擴散。我從切身經驗知道是怎麼一回事。我喜歡思想交鋒與討論，但是這是跟少數人，是爲了我自己。在權貴面前拿腔作勢，唯恐不能賣弄自己的才學與三寸不爛之舌，我覺得一位有識之士是不屑這樣去做的。

愚蠢是一種壞品質；但是像我這樣不能忍受，爲之氣惱與心煩，這也是另一種病，絕不比愚蠢少叫人討厭。這是我現在自責的地方。

我這人非常自由隨意地就會與人交談與爭論，尤其是在一種意見難以在我心中扎根的時候。什麼建議都不會叫我吃驚，什麼信仰都不會叫我生氣，不管它們與我多麼格格不入。我認爲不論如何荒謬離奇，畢竟都是符合人類精神成長過程的產物。我們這些人，不讓判斷力擁有決定的權利，對不同意的看法就會軟弱無力；我們若不作出判斷，也可輕鬆地伸出耳朵。如果天平的一個秤盤上空無一物，我就讓另一秤盤在老婦人的夢想下搖晃。我若更喜歡的是單數而不是雙數、星期四而不是星期五；在宴席上第十二或十四座位而不是第十三座位，在旅途中更願看到一隻兔子沿著而不是橫穿我的路走；穿鞋子時先穿左腳再穿右腳，我覺得這些都是可以原諒的。

所有這些怪念頭在我們周圍很流行，至少值得大家去聽聽。對我來說，它們總還聊勝於無，但也只是聊勝於無。同樣民眾偶發的看法還是要比實際的虛無更有分量。人若爲了避免迷信之嫌什麼都聽不進去，則會犯上頑固之症。

意見相左不會冒犯我，也不會損害我；只會驚醒我、磨礪我，我們不思改正。其實應該挺身而出，迎頭而上，尤其當改正以討論的方式而不是訓斥的方式提出來的時候。每次遇到相反的意見，我們不去注意這是不是正確，而是千方百計爲自己開脫。我們不是伸開雙臂，而是張開爪子。我可以忍受朋友對我粗聲粗氣說：「你是個蠢人，你在做夢吧！」我喜歡文人學士之間說話要有勇氣，想到什麼就說什麼。應該增強聽話能力，善於辨別語言中的虛情假意。我喜歡豪爽隨意的交往，友情深重，直來直去，不怕得罪對方，就像愛情，難免會咬一口抓一把弄出血來。

友誼若不發生口角、若講究文明與客套、若害怕衝突與縮手縮腳，就不夠豪爽跌宕。

因爲不爭吵是爭論不起來的。

——西塞羅

有人忤逆我的意思，會引起我的注意，而不是怒火；我會過去請教那個說反話的人，尋求眞理應該是雙方共同的事。他會作出怎樣的回答呢？激動的情緒已經影響到他的判斷。理智未發揮作用以前，思維已陷於混亂。或許用物質的損失作爲依據，來回顧我們的決定還是有用的，以致我們可以這樣總結，我的僕人也能夠跟我說：「就因爲無知與頑固，去年一整年有二十次，每次讓您損失了一百埃居。」

無論從誰的手裡學到眞理，我都會額手稱慶，欣然迎上前去，遠遠向它繳械投降。只要他不是太盛氣淩人，橫加指責，我絕不拒絕人們對我作品的批評；我也經常改動，有時看在情面進行更多修飾；因爲人家看見我容易採納意見，更會好心自由地開導我；有時也使我弄巧成拙。

然而要吸引當代人做這件事很不容易。他們沒有勇氣去修改，因爲他們沒有勇氣被人修改，在人前總是文過飾非。我是那麼高興被人評判，被人認識，因而無論修改別人或被別人修改我都一樣高興。我的想法經常自我矛盾和自我否定，於是他人做或者我做沒有什麼不同，主要還是對他的批評我願意給予同樣的權威性。但是我絕不跟過於專橫的人打交道，我就認識這樣的一個人，他的意見不被採納就怨氣沖天，人家不照他的話做便破口大罵。

蘇格拉底遇到有人對他的言論有不同意見，總是含笑接受，我們可以說這源自於他的自信，最終優勢總是在他那一邊，他接受它們更增添一份他的光榮。但是從另一方面我們看到自視甚高與輕視對方最會使我們的感情變得脆弱，按理來說，弱者更願意接受對方有利於他提高與改進的意見。

實際上，我有意多接近對我嚴厲的人，而少接近對我害怕的人。跟崇拜我們和禮讓我們的人打交道，談不上樂趣，而且還是有害的。安提西尼告誡他的子女絕不要感謝和寬恕對他們唱讚歌的人。在激烈的論戰中，我被對方有力的道理所折服，也從而戰勝了自己，我對這樣的勝利非常自豪，遠遠超過我利用對方的弱點而把他戰勝的喜悅。

總之，向我直截了當提出各種各樣的責難，不管如何無關緊要，我都採納與承認，但是對於那些無中生有的責難則缺乏耐性。我不在乎內容是什麼，我對意見總是一視同仁，哪個說法贏了也差不多無所謂。如果辯論進行有條有理，我會整天平心靜氣地提出看法。我對力量與縝密就不及對條理那麼有要求。牧羊人、小店員天天吵架中見到的條理，在我們之間從不存在。他們若有出軌之處，那是缺少禮貌；我們也這樣。但是他們大聲嚷嚷，心急氣躁，從不脫離吵架主題，他們的語言循著思路前進。他們打斷對方說話，搶在前面先說，至少他們彼此理解。對我來說，回答得體就是最好的回答。但是當大家爭得不可開交時，我會離題，一氣之下貿然糾纏在形式問題上不放，頑固蠻橫地進行狡辯，事後叫我不得不爲之臉紅。

跟蠢人是無法坦誠相見的。在一位暴君手下，不但是我的判斷力，還有我的良心也會受到腐蝕。

我們的爭論應該像其他口頭罪行那樣列爲違法，受到懲罰。爭論總是受怒氣的掌控與操縱，會引起和積攢更大的罪惡！我們首先針對理性，其次針對人抱敵視的態度。在爭論中學到的只是反駁，每個人都在反駁，又在被別人反駁，於是爭論的果實就是失去眞理和毀滅眞理。因而柏拉圖在他的《理想國》一書中禁止頭腦不健全和出身低微的人參加爭論。

你要追求的是事物本質，跟一個既無才學也無見識的人能夠探討出什麼呢？離開主題去探究對待主題的方法，這並不損害主題。我說的不是學院式、矯揉造作的方法，而是自然、思維清晰的方法。結果會怎麼樣呢？一個往東、一個往西；他們失去了談論的要旨，對事情東扯西拉之際也把它扔到一邊去了。暴風雨颳了一小時後，他們都不知道自己要說的是什麼。一個偏高、一個偏低，另一個更遠離靶心。

有人抱住一句話、一個比喻不放；有人只沉浸在自己的思路中，再也感覺不到人家反對他的是什麼，他想到的是自己的想法，不是你的想法。有人感到自己底氣不足，害怕一切、拒絕一切，一開始就語無倫次，或者爭到激烈時賭氣一聲不出；雖然無知得可憐，還要裝出高傲的蔑視或者傻乎乎的謙遜來逃避交鋒。

這個人只顧到攻擊，沒有料想自己是多麼暴露。那個人字斟句酌，滿口都是道理。還有人發揮嗓音與肺活量的優勢。這裡有人作出自我否定的結論，那裡有人用毫無意義的開場白與廢話說得你暈頭轉向！有人純然以辱罵爲武器，平白無故找藉口吵架，來擺脫別人對他的施壓，不敢與之來往。最後還有不講道理的，但是用他一套教條與花言巧語把你困在辯證法的圍牆內。

誰不開始對學問失去信任，誰不懷疑從學問中是否可以學到有益於生活的實際知識，同時在考慮我們常說的這句話：「毫無用處的學問。」（塞涅卡）誰學邏輯學提高了理解？它的美好的諾言又實現在哪裡？「並不活得更好，也不思維更健全。」（西塞羅）誰都看到搞這一行的人當眾吵架時，要比長舌婦的嘮叨還聒噪。我寧可兒子去小旅店裡學說話，也不讓他上專門學校學口才。

找一位藝術教師談談，欣賞到他推理嚴密、條理清楚，怎麼不讓我們折服於他的架勢，不叫女人和我們這樣的無知之徒不著迷呢？他怎麼能不凌駕於我們之上，一切都聽他的呢？這麼一位出類拔萃的人物爲什麼在出手時口出惡言、舉止不雅、大光其火呢？讓他脫下禮帽長袍，不要滿口拉丁語；讓他別在我們耳邊嘮叨他生搬硬套的亞里斯多德；你就看出他是我們一類的人，或者更糟。他們把語言顚三倒四，說得我們如墜雲霧，使我覺得他們好比是耍把戲的藝人；他們巧舌如簧可以衝擊我們的感官，但動搖不了我們的信仰。除了能說會道以外，他們做的事無一不庸俗低下。雖是知識多了一點；人則沒有更加聰明。

我喜愛與敬重學問，不亞於喜愛與敬重有學問的人；使用得法，學問是人類最高尙和強有力的收穫。但是有些人（這類人不計其數），他們把學問作爲自負與價値的基礎，以記憶力代替了智力，「躲在他人的庇蔭下」（塞涅卡）除了照本宣讀以外什麼都不會，他們身上的這種知識我討厭，若敢大膽說，還比愚蠢更討厭。

在我的國家，在我的時代，知識經常改善的是錢包，很少是心靈。知識若遇見軟弱的心靈，成了一堆難消化的硬塊，阻滯和窒息心靈；若遇見飛揚的心靈，它必然使它清澈淨明，直至精純到蒼白爲止。知識這東西本身無所謂好與壞，對天資高的人是非常有用的點綴，對不是這樣的人反而有害，造成損傷。也可以說是用途講究的東西，不出高價是得不到的；在某人手裡是權杖，在另一人手裡是醜物。但是讓我們接著往下說。

讓你的敵人知道他不可能打敗你時，你還等待比這更偉大的勝利嗎？當你的建議占上風時，這是眞理的勝利。當你的規矩與行爲占上風時，這是你的勝利。在柏拉圖和色諾芬的作品裡，我的看法是蘇格拉底在辯論中更注重提出論點的人而不是論點本身，爲了教育歐提德莫斯和普羅塔哥拉，要他們認識自身的不當，更多於他們辯術的不當。不論遇到什麼題目，他樹立一個更有用的目標，不是把它的內容說明白，而是要人的思想弄明白，這即是弄明白思想他才能進行塑造與鍛鍊。

要狩獵必然有驚動與奔跑。我們做得不得當是不可原諒的；一無所獲則是另一回事。因爲我們生來是追求眞理的，眞理的掌握屬於更高超的力量。猶如德謨克利特說的，它不是藏於深淵之底，而是置於九霄之上，屬於神的認知範圍。人間只是一所探索學校。這不是誰進入裡面，而是誰跑得最快。說眞話的人與說假話的人可以是同樣在裝瘋賣傻，因爲我們計較的是說話方式，而不是說話內容。我這人把形式與內容、道理與原因看得一樣重要，像亞西比得要求別人做的那樣。

我每天讀書消遣，不分學科，研究的不是內容，而是作者對待主題的方式。這樣我與某位大家保持聯繫，不是爲了他教我什麼，而是爲了我認識他。

人人可以說得很眞誠；但是要說得有條理、有分寸和恰到好處，那只有少數人能夠做到。因而，使我生氣的不是由於無知說錯話，而是由於愚蠢說錯話。我中斷過好幾次對我有利的買賣，是由於跟我做交易的人無理取鬧。聽命於我的人犯錯誤，我一年中也不會生氣一次，但是有人要是愚蠢強辯，提出的理由與藉口荒誕不經，那我們會天天鬧得面紅耳赤。他們既沒聽明白說的是什麼，也不知道爲什麼，還是照樣回答，這眞是讓人要命。

我只有自己的頭碰上了另一人的頭才覺得撞得很凶，手下人有罪過我可以妥協，他們冒失、討厭與愚蠢我絕不放過。只要他們有一技之長，可以讓他們做得少些，對他們的奮發抱著希望；但是對一根枯木不要妄想它會開什麼花。

要是我換一種態度對待事物呢？我可以這樣做，不過我要責怪的是我缺乏耐心，首先認爲它對於對的人與錯的人同樣是有害的（因爲還是那種暴君式的專橫，不能容忍與己不同的想法）。其次，說實在的，對世人的荒謬激動與惱火，那是最嚴重、最常見和最要不得的荒謬事。因爲這主要是在跟我們自己過不去。古代那位哲學家①一想到自己的處境，從來不會放過機會大哭一場。七賢之一米松，②兼有蒂蒙和德謨克利特的性格，被人問到爲什麼獨自在笑，回答說：「就因爲我獨自在笑也就笑了。」

在我自己看來，每天要說和回答多少蠢話，在別人看來更不知還要多多少！我若能咬緊牙關不說話，別人又會做什麼呢？總而言之，我們必須生活在活人之中，讓河水在橋下流過，不用我們操心，至少不用我們去改變。畢竟，我們遇見身體畸形的人不激動，爲什麼遇見精神障礙的人就不能忍受，要大爲光火呢？這種暴虐的態度來自人的判斷而不是那人

① 指希臘哲學家赫拉克利特。常與德謨克利特並提，因一見世事荒謬而哭，一見世事荒謬而笑。
② 希臘七賢中無其人，不知這裡指誰。

的缺陷。讓我們永遠念念不忘柏拉圖的這句話：「我覺得什麼不正常，豈非是我自己不正常？」不是我自己有錯嗎？我的責怪不會是針對我自己的吧？智慧神聖的老話鞭撻的是眾人共同普遍的錯誤。不但我們相互的指責，即使我們在爭執中提出的理由與論證也通常反彈到我們自己身上。我們會被自己的武器刺穿身子，古代留下不少意義重大的例子給我們。

這句話實在是說得太巧妙太合適了：

人人都覺得自己的大便也是香的！

——伊拉斯謨

我們的眼睛看不到身後，一天中有上百次，我們在鄰居身上嘲笑的是我們自己，討厭他人的缺點，其實這些缺點表現在我們身上還要明顯，自己則恬然不以爲怪，反而欣賞不已。就在昨天，我還見到一位明白事理的好好先生，嘲笑另一人的愚蠢做法，說得既風趣又實在。那個人拿了他的大半是僞造的家譜與聯姻關係跟誰都理論（身分愈是可疑與不確切的人這類蠢話說得愈是起勁）；他若再回過頭看自己，他到處散播與吹捧妻子的光耀門第也同樣誇誇其談，令人生厭。而老婆被丈夫這麼一捧居然也神氣活現起來！他們若懂拉丁語，應該對他們說：

來吧，她若不夠瘋，催她再瘋些。

——泰倫提烏斯

我的意思不是說自己不清白就不要批評別人，那樣的話就沒有人可以批評了。也不是說他自己必須沒有同樣的錯誤。我的意思是說，當我們針對別人作出判決，不能讓自己在內心不受審訊。一個人不能清除自己身上的罪惡，卻忙著清除別人身上不怎麼有害和根深蒂固的罪惡，這也算是做好事嗎？

有人提醒我的過失，而我說這個過失他也有，我覺得這也不是適當的回答。這一切算什麼？提醒總是實在和有益的。我們要是鼻子靈敏，應該更加容易聞到自己的糞便臭。

蘇格拉底認爲，任何哪個人看到兒子和一個外人動粗對罵，他覺得自己有罪，應該首先上法庭去受處分，爲了贖罪要求劊子手幫助懲罰自己，然後懲罰兒子，最後才是外人。如果這樣意識問題陳義過高，至少他應該首先在良心上譴責自己。

感覺是我們固有的第一批法官，透過外部反應觀測事物。在我們社會的各個服務部門，浮現於表面的儀式永遠是普遍配合的，以致最佳與最有益的政策也體現在這裡，也就不足爲奇。我們什麼事都是以人爲本，而人的條件又是奇妙地以外形爲主。

前幾年，有人要創造一種完全是無形的沉思靜修方式給我們；要是在我們中間，除這種方式以外不樹立標誌、名稱與派別之類的屬性，就會讓人覺得這會從他們的指縫間融化與消失，這也不用驚訝。就像在會議中，講話人的端莊、長袍、地位經常使他一些平淡無奇的廢話也有了分量。大家不會去想，這麼一位受人追捧、令人敬畏的人物肚子裡沒有一點超出常人的本領，一個頭銜眾多、趾高氣揚、不可一世的人並不比遠遠向他行禮、無官無職的人更能幹。

這些人不光是說話，還有裝出來的怪相，也非同一般，自有人挖空心思去給它們引經據典，美化一番。倘若他們大駕光臨，參加大眾的討論，你若向他們說幾句不夠恭敬和逆耳之語，他們便會倚老賣老來嚇唬你：這是他們聽到過的、看到過的、做過的。於是例子便會沒頭沒腦壓過來。

我會跟他說一位外科大夫有了經驗，並不一定會把醫術說得頭頭是道；他只記得治過四個瘟疫病人、三個痛風患者，如果不能從他的實踐中歸納經驗，還是不能讓我們覺得他透過行醫變得更加聰明了。

猶如在一場音樂會，聽的不是單一的詩琴、斯頻耐琴和長笛，而是整體的和諧聲，所有這些樂器的交響樂。如果旅行和工作增進他們的見聞，這是透過他們的領會表現出來的。經驗累積是不夠的，還必須融會貫通，琢磨其中的道理，從中得出結論。

如今歷史學家何其多！因爲他們博聞強記，滿腹經綸，聽他們說話總是有用的。這對於生活當然大有裨益；我們此刻追求的不是這個，我們要弄明白的是史料敘述者與蒐集者是不是值得稱道。

我憎恨一切形式的暴政，口頭的與行動的。我樂意傾全力反對這些透過感官模糊判斷的荒謬狀況。對這些大人物作一番觀察的同時，發現這些人充其量跟其他人沒有什麼兩樣。

一般說來，貴人缺乏常識。

——朱維納利斯

也可能這些人還比不上表面那麼好呢！尤其因爲他們擔任的事多，暴露自己的機會也多，他們擔當不起他們的重任。挑夫的力量與能耐應該超過挑擔的需要。一個人沒有用盡全力，會讓你猜測他的力量還綽綽有餘，還是已經達到了極限；一個人挑不起他的擔子，就暴露了他的能耐與肩膀的弱點。

這說明爲什麼在有學問人中間看到那麼多的蠢人，比其他地方還多。他們可以做個優秀的管家、精明的商人、能幹的工匠，他們的天資也僅限於做這類的事。學問是龐然大物，他們在底下會被壓垮。他們沒有足夠的胸懷，足夠的智謀來吸納其中的精華，然後推廣於人，造福大眾。這需要氣度恢宏，而氣度恢宏的人是很少的。蘇格拉底說：「心地狹窄的人擺弄哲學會損害哲學的尊嚴。」哲學放在一只破盒子裡，顯得無用與有害。從中看出這些人是如何自欺欺人的，

就像猢猻學人樣，
頑童用絲巾遮頭上，
屁股背脊露在外，
滿桌客人笑開懷。

——克洛迪安

同樣，那些治國安民、統治我們的人，把世界掌握在手的人，只具備一般人的智力，只能做我們能做的事，那是不夠的。他們若不能遠遠超越我們，這說明他們遠遠低於我們。他們承諾愈多，欠債也愈多；因而沉默對他們來說，不但顯得舉止莊重，經常還有藏拙的好處。

墨伽波斯到阿佩爾的畫室去看他，好長時間不出聲，後來開始議論他的畫，爲此遭到嚴厲的呵責：「當你不聲不響時，看到你的項鍊與排場很像個人物；現在人家一聽到你開口說話，連我畫店裡的夥計也看不起你了。」這身華麗的裝束、這種高貴的氣派，不允許他像平民百姓那樣無知，說到繪畫滿口都是外行話。他應該默默地保持這種自命不凡的外表。在我這個時代，面無表情、沉默不言、裝得聰明能幹的樣子，幫了不少蠢才的忙！

爵位與官職必須依靠才能，更多還是依靠運道獲得的；經常有人錯怪君王。反過來說，他們那麼昏庸，卻那麼幸福，眞是妙不可言：

君王要善於識人。

——馬提雅爾

因爲大自然沒有賜給他們慧眼，不可能看到芸芸眾生、識別他們的長處、洞悉他們的內心，從那裡才會了解一個人的意志與才華。現在他們必須透過猜測、摸索、家族、財富、學派、百姓呼聲來挑選我們，這些都不是充分的根據。誰能提出辦法，憑正義評判事情，憑理智選擇人才，以此就能制訂出一套完美的制度。

「是的，他還是把這件大事做好了。」這當然也是個成就，但是還不夠。因爲正好還有這句格言：不應以事態發展來判斷建議。在迦太基，凡有將官提出壞主意，雖然結果很幸運得到改正，還是要受到懲罰。羅馬人民經常拒絕給爲國造福的輝煌勝利舉行凱旋儀式，因爲主帥靠指揮比不上靠他的好運氣。

我們平時也可以從世界大事中發現，幸運之神告訴我們祂在一切事務中舉足輕重，就是要以此打擊我們的自負心理，這樣還是沒有能夠使無能的人更聰明；她使他們幸運，好像是在跟道德之神較勁。命運之神還樂意操縱事態的進行，這時候其脈絡讓人一目了然。從而我們天天看到一些非常重大的事情——包括公事與私事，最平庸的人會做得很成功。

波斯人西拉內斯說話頭頭是道，經營的事屢屢遭到失敗，大家都覺得奇怪，他對他們說，他說話可以自己個人做主，事業成功則要靠機會運氣。那些人也可作同樣的回答，但是

從相反的角度。世間事大多數自行完成，

命運尋找自己的路。

——維吉爾

這條路往往讓愚蠢通行無阻。我們的引薦只是一樁例行公事，考慮更多的是爲人處世，而不是思維。有一件大事使我吃驚，我透過執行的人了解到他們的動機與做法，聽到的盡是一些世俗之見，而最平庸的世俗之見雖然見不得人，卻是最肯定和最容易會得到採納的。

爲什麼最平常的道理最有根據呢？爲什麼最一般、最不高明、最因循守舊的做法用在交易處理上最合適呢？爲了維護國王樞密院的權威，不需要讓外人參與其間，把目光越過第一道障礙。我們若要它聲譽保持不墜，就只要對他們全體畢恭畢敬。問到我時，我對事情勾勒出個大概，然後淺談開頭的步驟；至於重頭戲，我皆交給老天爺安排：

其餘皆由諸神定奪。

——賀拉斯

幸運與厄運依我看來是兩大主宰力量。認爲人的謹愼可以擔當命運的角色，這種看法實在有欠謹慎。誰預測自己能夠把握原因與結果，一手掌握事情的進展，這人的做法是徒勞的，在審議戰爭進展時更加徒勞。在軍事上考慮問題審慎小心，遠遠超過我們平時的做事。他們害怕在中途迷路，保存力量去迎接這場遊戲的最後災難，不是這樣想的嗎？

我還要進一步說，我們的智慧與思考大部分情況下是受機會擺布的。我的意志與見解時而這個調子，時而另一個調子，其中許多變動是不受我掌控的。我的理智每天都會有突如其來的衝動與騷擾：

情緒變化無常；心思時而這樣，
時而那樣，猶如雲朵
隨著風轉向……

——維吉爾

不妨看誰是城裡最有權勢的人，誰又做得最好。一般看到的是往往是最不精明的人。也有過女人、孩童和瘋子管理大國，做得跟賢明的國王一樣好。修昔底德說，坐在王位上的粗人要比細人多。我們把他們的好運歸之於他們的智慧。

命運使他坐上頭把交椅，
在大家眼裡也就成了人中豪傑。

——普洛圖斯

因而不管如何我都要說，遭遇不足以說明我們的價值與能力。

現在我正說到了這一點，只要看一眼那些飛黃騰達的人。三天前我們還認識他是個無足輕重的人，不知不覺間我們的印象會改變，他有了高大威風的形象，隨著他的氣派與權勢增加，相信他必然有所貢獻。我們不是根據他的價值評論他，而是根據他的地位與特權，就像籌碼的面值一樣。一旦交上霉運，淪爲平民百姓，每人又會興沖沖去打聽他當初怎麼會爬得那麼高。大家說：「眞是他嗎？他在臺上時也這麼昏庸？君王眞那麼好騙的嗎？我們的領導眞夠英明的了。」這類事在我的時代見得多了。

即使舞臺上大人物的面具，也是有意要打動我們、欺騙我們。我個人最欣賞國王的地方，就是他們有一人群朝拜者。儘管什麼都會向他們卑躬屈膝，智慧卻不會；而我，該向他們彎曲的不是我的理智，而是膝蓋。

有人問梅朗提烏斯，覺得狄奧尼修斯寫的悲劇怎麼樣，他說：「我沒有看過，裡面那麼多的話把劇本都堵死了。」所以大多數人聽過君王說話的人，也可以這樣說：「我沒有聽到他說什麼，莊嚴肅穆把話都堵死了。」

有一天，安提西尼敦促雅典人，要他們下令讓他們的驢子也像馬那樣耕田，他得到的答覆是這個動物生來不是做這種活的，他反駁說：「這都一樣，這要看你怎麼帶領。你指揮戰事時使用最無知、最無能的人，就是因爲你用了他們，很快就變得非常勝任了。」

這跟許多民族的習俗有關，他們從自己人中間選出國王，加以神化，若不崇拜他就認爲對他不夠敬重。墨西哥人在國王加冕授聖以後，再也不敢正視他的面孔。但是，人民授以王權使他成爲神，同時也要他起各種誓言，其中有保持他們的宗教、他們的法律、他們的自由，要勇敢、正義和仁慈，他還要發誓讓太陽沿著歷來的軌道旋轉發光，在適當季節使烏雲變成雨，河水長流不改道，讓大地帶來老百姓的一切必需品。

我這人跟大眾的看法還有所不同，看到精明能幹的人，還伴有大量財富和得到百姓愛戴，會更加起疑。我們必須注意到這有多麼重要，就是說話要及時、內容要恰當，架子十足地打斷話頭，或者改變話題，搖一搖頭，笑一笑或者不說話，就把別人的異議擋了回去，周圍的人無不誠惶誠恐、畢恭畢敬。

當大家正在宴席上談笑風生之間，一位平步青雲的傢伙發表自己的意見，他這樣開頭：「只可能是個騙子或無知者才不這樣認爲……」那時你就抓起匕首跟著去搞哲學鬥爭吧！

下面還有一個注意事項使我得益匪淺：在爭論與商談中，我們覺得正確的話並不一定立即被人接受。大多數人都是拾人牙慧，而裝得很有學問。某人可能會說上一句俏皮話、一句妙對和一句格言，在人前用時又不知其分量。借來的東西並不一定好用，有時還得自己印證。不論這包含什麼眞與美的東西，不應該總是退讓。我們必須有意識地進行抵制，或藉口沒有聽明白往後退一步，四下揣摩作者到底是什麼用意。也可能我們撞在他的劍頭上，反而被他刺得更加深。

從前我在爭得難分難解時突然出其不意反擊，取得意外的效果。我反擊時以數量讓他們感到分量。就像我跟一位強者辯論，我喜歡先聲奪人，不讓他有充分表達的機會，把他剛冒出來尚不完整的想法搶先說了出來（他的思維一旦形成條理則會給我警告，遠遠構成威脅）。對其他人我採取相反的辦法，一切按他們說的去理解，不要預測什麼。如果他們泛泛評論：「這個好，這個不好，」居然又說中了，那就要看是不是命運替他們說中的。

讓他們對自己的評語說得更具體、更集中一點：爲什麼好？哪裡好？這些到處可用的評語我認爲是太平常了，完全言之無物。這就像面對一個人卻向整個民族致敬。那些對此眞正有認識的人向他致敬，都會指名道姓個別對待。但是這樣做有風險。我無日不看到那些根基淺薄的人要附庸風雅，閱讀中要發現某部作品的精華，卻對糟粕唱起了讚歌，不但沒有向我們介紹作者的長處，反而暴露了自己的無知。

當你看完維吉爾的一頁，可以放心地喝采：「這才是美！」機靈的人借這句話躲過去了。但是要一步步深入閱讀，得出精闢的見解，看到一位好作家在哪些方面擅長，又如何字斟句酌，新意迭出，提高了自己，那就得擴大研究！「不但要研究每人說了什麼，還要研究他的看法，甚至看法的根據。」（西塞羅）

我天天聽到有些蠢人說的話並不蠢。他們說的是一件好事，讓我們看他們了解了多少，是從哪兒得到的。我們幫助他們使用他們還不完全掌握的這句好話與好道理。他們只是使用著，或者還是偶然與摸索著創造的。我們使它發揚光大。

你幫他們一把。是爲了什麼？他們絲毫不會感激你，還會變得更加彆扭。不必協助他們，任其自然。他們處理這類事，縮手縮腳像個害怕被火燙的人，不敢對其本義有任何不同看法和深化。稍加觸動，他們就掌握不住。不管它多麼強和美，他們就是把它留給你了。這是些優良的武器，但是沒有好好裝配。這類的事我見過的會少嗎？

如果你對他們的話加以闡明和確認，他們立即把你演繹中的精彩部分據以己有：「這就是我要說的、那恰是我的理念；我若沒有表達清楚，那只是詞不達意。」瞎吹！對付這種自負的愚蠢要耍點心機。赫格西亞斯的信條是不要恨、不要責怪，但要教育，這話用在別處是有道理的，但是在這裡去幫助和糾正一個對此毫不在乎、還一無是處的人，那就不公正和不人道了。我喜歡讓他們在泥淖裡陷得更深，這樣還有可能最後幡然醒悟。

愚蠢與神志昏亂絕不是提醒一聲就能改正的。至於如何彌補，正好可以用上居魯士的那句話，有人在開戰時刻要求居魯士去激勵他的士兵，他回答說：「不會因爲在戰場上聽了一次慷慨激昂的動員令就變得勇敢殺敵，就像不會聽了一首美妙的曲子立即成了音樂家。」這是必須及早進行、長期不懈的訓練才能學成的功夫。

堅持反省與培育，這樣的工作只有依靠自己的家庭。但是逢人說教，看到誰冥頑不靈就好爲人師，這種事我是絕對不做的。即使與人討論時我也很少這樣做，說什麼也不會去加入這種落後的學究式教育方式。我的脾性不適合對初學者講話和寫文章。但是對於在眾人面前或者相互之間在說的話題，不論我認爲多麼虛僞與荒謬，也絕不會插話和示意而加以阻攔。總之，令我憤懣的莫過於沒有任何理由就不勝自喜的蠢人。

明白事理使你無法自滿和自豪，還總是使你不高興和戰戰兢兢，而頑固與魯莽的人則喜氣洋洋、充滿信心；這是很不幸的。那些最笨拙的人挺著肩膀傲視別人，從戰場回來風光十足。更有甚者，這種誇大其詞的語言和臉上洋溢的喜悅，在群眾的眼裡贏得了勝利，群眾一般不善於明辨是非，不知道什麼是眞正的優勢。頑固與看法過激都是最可靠的愚蠢證明。有什麼比得上驢子那麼肯定、堅決、傲慢、若有所思、凝重、嚴肅呢？

我們是否可以把朋友之間輕鬆愉快打趣時所說的尖刻機智的妙語，排除在討論與交談之外？我的快樂天性就適合這樣說說笑笑。這雖沒有我剛才提到的那種說話高尚嚴肅，在敏銳與風趣方面並不稍遜，依然有益於人，就像對利庫爾戈斯那樣。

就我來說，我帶來的是氛圍自由多於雋智、語言恰當多於創意，但是我忍受能力無懈可擊，因爲經得住反擊，不論尖刻還是不講道理的話，聽了都不會心煩。針對他人對我的進攻，我若倉促間無法馬上予以還擊，也不會隨隨便便順著他的話鋒，進行有氣無力、煩悶的爭論，顯得頑固不化，我不會糾纏不清，高高興興認輸，時機來時再作理論。天下沒有只賺不虧的生意人。

大多數人理屈詞窮時，都會變臉和拔高聲音、惱羞成怒，不但報復不成，反而暴露自己的弱點與急躁。趁著興致好的時候，我們偶爾揶揄自己的缺點，撥動幾根祕密的心弦，對彼此的缺陷可以好意暗示一下，這類事在斂容正色時談到不免有點冒失。

還有其他動手動腳的遊戲，粗魯無禮，在法國人之間才有，使我恨之入骨。對於這類事我這人特別敏感與軟弱。我一生中已知道有兩位王室血統的親王死於非命。③比武中眞打是很醜惡的。

此外，我要評判別人時，我問他對自己有多少滿足，對他的談吐與工作又有多少喜歡的。我不想提到這樣美麗的藉口：「那是我做著玩的；

事情才做一半就撂下了砧板；

——奧維德

我待沒一個鐘點；以後也再沒看過。」那時我會說：「那麼把這些文章暫先放下。給我舉出一篇文章可以代表你的整體，你也喜歡人家用這篇文章來評論你。」然後又說：「你覺得你

③指亨利二世國王一五五九年在比武中，恩格希姆公爵一五四六年在打賭中死亡。

這部作品裡什麼地方最美？這段還是那段？是文字優美，還是內容扎實？是有新意，還是見解獨到，還是學識豐富？」

因爲我通常發現對自己的作品也像對人家的作品同樣缺乏判斷力；不但摻有個人感情，而且還不具備認識與辨別的能力。作品依靠自身的力量與機緣，幫助作者超越自己的創意與認識，也能走在作者前面。而我評論人家的作品價值不比評論自己的作品價值更少糊塗；我把《隨筆》看得時而低、時而高，既不穩定，也狐疑重重。

有很多書由於其主題而成爲有用的書，而作者本人並不見推崇，有些好書像好工程反叫作者蒙受恥辱。我以後會寫我的宴慶和服裝，但很不樂意；我也會發表當代詔書，流入民間的親王信札；我給一部好書做節錄（對好書的任何節錄都是愚蠢的），這樣的書以後會消失，諸如此類的事也是這樣。後代就從這類文章中汲取奇特的用途。對我除了好運以外能有什麼光榮呢？大部分名著都是這個遭遇。

幾年前我閱讀菲列普·德·科明，他當然是位非常優秀的作家，我覺得下面這句話說得不俗：服侍主人千萬別太殷勤，免得他不知道如何賞賜你。我應該稱讚有新意，不是稱讚他本人。不久前我在塔西佗的作品裡又讀到這樣的意思：「看來能夠償還的好事令人愉快，若超出這個限度很多，我們不但不感激，還會以怨報德。」塞涅卡說得更激烈：「因以不報答而感羞恥的人，願意再也見不著那個要報答的人。」西塞羅則婉轉溫和：「覺得自己無法報答你的人，怎麼也不願意做你的朋友。」

根據書的主題，可以看出作者是個有學問和博聞強記的人。但是要評論哪些是他身上最有價值的部分、他的心靈的力量與美，那就需要了解什麼是他的，什麼不是他的，不屬於他的部分裡考慮到他的選材、布局、表現和語言，有多少是他的功勞。爲什麼？因爲借用材料而加以糟蹋，這樣的事比比皆是。

我們這些人讀書不夠，就會處於這類的困境，在一位新詩人身上發現美妙的創意，在一位傳道師口裡聽到有力的論據，只有向某位學者請教這是他本人的創意還是人云亦云以後才敢讚揚。在這以前我絕不會貿然表態的。

我不久前一次讀完了塔西佗的《歷史》一書（我已不常有這樣的事，二十年來還沒有一口氣讀上一小時的書），我是聽了一位貴族的推薦才這樣做的，他本人以勇敢及一貫的處事能力與善意很受法國人器重，這也表現在他的幾位兄弟身上。④我不知道還有哪位作者會像塔西佗在《編年史》中，那麼重視個人生活描述和個人見解。我覺得這與他看到的東西是相反的。他專注於同時代帝王的宮闕生活，這些生活窮奢極侈，絢麗多彩，以及他們殘酷迫害臣民的一些人所共知的大事，他有豐富的資料，若要寫的話會寫得比各國大戰與人間騷亂更爲驚心動魄。然而我發現他文思乾枯，對於那些壯烈的死亡只是一筆掠過，彷彿害怕內容重

---

④ 指蒙田的朋友，特朗一家三兄弟，在同一天內慘遭死亡。

複冗長會叫我們生厭似的。

這類歷史描述其實是最有用的。國家大事更多取決於命運的指引，而個人私事取決於我們自己的指引。更可說是評歷史而不是寫歷史，裡面教誨多於故事。這不是一部供閱讀的書，是一部供研究與學習的書。到處是警句，其中有對的也有錯的。這是一部倫理與政治理念大全，可作爲操縱世界大勢者的案頭書目。他遵循他那個時代的矯飾文筆，措辭尖銳，振振有辭地進行申辯。

那些人喜歡慷慨激昂，當事情平淡無奇時，他們也會借用這部書裡的文章。塔西佗文風跟塞涅卡很相似，我覺得他更厚實，塞涅卡更尖銳。他的書更有益於一個戰亂頻仍的病態國家，就像我們目前的處境。你還可以屢次三番說他描述的就是我們、他針砭的就是我們。

對他的眞誠表示懷疑的人卻正好說明自己對他抱有偏見。他的意見是正確的，在羅馬事務中站在正義的一方。然而我責怪他的是他對龐培的評價要比對龐培同時代生活與來往的正直人更爲激烈，認爲龐培與馬略、蘇拉是一丘之貉，除了他更加不露聲色。龐培掌握政權不排除懷有野心與報復心，他的朋友甚至害怕他一旦勝利會失去理智的控制，雖還不至於像其他兩位那樣胡作非爲。然而他的一生中並沒有事例讓我們感到威脅，認爲他會明目張膽地實施殘酷的暴政。

還有不應該用懷疑來代替事實，從而這使我難以信服。他的敘述樸實而平直，恰從這件事也可以證明事實並不總是確切符合他所下的結論；他的判斷經常不顧他自己向我們提出的史實，而根據他的個人傾向作出。至於史實他倒不會篡改一點的。他無須為自己贊成當時的宗教、否定眞正的宗教而道歉，這是遵照法律規定而做的。這不是他的缺點，而是他的不幸。

我重點研究他的評論部分，並不是什麼都弄得明白的。比如提比略年老體弱時寫給元老院的信中這幾句話：「諸位大人，當此時刻我給你們寫什麼，或者怎麼給你們寫，或者該不該給你們寫呢？我若知道這件事，但願男女諸神讓我死得比我每天感覺在死的還慘。」我看不出他為什麼那麼肯定這些話用在折磨著提比略良心的無盡悔恨上。至少我念到這個章節時還看不出其所以然來。

還有一件事我也覺得略為委屈他，當他必須說出自己在羅馬擔任過高官職位，他接著抱歉他這樣說絕不是賣弄。這種做法我覺得對他這樣的人物顯得猥瑣。不敢坦然談論自己是因為有某種心病。具有光明磊落判斷力的人，判斷事件明察秋毫，在任何時候都可以援用自己和他人的例子，給自己就像給第三者一樣坦然作證。

世俗的禮儀規則應該突破，有利於眞理與自由。我不但敢於說自己，還敢於只說自己。我在寫其他事時會離題跑轍。我沒有自愛到不知分寸的程度，也不會自戀到看自己不像看鄰居與樹木那樣清楚。這樣的錯誤猶如看不到自己有多少分量，不亞於說的總比人家看到的多。我們欠上帝的愛比欠自己的愛多。我們對上帝知道不多，若要多，我們就必須多談。

塔西佗的作品還是說出了他的一些情況，這是一位大人物，正直勇敢，他的德操不是基於迷信，而是基於哲學與曠達。他的某些史料使人覺得可以商榷。比如說一名士兵抱了一根木架，雙手凍僵黏在木架上，從手臂斷落以後直到壞死爲止，一直沒有脫開。在這類事情上，我習慣屈服於那麼大證人的權威。

他還說韋斯巴薌皇帝得到薩拉匹斯神的神力，在亞歷山大城用他的口水治癒一個盲婦的眼疾，還有什麼其他我不知道的神蹟，他遵循一切優秀歷史學家的例子與職責這樣寫。他們記錄重大事件；社會大事中也夾雜民間的流言蜚語。他們的任務是複述而不是調整大眾信仰。後一部分工作是由神學家和指導良心的哲學家做的。

可是，他的一位同好，跟他一樣的大人物，說得非常聰明：「事實上，我追述的事比我相信的事多，因爲我既無法肯定我懷疑的事，也不能刪除傳統教給我的事。」（昆圖斯．庫提烏斯．盧弗）另一位又說：「世上有些事情不必費心去肯定或否定……人云亦云就是了。」（李維）在這個神蹟信仰愈來愈淡薄的時代，他寫作時還是願意在他的編年史上不遺漏這些記載，不讓自古以來備受那麼多善良人尊敬的事情失去立足之地。

這話說得太好了。讓他們更多根據他們接受的史料而不是根據他們捨去的史料來保存歷史。我寫的材料我做主，不需要聽命於他人，但並不相信自己寫的全是眞的。我經常也會寫上內心冒出的幾句賭氣話——我自己也表懷疑；還說幾句俏皮話——我自己聽了也搖耳朵。但是我讓它們去闖天下，我看到有人做這樣的事得到榮譽，這不是我一人能夠評判的。我讓人家看到我的站姿和臥姿，我的前身和後身，我的右側和左側，我的一切自然習慣。各人的精神即使在力量上一樣，在使用與情趣上也不盡相同。

以上是根據我的記憶所提供的大致情況，頗不確定。一切迂闊的評論都是疏漏和不嚴密的。

第九章　論虛空

可能沒有什麼比虛空地寫《論虛空》更虛空的事了。神已經對我們作了那麼神性的解釋，①應該讓有識之士仔細地、不斷地深思。

誰不看到我走上了這一條道路，只要世界上尚有墨水與紙張，我會不停頓地、不辭勞苦地繼續下去？我不能記述我的生平事蹟，因爲命運使我毫無作爲，我就記述我的想法。我認識一位鄉紳透過他的腸胃活動來報導他的生活，你在他的家裡看到當眾一排可用七、八天的便桶；這是他的研究、他的論述，其他一切話題對他都臭不可聞。

這裡要文明一些，是一位老學究的糞便，時軟時硬，總是消化不良。我的思想遇到任何題材都會轉個不停，變化無窮，既然狄奧梅德對一部語法書就寫了六千冊書，②我眞不知道自己什麼時候才能寫完？語言結巴者開了口，就可連篇累牘壓得地球透不過氣來，饒舌者更不知道會產生什麼呢？光是說話就說了那麼多！畢達哥拉斯啊，你怎麼不壓制這場風暴！③

有人指責古代加爾巴皇帝遊手好閒，他回答說每人應該說明自己的行動，不用說明自己的休閒。他錯了，因爲法律對不工作的人也有審理與懲罰的權力。

---

① 指《聖經·傳道書》中一句話：「虛空的虛空。凡事都是虛空。」

② 據《七星文庫·蒙田全集》，應爲狄狄默斯；據塞涅卡說，他寫了四千冊語法書，據博丹說，他寫了六千冊。

③ 畢達哥拉斯要學生沉默不言兩年，對問題多思多想。

既然對流浪漢與懶人皆要法辦，那麼對無能無用的作家也應該有制裁。我和其他百位作家的書也就可從老百姓的手中奪下來。這不是在說笑。粗製濫造的書籍好像是亂世的一個症狀。什麼時候我們比動亂開始以後寫得那麼多呢？什麼時候羅馬人像沉淪時那麼愛做文章呢？除了表示思想精明並不意味社會跟著文明了。這類無事忙所以產生，是由於每個人不必認眞工作，時間也就挪作他用了。對於本世紀的墮落，我們個個都作出了貢獻，有人奉行背叛，有人帶來不公義、不信教、暴政、貪財、殘酷，取決於誰更有權勢；弱者，其中包括我，敬贈的是愚蠢、虛榮、懶散。

眼看災禍臨頭時，我覺得也是虛空之事興隆的季節。當今到處都在做壞事，只是做些無用的事也像値得稱道的了。叫我自慰的是他們要逮我也是最後一批的了。趁他們應付當務之急的大事，我還有時間改正。因爲當大惡弄得我們焦頭爛額時去追究小惡，我覺得這畢竟有悖情理。菲洛提莫斯大夫從一位要包紮手指的人的臉色和哈氣，看出他的肺裡有潰瘍，對他說：「朋友，這可不是你玩手指甲的時候。」

說到這裡，我想起幾年前有一位極受我尊敬的人物，在民生塗炭時期，沒有法律、沒有正義、也沒有官吏履行職責，跟現在一個樣，他居然發表了一部關於服飾、烹飪和司法程序的莫明其妙的改革著作。這是對苦難老百姓進行安撫的噱頭，目的是說大家沒有被當局遺忘。還有人的做法如出一轍，他們對陷於水深火熱之中的老百姓自上而下頒布法令，禁止語言粗魯、跳舞和賭博。當一個人發高燒時，不是忙著洗去他身上汙垢的時候。只有斯巴達人在出發去冒極端的生命危險之前，還要梳理頭髮。

而我還有另外這個壞習慣，若有一隻鞋子穿歪了，索性把襯衣和披風也都穿歪了。我不屑進行半拉子的改正。我心境不好時，就會惡做，灰心絕望，自暴自棄，像俗語說的破罐子破摔。做壞了也不回頭，好也罷，壞也罷，認爲不必再爲自己操心。

國運凋敝恰與我年老體弱湊在一起，對我也是大幸。我更願意接受我的病痛爲此增加，而不願我的境況被它打亂。我在不幸中所說的話是出於氣憤；勇氣沒有喪失反而陡增。我不同於別人，在運順時比運背時更加虔誠，這不是遵循色諾芬的理智，也是遵循他的教誨；更願意在感謝上帝時而不是詢求上帝時才仰視蒼天。我更在乎無病無痛時增進體質，而不是健康棄我而去時才奮起追趕。而我需要萬事順利才會接受紀律與教育，而別人需要逆境與鞭撻才這樣做。彷彿好運與好心不能並存，人也只有在厄運中才會成爲好人。幸福對我是個奇異的激勵，使我節制與謙虛。懇求使我心軟，威脅令我反感，好意叫我讓步，恫嚇讓我不妥協。

人性中這點頗爲普遍，外來的事比自己的事更引起我們興趣，喜歡流動與變化。

時間在奔馳中更換馬匹，
才讓白日叫我們喜歡。

——佩特羅尼烏斯

我也有此意。有人走另一個極端，自得其樂，認爲自己有的東西比什麼都好，自己見到的東西比什麼都美麗，他們若不比我們更有見識，實際上也比我們更幸福。我不羨慕他們的聰明，但眼紅他們的好運。

這種貪戀新奇的脾性養成我愛好旅行的欲望，但是也要有其他情景促成此事。我心甘情願地不管理家務。即使在一間穀倉裡頤指氣使，家裡人唯唯諾諾，自然感到氣爽，但是這種樂趣畢竟太呆板，令人生厭。還有難免招來許多閒氣：一會兒你的佃戶貧窮受壓迫，一會兒跟鄰居吵架，一會兒他們蠻不講理，欺侮你；

有時葡萄遭到冰雹，
收成不符合期望，
果樹雨水多了或又少了，
有時冬天實在太寒冷！
——賀拉斯

六個月中難得有一次老天爺風調雨順，叫收穫者完全滿意；對葡萄園是個大年，沒讓牧場遭災：

被驕陽的烈焰曬死，
被暴雨冰雹打壞，
被巨風颳走。

——盧克萊修

再以那位古人講究的新鞋子爲例，④穿了它傷腳；但是外人不知道這要你付出多大的代價，又如何努力維持家庭裡表面的和諧，這可能是你花了大錢買下來的。

我成家較晚，大自然使之在我以前出世的那些人，代我操心了很長時間。我也早就按照自己的天性養成了另一種嗜好。然而就我見過的來說，管家這項工作不太難但很累人；能做其他事的人一般也很容易勝任。我若要發財，這條道路我覺得太長；我若爲國王效勞，這行當比其他油水要足。我這人既不適合做好事，也不適合做壞事，鑒於在有生之年只想博取個既沒撈取也沒揮霍什麼的美名，既然只求得過且過，也就感謝上帝，三心二意地這樣過吧！

④ 取自普魯塔克《埃米利烏斯·波勒斯傳》中的一則故事。意指凡事好與不好，唯有當事者知道，猶如各人穿在腳上的鞋。

最糟糕的是變成窮人緊縮開支。這是我所提防的，沒到不得已時先改造自己。我目前在心裡安排了一個個步驟走入比現在更窮的日子；我說的是高高興興走入。「不是按照每人的收入，而是按照你的生活開支來衡量你的財富。」（西塞羅）我的眞正需要的並不占去我全部財產，因而命運要咬我也不會咬到我的肉裡。

我參與管理，不論如何無知與馬虎，還是對家族事務大有裨益；我參與其中，但心懷不滿。此外，這一切都是家務事，蠟燭的這頭由我控制著燒，蠟燭的那頭不見得少燒一點。

旅行使我感到拮据的是那筆花費，這大得超過我的能力；由於習慣於攜帶一些必需且還要像樣的行裝，我就不得不縮短日期和減少次數；只有使用積蓄多餘的錢，那就要根據這筆錢什麼時候湊齊才安排或推遲日程。我不願意旅遊的樂趣影響到閒居的樂趣；相反，我還要兩者相輔相成，都能做到盡興爲止。

命運在這點上成全了我，我在此生的主要任務是懶懶散散過日子，不必過於勞碌，也就不需要積攢財產分贈給一大群繼承人。我的那位蒙田，⑤讓我過得舒舒服服的家產她若認爲不夠，那她只有自認倒楣！她大手大腳也就不值得我給她更多。根據福西昂的例子，人人都能撫養自己的孩子，只要他們撫養得跟自己一樣。

---

⑤ 指他的女兒萊奧諾。

我當然不會同意克拉特斯的做法。他把錢留在一家銀行，附帶一個條件：如果他的孩子是笨人，他就把錢留給他們；如果他們是能人，他就把錢分給最單純的老百姓。彷彿笨人沒錢花時是無能的，有錢花時不是無能的了。

只要我忍受得起，我不管理時遭受的損失，也不足以讓我拒絕逃避這種苦差使的機會。凡事總會有不順心的地方。房屋買賣，這幢或另一幢，拉扯著你。你對每件事都要深入了解。明察秋毫在別處會壞事，在這裡對你也有傷害。我避開會生氣的場合，有意不過問進展艱難的事。再怎麼做還是免不了有時在家裡遇到不稱心的事。對我的耍滑行爲瞞得最嚴實，其實我知道得最清楚。有時爲了減少損失，我們還得幫著一起隱瞞。無謂的惹氣，有時是無謂，但惹氣總是不假。

最薄、最細的刀口割肉最快，就像小字體最傷眼睛，因而雞毛蒜皮帶來的氣最容易放在心裡。大傷害不管怎麼大，也都不及日積月累的小傷害那麼令人記恨。這些家庭荊棘愈長、愈密、愈硬，不動聲色地，冷不防地會輕易刺上我們，扎在肉裡很深。

我非聖賢；我傷害愈重愈沮喪，有形式的重，也有內容的重，有時還是最重的。我比一般人更了解痛苦，所以更有耐性。總之，它們即使不使我受傷，也給我打擊。人生是脆弱的，容易飄搖凋零。自從我面孔轉向憂傷以來，「當人開始受到外界的推動，再也由不得自己」（塞涅卡），不管使我生氣的原因多麼愚蠢，我的脾氣就會向這個方向發展，此後自行滋生與激化，新仇舊恨愈積愈深，盤踞在心頭不得釋懷。

滴水能穿石頭。

——盧克萊修

這類日常滴滴答答的漏水會把我淹死。日常的疙瘩絕不是小事。它們無休無止、無法補救，尤其來自一生一世、永不分離的家庭成員之間。

當我站在遠處對自己的事務粗略觀察以後，我覺得——也可能我的記憶不夠確切——直到目前爲止還算興旺發達，超出預計與期望。我覺得我的收益比投入多，這裡的好境況誤導了我。我若進入事務內部，看到各部門的運轉，

那時擔心的事千頭萬緒。

——維吉爾

什麼事都覺得需要改進與害怕。放棄一切不做那是易如反掌；要參與而不操心談何容易。當你身處一個地方，眼前所見的一切都要你忙碌，都跟你有關，這實在太可憐了。我覺得住在一幢陌生的房屋裡，帶去質樸的生活情趣，那種享受要快樂得多。有人問第歐根尼他認爲哪種酒最美，第歐根尼也像我這樣回答：「沒喝過的。」

我的父親喜愛擴建蒙田山莊，他是生在那裡的。在家務管理方面，我喜歡效法他的事例

規則，還儘量要我的繼承人也沿用舊制。我若能做得勝過他，也在所不辭。我感到榮耀的是他的意願透過我而得以實施和發揮作用。這也算是我在給慈父恢復生前的形象，祈禱上帝不要讓這工程毀於我的手中。舊牆頭有待補全，歪斜的房間需要扶正，我參與其間是貫徹他的意圖，而不是滿足自己的要求。

我責怪自己生性懶散，父親在自己的田莊開了個好頭，而我沒有努力繼續完成。尤其從族譜來說，我會是最後的業主，也是最後進行修繕的人。人家都說建造房舍是一大樂事，但是從我個人志趣來說，蓋房子、狩獵、築園、退隱生活中的其他樂趣，都不怎麼吸引我。這些事我是討厭的，就像其他一切我聽了不舒服的看法。我不在乎意見多麼有根據、有道理，然而我在乎意見在生活中運用方便。它們如果有用，令人愉快，這就是眞知灼見。

有人聽我說在管家方面一無所長，走來在我耳邊悄悄說，這是高傲，我不屑於了解農具、農時、農序，不打聽如何釀製我田莊的酒、如何嫁接樹枝、不明白花木與水果的名稱與形狀，我賴以生活的肉食如何準備，我穿的衣料叫什麼名稱與市價如何，這該是我一心鑽研高深的學問，這樣的人眞是在要我的命。這不是光榮，這是愚蠢和傻笨。我寧可做優秀的馬夫，不做優秀的邏輯學家。

你怎麼不忙些有用的事情，

用柳條和軟燈心草編籃子？

——維吉爾

我們把思想停留在天下大事、宇宙起源與運行上，這些沒有我們照樣運轉不誤，卻把我們自己的事和我這個米歇爾拋在後面，其實米歇爾反比一般人與我們更加利益攸關。我平時都留在自己的家裡，但是我多麼願意在這裡比在別處過得開心。

但願我安度晚年，
結束顛簸的海上旅程，
南征北戰的戎馬生涯！

——賀拉斯

我不知道能否達到目的。我更樂意父親留給我的不是他的一部分莊園，而是他晚年貫注在家庭上的熱愛。他很幸福，根據財富實現欲望，知道用已有的東西自娛自樂。我若像他那樣對這事表示出興趣，立即爲當今的政治哲學所不容，指責說我的工作庸俗無益。我同意這樣的看法，最光榮的天職是爲大眾服務、對許多人做有益的事。「精神、美德和一切高尚的果實，只有做到與鄰人分享，才獲得最大程度的樂趣。」（西塞羅）

至於我與此不配，一則從良心來說（我看到這樣的天職所承載的分量，我遇到問題鮮有對策；柏拉圖是研究政治體制的能工巧匠，也不涉足其間）；二則是怯懦，我只求從從容容享受人世，過著不招人罵的生活，對人對己都不形成負擔。

若有人代我理家，沒有人會像我那樣放手讓他處理，自己縮起身子來對一切不聞不問。此刻我有一個願望，就是找到一名女婿讓我晚年過得舒適、無憂無愁，把財產交給他全權支配和運作，做到我做的事，賺到我賺的錢，只要他對這一切顯出勇氣，抱有一種眞正親切與感激之情。這沒什麼吧？但是我們生長的世界裡，親生孩子也不識什麼是親情。

旅途中，誰管我的錢包，他就可以不管監督地任意花費。他也可以在結帳時欺騙我。要不是個魔鬼，我總是會毫無保留信任他做事老老實實。「不少人害怕受騙而教人去騙，由於懷疑而同意去做壞事。」（塞涅卡）

要信任手下人，我最常用的做法是對他們一無所知。我只有親眼看見罪行才認定是罪行，認爲青年較少受腐蝕也最信任他們。我更願意兩個月後聽說我花掉了四百埃居，也不要天天晚上耳邊噪聒著說只花了三埃居、五埃居、七埃居的。這樣騙去的錢也不比別人多。是的，我是借助於無知。我有意對自己的經濟狀況抱一知半解的態度。保持一定程度的疑惑也就很高興了。

應該留出一些空間容忍你的僕人要滑頭和做事失手。只要我們的占有大體上可以辦成我們自己的事，那麼多餘的財富也可放任讓它自生自滅：這也像讓拾穗者去收割後的田裡撿莊稼。總而言之，我對僕人的忠誠既不十分重視，也不把他們的過失放在心上。財迷心竅，把錢數過來又數過去，喜不自勝，這是小人與蠢人的作爲！吝嗇也是從這裡起步的。

我治理家產已有十八年，還不知道親自處理地契和莊務上的事情，這都需要我具備一定知識與付出心血。這不是對這類瑣碎的俗務有一種哲學的輕視，我並不那麼清高，也至少明白這些事的價值。這實在是懶惰與大意，叫人不可原諒，充滿孩子氣。我什麼都願做，只要不看契約、不去做生意的奴隸，翻動這些蓋滿灰塵的文書就行！更糟的是還有許多人爲了錢去做別人奴隸！操心與辛苦以外，什麼都對我代價不大，我追求的只是平平庸庸、隨隨便便。

我相信我這人，若不用承擔義務也不被奴役的話，還更適合靠別人的財富過日子。若對此事仔細觀察，我不知道以我的脾性與運道來說，我處理事務時從手下人那裡受到的作弄、煩惱與發恨的事，是不是會少於我若給一位身分比我高、待我寬厚的貴人當差。「卑怯軟弱的人不是自己意志的主人，受人奴役成了他的本分。」（西塞羅）

克拉特斯做得更過分，爲了擺脫家庭的雜務與操心事，毅然出走過上無拘無束的貧困生活。這事我是不會去做的（貧窮與痛苦叫我同樣憎恨），但是會改變這樣的生活，去過另一種不那麼需要勇氣和不那麼忙碌的生活。

離家時，我就擺脫了所有這些思慮；就是一座塔樓坍塌，我也不會像在家時看到一片泥瓦掉下那麼激動。身處異地心靈容易清靜，在現場則像葡萄農那樣多愁。馬轡繩裝歪了，馬鐙皮帶夾我的腿，會叫我一整天不高興。面對不順心的事我可以鼓起勇氣，但是不敢睜開眼睛。

感覺啊！上帝，感覺！

——佚名

在家時，一切差錯我都要負責。很少主人——我是說像我這樣的中等家庭的主人，若有的話也更爲幸福——可以把事情交付給一位管家，讓他擔當大部分事務。這樣在款待客人方面必然不能完全按照我的心意去做（我有時也能留住某位客人，那是靠我的菜餚而不是我的好客，讓我像那些難以相處的人一樣），使我失去不少從高朋滿座中得到的樂趣。

紳士在家待客最愚蠢的表現，就是讓人看到他忙於招呼，在僕人耳邊悄聲說話，瞪眼睛威脅另一個僕人。主人的態度應該做到讓一切都在不知不覺間順利過去。口口聲聲對客人說起他的待客，不論是謙稱不周或感到自滿，都叫我看不順眼。我喜歡乾乾淨淨，有條有理，

……瓷盤和玻璃杯

都反映我的形象。

——賀拉斯

不必要豐富；我在家準備的東西剛好夠用，不講排場。假若一個僕人在別人家打架，打翻了一只盆子，你就一笑了之。你睡你的，那位先生自會和總管商量第二天怎麼向你交待。

我只是根據自己的想法說這些事，一般也不會不知道對於某些人來說，家庭和平昌盛，治理有方是多麼甜蜜溫馨，不願把我本人的錯誤與不利往這方面附和，也不否認柏拉圖的話，他認爲正正當當做自己的事，對每個人都是最幸福的工作。

當我在旅途中，我要想到的只是自己和如何花錢，一句話就可解決。但是攢錢卻要許多學問，我對此一竅不通。至於花錢，我略知一二的是將花費記帳，這是看它的主要用途。但是我對這樣做的期望過高，使前後花費相差懸殊，不成比例，尤其在下列兩種情況下都不知節制。如果值得花和有用，我就冒冒失失繼續花；如果花得冤和窩囊，就冒冒失失收緊錢包。

無論這是人爲的還是天性使然，讓我們根據與他人的關係確定自己的生活環境，這對我們是弊多利少。我們不顧自己的方便，遷就大眾的看法來做表面文章。我們自身的實際情況如何，絕不像人家是怎樣想的那麼引起我們的注意。即使是精神與智慧的財富，如果只由我們自己享用，不受到外人的注意與賞識，我們就覺得這些沒有結果開花。

有些人的黃金在地底下沸騰流淌，無人察覺；有些人把黃金打成金箔金條招搖過市；因而有人的銅錢可當埃居使用，有人的埃居只當銅錢使用，世界是根據表面來估量價值的。對財富過分關心意味著貪婪，當花錢與輕財過分呆板與做作時也是如此。財務不值得勞心勞力。誰要花費適度，就花得拘謹吝惜，儲錢與花錢本身並無差別，根據我們的意願如何才塗上了好與壞的色彩。

促使我外出旅行的另一個原因，是我跟國家當前的社會風氣格格不入。相對公眾利益而言，我對這種墮落心情還是容易緩解，

比鐵器時代還要糟糕的世紀，
存在多少罪惡，
其名稱超過大自然中存在的金屬！

——朱維納利斯

相對我的個人利益而言則不。我尤其對此受苦甚深。因爲周圍長期內戰，我們都在兵荒馬亂中很快老去，國家則已千瘡百孔，

正義與非正義混淆不清。

——維吉爾

說實在的，國家能夠維持也算是奇蹟。

他們全身武裝耕地。
腦子裡想到再去搶，都靠掠奪為生。

——維吉爾

最後，從我們的例子可以看出，人類社會不計什麼代價都會自行凝聚與聯結。不論將他們放在什麼地盤上，他們推推搡搡，擠來擠去，最後排得整齊有序，就像把互不相連的物體胡亂放進一只口袋裡，它們自會相互銜接組合，經常比精心安排的還要妥帖。

馬其頓腓力國王從各處蒐羅一批無賴惡棍，讓他們住進專為他們建造、還以他的名字命名的一座城市裡。我認為他們可用惡行作為手段建立彼此接受的政治結構，形成有法可依的社會。

我看到的不是一個行為，或者三個行為，或者一百個行為，而是根深蒂固的習慣勢力，在非人道和無誠信方面（在我看來這是最大的罪惡）表現得如此邪惡，以致我無法想到而不毛骨悚然；叫我既憎惡也讚歎。這些臭名昭著的醜事的發生標誌著心靈具有的威力，也說明心靈陷入的混亂。

人因彼此需要而和解、而聚合。這種偶然的結合後經過法律而固定下來。可是有的法律非常嚴酷，實非出自人性的主張，然而它們的實質內容，卻與柏拉圖和亞里斯多德所能制訂的法律同樣有生命力與長壽。

其實，所有這些政策的細則都經精心虛設，荒謬可笑，難以付諸實施。關於最佳形式的社會、最具約束力的規章制度的這些大爭論，曠日持久，只是適合我們鍛鍊頭腦的爭論。就像在藝術中也有許多主題，其要旨也是在於引起激情與爭論，沒有這些就沒有了生命。這類政體的闡述可能適用於一個新世界，我們接觸的人早已是按照一定的風俗習慣培育的，並對此承擔了義務。我們不創造人，像皮拉⑥或像卡德摩斯。⑦無論我們多麼有權力、用什麼方法去糾正和改造他們，我們絕不可能把他們從習俗中扳過來而不折斷他們。有人問梭倫他是否竭其所能爲雅典人制訂了最好的法律，他回答說：「是的，從他們會接受的程度來說是最

⑥ 據希臘神話，宙斯用洪水淹沒人類時，只有皮拉和丈夫丟卡利翁（普羅米修士之子）得到普羅米修士的警告，乘船得以倖免，後遵神的指點，重新創造人類。

⑦ 腓尼基神話中底比斯王，奉阿波羅神諭建底比斯城，後首創字母。

好的了。」

瓦羅也作過類似的辯解：他若能把宗教重新寫，他會去說他相信的事，但是由於宗教已經成型並被大眾接受，他也只是根據傳統而不是根據事實來寫。

不從理論而從實際來說，對於每個國家最好的政體是那個國家賴以生存的政體。它的主要形式與適應性取決於如何實施。我們對目前的狀態自然不滿意。但是我要堅持的是在一個平民國家裡希望建立寡頭政治，在王朝制下建立另一種政體，這是罪惡，這是瘋狂。

什麼樣的國家你就愛它什麼樣，
是君主國家，你就愛君主，
是少數人統治或集體作主，
也照樣愛它，因爲上帝讓你在那裡生長。

——庇布拉克

這就是善良的德·庇布拉克說的話。他性格溫和，見解清晰，作風純樸，不久前離開了我們。同時離開我們的還有德·弗瓦先生。這兩位去世是我們王國的重大損失。我不知道在法國是否還有另外兩個人，能像這兩位加斯科涅人那樣忠心耿耿向國王進諫。他們的高尚心靈也互不相同，按照我們的時代來說，兩人都出類拔萃，各具異彩。但是又是誰讓他們生不逢時在這個時代，與我們的腐敗與戰亂格格不入，互不相容。

一個國家受革新的逼迫，倉促改變會促生不正義與暴政。當某個零件鬆了，我們可以上緊。我們可以不讓事物的自然變質與消蝕，去破壞最初的原則。但是試圖把事情全部除掉，改換一幢大廈的地基，這無異於讓清洗的人把東西消滅，讓改良個別弊端的人掀起社會大亂，用死亡來治療疾病，「只是希望改革政府而不是摧毀政府。」（西塞羅）世界要治好是很難的，它被催得那麼急而失去了耐性，不顧付出什麼代價只想連根拔起。成千個例子讓我們看到治標不治本，反而害了自己；消除眼前的弊病若沒有廣泛的條件改善，那也不是痊癒。

外科大夫的目的不是切除爛肉，這只是治療的過程。他的視野更遠，是要讓新肉長成，達到應有的狀態。誰只是建議清除他受腐蝕的那個部分，那是他的短見，因爲壞事之後並不一定是好事。有另一種壞事接踵而來，還更壞，比如凱撒的凶手所做的事，他們陰謀策劃把國家大事搞成這樣，確實需要爲參與而後悔。此後直至我們這些世紀，許多人也有相同遭遇。我同時代的法國就可說說這些事。一切巨變都會動搖國家造成大亂。

無論是誰，其目的是直接爲國除弊的話，那就要三思而行，動手以前先冷靜下來。帕庫維烏斯・卡拉維烏斯糾正這種錯誤的做法，堪稱爲範例。他的同胞造反反對他們的官員。他是卡普亞城的權勢人物，一天設法把元老院議員關在宮裡，召集城裡的市民對他們說，這個日子終於到了，他們可以充分利用自由向長期壓迫他們的暴君復仇，他已把他們隔離並解除了武裝，聽任他們的處理。大家同意抽籤讓他們一個個走出來，對每人都作出個別判決，當場立即執行，只是他們同時要選出一個好人接替罪人的職位，以免出現空缺。

一位議員的名字剛報出來，群眾就發出一片不滿的叫聲反對他。帕庫維烏斯說：「我看得很清楚，這是個壞人，應該把他撤職，讓我們換上一個好人。」接著是一片沉默，每個人都感到難以選擇，哪個人大膽提出一個名字立即響起更大的不滿聲加以拒絕，自有一百個缺陷和正當理由把他除名。這些反對的情緒急劇上升，提到第二位議員情況更糟糕，第三位亦復如此，選人的意見不一致與撤人的意見一致恰成對照。鬧了一陣子毫無結果以後，人都累了，他們紛紛各自溜出會場，心中都得出了這個結論：熟悉的老毛病還是比沒見過的新毛病更容易忍受。

看我們那麼激動的可憐樣，這是我們什麼都沒做過吧？

我們打架，我們犯罪，
我們骨肉相殘，多大的恥辱！
我們這代人的殘酷，在什麼面前曾經卻步？
爲了尊重什麼，曾停止過殺戮？
對上帝的畏懼，可曾使青年受約束？

哪裡的祭臺沒有被他們褻瀆？

——賀拉斯

我不會立即作出結論：

即使健康女神薩羅斯願意，
也拯救不了這個家庭。

——泰倫迪烏斯

可是，我們可能還沒有末日來臨。安邦定國這件事好像超過我們的智力。像柏拉圖說的，民治政府是難以瓦解的強大實體。它抵抗體內的致命痼疾、不公平法律的危害、暴政、官僚濫用職權與無知、群眾的胡作非爲與叛亂以後經常還能存在下去。

不論什麼情境下，我們總是跟好的去攀比，眼睛朝上面看。我們應該跟差的比，哪一個倒楣蛋也能找到千百個例子可以聊以自慰的。我們總是看不得人家超過自己，而喜歡人家落在後面，這是一個惡行。梭倫說，「若有人把壞事都堆一起，人人都會過來把他自己的壞事取走，不會跟其他人合情合理探討這些壞事，擔當自己的責任。」我們的政府境況不妙，可是以前也有病得更重而沒有死的。諸神在跟我們玩網球戲，打得我們暈頭轉向：

諸神眞的是把人當成了球。

——普洛圖斯

按照星運圖，羅馬國可悲地被命定爲其他各國這方面的範例。羅馬歷史上包括了一個國家所具有的一切形態和遭遇，治亂禍福應有盡有。看到它歷經動盪，風雨飄搖，誰該會爲它的命運擔憂呢？如果說統治疆域廣大就是國家的健康（我不贊同此種說法，伊索克拉底教育尼科克萊斯的話我聽了高興，他說不要羨慕統治疆域廣的君王，要羨慕保持國運長的君王），那麼羅馬帝國只是病最重時最安寧。最衰敗時卻是最昌盛。

羅馬最初幾位皇帝的政體是模糊不清的，混亂可怕令人無法想像。然而帝國還是在這個局面中挺了過來，不但在本土保持了一個組織嚴密的專制政體，還控制了那麼多遠方不同政體、民心不穩、治理不當和不法占領的國家：

命運之神不讓任何國家
向統治海陸的霸主復仇。

——盧卡努

並非搖搖欲墜的東西都會坍塌。這麼一個龐然大物不是繫在一枚釘子上的。甚至還靠歷史悠久而支撐著。就像那些老房子，年久地基下沉，牆面剝落裂開，還是可以靠自身的重量活著，屹然不倒。

它不再依靠粗大的根鬚，
而以本身的重量豎在地上。

——盧卡努

此外，單是觀察側牆與壕溝算不了萬全的辦法，要評斷一個陣地的安全，必須看哪裡可能成爲突破口，攻擊者的情況怎樣。戰艦不受到外來的衝擊，很少是由於船身重量而自沉的。讓我們環顧四周，一切都在我們身邊崩潰。不論是基督教世界或者其他地方，我們知道的那些大國，處處受到明顯的變動與沉淪的威脅；

它們有自己的不幸，同樣的風暴
橫掃一切……

——維吉爾

星相學家正可以像慣常一樣大顯身手，警告我們不久世局必有大變；他們預言的災難近在眼前，伸手可及，不用問蒼天也可以知道。

在這亂象叢生、危機四伏的世局中，我們不但要尋求安慰，還要對國家的生存寄予希望。因爲一切雖都在坍塌，天是不會坍塌的。全世界有病也是各人健康狀況造成的。保持一致是防止瓦解的剋星。就我來說絕不陷入絕望，我覺得總看到幾條出路：

可能有一位神給我們指出
返璞歸眞的道路。

——賀拉斯

誰知道上帝是不是要讓世途像身體那樣，長期重病以後體內毒素排淨，體質得到改善，反比生病前更加健康，精神抖擻？

最憂心的是在觀察我們疾病症狀時，我發現大自然與老天爺讓我們長在身上固有的和人類胡作非爲形成的一樣多。即使星座好像也在想方設法讓我們超過壽限還照樣活著。還有叫我心事重重的是，迫在眉睫威脅著我們的痛苦，不是強壯的身子整個消失，而是慢慢消蝕腐敗，這叫我不寒而慄。

此外，我也怕想入非非時遭到記憶的背叛，不經意把同一件事寫兩遍。我討厭對著自己細細觀察，一旦落筆以後非萬不得已再也不去重閱。在這裡我也沒有新東西可說。都是一般的想法。反覆思考了一百次，我怕早已寫了下來。老調重彈令人生厭，即使荷馬作品裡也是如此，對於浮光掠影的見解更是毀滅性的打擊。就是說到有用的東西我也不喜歡像塞涅卡反覆強調。他那種斯多葛派的做法，對每個問題都大談一般的原則與前提，又總是重新提到放之四海而皆準的大道理。我的記憶殘酷地一天比一天壞，

彷彿我口渴難熬，
喝下了勒忒河這條忘川之水。
——賀拉斯

（邀天之幸，至今還沒有出過這樣的紕漏）。然而從今以後，當別人期望有時間與機會去思考自己要說的話時，我逃避去作這種準備，害怕一旦承擔義務就擺脫不開。有了束縛會把我引入歧途，唯一依靠的工具是我脆弱的記憶。

我閱讀這部歷史書，⑧沒有一次不是怒氣油然而生，感到受冒犯。林塞斯特被控陰謀反對亞歷山大，那天按照慣例把他帶到軍隊面前進行申辯，他已記住一篇精心準備的演說

---

⑧ 指一世紀歷史學家昆圖斯·庫提烏斯《亞歷山大傳》，內容基於想像多於史實。

辭，但是結結巴巴口吃只說了其中幾句話。他愈來愈慌張，拼命動腦子去記，苦苦思索，身邊的士兵以爲他已認罪，衝過去用長矛刺他。他們把他的驚愕與沉默看成了懺悔。關在監獄裡有那麼多時間準備申訴，在他們看來不是記憶不好，而是良心封住了他的嘴、剝奪了他的力量。這眞說得有道理！即使一心只是想要說清楚地點、人群和期望也會叫人驚慌的。當一番話關係到你生死存亡時又能怎麼辦呢？

而我，若說了什麼就有什麼約束，那我就會什麼都不說。當我完全憑記憶來傳訊與拷問自己，我對它的依賴太重，會把它壓垮。記憶也會嚇得不敢擔當此任。我對它有多大程度的依賴，我對自己也有多大程度的難以自制，以致失去常態。有一天我發現自己勉力隱瞞我所受的束縛，有意說得漫不經心，隨隨便便，彷彿是臨時才產生這樣的想法。既喜歡說些無足輕重的話，又事先準備做得極有口才的樣子，這種做法對我這樣行徑的人是不合適的，對無法實現諾言的人是太重的負擔；讓人產生過高的期望。有人往往愚蠢地穿上緊身衣束縛自己，其實還不如穿披風跳得遠。「要討好而讓人期望過高，這樣的事最不討好。」（西塞羅）

據雄辯家庫利奧的文字記載，當他宣布說他的演說分爲三個或四個部分，或者包括幾個論點和論據，他經常會忘記一個或者多加一兩個。我討厭許諾和規定，總是小心翼翼地不要陷入這個困境。不但由於我對自己的記憶缺乏信任，還因爲這方法過於做作。「軍人不講究排場。」（昆體良）

這就夠讓我決定從今以後不再在正式場合演講。因爲照本宣讀，除了這件事本身難看以外，還對善於臨場發揮的人也很不利。而要我臨時邊想邊說則更加糟糕。我的思想遲鈍混亂，不會即興應對重大的場面。

讀者們，讓這部隨筆的第三部分由著我信筆一篇篇寫下去。我會增添，但不修改。⑨首先，誰把自己的作品抵押給了世界，我認爲他顯然沒有權利這樣做了。他有能耐再在別處說得更精彩，已經賣出去的東西不容許他糟蹋。不然那種人的東西只有在他們死後才能買了。讓他們在出版以前想想好。沒有人催他們。

我的這部書始終如一。除非爲了購書者不致空手而歸加印時，我就擅自添加一個額外的象徵（其實只是刺眼的貼片）。這只是錦上添花，絲毫不是對初版書的否定，只是試圖精益求精在以後幾版增加一點特殊價值。這樣有時不免年表會作些調整，我的故事不再總是按照年代，而是按照時機而敘述的。

其次，就我來說害怕修改後反而有所失。我對事物的理解並不總是向前的，它也是向後的。我對第二或第三版不比對第一版更加放心，對現在的思想不比對過去的思想更加信仰。我們改別人的東西很笨，改自己的東西經常也同樣笨。我的第一版書發表於一五八〇

---

⑨ 據《七星文庫·蒙田全集》，話雖如此，蒙田在一五八八年後還是進行了不少修改。

年。從那以後已過了很多日子，我老了，但是聰明並不增長一寸。此時的我與剛才的我，是兩個人，但是哪個時候更好？我說不出來。若愈往前走愈改善，年老自然是樁好事。其實這是醉漢走路，跌跌撞撞，腳步趔趄，或者像隨風搖擺的白藤。

阿什克倫的安條克寫文章竭力支持他的老師柏拉圖的學園。到了晚年他有了另一個主意。我跟隨其中哪一個，算是在跟隨安條克呢？對大家的意見表示懷疑以後，再願意表示肯定，這不是在懷疑，也不是在肯定，可以說就是給他再活一個人生，他也總是處在新的搖擺中，不比另一個人生更好。

群眾的好評增加我的膽量，有點兒超過我的預期。但是我最怕的是引起他們厭食。就像我這個時代的一位學者所做的，我寧願向他們挑釁，而不願使他們討厭。恭維總是討人喜歡的，不論是誰和爲什麼恭維。然而爲了充分享受恭維，就要打聽恭維的道理。即使缺點也可以有辦法說得挺動聽。庸俗平凡的評價不會受人歡迎。在我的時代，若不是最爛的作品受群眾最大的吹捧，那就算是我錯怪了。

當然，我感謝那些正直的人，他們願意用好意對待我的綿薄之力。這部書的撰寫形式不當，題材本身又不值得推薦，印刷車間的錯誤在別處也沒那麼多。讀者，由於別人的怪想與疏忽而出現在這裡的錯誤，那請不要怪我；每隻手、每個工人都來湊上一份。我不管語音拼寫，只要求他們按照傳統寫法，我也不管標點；[10]這兩點我都不是專家。他們在哪裡弄亂了意思，我也不大驚小怪，至少他們讓我推卸了責任。如果他們換上一個錯字，像通常那樣，把我的意思纏到他們的意思，這是毀了我。然而當句子不及我的那麼鏗鏘有力，一位正直的人應當拒絕當作我的句子而接受。誰知道我是多麼不勤奮、多麼我行我素，便不難相信我寧願重新把那麼多篇隨筆口授一遍，也不會爲了這種幼稚的改動而屈服順從用那些文章。

剛才說過，我處在這個新金屬時代的最深層礦脈裡，[11]不但被剝奪了與我不同風俗、不同意見的人密切來往，因爲他們自己抱成一團，而排斥與其他人結交，而且我生活在他們中間不是沒有風險的；對他們來說一切可以爲所欲爲，其中大多數人與我們的法律關係壞得不能再壞，這樣也就無惡不作了。考慮到跟我有關的種種特殊環境，我找不出我們中間有誰比我更努力去維護法律——用公證人的話說，收益已斷，損失常來。有的人聲嘶力竭充好

⑩ 十六世紀，傳統拼寫與語音拼寫有差別，孰優孰劣，爭執很大。蒙田雖已採納語音拼寫，但在波爾多版本的樣稿上注明用傳統拼寫。

⑪ 參見第三卷第二四〇頁朱維納利斯的引文。一般把古代分爲四個時代：黃金、白銀、青銅、黑鐵。在此作者認爲要有一個新金屬時代表示當時沉淪的深度。

漢，平心而言，遠遠沒有我出的力氣多。

由於我的家什麼時候都可以自由出入，對人殷勤周到（因爲我絕不聽從別人勸告把它變成一個戰爭工具，離戰爭愈遠的事我都是樂意參加的），很受鄉鄰的愛戴，要在我的領地上跟我對峙是不容易取勝的。還有令我認爲堪稱典範的精緻傑作，那就是附近地區風雲變幻，而我的家在長期暴風雨中依然未遭洗劫，沾上血汙。

因爲，說實在的，像我這樣脾性的人有可能逃過任何一種持續不斷的緊張局勢，但是周圍雙方輪番入侵與騷擾，命運變幻莫測，沒有使鄉親溫和克己，反而群情洶洶，這使我感到難以消弭的危險與困難。我在躲避，但是令我不快的是更多依靠的是運道，甚至是我的謹慎，而不是我們的法律；令我不快的是處於法律保障之外，受惠於非法律的保護。事實就是如此，我大半還是受別人之賜，這欠了一份難還的人情。我既不願意自己的安全有賴於大人物的仁慈與寬容，由他們批准我的合法權利與自由；也不願有賴於我的祖輩和我自己的人緣好。

因爲，我要是另一種人，又怎麼樣呢？如果說我的舉止與談吐坦率使我的鄉親覺得欠了我什麼，他們讓我活下來就是在還情，他們這樣說：「周圍的教堂都被我們搬空了或者毀壞了，我們就讓他在自家的小教堂裡繼續自由地做禮拜吧。他在患難時幫過我們的妻子和牛，我們也讓他使用自己的財產，留下一條命。」這樣的話豈不是殘酷。長期來在我們家鄉，我們也有雅典人利庫爾戈斯的美名，他是他的同胞的司庫大臣。

我主張人要靠權利與威信活著，不是靠犒賞與恩賜活著。多少雅士就是失去生命也不放棄職責！我逃避不去俯就一切約束，尤其以光榮履責強加的約束。我覺得受人之賜，強使自己的意志對此恩情念念不忘，這個我擔待不起，我寧願接受有代價的服務。我是這樣想的。對這些我給的只是錢，對其他我要給的是自己了。

老老實實做人對我的束縛，我覺得比民法限制對我的束縛更緊、更嚴格。一位公證人管住我，比我管住自己還更仁慈些。這不是說明我的良心要比人家單純的信任更有約束力嗎？我的信仰不欠別人什麼，因爲別人沒有給它什麼。但願他們在我以外取得的信任與信心用於相互幫助。我不惜撞破監獄與法律的高牆，也不會撕毀我的諾言。我遵守承諾戰戰兢兢直至迷信的程度，而在其他事情上則樂意拿不定主意、講條件。

對於毫無分量的承諾，我出於對自己的原則一絲不苟遵守，也會給予重視；鑒於原則本身的利益，我感到它給我的折磨與責任。是的，即使在那些完全由我作主的事情上，我若說我計畫要做，我覺得我在對自己這樣說；如果告訴了別人，那就給自己下了命令；我覺得說出來的事情就是答應要做的事情。因而我很少洩露自己的計畫。

我對自己的判決比法官對我的判決更嚴厲，他們只是在一般職責方面來處理我，而我的良心則有更嚴格強烈的要求。我若不願意的話，他們逼我去履行的職責也可抱馬馬虎虎的態度去做。「心甘情願做的事才會做得最合適。」（西塞羅）行動若沒有自由的光輝，也就既不美也無榮譽。

我受法律所逼時也就談不上意願。

——泰倫迪烏斯

萬不得已所做的事，我往往提不起興致，「對於強制之下做出來的事情，更多受到感激的是那個發號施令的人，不是服從命令的人。」（弗勒里厄斯．馬克西默斯）我還知道這個調子有些人唱到了不公義的程度，他們花費但是不還，他們出借但是不付，對於有惠於他們的人錙銖必較。我還沒有落到這一步，但也不遠了。

我那麼想要解除羈絆一身輕，以致有時候利用別人對我的忘恩負義、冒犯與侮慢，那些人從親緣或命運安排來說，我還欠他們一點人情，趁他們犯錯誤的機會也可了卻我的債。雖然我繼續對他們盡到人情世故所要求的表面禮節，我覺得按照公事公辦，還是比平時從情誼出發來做省心省力，也可使鬱結緊張的心緒得到些許紓解。「控制急躁衝動的眞情，就像駕馭狂奔的馬車，都需要智慧。」（西塞羅）

當我用心這樣做時，總是有點過於著急匆忙，至少對一個不願受催促的人來說如此。這種節制對我也是有用的，抵銷跟我們有接觸的人的缺點。我很遺憾他們被我貶低，但是我總可以對他們的承諾與義務少擔待一些。

我認爲一個人可以由於孩子是癩子或駝背而少愛他；還因爲他調皮，還有他遭遇不幸或有先天缺陷（即使上帝也在損害他的自然價值與尊敬），只是他這種冷淡的態度要收斂和有分寸。對我來說，親近不會沖淡反而會加強缺點。

慈善與感激是一門微妙的普遍實用的學問；總之，根據我對它們的認識，我還沒有見過誰直到此刻比我更加自由和更少欠情的。我若欠情，也欠在大眾天然的情上。也沒有人比我還得更加乾淨，

我從不收受貴人的禮物。

——維吉爾

那些親王不剝奪我什麼，已算是對我的重賞了；不傷害我什麼，已算是對我的開恩了。這就是我對他們的全部要求。哦！我是多麼感激上帝，蒙他的恩寵我接受我已有的一切，我只是對他欠不少恩情。我多麼誠心懇請他神聖慈悲，讓我永遠不用向誰說一句出自心底的感謝！受到祝福的自由引導我走了這麼長的路。但願讓我走到底！

我努力做到誰都不需要。

「我的全部希望都寄託於自己身上。」（泰倫迪烏斯）這件事誰都能自己做得的，受上帝庇護而對生活無憂無慮的人尤其容易。依賴別人很可憐，也很不安穩。就說我們自己吧，誰是最正確、最可靠的靠山，我們何嘗有足夠的把握呢？我除了自己以外沒有什麼是自己的，即使如此，其中還有一部分是缺失和借來的。我培養勇氣，這最重要，還儲存財

物，當一切棄我而去時找個自保的機會。

伊利斯的希庇亞斯不僅潛心學習，投入繆斯的懷抱裡，無人作伴時也可以愉快過日子；不僅加強哲學閱讀，讓心靈得到滿足，當命運不濟時勇敢地摒棄一切外來的舒適；他還十分好奇地去學習做飯、剃毛髮、做長袍、鞋子、戒指，儘量做到自力更生，不用外界的供應。

享受而不用承擔義務，也不爲環境所迫，在意志與財力上還有力量和手段放棄不用，這樣的享受當然更自由、更愉快。

我深深了解自己。不論誰的慷慨如何無私，誰的效勞如何坦誠與不圖回報，只要是讓我出於無奈而接受的，很難不把它們想像成鄙視的、專橫的與帶責備意義的。贈予的本質包含野心與特權，而受贈的本質則包含順從。帖木兒送禮物給巴耶塞特一世，巴耶塞特一世破口大罵予以拒絕就是一例。

蘇萊曼皇帝差人送禮給卡利卡特的皇帝，使他怒不可遏，不但粗暴地拒絕，聲稱他與他的前任皇帝都沒有接受的習慣，只有賜予的做法，還把護送禮物的使者關進地牢。

亞里斯多德說，當忒提斯討好朱庇特時，當斯巴達人巴結雅典人時，他們並不提起他們曾向對方做過的好事——這是討人嫌的，而是說他們從對方得到的好處。我看到有些人隨隨便便使喚別人，作出許諾，如果他們像一位智者那樣知道欠人情的分量，就不會這樣做了。它有時是可以還的，但是永遠還不清的。對一個喜歡在廣闊天地施展手腳的人，這是殘酷的桎梏。

我的熟人，有地位超過我或不及我的人，從沒見過誰比我更少有求於人。我若在這點有別於現代人的做法，這也不足爲奇，這有性格各方面的原因促成的；天生有點傲氣，受不了被人拒絕，欲望與計畫相對有限，做什麼事都無能，還有我特別喜歡的品質是懶懶散散，不承擔責任。由於這些原因，我痛恨受別人制約，以及除我以外的其他人來制約我。不論出現什麼情況，嚴重的或不嚴重的，在用上別人的好意以前，我就急急忙忙先用上自己的全力。

更叫我討厭的是朋友爲第三者要我幫助。一個人利用他欠了我的情但並不受束縛，而我卻爲了朋友的緣故，讓一個不用欠我情的人來束縛自己，這並不減少我付出的代價。除了這個條件，還有另一個，就是他們別要求我去做費口舌與操心的事（因爲我已宣稱要對一切勞役展開殊死戰鬥），我對大家總是有求必應的。但是我避免接受還是多於設法給予；據亞里斯多德，這樣做還是較爲容易。

命運允許我給別人做的好事有限，允許我做的這點有限好事又落實得很差。假若命運讓我生來躋身於大人物之列，我的心志是讓人家愛我，而不是讓人家怕我或崇拜我。是不是還要我說得更直接一點呢？我就會同樣想到賜惠於人也是籠絡人心。居魯士非常聰明，透過一員大將還是更優秀的哲學家⑫之口，認爲他的仁慈與恩德遠遠居於他的英勇與武功之上。大西庇阿在他要出風頭的地方，把他的寬厚與人道看得比他的勇猛與勝仗更重，嘴裡老是掛著這句引以爲榮的話：他已讓敵人像朋友那麼愛他。

我的意思是說，若有必要欠什麼，欠上這筆債也要比我說的那筆債更有道理一點，後一種債是這場可悲的戰爭的法則逼著我欠下的，不是大得要求我全心全意去償還，但是它壓在我的心頭很沉重。我在自己的家裡躺下時，曾千百次想像這天夜裡有人會背叛我、會擊斃我，不要害怕、不要拖延跟命運商量。我在唸過主禱經後大叫：

一位不信神的軍人將占有這片美麗的田野！

——維吉爾

有什麼辦法呢？這是我大部分祖先與我的出生之地；他們在這塊鄉土上付出了愛，用上了自己的姓氏。我們對自己的習慣不會改變了。處在我們這樣不幸的局面，習慣成了大自然饋贈的實用禮物，麻痺我們歷經苦難時的痛苦感覺。內戰在這點上比其他戰爭更糟糕，使我們每

---

⑫ 指色諾芬。

個人都在自家的塔樓上放哨。

靠大門與牆頭保護自己，可憐啊！
房屋也難叫人相信它的堅固！

——奧維德

家室的安寧都被逼入了絕境。我居住的地方總是第一個也是最後一個受戰亂的波及，和平的面目永遠殘缺不全。

即使和平時期也在害怕戰爭。

——奧維德

每次和平失去了機緣，這裡是
戰爭必經之路。哦，命運之神，
應該讓我居無定所，
漂泊在東方日出之鄉
或冰川熊星座下。

——盧卡努

我疏懶膽小，有時用這種方法面對這些事情思考，而使自己堅強起來，也引導我下了決心。有時還饒有興趣地去想像致命的危險，等著它們到來。我愚蠢地低下身一頭栽進了死亡，既無考慮也不認識，一下子給捲進了無聲的黑洞，頃刻間被它吞掉，無痛、無感覺地深眠。遇上這類短促的暴死，其後果都在預料之中，給我的安慰反而多於慌張。他們說，長壽不算最好，速死才是大幸。我對死亡一事有了默契，並不因而更遠離死亡。我在這場暴風雨裡坐以待斃，使我睜不開眼睛，掀起一陣狂風把我吹得不知去向。

這就像某些園丁說的，玫瑰與紫羅蘭種在大蒜和洋蔥旁邊會長得更香，因爲大蒜和洋蔥吸走了地裡的臭氣；這也像那些道德淪喪的人吸走了我四周空氣裡的毒汁，由於與他們爲鄰而使我更好、更潔淨，在我是有失也有得。事情不是這樣，但是也可能會有這樣的事，善良由於少見而更美、更誘人，善事受到衝突與分歧的阻礙而收縮，也會引起對方的嫉妒以及對榮譽的追求而盛行。

盜賊非常客氣，並不特別怨恨我。我對他們不也這樣嗎？否則我恨的人太多了。在不同的命運形式下存在著相同的良心意識，相同的殘酷、不忠、偷竊，在法律的陰影下更卑劣、更猖狂和更隱蔽。陰險、表面若無其事的侮辱，比明目張膽、吵吵嚷嚷的侮辱更叫我痛恨。脾氣發過以後不會損傷到身體：著了火，火焰躥了起來，聲音愈大，受害愈小。

有人問我外出旅行的原因，我通常這樣回答：我知道我在逃避什麼，但是不知道我在尋找什麼。如果有人跟我說外國人中間也有同樣的毛病，他們的風俗不見得比我們的更好，我

回答：首先，這不容易，

罪惡眞是花樣百出！

——維吉爾

其次，離開一個惡劣的地方去一個不肯定的地方，這總是會有所得吧？別人的苦難不像自己的苦難那麼令我們揪心。

我不想忘記這點，我絕不會對法國那麼反感，以致對巴黎也怒目相視。從童年以來我的心就嚮往巴黎。巴黎對我代表著許多美好事物；後來我見到其他美麗的城市愈多，在我的感情中愈見巴黎的美麗。我愛巴黎這個樣，愛上它原有的風貌勝過它添加外來的浮華。我溫情地愛它，包括它的瑕疵與缺陷。

我由於這座大城市才認自己是法國人，人民偉大，地理位置優越，生活豐富多彩，尤其了不起和不可比擬的是：它是法國的光榮，全世界最絢麗的美都之一。上帝讓法國人的分歧遠離巴黎吧！⑬巴黎團結完整，我發覺它把任何暴力拒之於城外。我提醒它，最壞的主意就

⑬ 蒙田這句話寫於一五七六年法國天主教「神聖聯盟」成立之前。後來宗教戰爭愈演愈烈，在巴黎城內爆發衝

是在巴黎內部製造分裂的主意。我擔心它的是它自己，當然我擔心它，同樣也擔心這個國家的其他地區。只要巴黎存在下去，我就不會有後顧之慮，不會無葬身之地，這就足夠讓我不爲失去其他退路而遺憾了。

並不因爲蘇格拉底說過這句話，⑭也因爲我實際上也是這樣想的，可能還更激烈些，我認爲所有的人都是我的同胞，擁抱一個波蘭人就像擁抱一個法國人，把民族情誼置於世界各民族情誼之後。我並不對鄉情與鄉親特別親切。自己選擇的新朋友，我覺得比鄰里間偶然遇到的泛泛之交更可貴。我們建立的純粹友誼，通常也勝過由地域或血緣關係而使我們結合的友誼。

大自然把我們送到世界上，自由自在，無牽無掛；我們把自己囚禁在某些地區；像波斯國王，他們規定自己絕不喝恰阿斯拜河以外的河水，愚蠢地放棄他們同樣飲用其他河水的權利，在他們的眼裡世界其餘部分是一片沙漠。

蘇格拉底在晚年認爲，對他來說判流放比判死刑還壞，而我絕不會那麼消沉，也不會那麼留戀家鄉而說出這樣的話。這些天神似的人生精彩紛呈，我接受它們出於尊敬多過出於感突。

---

⑭ 有人問蘇格拉底從哪裡來。他不說自己來自雅典，而是說來自世界。

情。還有人高山景行，那麼卓越，我即使懷著尊敬也不能接受，因爲我無法把他們想像於萬一。這種脾性對於視天下爲家鄉的人是很親切的。確實，他看不起到處跋涉，也幾乎沒有走出阿蒂卡土地。

怎麼說呢？他捨不得用朋友的金錢來救自己的生命，他爲了不違反法律拒絕靠別人斡旋而出獄，其實那時法律已經很腐敗了。這些例子對我來說屬於第一類。其他第二類的例子我也可以在同一個人身上找到。這類罕見的例子有許多超過我行動的能力，還有的甚至超過我判斷的能力。

除了這些理由，我覺得旅行還是一種有益的鍛鍊。見到陌生新奇的事物，心靈會處於不停的活躍狀態。我常說培養一個人，要向他持之以恆地介紹其他五花八門的人生、觀念和習俗，讓他欣賞自然界各種形態生生不息的演變，我不知道除此以外還有什麼更好的學校。旅途中身體既不偷閒也不勞累，這種有節制的活動使人精神煥發。儘管有腹瀉，我騎在馬上八個到十個小時也不厭倦，

超過老年的狀態與能力。

——維吉爾

除了驕陽，什麼季節都嚇不倒我。因爲從羅馬時代就在義大利使用的遮陽傘，減輕腦袋的負

擔小，增加手臂的負擔大。色諾芬說在古代波斯奢華生活剛開始時，可以隨心所欲製造涼風和陰影，我眞想知道這是個什麼樣的玩意兒。我像鴨子一樣喜歡雨水和泥濘。空氣與氣候的變化對我毫無影響；對我來說天空只有一塊。只有內心的風雲變幻才會使我垂頭喪氣，旅途中這很少發生在我身上。

我很難心動，但是一旦出了門，就會走到底。行裝大的小的我都不喜歡，也不喜歡準備了東西僅僅作一日之遊，探望一位鄰居。我學會像西班牙人那樣趕路，一口氣走完白天適當的行程；大熱天就走夜路，從日落到日出。另一種方式是在路上匆匆忙忙吃上一頓當中餐，尤其白天短的時候很不舒服。

我的馬匹做得很棒。跟我走完第一天路程後，沒有一匹馬誤過我的事。我走到哪裡都給牠們喝水，注意要讓牠們喝足夠走完下一段路程的水。我懶得早起，也讓跟我的人有充裕時間從容吃完中飯再上路。我從來不吃得很晚。胃口吃著就來了，不然不行，我只有坐上桌子才會開始餓。

有人抱怨我有家室又這麼老，還對這類跋山涉水的事樂此不疲。他們錯了。當家裡已經安排定當，不用你也能遵照原有狀況繼續生存，這才是離開的好時光。沒有一個忠誠的人當家作主，他也不會盡心盡力滿足你的要求，這樣離家遠遊才有欠謹愼。

女人最實用、最光榮的知識與工作是處理家務。我見過貪婪的女人，首先追求的是亡夫的遺產，這可以弄垮或拯救我們的家庭。請別跟我談這樣的事，根據我自身的經驗，我要求一位已婚女子具備的美德，首先是善於持家。我一切讓她作主，不在時手頭事務都交給她去做。許多家庭內，先生被千頭萬緒的事務弄得很生氣，可憐巴巴回到家已近中午，而妻子還在小室內梳妝打扮。我看到這種情況也很煩。王后才這樣做的，而且我還不敢肯定。

我們女人的悠閒是靠我們的汗水和辛勞維持的，這既可笑又不公平。我絕不會讓誰比我自己更加心安理得地享用我的財產。要是說丈夫提供物質，大自然就要妻子提供形式。⑮

有人認爲丈夫出門會影響到夫妻間的感情義務，我不這樣想。恰恰相反，夫婦的融洽關係反會因日常過於密切的接觸而冷淡、受損。陌生女人在我們看來都很動人。每個人都有經驗，朝夕相處比不上相互想念後相聚那麼快樂。這些小別使我對家人充滿一種新的情意，住在家裡後也感覺更新鮮、更溫馨。世道變遷鼓動我時而這樣做、時而那樣做的熱情。

我知道，友誼的紐帶長得可以繞地球一周，把我們串連一起。尤其是這種友誼有來有往交流不斷，使人義務與記憶常新。斯多葛派說得好，賢人之間關係如此密切，在法國吃飯的人也可以向在埃及的朋友敬菜；誰只要伸出手指不論指向哪方，地球居地上的賢人都覺得受了幫助。

快樂與占有主要是屬於想像的。想得到的東西比摸在手裡的東西使我們想像更熱烈、更

---

⑮ 根據亞里斯多德的一句格言：女人需要男人，猶如物質需要形式。

持久不斷。算一算每天的開心事，會看到朋友在你身邊時你最不在乎他，他的在場使你的注意力放鬆，思想自由，也就一有機會隨時隨刻會逃跑。

身在羅馬時，我心頭依然操持著我留在這裡的房屋與起居設施，我看到家裡的牆、家裡的樹、收益增長還是降低，都近在咫尺，彷彿我就在那裡：

眼前掠過我的房屋與四周景物。

——奧維德

如果我們只能享受摸得著的東西，那麼我們藏在寶箱裡的金錢、我們外出狩獵的兒女，都要告別啦！我們要他們更近些。在花園裡，這遠嗎？半天路程呢？怎麼，十里地，遠還是近？若是近了，十一、十二、十三里呢？這樣一步步走。說實在的，哪個女人給丈夫規定多少步算是近，多少步又算是遠的開始，我主張她讓他停在遠與近之間：

讓他最後定個數字！

若不就像對付馬身上的鬃毛，

我拔了一根又一根，直至他

被逐一提出的理論駁得啞口無言。

——賀拉斯

讓他們大膽向哲學求救，有人可能會指責這種哲學，因爲它看不出多與少、長與短、輕與重、近與遠的交接點的兩頭，因爲它認不出開頭與結尾，對中央的判斷也很不明確。「大自然不允許我們認識事物的結局。」（西塞羅）

死者不是在這個世界的終點，而是在另一個世界，她們就不是死者的妻子與朋友了嗎？我們不僅擁抱不在的人，也擁抱曾經存在過和還不曾存在的人。我們在結婚時到底沒有做成交易，要彼此永久地繫在一起，好像我們見過的不知什麼小動物，或者像中了魔邪的卡倫提人，像狗似的寸步不離。女人不應該過於貪婪地注視丈夫的前身，必要時就會看不見他的後身。

但是這位那麼擅長於描寫女性心態的作家，說到她們哀怨的原因時卻沒有說到重點上：

你回家晚了？妻子說：「他愛上了誰！
或者誰愛上了他！他喝酒找樂子，
獨自遊玩而我則在這裡自怨自歎。」

——泰倫迪烏斯

或者是不是找矛盾與鬧彆扭，在滋養著她們過日子，她們只要能讓你過得不舒服，自己就過得舒服了嗎？

我深深知道什麼是眞正的友誼，我爲朋友做的多，從他那裡取的少。我不但喜歡爲他做事，不要他替我做事，而且還要他替自己做不要爲我做。他爲自己做得好，也就是替我做得更好。如果分別對他來說愉快或有好處，那對我來說也比相聚更美好；當我們有辦法心聲交流時，這不是眞正的離別。

從前，拉博埃西與我的離別，也讓我得到益處與便利。我們天各一方，對人生的掌握卻更充實和擴展。他生活、他享受、他爲我看世界、我爲他看世界，他若與我一起也不過如此豐富。當我們在一起時，身上的一部分功能就會閒著，我們融合一起。分處兩地則使我們的意志結合得更豐滿。永不饜足地渴望形體的出現多少說明心靈的享受不足。

人家說這是我老了，其實相反，恰是青年才屈從大眾的意見，受制於他人。青年可以照應兩方面：別人和自己；而我們只照應自己也顧不過來。隨著天然功能喪失，我們依靠人工功能補救。青年追求快樂可以原諒，老年尋找快樂卻要禁止，這很不公平。我年輕時行爲謹愼，掩蓋愛玩樂的欲望，年老了我常發少年狂來化解愁思。不錯，柏拉圖的《法律篇》禁止四、五十歲以前去旅行，這是爲了讓旅行更有收穫和教益；我更樂於同意同一部法律書裡的第二條，禁止六十歲後去旅行。

「這個年紀走這麼長的路，回不來了呢？」這關我什麼事？我去旅行並未想什麼回來和走完旅程這事，我高興動身就動身了，如此而已。我爲了閒遊而閒遊。在名利和野兔後面跑的人不是跑，爲競技和鍛鍊跑的人才是跑。

我的計畫是到處都可以分解的；不是建立在宏大目標上；每天有一個終點即可。我的人生旅程也是這樣進行的。我還是到過不少遙遠的地方，眞希望能夠留在那裡。既然克里西波斯、克里昂特斯、第歐根尼、芝諾、安提派特，這個陰沉學派裡那麼多的哲人，毫無埋怨的理由，只是爲了享受另一種空氣，就拋棄了自己的家園，那我又爲什麼不可以呢？當然，旅程中最使我不樂的事，就是到了一個喜愛的地方下不了決心在那裡安家，總是跟自己說應該回家了，去按照老習慣過日子。

若害怕客死異鄉，若想到遠離家人死得不安逸，我就不大會走出國門；連走出教區也會害怕。我覺得死神不停地在掐我的喉嚨與刺我的兩腰。但是我生來不一樣，對我來說死在哪裡都是相同的。若要我來選擇，我相信我會想要死在馬上而不是床上，要遠離家庭與親人。向朋友告別傷心多於安慰，我樂意忘掉人際中的這個義務，因爲友誼中這個義務是最不令人愉快的，寧可逃避不去作這番沉重的訣別。這樣的禮儀若有一利，卻有百弊。

我看到許多臨終者面前擋著一列人，在包圍下神色可憐地透不過氣來。讓你平靜中死去這是違背義務的，也證明人家不夠熱情、不夠關心。一個人折磨你的眼睛、一個人折磨你的耳朵，第三人折磨你的嘴巴；對你的五官四肢沒有一樣放過騷擾的。聽到朋友的嗚咽使你難過心酸，聽到其他假情假義的歎息使你氣憤。多愁善感的人身體衰弱時更加多愁善感。在這最後關頭他需要的是一隻溫柔體貼的手，撫摸他心頭的痛處，否則還是不去碰它的好。如果我們需要一位聰明的接生婆接到這個世界來，我們需要一位更聰明的男人送出這個世界去。要應付這個局面，必須竭力找到這麼一個人，是朋友，還要有深厚的交情。

蔑視一切，自強不息，不需要外界的說明，也不受外界的侵擾，我還沒有達到這樣的魄力。我自歎不如，我設法不以害怕而以花招來躲過這一關。我的意思是不必在臨死前去顯示和證明我的一貫作風。是爲了誰？那時我對名聲的權利與利益都已終止了。在寧靜孤寂的沉思中離開人世，就我自己，符合我的退隱獨居的生活，這樣我就滿足了。

這跟羅馬人的迷信是相反的，他們認爲臨死沒有人說話，沒有近親來給他合上眼睛是不幸的。我安慰自己也夠忙的了，哪還能安慰別人；頭腦裡想法也夠多的了，外界也不會給我帶來新想法；考慮的事也夠煩了，不要再去拉扯別人。死亡不是社會活動，而是個人行爲。讓我們生活與歡笑在朋友中間，讓死亡與厭惡上陌生地方去。你花了錢，可以找人扶正你的腦袋，按摩你的兩腳，你要他不來討厭你多久就多久，讓他向你擺出一張冷冷的臉，隨你高興怎樣嘮叨呻吟都可以。

我每天跟自己講道理，逐漸擺脫這種幼稚與非人性的做法，要我們希望用自己的痛苦去博取朋友的同情與憐憫。我們誇大自己的不幸去賺取他們的眼淚。我們讚揚別人遭逢厄運時表現堅定，但是我們遭逢厄運時責怪親友無動於衷。他們聽了我們的不幸感到難過，我們對此不滿足，還要他們傷心苦惱。開心的事應該與人共用，傷心的事儘量抹掉。沒有理由要人可憐的人，有了理由也無人可憐。就因爲無人可憐，就總是要人可憐，也經常可憐巴巴的，以致誰都不認爲他可憐了。誰在活著時裝死人，也易於在死去時被人看成活人。

我還見過有些人因爲人家說他們容光煥發、氣閒神定而勃然大怒，強制自己不笑是因爲害怕暴露他們病體已癒，恨身體健康是因爲這樣就沒人憐惜了。更有甚者，他們還不是女人。

自己病成怎麼樣，我最多說成怎麼樣，不去作不利的預測和發出故作驚人的哀歎。探望一位哲人，雖不能高高興興，至少保持穩重克制才合適。他看到自己處於相反的情景下，絕不會跟健康過不去；他也喜歡在別人身上看到健康安然無恙，至少很享受健康與他作伴。由於感覺下肢逐漸軟弱無力，他不會摒棄人生思考，不躲避共同交談。我願意在健康時探討疾病；健康在的時候，給我的印象頗爲眞實，不會胡思亂想去誇大。我與它一起事前商量要去的旅行，對此很堅定。一旦騎上了馬背，把健康問題留給同行的人，由他們去作出有利於它的處理了。

我的生活軼事發表以後，使我感到這個意外的好處，它從某種意義成爲我的處世準則。我偶爾也考慮到不要洩露自己的經歷。這次公開聲明使我不得不在這條路上走下去，不否定我的景況，今日病態和惡意的評論都把它說得更否定、更不像樣。我的人生態度單純，始終如一，很容易說出它的全貌，只是因爲這種方式較新也不同凡響，也給誹謗帶來可乘之機。因此，對於願意光明正大攻擊我的人，我覺得我直言不諱和衆所周知的缺點已足夠讓他們咬住不放，不用窮凶極惡就可恣意中傷。如果他認爲我搶先自我譴責與揭露，這無異於敲掉他的牙齒去咬人，自然讓他有權利誇大其事（要得罪人，自有超越法律的權利），我向他指出我的罪惡的根苗，他把根苗誇張成了樹，他爲此目的不但利用我確有的罪惡，還利用只是威脅著我的罪惡。從數量和品質上都是不可饒恕的罪惡，讓他就用這些攻擊我吧！

我坦然遵奉哲學家皮翁的例子。安提柯要以他的出身來諷刺他，他打斷安提柯的話，說：「我的父親是奴隸、屠夫，身上有烙印，母親是妓女，父親因爲沒有財產而娶了她。他們兩人都做過壞事、判過刑。一位演說家見我討人喜歡，從小把我買了去，臨死把他的全部財產留給我，我帶了財產移居到這座雅典城，從事哲學研究。讓歷史學家別忙著打聽我的消息；我自己會給他們說是怎麼一回事。」自由大方的坦白可以使譴責減弱，使誹謗無計可使。

綜觀來說，我覺得人家捧我與貶我都做得太過。同樣自從童年以來，在地位與榮譽方面，人家把我說得比我該有的高而不是低。

我更適合生活在秩序等級已經定局或不很計較的地方。在男人之間，起坐行止的特權起了爭論，超過三句對白就是不文明行爲了。爲了避免這類幼稚的爭執，即使極不公平我也不怕自己先做或先讓；有人想要跟我爭優先的權利，我總是讓給他。

我寫自己除了這個好處以外，還希望得到另一個好處，要是我的行爲舉止在我謝世以前獲得哪個正直人的好意和共鳴，他可以來找我，我要向他介紹我的許多生活經驗，因爲若由他自己去認識與熟悉，那要長達好幾年工夫，在這部書裡只花他三天時間，還更可靠、更眞實。有趣的怪念頭，有許多事我連誰都不願意說的，卻告訴了大家，讓我最忠心的朋友到一家書店去蒐集我最隱蔽的內心思想。

我讓他們觀察我曲折的內心世界。

——柏修斯

假使我得到可靠消息，知道有人跟我非常投緣，我也會不遠千里去找他。因爲跟情投意合的人相聚的樂趣，這樣的機會並不多。哦，一位朋友！這句老話說得多麼正確，享受友誼比水與火這些元素更需要、更甜蜜！

再回到我的題目。客死異鄉其實並沒有多大痛苦。事實上有些自然原因還不及死亡那麼不幸和可惡，我們也認爲有責任爲此退出生活。再說，有人已經病病歪歪還要拖上一大段生命時，可能不應該指望讓自己的苦難去連累一個大家庭。在印度某個邦裡，認爲殺掉陷入這個已到大限的人是天經地義的。而在另一個邦，他們不顧他，讓他自生自滅。他們到了最後叫誰不討厭，叫誰受得了？公眾的服務不會做到那個地步。

你要強迫你的好友學習殘酷，長期訓練你的妻兒變得心硬，對你的痛苦不再體恤與哀憐。我腹瀉時的呻吟不會引起別人驚慌。即使我們聽他們談話感到開心（這也不是常有的，因爲情況不同，很容易對不論是誰都會產生輕視或嫉妒），長時期如此要求不是太濫用了嗎？我愈是看到他們高高興興爲了我而約束自己，我愈是爲他們的良苦用心感到歉意。

我們有理由相互支持，但不是這樣沉重地壓在他人身上，纏得他們也一起毀滅。像那個人，他下令掐死兒童喝他們的血來治自己的病；⑯或者另一個人，⑰要人派幾名少女給他夜裡窩暖他衰老的四肢，用她們清新的呼吸來驅散他發臭的氣味。我寧願建議自己到威尼斯去安度風燭殘年吧！

老朽宜於獨處，我則與人來往過密；從今以後不要讓自己的醜態丟人現眼，要加以掩蓋，縮成一團躲在殼裡默想，像烏龜一樣，這不是很有道理嗎？我學習觀察人，而不依賴他們。老態龍鍾是對生命的不敬，該是跟你的同伴轉過背去的時候了。

「這樣一次長途旅行，您會滯留在一個小地方，束手無策，要什麼沒什麼！」大部分的必需品，我都隨身帶著。命運若要襲擊我們，怎麼也是躲不過的。我生病時，不需要特殊的東西，大自然在我身上發揮不了作用，我何必祈求東方神藥來解圍呢？我發燒，被病撂倒的初期，全身還是接近健康的，做最後幾次基督教禮拜跟上帝和解，覺得自己更自由、

⑯ 據說路易十一爲了恢復健康，喝兒童的血。

⑰ 似指大衛王與童女亞比薩的故事，見《舊約·列王傳》。

更輕鬆，也像會戰勝病魔。公證人和顧問對我比醫生還更不需要。我在健康時都沒處理的事務，別指望我在生病時會處理。我願爲死亡效勞的事則未嘗稍停，絕不敢耽誤一天。若說到什麼還沒有做成，這就是說明：懷疑拖延了我的選擇（因爲有時不選擇就是好選擇），或者完全是我不想做什麼。

我的書是寫給少數人看的，也沒幾年可寫了。倘使題材是持久的，那就要使用一種更嚴謹的語言。⑱由於我們的語言直到此時一直不斷地在演變，誰能指望現在的語言在此後五十年內還在使用呢？它天天在我們手中流逝而去，自從我出生後已有一半起了變化。我們說此刻已很完美，每個世紀都是這樣說自己的語言的。只要老是這樣消逝和變化，我就無意說它是完美的。語言在優秀有益的作品裡得到固定，它的權威隨著國家的命運而起伏。

我還是不怕在這裡收錄不少篇關於個人的文章，今日在世的人中還是會有看的，這涉及到眼光更遠大的那些人的內心世界。我經常看到有人拿著回憶死人做文章，我怎麼也不願有人去爭論：「他這樣看問題的，他這樣活著的；他要這個；他若晚年開口說話，他會說的，他會做的。我比誰都理解他。」只要不有違於禮儀準則，我在這裡讓人感到我的傾向與愛好；但是誰願意了解，我向他當面交談還會更自由、更樂意。不管怎樣，在這些回憶

---

⑱ 蒙田在此指拉丁語。

中，若仔細閱讀還是可以發現我已什麼都說到和暗示了。我沒法表明的就用指頭指出來：

對於明眼人簡單的符號就夠，
其餘的意義由你自己補充。
——盧克萊修

我不留下什麼讓人嫌不足或引起猜疑。若要議論我，我願意又眞實又公正。有人對我的看法不符合我本人實際，即使在表揚我，我也樂意從另一個世界回來駁斥他。就是對那些尙在人世的人，我覺得有人也說得不完全符合事實。我若不竭力維護一位失去的朋友，人家就會把他任意糟蹋成千百個不同面貌的人。

爲了把我懦弱的性格全盤托出，我承認每次旅途中到了一個地方安頓下來，很少不在頭腦中閃過這個念頭，我是否能夠稱心地生病與死去。我要住的地方是專門爲我而設的，沒有雜訊、不骯髒、沒有煙、通風。我要用這些無足輕重的條件向死神討好，或者說得好聽些，排除一切障礙，可以讓我專注於對付死亡，死亡不帶任何附加物已經壓得我夠重了。我希望死亡分享我生活中的輕鬆舒適。這實在占了人生中的一大塊，重要的一大塊，但願以後不要對過去誤解。

死亡的方式有難也有易，根據各人的想法而有不同的實質。在自然死亡中，人從衰弱到昏迷，我覺得壓抑平和。在暴力死亡中，跳下懸崖就比牆倒壓死，利劍刺中就比火槍擊斃叫我更難想像。我寧可喝下蘇格拉底的毒汁也不願像卡圖那樣自戕。雖然這原是一回事，在我的想像中跳進一座旺燒的大火爐和投入一條平坦的運河，猶如生和死那樣不同。從這看出我們就是愚蠢地害怕方式更多於害怕結果。這只是瞬間的事，卻是這麼嚴重，我寧願獻出好幾天的生命要求這一瞬間按照我的方式度過。

既然在各人的想像中死亡多少都是痛苦的事，既然各人都還可以選擇死亡的方式，讓我們更深入試一試，找出一種擺脫任何不愉快的死亡方式。不是還可以像安東尼與克婁巴特拉兩個同命鴛鴦那麼纏綿動人？我不談哲學與宗教所提到艱辛、堪爲楷模的努力。但是還是到普通民眾中間去找例子，如羅馬的一個佩特羅尼烏斯和一個提吉里努斯，奉命自殺，舒舒服服準備就像上床安寢似的。他們有姑娘與朋友作伴，在平時悠閒的消遣中，讓死亡悄悄到來。沒有一句安慰，不提什麼遺言，毫無慷慨激昂的應時感情，根本不談未來的情景。但是玩遊戲、宴飲、戲謔、家長裡短閒聊、玩音樂和寫情詩。我們不能抱著更爲眞誠的態度去模仿這樣的決心嗎？既然有的死法對愚者是好的，有的死法對智者是好的，就讓我們找出對於處在智者與愚者之間的人的好方法。

既然死亡是必然的，我想像出一種我容易接受並還嚮往的方法。羅馬暴君認爲讓罪犯選擇自己的死亡就是給他生命。但是提奧弗拉斯特那麼一位智慧的謙謙君子哲學家，也在理性逼迫下敢於說出這句被西塞羅譯成拉丁語的詩：

支配我們人生的是命運，不是智慧。

——西塞羅

命運又如何幫助我這個人生揮灑自在，以致從此以後不需要別人，也不妨礙別人！我在生命的任何階段都會接受這個條件的。但是值此收拾東西打行李之際，令我格外喜悅的是離開時並沒使人高興、也沒使人不高興。死亡權衡得失的手段非常高明，自認在我過世後可以得到物質利益的人，同時也會遭受物質損失。死亡給別人造成的負擔經常也重重壓在我們心中，讓我們關心自身的利益那樣去關心他們的利益，有時候還有過之而無不及。

我尋求的住地在舒適方面就不包括——還可說討厭——排場與寬敞；只要簡樸素雅，經常很少裝飾，然而有得天獨厚的自然條件。「飲食不豐盛，但精緻，」（利普修斯）……「雅致而不是花費。」（科內利烏斯·尼浦斯）

此外，只有隆冬季節被逼走進格里松斯冰天雪地的生意人，才會困在路上陷入絕境。而我經常是去旅遊的，不會自我嚮導得這麼差。右邊風景不佳，就走左邊；不宜騎馬，就不趕路。我這樣做的同時，實際上看到哪個地方都像自己的家那麼愉快方便。是的，多餘的東西總是多餘的，講究奢華總令我反感。

我若錯過什麼東西沒看著呢？那就回頭走。這總是在我的路線上。因爲我不劃出一條固定的路線，既不直，也不彎。人家的地方我去了找不著呢？（有時候別人的估計與我的估計不一致，我常常會發現他們的看法是錯的）我花了力氣也不怨；至少明白了人家說的東西不在那裡。

我有地球人這樣適應環境的體質和普遍愛好的情趣。各國人情世故多種多樣，就是由於其不同而使我感動。每種習慣就有它的道理。錫盤、木盤或陶盤，煮的或烤的，黃油、果仁油或橄欖油，熱的或冷的，對我都一樣；只是到了老年不一樣，我責怪這個來者不拒的天賦，反而需要挑肥揀瘦控制口腹之欲，有時減輕胃部的負擔。當我不在法國境內時，有人為了表示禮貌問我是不是要吃法國菜，我報以訕笑，總是衝向外國人最多的桌子。

我的同胞陶醉於這種愚蠢的心態，對不同於自己的風俗習慣大驚小怪，叫我見了難以為情。他們一走出自己的村子，就像離開了生存環境。不論到哪裡都抱著自己的習慣不放，憎恨一切外來的東西。他們在匈牙利遇到一個同胞，就是吃吃喝喝來慶祝這次奇遇，他們又結幫成群，大罵他們看到那麼多的野蠻風俗。不是法國的怎麼會不野蠻呢？說得出壞話的人還是最有見識的人，他們畢竟把不同之處認了出來。大多數人都只是來了趕著又走了。他們旅行時裹得嚴嚴實實，謹小慎微不出聲、不交流，避免受異地空氣的傳染。

我對這些人的看法，使我想起有時在青年朝臣身上看到類似的東西。他們只關注同類的人，帶著輕視或者可憐的神情，把我們看成另一世界的人。他們除了宮闈祕聞這類談話以外，也就沒轍了，在我們看來也像他們看我們一樣無能、無經驗。俗語說得好，有教養的人是兼容並蓄的人。

相反，我對自己的生活方式已經膩煩才出外旅行，不會再去西西里島上尋找加斯科涅人（留在家裡的已經夠多了）。我找得多的還是希臘人和波斯人。我結交他們、觀察他們。這是我內心嚮往和願意做的事。更有一點，我覺得在旅途中見到的各地風情，哪個都不比我們國內的差。我深入險地其實不遠，因爲家鄉的風信旗還隱約看得見呢！⑲

然而，旅途上遇見的臨時旅伴大多數情況下帶來的不便要多於歡愉。我並不關注他們，尤其現在年老跟大家的行動也有所區別，更遠離一點。你爲別人受苦，別人爲你受苦，這兩者的苦惱都讓人煩，而我覺得後者更加難受。遇到一位有教養的人，善解人意，生活習慣與你相符，又愛跟你同路，這種機緣非常罕見，給人的歡悅不可言喻。我在歷次旅行中極少遇到這樣的好事。但是這樣的旅伴要在離家以前選擇和約定的。

對我來說，沒有交流就沒有任何樂趣。每次心裡產生一個高興的想法，若是一個人獨自琢磨，找不到人共用，我就會悶悶不樂。「若有人給我智慧，又提出條件只許我一人獨有，不可使別人得知，這樣我會拒絕接受。」（塞涅卡）另一人說這話的調子更高。「假定一位智者生活在這樣的環境，物質上應有盡有，可以自由自在沉思，從從容容學習一切值得了解的東西；即使有這樣的條件，他若註定孤身獨居，永遠見不到別

⑲ 蒙田一生基本上沒有離開過西歐。甚至未曾去過希臘和波斯。

人，他寧可離開這樣的生活。」（西塞羅）我同意阿契塔的看法，就是在天上沒有人作伴，獨自在巨大神聖的天體上散步，也是很無趣的。

但是獨自一人還是比有個討厭無味的人在身邊要好些。亞里斯提卜喜歡到處獨來獨往。

如果命運允許我隨心所欲生活……

——維吉爾

我選擇騎在馬背上過日子：

急忙忙去看
驕陽如火的地方
或者雲霧繚繞的山谷！

——賀拉斯

「您難道沒有有趣的消遣嗎？您還缺少什麼？您的家不是在風景優美，空氣清冽的地區嗎？物產供應豐富，面積寬敞有餘。國王陛下也不止一次駐蹕在您的府上，場面浩大。比府上更加井井有條的不多，富麗堂皇及不上的卻不少。是不是地方上有什麼難以容忍的說法，叫您心結難解？」

是什麼鑽入你的心，在消耗你，在啃咬你？

——埃尼厄斯

您以爲有什麼地方可以生活無憂無慮嗎？『運道從來不是純粹的。』（昆圖斯．庫提烏斯）您看只有您跟自己才過不去，到處走動，對什麼都發牢騷。因爲世上只有野獸與神的心靈才會滿足。⑳一個人逢上這麼一個好時機不能滿意，他認爲上哪裡會滿意嗎？有多少萬人把您的生活條件確定爲他們期望的目標？您要改造自己，因爲這是您能做到的，那時您對命運要做的就是耐性。『理智平和了，一切才完全平和。』（塞涅卡）」

我領會這個提示表現的理智，而且領會透徹；但是用一個短句跟我說或許更好、更妥當：「要明智。」我這個決心已超越明智：這是明智的產物與體現。這就像一位醫生在一個可憐的有氣無力的病人後面喊叫：「要快活」；這要比跟他說：「要健康」更適當一些。我只是個一般命運的人。下面這句箴言有益實用、明白易懂：「對你自己滿意，也就是對理智

---

⑳ 根據那個時代的說法，生物鏈中神的心靈最高，野獸的心靈最低，而人的心靈處於兩者之間。

滿意。」要做到不是靠聰明人而是靠你自己。這是一句民間俗語，含義極深。什麼沒有包括？一切事物都會遇到鑒別和改變。

我知道從字面來說，旅行之樂也包含不安與三心二意。這也是我們的主要和占支配地位的品質。是的，我承認，即使在夢中和心裡，我也看不到使我留戀不捨的東西。對我來說景物不同就値，要是說至少有一件事値，那是我見到的多姿多彩。

在旅行中，我可以毫無理由停留，有個地方任意轉悠，這就維持我的興致不減。我喜歡私下生活，因爲這是我自己選擇的我喜歡，不是與公眾生活不一致，公眾生活有時也很適合我的。我很高興爲我的親王服務，因爲這不存在特殊的義務，乃是出於我的判斷與理智的自由選擇，也不是另外一派沒有收留我而無奈地去投靠他。諸如此類的事。我討厭迫於需要而做零星的事。一切要我對之依賴的事都在掐我的喉嚨：

一片木槳划水裡，一片木槳插岸上。

——普羅佩提烏斯

一根繩子拴不住我。你會說：「這些玩樂是虛妄的。」但哪裡不是呢？這些美麗的箴言是虛妄的，一切智慧是虛妄的。「主知道智慧人的意念是虛妄的。」（《新約．保羅達哥林多人前書》）這些微言大義只適用於布道。這些道理都把我們當傻子送到另一個世界。生命是個物質與形體的運動，其行動在本質上是不完美的，不規則的；我努力按其本性爲它服務。

我們每人都受自身之苦。

——維吉爾

「做事應該不違反大自然的普遍原則；但是原則得到遵守以後，我們必須按照自己的天性生活。」（西塞羅）

那些無人能夠遵守的哲學高調，那些超越我們習慣與力量的規則，有什麼用呢？我經常看到有人向我們建議生活模式，不論提出的人與聆聽的人都不希望、還不願意過的。法官剛剛寫好一份通姦犯判決書，從同一張紙上撕下一張角，給他的同事老婆寫情書。那個女人剛剛跟你關係曖昧，立刻就在你面前大罵她的朋友同樣跟人勾搭，叫得比波西婭㉑還響。有人就以他本人也不認爲是錯的事作爲罪行把別人判了死罪。我年輕時看到一位鄉紳，一手向群眾遞過去看香豔的色情詩，同時另一手散發幾年來在全世界鬧了好久的宗教改革文章。

㉑ 波西婭是加圖的女兒，布魯圖斯的妻子，聽說丈夫的死訊，自殺而亡。

人就是這樣。讓法律與箴言走它們的路，我們又走另一條路，不是因爲世風不古，而是看法與評論經常不能統一。就像聽人唸一份哲學論文；創意、雄辯和中肯立即觸動你的思想，激起你的感情；良心卻未見撓到癢處或受到壓抑，因爲這不是對良心而言的，不是嗎？因而阿里斯頓說，浴室與文章若不能除垢去汗，就沒有達到效果。大家可以停留在表面，但是先要吸取其中精髓，就像喝了好杯子裡的好酒，我們才會去注意杯子的刻花與工藝。

在古代哲學學派還存在這樣的情況，同一位作者發表清心寡欲的做法，同時又出版縱情聲色的文章。色諾芬鑽在克麗尼婭斯的裙子下，撰文攻擊亞里斯提卜的色情觀。這不是什麼神奇的信仰改變使他們一陣陣衝動。而是像梭倫忽而代表本人、忽而代表立法者，此時爲群眾發言，彼時又自言自語；爲了保證自己身體健康無恙，就採取自由自然的做法。

重病才找大醫師。

——朱維納利斯

安提西尼允許賢人按照自己的方式愛和做自己認爲合適的事，不用拘泥於法律；因爲他們比法律更高明，對德行更有見解。他的弟子第歐根尼說以理智對付騷亂、以信任對付偶然、以自然對付法律。

胃弱的人需要人爲的節制飲食。胃好的人吃東西只需按照自己的天然胃口。我們的醫生就是這樣做的，他們自己吃瓜喝涼酒，要病人喝藥水和麵包湯。

希臘名妓拉依斯說：「我不懂他們的書、他們的智慧、他們的哲學，但是這些人跟別人一樣常來敲我的門。」因爲人一放縱往往會越出合法與容忍的範圍，我們也就經常把生活中的箴言與法律訂得比大眾的理智要嚴格。

誰都不相信自己的罪越過了
法律的界限。

——朱維納利斯

或許應該希望擴大命令與服從之間的空間，因爲好高騖遠的目標似乎是不公正的。世上還沒有一個好人，若把他的全部行爲和想法對照法律來衡量，不會在一生中十次送上絞刑架；懲罰和失去這樣的人也是非常可惜、非常不公正的。

他與她怎樣利用自己的身子，
關你奧呂斯什麼事？……

——馬提雅爾

配不上有德者稱號、很有理由受哲學家鞭撻的人，倒是不大會觸犯法律的。這裡面不相等的關係眞是說不清、道不明。我們不想聽從上帝做好人，我們聽從自己也成不了好人。人的智慧永遠讓人達不到智慧所規定的種種義務；人若達到了，智慧又會提出其他更進一層的義務，它總是在想、在出主意，因爲人的天性仇視一致性。人一安排自己就必然出錯，他不會精明得按照不同於自己的理性去給自己確定義務。這個不要指望有人會去做的義務，他在給誰規定呢？不去做他不可能做到的事，他就不對了嗎？這些因我們沒做到要定罪的法律，本身就在譴責我們是沒有能力做到的。

最糟的是行動是一回事，說話是另一回事，這種言行不一致的畸形自由對於只是以事論事的人是兩可的，但是對於像我這樣捫心自問的人就不是兩可的了。我應該用筆像用雙腳，人生道路走到那裡寫到那裡。在社會上生活跟其他人的生活是有關聯的。

加圖德行高超，超過同時代標準。這樣一個人參與治國安民的工作，可以說他正義凜然雖然不是沒有必要，至少是徒勞的和不合群的。即使我這些行爲，跟時下的行爲相差無幾，也使我被同時代人看來不近人情，難以交往。我不知道我是否對我的社交圈子毫無道理地感到厭惡，但是我知道我若埋怨他們厭惡我更多於我厭惡他們，這是沒有道理的。

處理人世事務的品德，是一種包容各層面曲曲折折觀點的品德，在實施時要考慮到人性的弱點，它複雜和做作，不直率、明白和恆定，也不完全純潔無辜。今日的史料中還在責備我們的一位國王，[22]過於輕信他的那位懺悔神父一本正經的勸說。管理國家大事還有更刻薄的箴言：

要做聰明人，
遠離宮廷事。

——盧卡努

從前我試圖使用生活信念和準則來處理公務。那些都是在我家祖傳的，或從教育中照搬的、生硬、新穎、未經琢磨或未曾玷汙，我在私生活中使用得雖不順手，但信心十足。這實在是一種書生氣、稚兒小子的品德，要用在社會上我發現它們既不合適也危害很大。人走進人群中央，應該迂迴前進，夾緊胳膊，有時後退、有時前進，根據遇到的事甚至還要離開正道；他必須更多按他人而不是按自己的意志生活；不是按自己的建議，而是按人家的建議，按時間、按各人、按事情而處世。

柏拉圖說誰清清白白逃出世事的操縱，眞是靠神蹟才會脫身。他還說，當他主張用他的

---

[22] 指查理八世（一四七〇—一四九八），在懺悔神父馬依亞勸說下，把魯西榮歸還給卡斯提爾國王。

哲學家來充當政府首腦，他說的不是像雅典政府這樣腐敗的政府，更不是我們的政府，在那裡智慧毫無用武之地。猶如把一種草移植到完全不符合條件的土壤裡，能做到的是草適應土壤，不是土壤適應草。

我覺得，若要培養自己完全適應這類工作，必須改弦易轍。我即使靠自己能夠做到（花上時間與心血我怎麼會辦不到呢？），我也不願意。以前在這類職務上稍作嘗試以後，已感到無聊之至。我覺得有時在心中也受到野心的誘惑；但是我全身綳緊，偏偏向著相反方向走去：

你，卡圖魯斯，還頑固不化。

——卡圖魯斯

無人向我討教，我也無意去鑽營。自由與優閒，這是我的主要品質，這些品質跟這個職務的要求是根本對立的。

我們不懂得如何賞識別人的種種才能；這些才能分門別類，精細複雜。看到一個人處理私事能幹，就認爲他處理公務也能幹，這是妄下斷言。善於引導自己的人不見得會引導別人，能做「試驗」㉓的人未必會產生效果；善於解圍的人不會布陣；私下能說會道，在群眾或親王面前會口訥說不出話。這或許更可證明能做此事者眞不會做那事。

我發現大才做不好小事，就像小才做不好大事，都一樣笨拙。據說蘇格拉底不會計算他的部落的選票，向議會提出報告，被雅典人作爲笑柄，看來還是可以相信的吧？我對這位人物的完美人格崇拜之至，也就以他的命運作爲範例來原諒我自己的主要缺點。

我們的才能是七零八碎的。我的那份片兒又薄，數量也少。薩圖寧對那些授予他指揮大權的人說：「同志們，你們失去了一位好將軍，讓他當上了爛司令。」在我們這麼一個病態的時代，誰吹噓用一種樸實眞誠的品德去爲世人服務，要麼他不明白什麼是品德，因爲我們的看法隨著行爲一起在腐敗（不是嗎？聽聽他們如何解釋品德的，聽聽大多數人標榜自己的所作所爲，並制定自己的準則，他們宣揚的不是品德，而是赤裸裸的不公義和罪惡，還用它改頭換面去教育君王），要麼他明白什麼是品德，但歪曲宣揚，不管嘴裡怎麼說，做的每件事都要受良心譴責。

我還是樂意相信塞涅卡在相似情況下所得到的經驗，只要他願意跟我推心置腹說出來。

㉓ 法語Essai一詞，原爲「試驗」，蒙田把自己的文章稱爲Essai，自後這詞也包含一種文體的意思，漢譯遂爲「隨筆」。蒙田在此自我解嘲。

在緊急關頭最光榮的善意表示，就是坦然承認自己的錯誤和指出他人的錯誤，用自己的力量壓制和推遲惡的傾向，違心也走上這條斜坡，盼望和希望更好的時光。

當前法國分崩離析、我們陷入四分五裂的時代，我看到每個人都在努力保衛自己的事業，但是即使最優秀人士也借助於僞裝與撒謊。誰要寫得全面，就要寫得大膽寫得惡毒。即使最正義的一方，依然不外是千瘡百孔的軀體的一個肢體。但是在這樣一個軀體上病狀較輕的肢體就是健康的了；這也沒錯，因爲我們的品質都是在比較中才有了名分的。民間的清白無辜也是以時間與地點來評定的。

我喜歡讀色諾芬在書中對阿格西勞斯的這段讚語。有一位鄰近地區的親王，曾與斯巴達國王阿格西勞斯交戰過，要求他讓他經過他的領地，阿格西勞斯同意他借道通過伯羅奔尼撒半島。他不但沒有任意擺布他、監禁或毒死他，還周全有禮地款待他，絕不加以冒犯。以這些人的心胸來看，這並沒什麼了不起；在其他地方或另一個時代，把這樣一種做法看成是正直和寬宏大量了。在我們學校裡這些穿披風的小猴子㉔更會報以恥笑，斯巴達人的天眞與法國人的天眞不可同日而語。

我們不缺少有德之人，但是這是以我們的標準而言的。誰高風亮節超越他的時代，他應

㉔ 蒙田指當時學校教育出來的學生。在校都披短披風，故這樣稱呼。

該改動和緩和他的爲人準則；或者，如我勸他做的——閉門謝客，不和我們來往。他會得到什麼呢？

我見過高尚的精英，眞是個神人！
這不啻是雙身連體的孩兒，
做地上的魚，會產仔的騾。

——朱維納利斯

大家可以懷念美好的時光，但是不要躲避當前的時代；大家可以盼望換上個新官，但是還是應該歸現官管。服從壞官很難說不比服從好官得到的油水還更多。

這個王朝沿用的舊法在哪個地方明燈高照，我就會遷到哪個地方去住。要是不幸這些舊法自相矛盾和否定，分裂成兩個令人起疑、難以選擇的派別，我的選擇就會是逃避、躲開這場暴風雨；由大自然決定向我伸出援手還是讓我遭遇戰火。在凱撒與龐培之間我會明確表態。在這隨後出現的三名盜賊㉕之間，要麼隱姓埋名，要麼見風使舵。當理智不作指導的時

㉕ 指羅馬後三頭同盟的屋大維、安東尼和雷必達。

候，我認爲也只能這樣做了。

離開此地去哪裡？

——維吉爾

這段插話有點偏離我的主題。我信馬由韁，更多的是放任，不是疏忽。我的思緒綿綿不斷，但是偶爾離遠了兩處相望，但是角度是斜的。

我瀏覽了柏拉圖的一篇對話，包含兩部分的奇文，前半篇談愛情，後半篇談修辭。古人寫文章不怕筆意縱橫，在人看來有一種天馬行空的氣勢。我每篇文章的內容並不總是切題。經常他們也只沾點兒邊，如這些篇名：《安德利亞娜》、《太監》，㉖或另一些名字：蘇拉、西塞羅、托爾誇杜斯。㉗我喜歡詩的跌宕有姿。這是一種藝術，像柏拉圖說的，輕盈飄逸，得之於神鬼。普魯塔克的作品中有幾篇他寫時竟忘了主題，論據東扯西拉，口氣局促

㉖ 泰倫提烏斯的兩部喜劇。

㉗ 都是普魯塔克《名人傳》中人物。羅馬人愛取綽號，這些人的姓名帶來的綽號都不太符合各人性格。蒙田故有此話。

完全不知所云，且看他的《蘇格拉底的魔鬼》可知他的文筆。

上帝啊！這些充滿朝氣、寫無定法的即興之作有多美，愈隨意愈多神來之筆！

看不出我文章主題的不是我，而是不細心的讀者，總是在某個角落裡有個什麼字，不管如何擠壓，不會不說出個意思來的。我急於求變，過於唐突魯莽。我的風格與想法也飄忽無定。「誰若不要一直蠢，那就要帶點瘋」，我們先師的箴言，尤其是他們的行爲榜樣是這樣說的。

成千上萬的詩人寫得像散文那樣拖沓；但是古人寫的散文名作（在我讀來無異於詩篇）處處閃爍詩的力量與異彩，聲勢浩蕩，大氣磅礴。詩應該被我們認爲是最高、最精誠的語言。柏拉圖說，詩人坐在繆斯女神的三腳椅上，口中吐出鬱結於心的哀情，猶如噴泉上的怪獸簷槽，不咀嚼、不遲疑，傾瀉如注。所言各物也神采各異，題材相殊，皆有其獨到之處。柏拉圖本人完全是個詩人。學者們都說，古代神話就是詩，就是最初的哲學。

這是諸神使用的原始語言。

我要做到內容脈絡分明。它清楚指出在哪裡變化、哪裡終結、哪裡開始、哪裡又轉合，不用在中間插入連接綴合的詞句去遷就耳朵不靈或心思不專的人，也不用我自拉自唱。誰不是寧可自己的書沒人讀，也不願別人讀的時候打瞌睡或一翻而過嗎？

「沒有東西是拿來要用就能用的。」（塞涅卡）如果說拿書就算學習了，過目就算看在眼裡了，瀏覽就算領會了，那麼我這人還像我說的那麼無知眞是太沒救了。

由於我不能以作品的分量得到讀者的注意，能以我的糊塗來達到這個目的，「那也不算差啦」。（義大利俗語）——「是麼！但是他這麼浪費時間以後會後悔莫及。」這是我的看法，但是他還會在這方面浪費時間。此外有些人的脾氣就是這樣，說得明明白白才叫他們看不起，愈是弄不清我說的是什麼愈是佩服我，他們看到晦澀難懂認定我意義深奧；說句實在話，我對晦澀難懂深惡痛絕，能夠避免儘量避免。亞里斯多德在什麼地方自負地說到自己有意這樣做；有害的裝腔作勢。

我在本書開頭部分，章節屢有刪減，使我覺得讀者注意力尚未引起就被打斷和分散，對於小文章不屑看上一眼，多加思索，我就著手把章節寫得長些，那就需要一定的命題與空閒。做這樣的工作，你若不給他一小時時間那就等於什麼也沒給。你只是讓他做什麼事時順便做，那也是什麼事都不會讓他做成。再說，我有時也迫於個人義務說話只能說一半，吞吞吐吐，前言不搭後語。

我要說的是我不願意用這個理由掃大家的興，這些支配我們生活的荒謬計畫，這些即使包含若干眞理的精妙看法，我覺得過於費人心思和不方便。相反，即使無用與傻氣十足的事，只要給我帶來樂趣，不用我對自己的天性嚴加管束，只要順著就行，我也會不遺餘力去提倡。

我在其他地方看到房屋的廢墟、天神與凡人的雕像，都出自人之手。這一切都是眞實的。然而巍峨雄偉的羅馬城這座墳墓，我再看也不免讚歎與崇拜。我們受到囑咐要懷念死者。我從童年起就得到羅馬人的培養。我熟悉羅馬的歷史，遠遠在熟悉自己的家史以前。我知道羅浮宮以前就知道卡皮托利山上的朱庇特神殿，知道塞納河以前就知道台伯河。盧庫盧斯、麥特魯斯、西庇阿的身世與命運，在我的頭腦裡比我們自己的歷史人物還記得深刻。他們都已作古。我的父親也是，跟他們一樣了無影蹤，他離開我和生命十八年，跟他們離開一千六百年毫無不同；可是我依然深深懷念他，記得他的音容笑貌、親情交流，如同生前一樣親密無間。

從脾性來說，我對作古的人更爲親切；他們彼此已無能爲力；我就覺得他們會要求我爲他們做點什麼。這時感激才發出它原有的光彩。做好事要求回報和酬謝就不算圓滿完成。阿凱西勞斯去探望病中的泰西庇烏斯，發現他家境貧困，把錢偷偷塞到他的枕頭底下給他；這樣瞞著他做了，也就不讓他覺得欠了情感激不盡。那些得到我的友誼與感激的人過世以後，也絕不會失去我的友誼與感激。他們不在了，無知無覺了，我會更好、更體貼地報答他們。在我的朋友無法知道的情況下，我談到他們反而會更加親暱。

現在我爲龐培的辯護和布魯圖斯的事業打了一百次筆仗。在羅馬人與我之間還存在這種交往。而當前的事，我們也只是把它們存在於想像之中。我覺得自己對這個世紀一無用處，也就投身到那個世紀，那麼迷戀這個古老的羅馬，自由、正直、興隆昌盛（因爲我不喜歡它的誕生與衰老），叫我興奮，叫我熱情澎湃。因此我永遠看不夠羅馬人的街道與房屋，以及羅馬直至對蹠地的遺址廢墟，每次都興意盎然。看到這些古跡，知道曾是那些常聽人提起的歷史名人生活起居的地方，使我們感動不已，要超過聽說他們的事蹟和閱讀他們的記述，不知這是天性還是幻想的差異？

「歷史的召喚力在這些地方無比巨大！這座城市擁有說不完的記憶，因爲誰走在街上，處處踩到古蹟！」（西塞羅）我很喜歡揣摩他們的面孔、舉止和穿著，我反覆低誦這些偉大的名字，讓它們在我的耳邊迴響。「我崇拜這些偉人，聽到他們的名字總是肅然起立。」（塞涅卡）不要說他們可歌可泣的大事，就是日常生活中的瑣事我也欣賞。我喜歡看他們爭論、散步、就餐！這麼多正直的勇士，我看到他們生活與死亡，他們的事蹟若善於遵循可以給我們多少教益，看了他們的遺物和形象要是無動於衷，那就是忘恩負義的行爲了。

我們看到的這座羅馬城，值得大家去愛，自古以來以各種名義與我們的王朝結盟，也是唯一爲普天下萬眾景仰的城市。城裡的教宗同樣得到其他地方的承認，這是全世界基督教國家的京都；西班牙人與法國人，到了那裡也是回家。要成爲這個國家的君侯，不管來自哪裡，只要是基督徒就行。天下還沒有一個地方受到天庭這麼堅定不移的厚愛。即使廢墟也輝煌燦爛：

廢墟令人歎爲觀止，彌足珍貴。

——阿波利奈爾

它在墳墓裡也保持帝國皇家的氣派。「顯然大自然也高興在這獨一無二的地方表現它的神工鬼斧。」（普林尼）任何人受這麼一種虛妄快樂的挑逗，或許會在內心自怨自艾。我們的心情只要是快樂的就不是太虛妄。不管心情怎樣，能不斷使一個思維正常的人滿足，我就不忍心去憐憫他。

我受命運之賜甚多，直到目前爲止，至少沒有叫我忍受我不能忍受的屈辱。這或許也是命運讓不給它添麻煩的人過太平日子的方式吧？

我們愈多節制，神愈多賞賜。
我沒有家當，也就沒有欲望，
東西要得多的人，東西也就缺得多。

——賀拉斯

再這樣下去，它就會把我心滿意足的送走。

我也就不再向諸神要求什麼了……

——賀拉斯

但是小心衝撞！成千上萬船隻都是在港口沉沒的。
以後會發生什麼，我不在乎。眼前的事已夠我忙碌了，
此後一切我都託付給了命運。
——奧維德

有人說人與未來的紐帶是透過孩子聯結的，他們繼承姓氏，抱有家族的榮譽感；而我沒有這樣強烈的聯繫，如果他們那麼讓人寄予厚望，我還是更應該不要對之期望過高。我自己對世界、對人生已依戀過多。我只是在絕對必要的生存條件下跟命運打交道就可以了，不想讓它在我身上延長司法權。我也從不認爲膝下無兒是一種缺陷，使人生因而不圓滿不快樂。絕嗣也有它的好處。子女算不得人生中令人想望的對象，尤其在當前時代要使他們做好人是難上加難。「胚芽已都腐爛，還能長出什麼好東西來。」（德爾圖良）有過孩子的人又失去孩子，倒是眞正讓他傷心。

把我的家交給我管的那個人，看到我在家那麼待不住，預言說我會把家毀了。他錯了；我在這裡像我來時一樣，即使不見好，也不欠官役，也沒有盈餘。

目前，命運沒有對我有過任何劇烈意外的傷害，也沒有對我有過任何恩寵。對我們的家庭若有贈禮，那也是在我之前一百多年的事了。我沒有什麼主要和實在的財物受惠於命運的

慷慨。它給過我一些過眼雲煙的榮譽頭銜，不是物質性東西，事實上還不是授予，而是賞賜，上帝知道！而我是個徹頭徹尾的俗人，一切事情講究實際，還是非常實際，我若敢於坦白的話，我不覺得吝嗇比野心更不可原諒，痛苦比恥辱更不可避開，健康比學說或者財富比爵位更不可期望。

在這些虛妄的恩賜中，最能叫我這顆痴愚的心感到歡樂的，是那張正式羅馬公民資格證書，那是我最近在那裡時頒發給我的，證書上金字紫璽非常豪華，授予時親切大方。證書都是用不同風格的文體寫成，精彩程度也不一；從前我看見過一份，那是我竭力要人家取出給我閱覽的，如果有誰跟我一樣有好奇的毛病，我樂意滿足他的要求，在此全文轉錄如下：

根據光明之城羅馬行政長官奧拉奇奧．馬西米、瑪律佐．賽西奧、亞歷山德羅．穆蒂提交元老院，關於授予米迦勒騎士團騎士、非常虔誠基督徒國王內宮日常侍從米歇爾．德．蒙田羅馬公民權的報告，羅馬元老院與平民會議頒布命令如下：

按自古以來的習俗與法律，凡出身高貴的有德之士，曾經或者將來給我們的共和國增光和作出有益貢獻的人，都會得到我們熱忱殷勤的接待，加入到我們的行列中。先祖的遺訓與權威使我們深受感動，應該模仿和保存這個高尚的習俗。而今聲名卓著的米歇爾·德·蒙田，米迦勒騎士團騎士、非常虔誠基督徒國王內宮日常侍從，熱烈嚮往成爲羅馬人，鑒於他的家族光榮顯赫，他個人品行高尚，經羅馬元老院和平民會議最終審定和投票，認爲他非常有資格被授予羅馬城居住權，因而羅馬元老院和平民會議欣然宣布，聲名卓著的米歇爾·德·蒙田德高望重，與這個偉大的人民相親相愛，從今此後他與他的後代皆入冊成爲羅馬公民，允許享受出生爲羅馬公民和貴族的人、以貢獻而成爲羅馬公民和貴族的人的一切特權與優待。羅馬元老院和平民會議還認爲授予公民權不是一個恩賜，而是接受了別人給予的好意；別人接受公民權是使本城增添光彩。

行政長官已責成羅馬元老院和平民會議的祕書，把這份議會法院批准書記錄在冊，存放於朱庇特聖殿檔案館，他們還製成這份證書，蓋上羅馬城事務公章。時年羅馬城建城二千三百三十一年，耶穌·基督誕生一千五百八十一年三月十三日。神聖的羅馬元老院和平民會議祕書

奧拉奇奧·福斯科

神聖的羅馬元老院和平民會議祕書

文森特·瑪律托利

我不是任何哪個城市的市民，而今卻成爲空前絕後高貴的城市的市民十分高興。別人要是像

我一樣仔細審視自己，也會像我一樣覺得自己平凡無奇。我要是捨棄了這點，也就不得不捨棄了自己。我們都是這個狀態，誰也不比誰更好或更差。但是感覺到這點的人還更強一些，雖然我也說不清。

看別人而不看自己，這種普遍的看法與做法倒成全了我們好辦事。這是個處處看不順眼的東西；我們看到自己身上的只是卑微與虛妄。爲了不讓我們垂頭喪氣，大自然很有道理地轉動我們的目光朝外看。我們順著水勢往前淌，但是轉過身逆水而行，這個行動很艱難。海水回流時就混濁洶湧。

每個人都會說：「看天空怎麼變化的，看看大家，這個人在吵架，那個人脈搏怎麼樣，另一個遺囑裡寫些什麼，總之，總是上下去看、左右去看、前後去看。」

從前，德爾斐神廟的神給我們留下這條有悖常理的告誡：㉘「你要捫心自問、認清自己、專注自己；心思與意志若用在別處，把它們拉回來；你的時光在流失、你的精力在分散、你要聚精會神、你要挺起身子。人家在背叛你、在消耗你、在偷竊你。這個世界垂下眼睛是看自己的內心，張開眼睛是凝視自己的外表，你沒看到嗎？對你來說，裡與外都是虛妄，但是虛妄愈少擴大，也就愈少虛妄。」神還說：「人啊！除了你，天下萬物都是首先審

㉘ 指希臘德爾斐阿波羅神廟匾額上的這條箴言：「認識你自己。」

視自己，然後根據自身的需要界定它的工作與欲望。沒有一物像你那麼空虛與渴求，要去擁抱整個宇宙；你是個無知的暗探，沒有司法權的法官，鬧劇的小丑。」

第十章　論意志的掌控

跟一般人相比，讓我感動的事，或者說得更確切，使我留戀的事不多。事物只要不控制我們，而只是感動我們，那還是理智的。我透過學習與思考，花了很大心思去提高無知無覺的這份特權，這在我的天性中原本已很突出了。

我常做的事不多，因而熱衷的事也不多。我目光清晰，但專注在少數事物上；感覺細膩不敏銳。理解與處事能力則魯鈍迂拙，進入狀態緩慢。我對自己的事全力以赴；可是在這個題材上，我要克制一下感情，希望不讓它陷入太深，因爲這個題材可由我控制但也受制於人，命運對此比我更有權利。從而，就是我十分珍視的健康，我對它也不要過多祈求，煞費苦心注意，讓我覺得生了病就非同小可。人應該在怕疼痛與愛享樂之間保持克制。柏拉圖主張生活中要走兩者的中間道路。

但是對於那些使我不顧自己、分心他事的感情，我當然不遺餘力抵制。我的意見是爲別人應該效勞，爲自己才應該獻身。如果說我有意願樂於仗義執言，一言爲定，但是我堅持不了，我的天性與爲人都太軟弱，

見事就躲，生來是享清福

——奧維德

經過一場激烈持久的辯論以對手勝利而告終，熱烈追求後得到令我面紅耳赤的結局，這都會

叫我痛心疾首似的難受。我若像別人一樣堅持，我的心靈沒有力量忍受這些死抱不放的人號叫與激動。內心一騷亂必然土崩瓦解。

有時有人把我推出去執行外界事務，我答應接受，但不會嘔心瀝血；我負責，但不會如同身受；我可以做到事必親躬，但不熱情洋溢；我會照看，但不會時刻在琢磨。

需要我處理與安排的緊急家務已經夠多，讓我終日牽腸掛肚的，那裡還能定下心來接受外人的委託。自己本家日常維持生計的事與我利益攸關，也就不包攬別人的事了。那些知道欠了自己什麼的人，那些知道該爲自己盡多少義務的人，就會發現大自然已經給了他們這份訂單，滿滿的，絕不會讓他們閒著。家務有的是，不用出門去。

人總是出租自己。他們的天賦不是爲自己，而是爲奴役他們的人用的。這樣住在家裡的不是自己而是房客。我不喜歡這種普遍心理。心靈的自由應該愛惜，只有在正當時機才可以把自由暫時抵押，我們若懂得明辨的話，這樣的時機是很少的。且看那些只學會衝動與倉促做主的人，他們到處抵押心靈的自由，不管大事還是小事，跟他們相干還是不相干的事；只要那裡有事、有義務，他們不加區別都參與進擊，只要他們不手忙腳亂，就好像不是在活著。「他們爲忙而忙著。」（塞涅卡）他們爲了找事做而找事做。

他們並非要這麼做，其實是他們停不下來，恰如一塊石頭下墜，不落到地面上是絕不會靜止的。工作對某種類型的人是能力與尊嚴的標誌。他們的精神在行動中尋找休息，猶如嬰兒在搖籃中能夠入睡。他們可以稱爲對朋友很講義氣，對自己充滿怨氣。沒有人會把錢分給別人，但人人會把時間與生命分給別人，我們拿什麼也沒拿這兩樣東西那麼揮霍，其實只有在這上面吝嗇才是有益和值得提倡的。

我採取的態度完全不同。我立足於自己，一般來說，對想望的東西想望得並不強烈，也想望得不多。忙工作做事情也如此，次數不多，不慌不忙。他們要的事、他們管的事，讓他們全心全意、滿懷熱忱去要、去管。世上處處是陷阱，若要萬無一失就要淺嘗輒止。應該在表面上滑過，不要陷入太深。聲色犬馬之事，沉湎太深也會樂極生悲。

你走在一堆火上
會被灰燼欺騙……

——賀拉斯

波爾多的先生們選我當他們城市的市長，我那時遠離法國，更遠離這個想法。我請辭，但是有人跟我說我錯了，國王也下旨敦促。這個職位除了其職責的榮譽以外，沒有薪俸也沒有津貼，就顯得格外崇高。任期兩年，通過第二次選舉可以連任，但這個情況極爲罕見。這出現在我的身上，從前還有過兩次，幾年前德·朗薩克先生做過，最近又有德·庇隆先生，法國元帥，我是接他的位子；我初次任職的位子留給了德·馬蒂尼翁先生，也是法國元帥，我有這樣顯赫的同僚而感到風光十足，兩人都是出將入相的棟梁。

——維吉爾

命運造成了這個特殊的局勢，又送我走上了仕途。這不算完全是虛妄；因爲亞歷山大對科林斯使臣要頒發給他科林斯居民資格時，不當一回事，後來聽使臣說，酒神巴克科斯和大力神赫拉克勒斯也在名冊上，才向他們再三道謝。

到任後，我認眞如實介紹自己，我覺得我是這麼一個人：沒有記憶、沒有警覺性、沒有經驗、沒有魄力；也沒有仇恨、沒有野心、不吝嗇、不粗暴；告訴他們在我任上可以期待做到什麼，讓他們了解清楚。因爲他們認識先父，以及對他的懷念，使他們作出了這個決定，我還向他們清楚說明，他們召我來工作的，就是當年父親任職的地點，假若市政工作讓我感到重負在身，就像當年父親一樣，我會非常不安。

我記得童年時看到他日益蒼老，公務纏身戕害他的心靈得不到片刻安寧，忘記他多年因體弱而格外留戀的家庭溫馨，不顧家務、健康，爲公事進行長期艱苦的旅行，不重視安全，也幾乎失去生命。他是這樣一個人，天生寬厚仁愛，很少有人像他那麼慈善與受人愛戴。

別人身上這樣的人生態度我讚賞，卻不思模仿，這裡面有我的原因。他聽人說我們應該爲他人忘掉自己，個人與大眾相比毫不重要。

世上大多數規則與箴言都藉這樣的人生態度，把我們趕到了門外，進入廣場論壇，爲大眾謀利益。他們想到作出極大努力讓我們脫離自己、放棄自己，並稱我們過分依戀自己是出於一種天性的束縛，不惜說什麼也要達到這個目的。賢人不按事物的實際，而按事物的實用來說教，這不是什麼新鮮事。

眞理對我們自有妨礙、不便和格格不入的地方。經常需要受騙才使我們不自騙，需要蒙住我們的眼睛、塞住我們的耳朵才能鍛鍊和改進視力與聽力。「無知者當法官，就需要經常上當才不會判決荒唐。」（昆體良）當他們要求我們去愛我們前面幾十度的東西，他們提出弓箭手的技藝，弓箭手要射中目的，必須瞄準靶子的上方。木材也是矯枉過正才會平直。

我看到在帕拉斯神廟裡，也如在其他宗教的寺廟裡，有一些公開的聖物向大眾開放，其他更神祕、更寶貴的聖物，只是向門內人展示。看來在這些人身上存在著彼此友愛的眞正交集點。這不是一種虛假的友誼，讓我們一心毫無節制地去追求光榮、知識、財富和諸如此類的事，彷彿是我們的肢體一樣不可或缺；也不是甜絲絲、占有欲強的友誼，就像我們看到常春藤，它抱住的那塊牆壁會被它損毀；而是一種有益身心、有原則的友誼，同樣也相互幫助和愉悅。

誰明白友誼的義務，並實施這些義務，誰是眞正站在繆斯的殿堂裡；他達到了人類智慧與幸福的頂峰。這樣的人完全知道自己該做什麼，認識到對自己實施其他人與世界的做法，也應該是自己的任務，這樣做的同時對公眾社會貢獻出他的一份義務與效力。誰活著不爲他人，也就不爲自己活著。「要知道，誰跟自己做朋友，也跟大家做朋友。」（塞涅卡）

我們最主要的職責，是各人管好自己的行爲。我們在世上要做好這點。誰若忘了潔身自好，認爲管理別人學好也算是自己盡了義務，他就是個蠢人。同樣，誰拋棄自己健康愉快的生活去爲別人勞累，這在我看來，也是個違背自然的餿主意。

我不贊成一個人在接受公職以後，拒絕在工作時心勤、腿勤、口勤，需要時不付出血與汗：

隨時準備犧牲，
爲了親愛的朋友或我的祖國。

——賀拉斯

精神始終處於休息和健全的狀態，這不是沒有活動，而是沒有煩擾、沒有激動，這是外界因素促成的、偶然的。單純的精神活動危害不大，即使在睡夢中也在進行，但是啓動時要謹慎小心。因爲身體是人家給它多少壓力，它也承受多少壓力，而精神隨自己的心意給壓力加碼，往往壓得身體不堪重負。我們用不同的力氣和不同程度的意志做同樣的事。力氣與意志兩者脫節也可以不錯的。多少人在與他們毫無相干的戰爭中天天冒生命危險，在其成敗絕不影響第二天睡眠的戰鬥中出生入死？

那個人待在家裡，遠離他不敢正視的危險，對這場戰爭的結果卻比在陣上流血賣命的士兵更爲起勁、更動腦筋。我可以做到處理公務而絲毫不改變自己的本色，爲人效勞而不虧待自己。

這種誓不甘休的欲望對於意圖的貫徹妨礙多於方便，使我們對不順利或遲遲不發生的事焦躁不安，對跟我們商量對策的人尖酸刻薄。我們受事情左右擺布，就永遠做不好事情：

情欲引人走入歧道。

——斯塔蒂烏斯

運用判斷與機智的人，做得比較俐落；他裝假、退讓、搪塞，根據情況需要應付裕如。他達不到目標，不煩惱、不喪氣，準備一切從頭開始，往前走韁繩從不脫手。一心採用暴虐手段的人，其行爲必然很不謹愼與很不公正；欲望急躁會不顧一切，行動魯莽，命運若不伸以援手，不會有多少效果。當我們受侮辱時，從哲學上來說，我們予以懲罰時必須制怒。這不是爲了復仇時下手輕，相反是要下手重，打得準與狠，急躁在它看來只會礙事；憤怒不但擾亂思想，還使懲罰者的手臂容易疲勞。怒火使力量用不到一處，就像心急時「求速

反而慢。」（昆圖斯·庫提烏斯）匆忙會失足、會絆跤、會停下來。「速度會受速度之累。」（塞涅卡）

比如說，根據我平時做人的經驗，吝嗇最大的麻煩來自吝嗇本身。吝嗇愈甚，其收效也愈小。一般來說，當吝嗇戴上慷慨的面目時，才能更迅速地斂財。

有一位鄉紳，極好的人，我的朋友，對他的親王主人的事務過於關切，忠心耿耿，把自己的頭腦也幾乎弄糊塗了。他的主人親口向我這樣描述自己：他對待大事跟常人一樣，但是對於無可挽回的事，他果斷地下決心忍受；他命令作好必要的糧食儲備後——他思想敏捷可以很快辦成，就安靜地等待事情的發生。說眞的，我看見過他做事，處理重大棘手的事情時，行爲舉止與臉部表情都滿不在乎，非常灑脫。我覺得他在逆境中比在好運中還更有氣魄、更幹練。對他來說失敗比勝利、死亡比凱旋更光榮。

不妨想一想，即使在下象棋、打網球這類娛樂消遣性的活動中，急功求成、求勝心切，使思想與肢體陷入混亂；他眼花繚亂，手足無措屢屢出昏招。對勝負成敗不那麼計較的人始終處之泰然；他在比賽時不慌不忙、不衝動，也就更占優勢更有把握。

總之，我們要心靈掌握的東西太多，反而不能使它集中與牢記。有些事只需知道，有些事要記住，有些事要刻骨銘心。一切事物心靈都是可以看見與感覺的，但是都要由心靈自己去汲取養料。眞正觸動它的東西，眞正融入和組成它的實質的東西，才使它得到教育。

大自然的規律使我們學到我們必須學習的東西。賢哲告訴我們，按照自然的規律，沒有人是貧困的，按照世人的意見，人人都是貧困的，他們還細緻區分從自然而來的欲望和因我們胡思亂想而來的欲望。大家看得到底的欲望是來自自然的，在我們面前躲閃、讓我們追趕不上的欲望是來自我們的。錢財的貧乏易治，而心靈的貧乏則不可治。

若說滿足生活就是夠，
那我是夠了。但是不！那又是什麼樣的財富，
可以多得滿足我的欲望呢？

——盧西里烏斯

蘇格拉底看到有人擔了大量錢財、珠寶和珍貴傢俱，大搖大擺穿過他的城市，說：「我不要的東西怎麼這樣多！」梅特羅道呂斯每天吃十二盎司糧食過日子。伊比鳩魯更少。梅特羅克勒斯冬天跟羊群一起睡，夏天睡在教堂的回廊裡。「自然的需要自然皆可以供應。」（塞涅卡）克里昂特斯靠雙手生活，還誇口說，他願意的話還可以養活另一個克里昂特斯。

爲了保護我們的生存，大自然原本對我們的要求確實是非常小的（究竟多麼小，究竟生命只需靠什麼就可以活下來，再也沒有比下面這句話說得更清楚了：小得連命運怎麼捕捉與衝撞都逮不住它），還允許我們自己再增添一點；這就是把我們每個人的習慣與條件也稱作

是自然需要吧；讓我們根據這個尺度來犒賞自己，款待自己，我們的從屬物與打算也可以擴大到這個程度爲止。

因爲在到達這個程度以前，我覺得我們總還有個藉口。習慣是第二天性，但不比第一天性弱。我的習慣中缺少的東西，我認爲也是我生命中缺少的東西。我在目前這個狀態中生活了那麼久，若有人要我緊縮和放棄，這不啻是讓我盼著他們奪走我的生命。

我再也不是承受大變動、投入陌生新生活的年齡了。即使向高處走也不行。沒有脫骨換胎的時間了。我抱怨的是有的好事當我還能享受時不來而現在才落到我的手中，

> 來了好運不能享受，不也是無用？
>
> ——賀拉斯

我自歎腹中枉有少許經綸。太晚做正直人還不如不做，生命已沒有了還說什麼明白地生活。我這人來日無多，樂意把處世謹慎的經驗傳給後來者。那也等於餐後才送上芥末。對於我已無用的財富我也不知拿來做什麼。對於一個頭腦不清的人學問有什麼用？讓我們看到禮物，卻引起心中正常的哀歎，該來的時候沒有來，這正是命運之神對我們的侮慢與不再寵愛。

不用再引導我，我再也去不了哪裡。令人滿足的事各種各樣，對我們唯有耐性而已。你

去給雙肺已腐爛的歌手一副響徹雲霄的好嗓子，讓深居阿拉伯沙漠裡的隱士能言善辯吧！沒落毋須技巧，每件工作最後總是結束。我的世界已走到了頭，我的形式是空了；我完全屬於過去，必須承認這一點，相應走上這條出路。

我要說的是這個：教皇①最近在日曆上抹去了十天，這使我情緒非常低落，讓我無法適應。我生長在不以這樣計算日期的年代裡。這樣一個悠久古老的習慣在向我招手，向我召喚。我無法接受這個僅僅是稍作改動的新事物，不得不在此當上異端分子。儘管我年事已高，我的想像還總是跑在時間前十天或後十天，在我耳邊嘀嘀咕咕。

這個規則涉及到要活下去的人。即使健康不管多麼甜蜜，斷斷續續找上門來，給我帶來的也是遺憾多於享受，我已不再有地方可以容納它了。時間正在離我而去；沒有時間也就什麼都無從占有。我看到世上有多少選擇性的高位，只是留給正要離去的人們，我對這一切都付之一笑！沒有人關心他履職時能盡多少心力，能做多麼長久：他一進門就要找邊門出去了。

總之，我正在準備了結這個人，不是重新塑造一個人。年深日久，形式在我身上變成了實質，習慣也變成了天性。

---

①格列高利十三世教皇改革儒略曆，實際減去十一天，後世稱格列曆，法國在一五八二年實施。

所以我說我們每一個脆弱的生靈，認為在這個範圍內的東西都是自己的，這情有可原，但是同樣一出了這個範圍都只是一片混亂。這是我們能夠給予自己權利的最大空間。我們愈是擴大自己的需要與占有物，我們愈是易遭命運的衝擊與災厄的降臨。我們應該給欲望的路程設立禁區，限制在最近最直接的好事上。此外這條路程不應該設計在向外暢通無阻的直線上，而是按圓圈而行，路程的兩端經過一個簡單的轉彎，彙集在我們自己身上。這番曲折也可說是接近實質的反思，沒有曲折的行動就像吝嗇者、野心家和其他直奔目標的人的行動，他們可以衝在別人前面奔跑，但這是錯誤和病態的行動。

我們的工作大部分都是鬧劇。「人間就是一齣戲」（佩特羅尼烏斯），我們應該盡心盡責扮演自己的角色，但只是一個特定人物的角色。不應該把面具與外形作為精神實質，把別人作為自己。我們不善於辨別人皮與外衣。在面孔上塗脂抹粉已經足夠，不用在良心上塗脂抹粉。我見過有的人擔任過多少個職務，變臉和變心就變了多少回，腦滿腸肥大模大樣，甚至在私室裡也一身官氣。

我無法教他們如何區別稱讚他們本人的高帽子與稱讚他們的差使、隨員還是騾子的高帽子。「他們那麼陶醉於自己的好運，竟至忘了自己的本性。」（昆圖斯．庫提烏斯）他們的官職高，把自己的心靈與思考能力也吹噓得那麼高。

波爾多市長與蒙田從前總是兩個人，涇渭分明。作為律師與財政官員，不能不認清這類工作中的欺詐行為。正直的人跟他的職業中的罪惡或愚蠢是不相容的，可是不應該拒絕做這門行業；這是國家大事，有益於大眾。人要靠世界過日子，儘量往最好方面去做。但是一位皇帝要超越自己的帝國，不摻私心雜念高瞻遠矚；而本人應該知道如何獨自作樂，還像個普通人那樣心地坦白，至少對他自己如此。

我不會讓自己全身陷得那麼深。當我決心站到哪一方，絕不至於偏激得不問是非。當此國家處於亂世時期，我沒有因利益攸關而看不到我們對手中值得讚揚的優點，我追隨的這些人身上應該譴責的缺點。他們對自己一方的事都表揚，而我看到我方的大部分事都不能原諒。

一部優秀的作品並不因爲它跟我的事業作對而失去它的精彩。除了爭論的焦點以外，我讓自己保持公平和完全置身事外的態度。「除戰爭的需要以外，我不懷任何深仇大恨。」（佚名）這點我對自己很滿意，因爲我常看到別人陷入相反的境地。「讓不會利用理智的人去利用感情吧！」（西塞羅）

有人憤怒與仇恨超過了事件本身，大多數是說明這來自其他特殊原因，就像某人潰瘍病治癒了，但高燒還是不退，這說明他另有一種隱疾。事實是爲了公眾事業，只要公眾事業損害的是大家與國家的利益，他們絕不會恨；只是因爲它損及了私利他們才會恨得什麼似的。這就是爲什麼他們大動肝火，到了不顧正義與公理的程度。「他們譴責整體事業並不一心一意，但是譴責涉及個人的小事則步調一致。」（李維）我希望我方占優勢，占不了優勢我也不會發瘋。我堅定地站在更磊落的一方，但是我不願別人有意強調我超過一般情理與其他人爲敵。這種惡劣的風言風語令我特別反感：「他是神聖聯盟的人，因爲他欣賞德．吉茲王爵的風雅。」、「那瓦爾國王的活動叫他吃驚，他是個胡格諾。」、「他對國王的爲人說三道四，准是懷有異心。」

我對那位大臣也不讓步，雖然他有理由把一部書列爲禁書，因爲書中把一位異端評入本世紀的最優秀詩人行列。②我們就不敢說有一個小偷長了一雙好腿腳？女人當了妓女就一定品格下賤？在那些更智慧的年代，馬庫斯．曼利烏斯作爲宗教與民眾自由的保衛者，被授予卡皮托利人的最高榮譽後，又曾追回過他這個頭銜嗎？因爲他後來熱望建立君主制，有違於自己國家的法律，從而對他高風亮節的獎賞、彪炳史冊的戰功都一筆抹煞了嗎？

他們若恨一名律師，第二天就會把他說成才疏口拙。我在其他地方也說到狂熱驅使某些正直的人犯同樣錯誤。我會如實地說出：「他壞心做這件事，他好心做那件事。」

同樣，當事情的預測與前景看來黯淡不利時，他們都願意自己一派的人個個是瞎子和笨蛋，我們的勸說與判斷不是爲眞理服務，而是爲實現我們的願望服務。我只怕自己會受願望的控制，以致糾偏後會朝向另一個極端走去。此外我對嚮往的事稍帶懷疑的感情。在我那個時代，看到那些老百姓眞是出奇的好應付，不問情由就讓人擺布自己的信念與希望，去取悅

---

② 指宗教裁判所一五八〇—一五八一年在羅馬譴責蒙田讚揚加爾文的繼承者泰奧多爾．德．貝薩。

和效忠他們的頭領，錯誤再多也視而不見，幻想與迷夢再破滅也不在乎。

我不再奇怪那些人中了阿珀洛尼厄斯和穆罕默德的花招，給他們牽了鼻子走。他們的感覺與理解全被狂熱窒息。他們的辨別能力只限於選擇叫他們樂開懷和讓事業得益的事。在第一個狂熱宗派③出現時，我已經注意到這占了顯著地位。接著成立的另一個組織，④模仿它還有過之而無不及。

以此我看出這類事與群眾的錯誤是密不可分的。第一個錯誤出現後，群眾就同聲附和，隨波逐流。你若另有看法、若不跟隨主流，你就不算是同一派。當然若用騙子去幫助這些正確的派別，那是在害它們。我對此始終持不同意見。這種做法只對病態的人有用，對於正常的人還有更可靠也更誠實的做法，就是保持他們的勇氣與原諒事情的挫敗。

天下還沒有見過凱撒與龐培這樣嚴重的對立，今後也不會見到。然而我覺得在這些高尚的心靈裡，還是可以辨認出惺惺相惜的感情。這是一種爭奪榮譽與指揮權的嫉妒，並不使他們產生不共戴天的仇恨，沒有惡毒用心與誹謗。在你死我活的激戰中，我發現他們流露對彼此的尊敬與好意，因而我認爲若能做到的話，他們之中的哪位都希望成就自己的大業，更願

③ 指主張宗教改革的新教徒。
④ 指天主教神聖聯盟，成立於一五七六年。

意不因此引起對方的毀滅。馬略與蘇拉的爭雄完全不一樣，這要小心提防。

做人不應該瘋狂追求情欲與利益。我年輕時愛情來得太快我就抵制，有意安排得不太愉快，以免沉湎其中而最後完全聽從愛情的擺布；其他場合遇上精神過於亢奮時我也如法炮製。感到心像喝了酒似的躍躍欲試以求一醉時，我偏偏違反心意去做。我趕快逃避，不讓自己過於縱情歡樂，以免要收回心時頭破血流。

人的心靈糊裡糊塗，看不透事情，壞事沒有把它們害個夠，就認爲交上了好運。這也是一種精神麻瘋病，氣色健康，即使哲學對這種健康一點都不小看。但是這也不是要把這個稱爲智慧的理由，像我們常做的那樣。有位古人以此嘲笑第歐根尼，要在嚴冬三寒天，赤身裸體去擁抱一個雪人，考驗自己的耐力。那個人遇到他時正處於這個狀態。於是問：「這個時候你冷得很吧？」第歐根尼回答說：「一點不冷。」那人又說：「既然不冷，那你這樣抱著怎麼算是高難度的示範動作呢？」爲了檢驗恆心，必須學會吃苦頭。

但是，心靈要受到命運千辛萬苦、艱苦卓絕的折磨，要依照人生中原有的嚴酷與沉重來衡量和體驗，那就要利用人生藝術不去深究其原因、避開其鋒芒。柯帝士國王就是這樣做的；有人向他獻上一套華美貴重的餐具，他給予厚賞；但是這套餐具實在脆薄易碎，他立即自行把它們打破，趁早別讓自己動輒爲此事跟僕人發脾氣。

同樣，我有意避免讓自己的事務關係不清，也不想把我的財產跟我的親戚與有深交的朋友沾上邊，疏遠與糾紛一般都是從這裡產生的。從前我喜歡玩牌和擲骰子這類靠運氣的遊戲，也在很久以前戒除了，只是因爲輸了不管臉部表情怎麼樣，心裡總不免有點疙瘩。一個自尊的人遇到撒謊和冒犯會想不開，也不會把這看作是一件蠢事而心中釋然，這樣的人應該避開曖昧和易起爭執的事找上門來。

愁眉苦臉的人、易發脾氣的人，我躲之唯恐不及，像見了瘟疫病人一樣；對於不能無私和坦然對待的言論，若不爲職責所逼，我也不參與。「開始就不做比中途停下不做要省心得多。」（塞涅卡）最可靠的方式是未雨綢繆，事前防備。

我自然知道有的賢哲走另一條道路，他們不怕同時遇到許多事去面對和解決其中的要害問題。這些人自信有力量，依靠它抵擋一切來犯之敵，以毅力與耐性跟逆運搏鬥：

猶如大海中的一塊巨石，
面對狂風怒濤，
不怕白浪滔天，風吹雨打，
宛自屹然不動……

——維吉爾

我們不要搬弄這些例子；我們永遠望塵莫及。他們執意要看個究竟，不會爲國家的毀滅而心煩意亂，因爲這掌握和控制著他們的整個意志。我們這些普通人，承受不了這樣的力量與嚴酷。小加圖爲此放棄了他無比高尚的一生。對於我們這些小人物，暴風雨應該遠遠躲開。我們必須敏感，而不是忍耐，避開我們不知抵禦的打擊。

芝諾看到他喜愛的青年克萊莫尼代斯走來，在他身邊坐下，芝諾突然站起身。克里昂特斯問他原因，他說：「我聽醫生再三叮囑要休息，不讓任何部位激動。」蘇格拉底不說：不要向美色的誘惑投降，要抗拒、要反擊。而說：趕快逃離，跑出它的視線範圍，不要跟它相逢，猶如躲開從遠處拋過來打人的劇毒藥。

他的一位好學生，編造或是敘述（我的意見是敘述多於編造）那位大居魯士罕見的美德，說他提防自己沒有力量去抵擋他的女奴、著名的絕代美人龐蒂婭的誘惑，就讓另一位沒他那麼有自由的人去探望和看管她。《聖經》也這麼說：「不叫我們遇見試探。」我們在祈禱中不說，讓我們的理智不要被美色打倒和征服，而是說我們的理智連試探也不要試探，不要讓我們落到這個地步，由著罪惡接近、挑逗和誘惑而叫苦連天，祈求我們的主讓我們的心保持寧靜，徹底完全擺脫惡人的騷擾。

有人說他們戰勝了復仇的情欲，或者其他難以克服的類似情欲，說的是目前的實情，不是以前的實情。他們對我們說起時，他們錯誤的原因都是他們自己造成和誇大的。但是回溯以前，再從根源上去探討原因，那時你就會看到他們不是無可指摘的。他們是否要說從前犯的錯誤在現在看來也就小了，從一個錯誤的開始會產生一個正確的結果？

誰像我一樣希望國家興旺，而又不爲之生潰瘍病和消瘦，看到國家遭到破壞或經歷一個破壞力並不稍減的時期，會不開心但不會發抖。

這艘可憐的船，波濤、海風
與領航都對它另有所圖！

——布坎南

誰不張口結舌對君王的恩寵有所求，看作是生命中不可或缺的東西，那麼看到他們面貌冷淡，接待怠慢，心思變化無常，也就不會太介意。誰不甘心爲人奴似的溺愛兒女和追求名利，那麼失去後也不會生活不自在。誰做好事主要爲了自我滿足，那麼看到人家詆毀他的行爲，攻擊他的善舉也就不會困擾。有點耐性、這些煩惱都是可以消除的。

我用這個藥方效果就很好，煩惱一冒頭就能把它輕易化解，從而覺得避過許多勞苦與困難。激情初起時只費一點力就可予以制止，問題開始感到棘手還未折騰我以前便拋下不顧。起跑止不住，奔跑也就停不下。不知道把它們拒之門外，以後也難把它們趕出門外。不能贏在開頭也就不能贏在最後。控制不了晃動也止住不了墜落。「人一脫離理智，情欲就自由漂流；人性的弱點自以爲是，魯莽地進入大海深處，再也找不到避風港棲身。」（西塞羅）我及時感到微風吹入心中進行試探，發出聲響——這是暴風雨的徵兆：「心靈早在征服以前便已動搖。」（佚名）

如同微風吹起，
樹木索索抖，咆哮漸漸聲響，
向水手預報暴風雨即將來臨。

——維吉爾

一個世紀以來，世事紛擾，陰謀詭計不斷，我天性對此深惡痛絕，超過切身受到嚴刑和火烤；多少次我對待自己明顯不公，是爲了避免風險從法官那裡遭受更大的不公？「爲了避免訴訟，應該不遺餘力、甚至要超出能力去做一切。因爲放棄一些自己的權利不但是件好事，有時還是件有利的事。」（西塞羅）

我們要是聰明的話，就應該高興和誇獎，如同有一天我聽到一位大家族子弟天眞地逢人便慶賀他的媽剛打輸了一場官司，就像擺脫了咳嗽、發燒或其他久治不癒的病。命運之神賜給我的這些恩寵，若有賴於有權柄者的親誼和交情，我努力根據良心有意迴避，不去利用來傷害別人，也不在正當的範圍外實施自己的權利。

總之，我白天有那麼多的工作要做（幸好我還能這麼說），至少還沒有上過一次公堂，也沒有發生過一場口角。儘管我若願意的話，好幾次我可以師出有名，爲自己的好處打上幾場官司。我不久就要過完長長的一生，沒有遇到或給過人家嚴重的傷害，除了自己的名字以外也沒有其他惡名：上天少有的恩澤。

引起我們最大紛爭的動機與原因都很可笑。我們最後一位勃艮第公爵就爲了一車子羊皮跟人吵架，造成了多少廢墟？⑤這顆地球遭受的最可怕的災難，其最初的主要起因不就是爲了一枚紋章上的圖案嗎？⑥而龐培與凱撒只是前兩位的後輩與效法者而已。我在自己那個時代見過國王議院中最智慧的人物，花費公帑大擺場面簽訂條約與協議，其實眞正的決策取決於具有至高權威的夫人內閣的閒談和幾位小女人的愛好。詩人們深解其中眞意，因而說爲了一顆蘋果把希臘和亞洲陷於血泊火海之中。⑦且看那個人爲什麼提了寶劍，揣了匕首，拿自己的榮譽與生命去碰運氣；讓他給你們說說這場爭論是怎麼引起的，他告訴你肯定會臉紅，因爲原因實在太無聊了。

一開始，只需要有點見識便可消弭爭端；但是一旦上了船，各種纜繩都在拉扯。這時需要有大氣魄，那就困難和嚴重多了。眞是上船容易下船難啊！應該從反面去學習蘆葦生長之道，蘆葦第一節很長、很直；但是接著好像疲倦喘不過氣來，節子短而密，彷彿停頓，已

---

⑤ 影射勃艮第公爵查理（大膽者）對瑞士人的戰爭。起因是一個瑞士人經過羅蒙大人的領地，被他搶去了一車羊皮。

⑥ 蘇拉戰勝努米底亞國王朱古達，要在紋章上刻圖案紀念這次凱旋，此舉引起馬略嫉妒，遂成嫌隙。

⑦ 指希臘神話中，帕里斯評判金蘋果屬於誰的故事，引起特洛伊戰爭。

沒有最初的活力與堅韌。應該在開始時仔細冷靜，把耐力與衝動留到工作關鍵與完成的階段。事件初起時可由我們指導，隨我們的心意發展。但是後來當它們發動後，是它們指導我們、控制我們，我們只有跟在它們後面。

然而這不是說這個忠告給我解除了一切困難，我經常不用費多少力氣就可降服和控制情欲。它們並不總是按照時機、場合進行調節，有時一來還很衝動暴烈。無論如何還是可以從這個做法中節制感情，取得效果，除非是有些人，他們做什麼好事若不沾上名聲就對任何效果都不滿意。

因爲事實上，這樣的事有沒有價值全看各人自己。如果你在加入行列和事態已經明顯以前就已經改宗了，你爲此更快樂，但不爲此更受人重視；此外還有，不單是在這件事上，而且在人生的其他一切責任上，追求榮譽的人所走的道路確實與講究秩序與理智的人是不同的。

我見過有些人沒頭沒腦地、奮勇地進入競技場，奔跑中慢了下來。如普魯塔克所說的，有人由於做了見不得人的壞事而心虛，不論人家要什麼，有求必應，事後又隨便食言，賴個乾淨；同樣的，輕易加入爭吵的人也會輕易退出爭吵。同樣一件難事，會讓我望而卻步，當我激動和發熱時又會挑動我去做。這是一種壞習慣，因爲一旦你沾上手，你必須做到底或者自己垮掉。貝亞斯說：「接手時隨隨便便，但是做起來風風火火。」缺乏謹慎會變得缺乏勇氣，後者更不可忍受。

今日我們解決紛爭的辦法大多數很不光彩，充滿謊言；我們尋求的是保全面子，於是背叛和掩飾眞正的意圖。我們掩蓋眞相；知道自己是怎麼說過的，是什麼用意，在場的人也都知道，要我們的朋友感到我們的優勢。我們隱瞞自己的想法，爲了達成協議靠虛僞去撿便宜，這損害了我們的坦誠和光明磊落的名聲。爲了挽回我們作出的否定，又一次否定自己。這不應該光看你的行動或你的言辭有沒有另外解釋；此後不管要你付出多大代價應該維持你的眞正誠意的解釋。人家在對著你的品德、對著你的良心說話，這兩樣東西是戴不上假面具的。讓那些卑劣手段和權宜之計應用在法庭訴訟中吧！

我看到爲了彌補不當行爲天天有人道歉與謝罪，而我覺得這些道歉與謝罪比不當行爲本身還要醜惡。寧可再羞辱對手一次，也比向他作出這樣的彌補來羞辱自己好。你在火頭上頂撞了他，恢復冷靜與理智後又去安撫他、討好他，這樣你後退得比前進的還多。我認爲一位貴族不論說什麼壞話，也不及他在強權的逼迫下否定前言那麼可恥。一位貴族固執己見要比膽小怕死更可原諒。

情欲要我節制容易，要我避免則難。「從心靈中剔除要比克制容易得多。」（佚名）誰不能達到斯多葛派的那種高貴的無動於衷，那讓他求助於我這種百姓的愚鈍。那些人做這個靠的是品德，我做這個靠的是性情調養。中心地帶醞釀風暴，兩端則是哲人與俗人，一心想著過的是太平安逸日子。

誰知道事情的原委，
蔑視恐懼與宿命，
和阿刻戎⑧索船資的吆喝，他就是福人！
誰認識鄉村的諸神，
牧神、老鄉神和仙女姐妹，他也是福人！

——維吉爾

一切事物誕生時都是柔弱的。可是應該睜大眼睛看著初始之時。因為小時不發現它的危害性，大時就會找不到醫治之藥。我抱有野心時，每天遇到千萬個難題不容易解決，還不如在內心油然產生這個想法時，毅然把它抑止，這要容易得多：

我有理由害怕
抬起頭被人遠遠看在眼裡。

——賀拉斯

⑧ 據希臘神話，渡亡靈過冥河的船夫。

一切公開活動都會招來不確定與莫衷一是的看法，因爲評判的腦袋太多了。有人提到我擔任這個城市的職位（我也很高興能對此說上一句，不是這工作値得一談，而是表示我在這類事情上的做法），說我在工作上缺少魄力，做事慢條斯理；他們倒離開表象不遠。

我試圖讓自己的心靈與思想保持平靜。「天性本來就愛靜，今日年老更其如此。」（西塞羅）有時我的思想一放肆給人留下粗魯激烈的印象，這實在不是我的初衷。至於我天性慢條斯理，不要從中得出這是我無能的證據（因爲不著急與不關注是兩回事），更不要認爲這是我對波爾多市民的漠視和忘恩負義。他們在認識我的前後，利用手中掌握的一切大大小小的方法來擁戴我，第二次推選我時比第一次還踴躍。

我願他們一切都稱心如意，當然任何時刻我會盡心盡力爲他們效勞。我爲他們就像爲我自己竭盡忠誠。這是善良的人民，慷慨好義，也能服從與守紀律，若善於誘導必成大事。人們還說我在職時一切既不突出也無痕跡。這是好事，當大家都在兢兢業業工作時，自然會嫌我無所事事。

我受意志驅使時做事雷厲風行。但是這卻是堅韌不拔的大敵。誰根據我的特長使用我，那就給我分派需要活力與自由的工作，做法直率，歷時不久，可以含風險，這樣的事我可以有所作爲。如果時間長、繁瑣、辛苦，需要裝模作樣，拐彎抹角，那不如另請高明了。

並不是一切重要的差使都是艱難的。事情如果確實需要，我會作出吃苦耐勞的準備。因爲我還是盡本分去多做和做我不愛做的事。我自己知道，凡是我有責任去做的事不曾半途而廢過。那些職責與野心不分的事，以職責的名義來掩蓋野心的事，我很容易忘記。但往往是這些事情聽在耳裡，看在眼裡，人人皆大歡喜。敗露的不是事情本身，而是表面文章。他們若聽不到聲音，還以爲大家都睡著了。

我跟愛喧鬧的人完全是兩個性子。我能夠制亂而自己不亂，懲罰搗亂秩序者而自己心情不變。我要不要發怒和大光其火？偶爾用來裝裝樣子。我的脾氣溫和，失之於軟，不急躁。一位官員閒著我不怪他，只要他手下人也閒著，法律也閒著。我讚賞生活平順低調、不喧聲，「不卑不亢不墮落。」（西塞羅）命運也要求我如此。我出身的家庭，過得平平淡淡，不事聲張，歷代講究門風敦厚。

我們這個時代的人養成了浮躁、愛出風頭的性格，以致不再注意善良、節制、平等，恆心以及寧靜無爲的品質。醜事到處可見，好事了無影蹤，病態滿目皆是，健康則很罕見。令人高興的事也就無法與令人傷心的事相比。把會議室可做的事，放在大庭廣眾面前做；把前一夜能做的事，放到白天中午做；同事可以做好的事，恨不得自己來做。這樣做是爲了沽名釣譽和個人利益，不是爲了對工作有利。就像希臘某些外科大夫，用木板搭臺，在行人眾目睽睽之下表演他們的開刀手術，目的是熟練技術招攬顧客。他們認爲大吹大擂才能讓人聽到事情得到良好解決。

野心不是小人物的一種罪行，也不是我們花力氣所能實現的。有人對亞歷山大說：「令尊給您留下了一大片易於治理的和平疆土。」但是這個孩子羨慕父親的武功與他的政策的正義性。但是他不甘心懶洋洋太平無事地管理世界帝國。在柏拉圖的著作中，亞西比得寧可在年輕英俊、富有、高貴、極有學問時死去，不願在這個階段停滯不前。

這樣胸襟氣魄的人身上有這個毛病可能是可以原諒的。但是那些侏儒、鼠輩小人也要沐猴而冠，以爲判對了一樁案子或者維持了城門前的秩序，就可以名揚天下，眞是要想出頭反而露出了屁股。這種微不足道的好事，既無分量也無生命力，一說出口最多傳到下一條街口就煙消雲散了。跟你的兒子與僕人侃侃而談這件事吧！就像那位古人，見沒有人聽他的吹噓，承認他的勇敢，就對著他的女僕大叫：「佩萊特啊，你的主人眞是個儒雅的人哪！」

連這個也辦不到的話，那就跟你自己去說吧！就像我認識的一位參政員，他聚精會神又蠢到極點地照本宣讀一連串段落後，抽身離開議事廳到宮裡的小便池，只聽到他認眞地念念有詞：「主啊，榮耀不要歸於我們，不要歸於我們，要因你的慈愛和誠實歸在你的名下。」（《舊約．詩篇》）誰若不能從別處得到，就只能自掏腰包了。

好名聲可不是賤價出售的。它來自難能可貴的表率行爲，絕不允許日常數不清的瑣碎小事來湊熱鬧。草草修好一堵牆頭或者挖通路旁的水溝，僅可把名字刻在大理石上對你歌功頌德一番，但是人是有感覺的，他們不會這樣做。好事並不是做了以後都有反應的，這要求它艱巨和非同一般。據斯多葛派的看法，任何出自美德的行爲根本不要求得到人家注意。有個人清心寡欲，拒絕一個滿目眼屎的老太婆，他們認爲對這樣的人有什麼可以感慨的呢？有人承認阿非利加西庇阿的高尚品質，但是拒絕珀尼西厄斯要給予他榮譽，稱讚他謝絕重賞的做法，因爲這樣的榮譽感不是他一人獨有的，而是他的時代共有的。

我們享有的福樂跟我們的命運是一致的。不要妄想大人物的福樂。我們的福樂更自然，因而也比他們的更穩固、更可靠。即使不是從良心至少也要從野心出發去拒絕野心。要蔑視對虛名浮譽的貪圖，這些是要我們低聲下氣向各式各樣人物去討好的。不擇手段，不計代價，「在市場能買到的光榮是什麼玩意兒？」（西塞羅）

這樣得來的榮譽是不榮譽。我們要學會沒有能力贏得光榮也就不要貪圖光榮。做了一件有用無謂的事神氣活現，這是對這類事大驚小怪的人才會這樣。這讓他們付出代價，於是要提高它的身價。一件好事愈是大鳴大放，我愈是貶低其中的好意，會懷疑這是揚名而不是行善。抖落到大眾面前已算是一半被出賣了。這類行爲若由做的人不經意間悄悄洩漏出來，然後有好事者核實後露出水面，讓它們自行不脛而走，這才有點意思。「我認爲，不事聲張、不忌諱人家怎麼說的情況下，做的事最值得讚揚。」（西塞羅）那位世上最神氣的人是這麼說的。

我只求事物的維持與存在，這都是無聲無息、悄然進行的。革新引人注目，但是目前迫於形勢，抗拒新興事物，革新也就遭到了禁止。悠著做有時跟做一樣高尚，但是悠著做就較少公開。我能貢獻的綿薄之力也差不多在這方面。總之，選我上任的時機符合我的性情作風，我爲此非常感激。

有誰爲了看醫治病而希望自己生病的呢？若有醫生爲了表現他的醫術而讓我們染上瘟

疫，那不是應該抽鞭子嗎？我絕沒有這種不健康但頗爲普遍的心理，希望這座城市動盪不安、百業凋敝，來顯示我施政高明。我腳踏實地爲市民安居樂業貢獻力量。我工作時按部就班，冷清清、靜悄悄，有人對此不以爲然，但是他無法改變我有幸擔任此職位奉行屬於我的工作作風。

我生來是這樣的人，喜歡自己既幸運又聰明，有所成就既歸功於上帝的恩寵，也有賴於自己的工作參與。我也曾苦口婆心向大眾說到我才疏學淺難以擔任這項公職。比才疏學淺更糟的是我並不嫌棄才疏學淺，也不思改變才疏學淺，由於我已習慣於這樣的生活。我對自己的政績也不滿意，但是當初對自己定下要做的事差不多都做了，大大超過別人期許我要做的事；因爲我願意答應的事要少於我能做的和希望完成的事。我要肯定自己沒有留下冒犯和憎恨。至於留下對我的遺憾和希望，我至少知道自己並不十分在乎：

我能信任這奇妙的寧靜嗎？
我能忘記風平浪靜的海水下隱藏的是什麼嗎？

——維吉爾

第十一章　論跛子

兩、三年前，法國一年少了十天。隨著這個改革帶來了多少變化？實在是驚天動地。然而一切都在原地不動：我的鄉鄰按原時播種、收莊稼，適當時機做買賣，哪天吉利不吉利都跟他們自古以來規定的一模一樣。在生活習慣上不出差錯，也不覺得有所改進。一切事物還是有那麼多的不確定，我們的認識還是那麼粗淺曖昧。

據說新曆的糾正可以減少不方便處；按奧古斯都的儒略曆的做法，若干年內取消閏日——這原本是個令人無從適從的日子，直到我們把這個誤差補全（這樣的糾正補足不了所欠的日子，還是缺少幾天時間）。如果有同樣的方法在將來做到並宣布經過若干年的週期，這個多餘的日子會永遠消失，那樣我們的計算誤差從此不會超過二十四小時。

計算時間除了用年以外沒有其他方法，多少世紀來全世界都是這樣做的。這種測算方法至今還沒有確定完成，那麼我們就會天天猜疑其他國家採用什麼不同的方法，這種方法又是如何進行的。有人還說什麼，天體變老時向著我們在收縮，使我們對天數、甚至對小時數都拿不準。至於月份，普魯塔克在他的時代不就在說，星相學還不能確定月球的運行嗎？

我們對過去事件的記載就是這麼翔實可靠！

近來，我像日常一樣在胡思亂想，人的理智到底是怎麼一個自由與模糊的工具。我平時看到人對於別人向他們提出的事，更有興趣要問的是什麼道理，而不是有沒有這回事。他們拋下事情眞相，卻琢磨著探討原因，難怪談鋒那麼健！

對原因的認識只屬於掌握萬物運轉的上帝，不屬於我們；我們只是去遭遇這些事情，根據天性去充分享受它們，而深入不到它們的根源與本質。酒也是這樣，對於了解其主要品質的人並不更可口好喝。相反地，身體和心靈若自以爲是，會中止和攪亂它們享用世界的權利。決定、知情和給予都屬於命運的安排與主宰，享用與接受則屬於聽命於命運使喚的人。

再回頭來談我們沿襲的做法。他們忽視事實，卻好奇地觀察後果。他們一般都是這樣說的：「這怎麼一回事？」，應該說：「是這麼一回事嗎？」我們的推理會憑空想像出一百個世界，找出其中的原理與結構。它不需要事實也不需要基礎，神遊天地、虛虛實實似有似無地創造萬物。

可以稱出煙的重量。
——柏修斯

我覺得差不多到處都可以說：「根本沒有那回事。」我會常用這句話回答；但是我不敢，因爲他們會嚷嚷說這是弱智與無知造成的失敗，我必須虛與委蛇，跟大家一起討論一些我完全不相信的無聊事。不過，乾脆否認一件事實，那確實不好辦，會引起紛爭。很少人，特別在那些很難令人信服的事情中，不會不說這是他們親眼目睹的，還拉出幾位證人，用他們的權威來制止我們有相反說法。

出於這樣的習慣，我們知道千百件從不存在的事的由來與原因，全世界也爲這千百件事大動干戈，其實這些事的是與非都是虛的。「眞與假是那麼接近，賢人不應該冒險進入這塊是非之地。」（西塞羅）

眞情與謊言的面目是相同的，它們的穿著、愛好與舉止也是相似的；我們也用同樣的目光看它們。我覺得我們不但在防止自己欺騙上表現怯懦，而且還鼓勵和有心反覆這樣做。我們就是愛糾纏在虛妄的感情中，好像這才符合人的本質。

我見過當代不少神蹟的出現。雖然它們即生即滅，我們還是可以從中預見它們若能過完天年會有怎樣的歷程。因爲只要抓住線頭，就可一直放線。世上的事就是這樣，從無到最小事的距離，要超過從最小事到最大事的距離。

最初聽信神蹟離形的人，到處去宣揚他們的故事，遇到抵制，意識到哪部分要說服人會有困難，於是在這部分虛構一些事去補充。此外，「人天生就愛傳播謠言」（李維），我們不把自己聽到的事興致勃勃添枝加葉，就必然覺得過意不去。個人的錯誤首先形成大眾的錯誤，大眾的錯誤反過來又形成個人的錯誤。整個事件就是這樣輾轉相傳形成的、充實的、流傳的；以致最遠的見證人比最近的見證人聽到的消息更多，最後聽到的人比最早聽到的人更深信不疑。

這是個自然進程。因爲對此有點信仰的人認爲相信別人是件善事，一點不忌諱自己加了點什麼，還看作這是他份內必須做的事，打消他認爲別人想法中或許有的疑惑和迷茫。

我這人說謊會非常過意不去，很少自己說了話非要人家深信不疑其權威性。可是我發現，我掌握在手的話題若遇到別人詰問或自己說得起勁，就會興奮激動，於是透過聲音與動作，憑藉語言的氣勢與力量來強調和突出主題，有時還東扯西拉，不免要損害原始的眞實性。於是我給自己定下條件，誰第一個碰到我，問我不加虛飾的赤裸裸眞相，我立即不受拘謹，把事情告訴他，不誇張，不添油加醋。我平時說話語調急促，很容易提高嗓門誇大其辭。

一般來說，人在傳播自己的意見時聚精會神，當普通的做法不奏效時，就會使用命令、力量、鐵與火。眞理的最佳試金石竟是信徒的人數，這裡面庸人遠遠超過賢人；到了這種局面可不是幸事。「彷彿什麼都沒有不辨是非那麼普遍。」（西塞羅）、「一群庸人成了評判賢人的大權威！」（聖奧古斯丁）不顧大眾意見作出自己的判斷是困難的。從事情本身出發，首先說服那些頭腦簡單的人；從那時藉著數量的權威與證據的年份擴大影響到能幹的人身上。對我來說，一件我不相信的事，一人說了我不信，一百零一人說了我也不信，也不根據年份來作判斷。

不久以前，我們的一位親王，因痛風而失去了原本的儀表與爽朗的性格；有人向他報告說一位教士有特異功能，用語言和手勢可以治癒一切病症，他聽了後深信不疑，長途跋涉找到他，靠他的信念，居然有幾個小時做到雙腿不感覺疼痛和痲木，長期失去的功能也恢復過來。如果命運可以累積五、六件這樣的神蹟，神蹟就可成爲自然的一部分。後來大家發現，編造這些故事的人思想簡單也無惡意，也就免於懲罰了。如果追蹤到他們的巢穴，就可發現大部分這樣的事。「遠處發生的事可以騙到我們的讚賞。」（塞涅卡）在我們的眼裡，遠處的景物都很奇異，走近了異象就會消失。「名聲從來不必靠證明。」（昆圖斯·庫提烏斯）

妙的是那些難以磨滅的印象都來自開頭那麼無聊、原因微不足道的事件。正因爲這樣也就打聽不到什麼消息。因爲原因與目的大家總是要找重大的、有分量的、赫赫有名的，這樣反而不去尋找眞正的了。那些眞正的也就因爲微小逃過了我們的目光。說實在的，進行這樣的追索需要的是謹愼、認眞、善於辨別的調查員，沒有私心與先入之見。

直到此刻爲止，這些神蹟與異象從未在我面前顯現過。我看到世上跟我最接近的妖魔神怪就是我自己。人透過習慣與時間對一切怪事都會安之若素。但是我愈自思自慮，愈認識自己，愈對自己的怪異感到吃驚，也愈看不透自己。

這類意外事的發生與傳播，命運還是保持主要的權力。前天我經過離家兩里遠的一個村子，還對一件神蹟說得沸沸揚揚，廣場上依然群情洶湧。鄰村已經爲此鬧了好幾個月，鄰近的省份也開始鬧騰起來，各種人成群結隊奔往那裡。當地一個青年一天黑夜在自己家裡玩著裝鬼叫，並無其他用意，只是一時惡作劇而已。沒想到效果出人意料，爲了鬧得更凶、更擴大，他還串通了一個又蠢又幼稚的小村姑；最後發展成三人，同樣年齡，也差不多愚笨，從家裡布道裝到公開布道，躲在教堂的祭臺下，只在黑夜裡說話，不許帶進去一點燈光。說的是普世教化和末日審判（這類題目令人肅然起敬，威力無邊，也就更容易行騙），又搞了些可笑幼稚的裝神弄鬼，就是兒童遊戲也沒那麼拙劣。

如果命運略加青睞，誰知道這場鬧劇會鬧成怎樣？這些可憐蟲今日身陷囹圄，高高興興爲一起做的蠢行受罪吧！我不知道是否有哪位法官爲自己的愚蠢在他們身上出口惡氣。這件事暴露出來了大家都看得清楚；但是許多相同性質的事超出我們的認識能力，我主張不予以判斷，既不否定也不接受。

世上許多弊端，或者說得更大膽，世上所有弊端的產生，都在於我們害怕暴露自己的無知，我們被迫接受自己無法駁斥的事。我們談到一切事物都對照教條和禁令。在羅馬法庭的文件裡，就是證人親眼目睹的事情，法官根據確鑿無疑的案情作出的判決，也是以這樣的形式擬文：「我認爲」。有人非要把可能的事說成確定的事，就會使我對可能的事也不想聽。我喜歡這些字眼：「也許」、「在某種情況下」、「據說」、「我認爲」諸如此類緩和語氣、減輕唐突的話。

我若教育孩子，就會讓他們養成這樣回答的習慣，不是決定式的，而是詢問式的：「這什麼意思？我不明白。可能是這樣。眞有這回事嗎？」寧可他們六十歲時還保持學徒的模樣，不要十歲時裝出博學之士的派頭，像他們現在這樣。誰要治癒無知，先要承認無知。彩虹女神伊里斯是奇術師陶瑪斯的女兒。驚異是一切哲學的根本，探索是進步的基礎，無知則是死胡同。從中也可看出，有一種強烈探索願望的無知，在榮譽與勇氣方面絕不輸於追求學問，理解這樣的無知並不比理解學問更少學問。

我童年時見過爲一樁怪事而打的官司，圖盧茲法院推事柯拉斯叫人把它印了出來，說兩個男人相互冒名頂替。我記得（僅記得這個）他好像把那個被他判處有罪的人的詐騙行爲描寫得那麼神奇，遠遠超過我的理解，也超過他這個法官的理解，因而我覺得他判處絞刑未免過於倉促。應該讓我們收到這樣的判決書：「法庭不懂案情無法審理」。這也不比雅典法庭法官說得更自由、更坦誠，他們接到一樁案件感到束手無策時，命令原被告兩方一百年以後再來。①

我鄰村的女巫，每次有陌生人來求她們詳夢，都要冒生命的危險。《聖經》給我們提供了例子，非常肯定和無可駁斥的例子。由於我們不知道其中原因與過程，援引這些例子並把它們用於現代發生的事件上，就需要具有超出我們的智慧。或許這是由那個唯一萬能的證人來跟我們說：「這是神蹟，那也是，另一個則不是。」這些事上應該相信上帝，這才是道理；不是我們中間哪個人，對自己的敘述表示驚訝（他若不喪失理智會驚訝的），不論他用它來說別人的，還是用它來說自己的。

---

① 據史載，希臘一個婦女殺害了她的第二任丈夫，因爲後者串通自己的兒子把婦女的前夫的孩子殺死。雅典法庭感到這在倫理上難以定案，這案件後爲西方古代難斷的案例之一。

我是個魯鈍的人，心思都放在踏實和較可信的事上，讓古人罵不著：「不懂的事叫人更可信。」（佚名）、「人生來就是這樣，更願意相信不明白的事。」（塔西佗）

我確實看到有人發脾氣，不許我懷疑，不然難聽的話都罵了出來。這也是全新的說服方式。感謝上帝，我的信仰不是拳頭打出來的。讓他們把指責他們看法不對的人都吞下肚去吧；我只指責那些人製造困難和浮躁，像他們一樣譴責對立的主張，但不那麼霸道。「把這些事作爲可能的事提出來，但不要予以肯定。」（西塞羅）

誰說話虛張聲勢，發號施令，說明他理虧。在一場學院式的唇槍舌劍中，他們和對手在表現上看來無甚差異，從他們從中得到的實際效果來說，後者是占了上風。講到殺人，必須有一個明白清楚的理由。我們的生命到底是眞實的、根本的，保證不了這些超自然、千奇百怪的事發生。至於製藥與放毒，我不把它們歸爲一類，這是謀殺，最惡劣的一種。然而即使這件事有人說不要總是停留這些人的供詞上，因爲有時看到他們自責害死了幾個人，事後發現這些害死的人都活得好好的。

在另一些荒誕不經的控告中，我想說的是人不管被人說得多好，還是應該相信他是人；至於他具有超出自己理解和超自然的功能，還是應該信任，就當他是得到超自然的特許而具有的力量。既然上帝高興給我們的某些證人這份特權，就不應該輕易地糟蹋和傳播。我的耳朵聽膩了上千個這樣的故事：「有三個人某天在東邊看見他的；又有三個人第二天在西邊看見他，某某時間、某某地方、穿得怎麼樣。」

當然，這樣的話我自己說了也不會信的。我覺得更有可能的是兩個人在撒謊，而不是一個人隨著風在十二小時內從東吹到西！原來是我的理解力被來去無蹤的思想帶著離開原地，而不是我們中間有血有肉的一個人跟陌生精靈騎在掃帚上沿著煙囪飛去，這不是要自然得多嗎？我們長年累月受家庭與自己的幻想騷擾，就不必再去尋找外面陌生的幻象了。我覺得不相信一件神蹟是可以原諒的，至少相當於以非神蹟的方法去轉移或迴避其眞實性。我同意聖奧古斯丁的說法，對於不易證實、信了又有危險的事，與其傾向於相信，不如傾向於懷疑。

幾年前，我經過一位當權親王的領地，承蒙他的好意，也爲了打消我的懷疑，特地陪了我到某一特定地點看到十到十二個這類的囚犯，其中一個老太婆醜陋畸形，眞是個道地的女巫，長期來在這個行業中享有盛名。我看到了證據和她的自供詞，還有這個可憐老婆子身上沒有疼痛感覺的鬼印。②我詢問情況，說個痛快，對這件事儘量表示深切的關注，我這人絕不讓先入之見束縛了判斷力。最後憑著良心，我更會給他們服鐵筷子草，而不是用毒芹治療瘋病。「看來是瘋病病例而不是犯罪案例。」（李維）司法機關對這類病自有它的治療方法。

② 據西方迷信，女巫身上有一個部位毫無疼痛感覺，這部位稱爲鬼印。

至於一些正直人士，在這方面經常還有其他方面，對我提出的反對意見和論據，我不覺得這對我有所束縛，並不排斥去尋找比他們的結論更爲可行的解決辦法。建立在經驗與事實上的證據與道理，說眞的我說不清楚；也就找不到這些事的頭緒。我解決這些問題，經常也像亞歷山大揮劍斬開戈耳迪亂結一樣。③總之，把一個活人放在火上烤，這對於他的猜疑索價也太高了。

大家還提到不同的例子。聖奧古斯丁《上帝之城》中，普雷斯坦修斯說他的父親犯困，進入夢鄉後比平時還睡得沉，他夢見自己是一匹母馬，給士兵當馱獸。他這樣想著也果眞變成了馬。如果巫師想事情這麼實在，如果夢想有時眞能變成現實，我還是不相信我們的意願應該由法律來決定。

我說這些話，因爲我既不是法官，也不是宮廷參事，還自認爲遠遠不夠資格，我只是個普通人，生來服從公理，言行中無不如此。誰拿我的遐想當一回事，去損害本鄉脆弱的法律、風情習俗，那對自己以及對我都是大錯特錯了。因爲我對我說的話不保證其可靠性，都只是閃過腦子的想法，這些想法凌亂飄忽，我談一切只是進行閒聊，不是提出高見。「我

---

③ 據希臘神話，佛律癸亞國王把亂結繫在馬車的轅上，神諭誰能解開此結，可征服東方。後被亞歷山大大帝提起利劍一把斬開。

也不像許多人，羞於承認自己不知道的東西。」（西塞羅）

如果我說話非要人家相信，我也就不會那麼大膽直言了。有一位大人物抱怨我的進諫激烈尖銳，我也是這樣回答他的：「我覺得您完全向一方面在想、在準備，我就儘量細心地向您建議向另一方面去想會如何，不是強迫您接受，而是讓您作出更明晰的判斷；願上帝給您勇氣，幫助您選擇。」我不會那麼自負到希望自己的看法可以左右任何大事；我的地位還不足以把看法提到高層去做決策。我有許多觀點，也有不少看法，假若我有兒子的話，很樂意讓他聽了討厭。怎麼呢？如果最誠心的看法也不總是對人最合適，更別說還有那麼多胡說八道呢！

說話得體或不得體都沒關係，且說在義大利有一句大眾諺語，說誰沒跟跛足女人睡過覺，就不知道維納斯的全部溫情美妙。很久以前，命運或者什麼意外事故讓這句話在老百姓嘴裡說了出來，既說男的也說女的。那個斯基泰人要求跟亞馬遜女王做愛，女王對他說：「這件事跛子做得最棒。」在那個女兒國，爲了避免受男人統治，她們把男人自小弄成殘廢，打壞他們的胳臂、腿腳和其他優越於她們的器官，只使用他們來做我們使用她們來做的那件事。

我本想說是跛女扭扭歪歪的動作使那件事有了新的樂趣，給初試雲雨的人另有一種溫情。但是我不久前獲悉其中還是古代哲學產生了決定性作用。古代哲學說跛女由於大腿與臀部有缺陷，吸收不了應有的營養，於是處於這上面的生殖器官滋養得更加豐富有力。此外這種缺陷妨礙動作，貪色的男人也就省些力氣，全心全意用在維納斯的遊戲上。這也說明希臘人爲什麼詆毀紡織女比什麼女人都風騷，因爲她們坐著工作，身體不用多動。這樣我們不是還可以對照推理？對那些紡織女我也可以說，她們這樣坐著做活，紡機的抖動會撩撥心火，就像那些夫人坐在顛簸抖動的馬車裡受刺激。

這些例子不是印證了我這篇文章開頭說的話嗎？我們的理智往往先於事實，把推斷無限延伸，因而根據虛無而不是根據存在運用理智作出判斷。我們的創造力靈活自在，憑種種幻想可以編造理由，除此以外，我們的想像力也同樣隨意透過不足爲憑的表面現象接受虛假的印象。因爲單以古人與大眾運用這句話的權威性來說，我從前也曾讓自己相信從一個女人那裡獲得更大的樂趣，只因爲她長得不挺直，也把這個作爲她的迷人之處。

托爾卡托·塔索，在他對法國與義大利的比較中，說他曾注意到我們的腿比義大利貴族的腿長得細，把原因歸結爲我們長年騎在馬背上；同樣這件事蘇托尼厄斯得出完全相反的結論，因爲他反而說日爾曼尼庫因爲不斷騎馬訓練兩腿變粗。我們的理解比什麼都靈活和游移不定。這是忒拉米尼的鞋子，④哪隻腳都能穿。它是雙向的、五花八門的；事情也是雙向的、五花八門的。

---

④ 指這位雅典修辭學家，要創造適用於對立各學派的理論。

一位犬儒派哲學家對安提柯說：「給我一塊銀錢。」安提柯回答：「這不是國王該送的禮物。」「那麼給我一大堆銀錢。」「這不是給犬儒派的禮物。」

炎熱打開了大大小小的暗通，
讓山水流往青青的草，
或者曬硬了土地、堵塞了水道，
把淫雨、烈陽、凜冽的寒風都阻擋在外

——維吉爾

「任何勛章都有其反面。」（義大利諺語）這說明古代克利多馬庫斯爲什麼說卡涅阿德斯費了九牛二虎之力才得到回應，也就是說發表批判的意見與大膽的看法。卡涅阿德斯的強烈思想，依我看起因於古代以學問爲職業的人的目空一切、無比尖刻。

伊索和另兩個奴隸一起被放到市場出售。買主問第一個他會做什麼；那個人爲了賣弄，說得天花亂墜，無所不能。第二個奴隸也吹噓自己同樣能幹，或許還更厲害。輪到伊索被人問到會做什麼，他說：「什麼都不會，因爲那兩位把一切都占了，他們什麼都會。」

哲學學派也是這個情況，有人認爲人的智力無所不能，這種氣勢促使其他人出於氣惱和競爭，索性提出人的智力一無所能的看法。這些人在無知上抱這種極端態度，那些人在知識上也抱這種極端態度。從而不能否認的是，人在各方面都不知節制，除非萬不得已和實在不能再往前走，他才會停止。

第十二章　論相貌

我們所有的看法差不多都是從權威與名望方面來的。這沒有什麼不妥；在這個衰落的世紀，由我們自己選擇情況只會更糟。蘇格拉底的朋友留下他的言論給我們，我們只是因公眾的讚譽而欣賞其權威性；這不是我們自己的認識；這些言論不是根據我們的生活而說的。如果今天有人說出類似的話，很少人會加以重視。

我們只看到顯眼、胡鬧和裝腔作勢的矯情。掩蓋在天眞純樸之下的美，在我們這樣俗人的眼裡很容易一溜而過。這樣的美精緻隱蔽。必須以清純的目光才能發現裡面深藏的閃爍。在我們看來，天眞不就是愚蠢的姐妹，應該受到指責的缺點嗎？

蘇格拉底的心靈活動是自然的、世俗的。就像一個農民的說話、一個女人的說話。他嘴裡談的只是馬車夫、木匠、鞋匠和泥瓦工。這些話都是從人的最平凡、最熟知的勞動中得出的歸納與比喻，誰都能聽得懂。在這麼一篇俚俗的文章裡，我們絕對挑不出他高尙思想中的大智大慧；我們認爲教義中不收取的思想都是平庸低下的，只有高談闊論才是豐富。我們的世界到處是招搖撞騙：人人吹足了氣，一碰蹦蹦跳，像皮球。而蘇格拉底絕不無謂地胡思亂想，他的目的是向我們提出眞正貼近生活、服務生活的金玉良言，

……保持分寸，遵守界限，
順應自然……
——盧卡努

他又總是始終如一，不是靠說話尖刻而是靠人格魄力提升到力量的頂端。或者說得更好的是他不提升什麼，而是予以下壓，讓一切回到最原始的天然狀態，經受力量、艱辛、困難的考驗。因爲，在小加圖身上可以清楚看到他的氣度遠在一般人之上；從他一生的豐功偉績和死亡來看，大家總覺得他高高在上、目中無人。而蘇格拉底腳踏實地，行止從容不迫，談論最有道理的話題，面對死亡和人生中可能會遇到的荊棘挫折，在行爲舉止上都保持平常的生活心態。

事情幸而是這樣，最值得作爲典範向世界介紹認識的人是我們了解最深的人。①歷史上最有眼光的人②對他進行闡述，我們讀到關於他的那些見證，內容詳實可靠，評說精彩動人。

把一個孩子的純潔逸想說得有條有理，不用改動和添加，就表現出我們心靈中最美麗的活動，這很了不起。他不把心靈描寫得多麼崇高豐滿，他只說這樣的心靈才是健康的，但這當然是一種輕鬆明快的健康。透過平凡自然的助力、透過日常普遍的想法，不感傷、不激動，他確立了不但是最規範，而且是最高尚有力的信仰、行爲與道德，這都是前所未有

---

① 在此指蘇格拉底。

② 在此指柏拉圖與色諾芬。

的。他把在天上蹉跎歲月的人間智慧取回來還給了人，再為人艱苦工作，做出最有用、最有效的貢獻。

且看他在法官面前辯護；且看他用什麼理由喚起自己的勇氣，面對戰爭的危機；且看他用什麼論據增強自己的毅力對抗誹謗、暴政和死亡，還有妻子虎著的臉。他不借助技巧與學問，最單純的人也可從他那裡學到他們需要的方法與力量。不可能往回走和往下走。指出人性本身可以做出什麼，這是他對人性作出的大好事。

我們各人都比自己想像的更富有；但是大家又催促我們向別人借貸與乞討；被人擺弄著求人多於求己。於是人在任何事情上都不知道滿足需要後適可而止，如欲念、財富、權力總是貪多務得；貪婪是無法控制的。我覺得在尋求知識上也是如此，他給自己確定的任務超過他的能力，超過他的需要，把知識用到窮盡為止。「我們在學問和其他各方面都在受放縱之苦。」（塞涅卡）阿格里柯拉的母親限制兒子過分熱衷於求學問，塔西陀表揚這位母親是有道理的。學問是一件好事，若用正眼看它，它像人的其他好事，有許多虛榮與固有的天然弱點，代價很高。

享用學問要比享用其他魚肉風險大得多。因為其他東西買了以後，裝在籃子裡拿回家，有權利檢驗其品質，決定什麼時候吃多少。但是學問，一拿到手沒有別的籃子只有裝到我們的腦子裡，我們一買到就吞到肚子裡，離開市場時不是已經腐敗就是成了營養。有些學問不但不能營養我們，反而妨礙和阻擋我們，在治療的名義下毒害我們。

我以前很高興在某地看到有些人虔誠地許願保持無知，就像許願保持貞潔、貧困和進行補贖。這也是閹割我們凌亂的邪念，減輕我們在閱讀時閃爍不止的欲望，不讓學術觀點引動心靈癢癢的沉湎逸樂。加上心靈的貧困才使貧困的許願功德圓滿。我們並不需要太多知識就能活得自在。蘇格拉底告訴我們說知識就在我們身上，還有尋找與運用知識的方法也是如此。我們所有超過天然需要的知識，差不多都是無謂多餘的。如果它給我們的負擔與混亂不超過它給我們的好處，已經算是幸運的了。「培養一個健全的心靈只需要不多的學問。」（塞涅卡）

我們的頭腦是混亂不安的工具，學問使它負荷過熱。靜心思考，就會在心裡找到自然對抗死亡的眞正論據，在需要時最適宜爲你使用。這使一個農民、整個民族也像一位哲學家那樣鎭定自若地死去。

在閱讀《圖斯庫倫辯論集》③以前，我就不會死得那麼輕鬆嗎？我認爲不會吧！當我回歸本源時，我覺得自己的語言更豐富了，勇氣並沒有增加。還是大自然給我創造時那個樣，也就是只適用於應付普通日常的衝突。書籍提供了許多教誨給我，但沒那麼多訓練。不是嗎？如果說學問試圖用新的防禦方法來武裝我們抵制天然禍害的話，也只是在我們心中營

---

③ 西塞羅的作品，共五集，第一集談論生與死，靈魂不滅問題。

造它們強大與力量的假象，並沒有說出道理與奧祕使我們不受害。應該說眞正的奧祕是它竟能夠經常讓我們抱著空想，翹首以待。

那些作者，即使較爲嚴謹與聰敏的，也看到他們隨同一個好論點，又會拋出多少膚淺、細看又是言之無物的壞主意。這只是些口說無憑的論據，在矇騙我們。它們可能都另有用意，我也就不思深究。在本書內好幾處提到這種情況，或是透過假借、或是透過模仿。然而我們還得稍加提防，別把好意稱爲力量、尖銳稱爲扎實、花哨稱爲正確。「有的東西沾一口味美，多喝了反胃。」（西塞羅）給人愉悅不一定給人教育。「這談的是心靈，不是頭腦。」（塞涅卡）

看到塞涅卡努力準備抗拒死亡，在刑架上流汗哼聲，挺住身子掙扎了那麼久，他若沒有在最後時刻英勇不屈保住自己的名節，我對他的敬仰會動搖。他這人常常暴跳如雷，說明他是個血性漢子，脾氣急躁。「大人物表達自己的思想從容平靜。」（塞涅卡）、「不會心靈是一種顏色，頭腦是另一種顏色。」（塞涅卡）

正是要用他自己的話來勸說他。這也說明他被敵人步步進逼。

普魯塔克的做法更傲慢、更不在乎，從而認爲更陽剛、更令人折服。我不難相信他的心靈活動更自信、更能調節。一位更機警，刺激我們，令我們拍案而起，對思想衝擊更大；另一位更沉著，不斷地教育、開導和安慰我們，對心靈觸動更多。前者逼著我們跟他一樣想，後者贏得我跟他一樣想。

我也同樣閱讀到其他更受人崇拜的著作，談到與肉體痛苦的鬥爭中，那些人那麼堅忍、強大和不可戰勝，以致我們這些人中渣滓既欣賞這種聞所未聞的奇異誘惑力，也欽佩他們對疼痛的耐受力。

我們拼死拼活要去努力獲取知識是爲了做什麼？且看遍布大地的苦人，辛勞做活後耷拉著腦袋，他們不識亞里斯多德、加圖，也不懂嘉言懿行。他們憑天性每日表現的堅貞隱忍，遠比我們在學校裡悉心研究的更純眞、更嚴格。我平時看到他們中有多少人根本不知道什麼叫貧困？多少人希望去死，死到臨頭時不大驚小怪？在園子裡幫我翻地的那個人，今天早晨埋葬了他的父親或兒子。就是對疾病的名稱也另有婉轉的叫法，藉以減弱疾病的嚴酷性。他們稱肺癆爲咳嗽，痢疾爲胃腸道功能紊亂，胸膜炎爲感冒；他們叫得溫和，也溫和地忍受。只有疾病打斷他們平時的工作時才是眞正的嚴重。他們只有等死才躺到床上。「這時候人人有份的樸實眞理，才變成了深不可測的奧祕。」（塞涅卡）

我寫下這些話的時候，正值一場醞釀了幾個月的動亂全面爆發，而我首當其衝。④我一方面是大敵壓境，另一方面是有人趁火打劫——更壞的敵人：「他們戰鬥不用武器，而用罪惡。」（佚名）還要同時遭受一切軍事損失。

④ 指一五八五年新教徒與天主教徒，在波爾多附近離蒙田城堡五里的吉耶納激烈衝突。

敵人從左右兩邊對我威脅，
我心驚膽戰，立即受災難夾攻。

——奧維德

魔鬼的戰爭：其他戰爭都在城外施虐，而這場針對自己的戰爭用本身的毒計自我腐蝕瓦解。這場戰爭性質邪惡，到處破壞，瘋狂般地打得你死我活，最後一同消亡。我們經常看到它帶來的是自我瓦解，而不是由於必需品的缺乏和敵軍的強大才這樣。雙方都毫不遵守軍紀。爲了制止到處紛紛出現的暴亂，嚴懲違抗命令，結果自己開了違抗命令的先例；軍隊用於保衛法律，卻自己違反法律參加了叛亂。我們落到了什麼地步？我們的藥品裡面都是毒物，

病沒有治成，
反而中了毒。

——佚名

病愈治愈重。

——維吉爾

我們的怒火摻雜了無辜與罪惡，
使我們背離神的正義。

——卡圖魯斯

在這些流行病初起時，還可區分有病的人和健康的人；像我們這樣的流行病蔓延的話，全體都遭殃，從頭到腳，沒有一部分可以倖免。因爲「放縱」像空氣，到處亂轉，無孔不入，誰都要貪婪地呼吸。我們的軍隊都只是依靠外人的參予聯結一起。那些法國人，就是沒法把他們組織成一支常備的正規軍。多大的恥辱！還要僱傭兵叫我們看到什麼是紀律。⑤至於我們自己，愛怎麼做就怎麼做，不聽指揮，各人我行我素。軍內的麻煩比軍外的還多。只有指揮官跟從、討好、唯唯諾諾，只有他一人還服從命令，其餘人自由自在，一盤散沙。

我高興的是看到野心中包含多少怯懦與鄙吝，需要做多少奴顏婢膝的事才能達到目的。但是我不高興看到的是天性溫和、可以主持正義的人在應付和扭轉這個混亂局面中天天在爛下去。長期受苦養成了習慣，習慣產生默認與模仿。我們以前也有不少生性邪惡的人，天

⑤ 宗教戰爭中，有德國、義大利、西班牙僱傭軍參加敵對雙方的軍隊。

性慷慨的人並未受到連累。但是如果這種情況繼續下去，以後遇上命運要求我們振興國家時，很難說把這個重任交給誰。

至少不要阻礙這位英雄
奔去拯救這搖搖欲墜的世紀。

——維吉爾

士兵看見長官比看見敵人還害怕，這句古諺語又怎麼樣了呢？還有那個神奇的故事呢？說一棵蘋果樹被圈進了羅馬軍隊紮營的圍牆內，軍隊第二天開拔，把那棵樹歸還給主人，樹上美味的熟蘋果一個都不少。

我還喜歡我們的年輕人，與其花時間去進行無用的旅行或不光彩的學習，還不如花一半時間去參觀由羅德島一位優秀艦長指揮的海戰，⑥花另一半時間去觀察土耳其軍隊的紀律，因爲這裡面大有區別，遠遠勝過我們。所以會這樣，這是我們的士兵在出征中更加放縱，而他們更收斂、兢兢業業。對小百姓騷擾或偷竊，在和平時期是笞刑，在戰爭時期是砍頭。拿

⑥指一五五二年希臘的羅德島被土耳其人占領的一次海戰。

一個雞蛋不付錢，按軍紀是打五十軍棍。拿一切非食用的東西，不論多麼微小，立即身插木樁處死或斬首。我閱讀謝里姆一世的歷史時很驚訝，他是有史以來最殘酷的征服者，他占領了埃及，大馬士革城周圍那些花團錦簇的園林，儘管四面開放不設圍牆，在他的士兵手裡居然絲毫無損。

在政府中是不是存在一種惡疾，非得用內戰這味致死的猛藥才能把它根除？法沃尼烏斯說，一國內即使是暴君的王位也不可以篡奪。柏拉圖同樣不同意爲了拯救一個國家，用暴力破壞國家的安定，不主張造成公民流血和傾家蕩產的改良，一位好人在這個情況下所能做的是讓一切順其自然，僅僅祈禱神伸出巨掌來扭轉乾坤。他對他的好朋友迪昂⑦好像還不滿意，因爲他用的是其他手段。

在這方面，我在知道世上有柏拉圖以前已經是柏拉圖派了。柏拉圖由於心地誠摯，有資格得到神的恩寵，穿越他那個時代世人的愚昧，深明基督的教義。如果這位人物也應該乾脆被排斥在基督教徒隊伍之外，我還是不認爲讓一個異教徒來教育我們是合適的。不向上帝要求他本份內的援助，又不提供我們自己的合作，這是多麼不虔誠。

我經常懷疑，在這麼多參與其事的人中間，是否眞有一個人理解力那麼低下，竟讓人說

---

⑦ 迪昂（西元前四〇七—三五三），敘拉古攝政，推翻狄奧尼修斯的暴政。

服他現在胡作非爲眞是在進行宗教改革；我們認爲明目張膽作惡必下地獄的做法，對他竟是在走向永福；推翻政府、公眾權力和上帝要他聽從的法律，肢解母親大地，拋給宿敵去啃齧她的肢體，使兄弟的心中充滿骨肉相殘的仇恨，召喚妖魔鬼怪來相助，他就能夠貫徹《聖經》中神聖的仁慈與正義！

野心、吝嗇、殘酷和復仇，本身並不具備天然的暴烈，都要借用正義、虔誠這些光榮的字眼作爲火苗，點燃它們。當惡意披上法律的外衣，趁法官無作爲時舉起道德的榔頭，那時才露出事物最醜惡的面目。「以神的利益掩蓋自己罪惡的這種迷信，最具有欺騙性。」（李維）根據柏拉圖，把不公正作爲公正，這是極端的不公正。

老百姓那時就在受大苦，不單是遭受目前的損失。

鄉村四面八方

一片混亂。

——維吉爾

以後還會如此。活著的人不得不受罪，還未生的人恐怕也是這樣。老百姓遭到了搶劫，從而我也會被搶劫。他們準備過上好幾年的東西都被人席捲而去，連個希望也不剩。

帶不走的戰利品一律毀掉，
這夥強人還把可憐的茅屋也付之一炬。

——奧維德

城牆擋不住，田野遭蹂躪。

——克洛迪安

除了這個衝擊以外，我還遭到其他的衝擊。在這類時代病中我講究節制也會招來麻煩。我受眾人的虐待，吉布林黨說我是蓋爾夫黨，蓋爾夫黨說我是吉布林黨。⑧我的一位詩人朋友說過這樣的話，但是我不知道在哪裡說的。我家的地位、我跟鄰里的來往表現我的一個方面，我的生命與行動表現我的另一個方面。倒也沒有正式的指責，因爲到底也沒有把柄。我從不違法亂紀。誰若要對我進行調查，會發現我比他還清白。這是無聲的懷疑，私下悄悄流傳，在這兵荒馬亂的時代從不缺少嫉妒無能之輩會抓住表面做文章。

我從來採取迴避的態度，不進行自我辯解、自我原諒和自我說明，認爲爲良心辯護會使

⑧ 原是義大利境內，一個擁護歷任教皇，一個擁護歷任日爾曼皇帝的政黨。在此泛指：蒙田自己在天主教眼裡是新教，在神聖聯盟眼裡是保皇黨。

良心受到連累，這種做法一般也助長了命運中出現對我不利的猜測。「因爲事情討論了才會明白。」（西塞羅）彷彿人人看我都像我看自己那麼清楚，我不但對指責不退避，反而迎上去把它說個起勁。還公開自嘲一番，說俏皮話；要不我就不理不睬不開口，只當這事不值得一提。

於是有人把這當作我過分傲慢自信的表示，對我的怨恨不見得亞於那些把我看作理虧軟弱的人。尤其是那些大人物，對他們失敬就是大逆不道，粗暴對待一切公認的、不會低聲下氣、搖尾乞憐的正義。我經常撞上了這根大柱子。野心家碰上了我身受的種種事，會懸梁自盡，貪婪者也會如此。

我不操心去得到什麼。
我對自己的擁有很知足，帶著它度過神爲我留下的有生之年。

——賀拉斯

盜竊或暴力，這些外界的侵害給我帶來的損失，使我像個吝嗇成性的病人那麼心痛。這種傷害造成的痛苦遠遠超過損失本身。

各式各樣的倒楣事先後接踵而至，如果它們同時簇擁而來，我可能忍受時還更開朗一些。我已經在考慮朋友中間，誰是我老來過苦日子時可以託付的人。我環顧四周，發現自己孑然一身。從那麼高處垂直往下墜，必須有兩條堅實有力的臂膀才能接住，還要有愛心和家境富裕。這樣的人縱使有也很少。最後我認識到最可靠的方法還是讓自己照顧自己，解決自己的需要。若受到命運的冷遇，更要依靠自己的眷顧，與自己相依爲命、悉心呵護。在一切事情上，人都要去依賴別人的幫助，而不尋求自己的幫助；誰善於自我防範，這才是唯一可靠強大的保護。尤其因爲沒有人想到走向自己，人人都前往別處投奔未來。我認定這些不得已的做法還是有用的。

首先，那些不肖門生，當理性說不通時就必須用鞭子抽，猶如用火和楔子把一塊翹木頭扳正過來。很久以前我勸誡自己要依靠自己，擺脫外界的事；然而我還是時時眼睛向旁邊看，有人行禮、大人物一句美言、一張和顏悅色的臉都使我心動。上帝知道在這個時代這有多麼珍貴，有多麼重要的意義！我還不皺一下眉頭聽著人家勸誘我進入商界，而我那麼有氣無力地推託，看起來更願意給人爭取下海似的。對倔強的人應該用棍棒；對一艘龍骨鬆動散架的船，必須用大木槌狠狠敲打才不致瓦解，使它嚴絲合縫。

其次，這場不幸對我也是一場演習，以便應付更大的災難，這是由於我從命運的眷顧與處世的原則來說，原本以爲會居於人後，卻沒料到居於人前遭受了這場風暴，教育我早早調整我的生活，使之適應新情況。眞正的自由是一切都靠自己力量。「最強的人是對自己能耍強的人。」（塞涅卡）

在正常的太平時期，只是準備對付一般危害性有限的意外；但是處在我們已忍受了三十年的亂世，任何法國人個別地或是集體地，隨時隨刻都處在傾家蕩產的邊緣。從而我們必須用更堅強有力的思想來保持勇氣。我們還要感謝命運，使我們生活在一個不是軟綿綿、懶洋洋、無所事事的世紀。即使不以其他方法，也可以以其苦難深重而爲後人銘記。

我在歷史書上很少看到其他國家經歷過這樣的亂世，如今沒法到現場去就近觀察也不無遺憾。我的好奇心就是這樣，樂意去親眼目睹這場集體死亡的悲壯情景及其症狀與形式。既然我不能推遲它，也就很滿意接受命運去觀察它和學習它。

因而我們懷著貪婪之心，設法在舞臺的陰影和荒唐中去看清人類命運的悲劇性表演。

我們對聽到的事並不是無動於衷的，而這些曠古少有的慘事我們倒樂意利用來引起我們的憤慨。動情才會令人傷懷。平淡的敘述猶如一潭死水和一片死海，優秀的歷史學家避開不談，而是回顧叛亂、戰爭，他們知道我們在那裡召喚他們。

我懷疑我是否能夠老老實實承認，由於我的大半輩子逢上了國家走向毀滅的年代，我一生中犧牲的安寧還是很少。對於不直接侵害到我的事件所表現的耐性根本不值一提；要自我憐憫的話，我更多看到的不是他們取走的東西，而是他們給我在裡裡外外留下的東西。

禍害時而再三地窺測著我們，最終都發生在我們周圍而沒有挨著，這多少也是個安慰。至於公眾利益方面，隨著我對人的同情愈廣泛，這種同情也愈淡薄。這正應了這句話：「公眾的災難波及到我們的個人利益，才會讓我們感得如同身受。」（李維）我們天生的健康也可自動紓解我們不可避免的煩惱。這是眞正的健康，但只是與健康後的生病比較而言的。

我們沒從那麼高處往下掉。搶劫與腐敗堂而皇之成爲規則，這是我覺得最不可容忍的。在公共場所搶你，比在樹林裡搶你更具侮辱性。國家猶如器官綜合的軀體，器官一個個腐爛，大多數潰傷部分積病過久，既然治不了也不要求治了。

我在精神上忍受這一切不但平靜，而且自豪，依靠精神的幫助，這場傾覆使我振作更多於把我壓倒。所以，因爲上帝從不降給世人純粹的禍與純粹的福，我在那時的健康反比平時好。正如沒有健康我什麼都做不了，有了健康我只有很少事不能做。它給我機會動員我的全部潛能，伸手攔住禍害不讓它走得更遠。我發覺憑我的毅力也可跟命運過上幾招，把我撞下馬來還得費一番工夫。

我說這話不是要觸怒命運女神，給我發起更激烈的進攻。我是她的僕人，向她伸出手來，以上帝的名義讓她滿足吧！我感到她的衝擊了嗎？那當然。就像愁腸百結的人時而不意遇到有趣的事還是會莞爾一笑。我也能做到依靠自己保持心態平靜，驅散眼前煩惱的景象。但是有時不經意間，還是會讓這類愁思襲上心頭，當我要武裝起來驅趕或鬥爭時，已經把我咬上了。

隨後還有一樁更大的災難降落在我的身上。我家的屋裡屋外，傳染了瘟疫，比其他地方的瘟疫都要猖獗。⑨因爲好身體易生重毛病，健康的人犯病也就不可小看。我這地方非常講衛生，記憶中傳染病即使發生在鄰村，也未曾進過家門，現在滿地瘴氣，產生奇異的結果。

年老年少橫屍在萬人坑裡，
沒有一顆腦袋逃過無情的陰世皇后。

——賀拉斯

看到我的房子會不寒而慄，而我又不得不忍受這種荒唐的情境。那裡的東西都沒有了保護，任憑誰要都可以拿走。我一向好客，卻很難爲我的家庭找個棲身之地。投奔無門的家庭，令朋友與自己都害怕，在哪裡住下都會讓人恐懼，只要人群中有一人開始感到手指頭發痛，就急忙要搬個地方。把什麼病都當做瘟疫，也不思花工夫去辨別。還有意思的，根據醫療程序，誰接近了這個危險的病也有四十天潛伏期，這期間胡思亂想也能把你弄得憂心如焚。

⑨ 據呂爾布《波爾多編年史》記載，一五八五年六—十二月，波爾多死於瘟疫人數達一萬四千人。

如果我不用爲其他人的苦難擔憂，不用千辛萬苦六個月給這支駱駝隊當嚮導，那些事對我心頭的衝擊就會好得多。因爲我心中有防治藥，那就是決心與忍耐。處在這樣的困境中最忌諱的就是恐懼，這倒不大困擾我。我若單身一人，最可能做的就是輕鬆自在，遠走高飛。死得快，昏暈中沒有痛苦，看到當前局勢感到無憾，沒有儀式、沒有哀悼、沒有人群參加葬禮，這樣的死我覺得也不算最壞。至於鄰近地區的民眾，連百分之一也沒有逃過災難：

牧羊人的王國荒無人煙，
到處空張著獵人的羅網。

——維吉爾

我在這個地方的最大收益來自手工勞動，原先一百人幫我做事已經停頓長久了。

我們從這些人的純樸中，看到了如何值得仿效的決心呢？一般來說，誰都不再關心生活。讓本地的主要產品葡萄空掛在葡萄藤上，漠不關心地準備和等待今晚或明天死亡到來，面貌與聲音都很少顯出畏懼，使人覺得他們已跟現實妥協，認識到誰都劫數難逃。死亡總是如此。但是面對死亡的決心又多麼會動搖？幾小時的距離與差別，想到有誰陪伴，都會使我們的畏懼發生變化。

且看這些人：老少婦孺能在同一個月內死去，他們就不再驚慌，就不再哭泣。我見過有人只擔憂留在最後處於可怕的孤獨中，共同關心的是葬身之地。他們不高興看到自己拋屍鄉野，給滿地的野狗吞食。（人的思想差異何其大。被亞歷山大征服的尼奧利特人，把屍體拋至森林最深處餵野獸，他們認爲這是唯一的幸福墓地。）有人健在時已開始挖自己的墳，有人活著時就往裡面躺。我的一名長工快要死時，四肢並用往身上扒土。這不是讓自己關進裡面躺得更舒服嗎？說到這件事的高明，誰都不能與羅馬士兵相比，在坎尼一戰全軍覆沒後把頭鑽進自己雙手挖空和填滿的洞裡，要把自己悶死。

總之一句話，整個民族此時實際上已捲進時代滾動的輪子，其僵硬態度不遜於經過深思熟慮後表現的決心。

大部分勵志類教育都是花樣多、力量少；表面文章多，實質內容少。自然指導我們順利安全，但我們放棄了自然，卻要去指導自然。可是在質樸無華的鄉下人生活中還保存著自然教育的痕跡，以及受惠於無知而遺留的淡薄形象。學問不得不天天求之於鄉野，以它作爲堅定、無辜與沉靜的楷模教育弟子。這就很有意思地看到那些博學之士必須模仿平易稚樸，必須學習基本德操；我們的智慧要向動物學習我們生活中最重要、最必要的實用課，如我們應該怎樣生與死，管理我們的財富，愛護和扶養我們的孩子，維護正義——這對人類的疾病也是一個奇異的證明。還有這份理智對著我們指手畫腳，總是反覆好變，更把自然的最後痕跡抹得一點不留。

人對待自己的理性，猶如香料師配製香油。他們給理性摻進許多外來的論據與推理，弄得成分複雜，變來變去，各人一套，失去了它原來穩定普遍的面貌，讓我們必須到動物身上去尋找證據，這個證據是不會屈服於恩賜、腐敗和意見分歧的。

雖說動物並不總是切切實實走在自己的自然之路上，但是走偏也是微乎其微，始終可以把轍道辨別出來。也像牽在手裡的馬，雖又跳又蹦，總不超越韁繩的長度，還是跟著趕馬人的步子走。也像鳥要飛，但衝不出樊籠。

「多多思考流放、酷刑、戰爭、疾病、海難事故……免得遇到了手足無措。」（塞涅卡）操心人在自然中的種種禍害，辛辛苦苦防範以後未必會觸及我們的災難，這樣的好奇心對我們又有什麼用呢？「可能發生的痛苦與痛苦本身，對於受過痛苦的人都一樣痛苦。」（塞涅卡）棍棒會襲擊人，風與屁也會襲擊人。

就像頭腦發燒的人——因爲這確是發燒，由於遲早有一天可能逃不過這樣的命運，現在就先讓人鞭子抽上一頓？在仲夏聖約翰節穿上你的皮袍，就因爲在耶誕節你也總得穿上？他們說：「投身去體驗你會遭遇到的痛苦，甚至是最大的痛苦：體驗與堅定信心。」

要不，最方便、最自然的方法就對這一切不思不想。它們來得不會那麼早，它們痛得不會眞正很久，我們在精神上應該看得淡、看得輕，事前把它們吸收、相處，不然它們不會理性地壓在我們的感覺上。有一位哲人，他不是溫和派，而是最嚴格派，⑩說：「痛苦來了會很沉重。那就善待你自己；相信你最喜歡的事。提前迎接和思考你的厄運，害怕未來而失去現在，以後會苦而現在先苦了起來，那對你又有什麼好處呢？」這是他說的話。知識對我們大有裨益，能讓我們明白痛苦到底有多大多小，

憂慮讓人思想敏銳。

——維吉爾

如果我們感覺不到和認識不到痛苦的大小，那就倒楣了。

對於大多數人來說，準備死亡肯定比感受死亡更折磨。從前有一位非常有見識的作家確實說過這樣的話：「想像比感受更影響我們的五官。」（昆體良）

死在眼前的這種感覺，有時使我們奮起，驟下決心不再躲避不可避免的事。古代有許多角鬥士經過一場畏首畏尾的格鬥後，卻勇敢地接受死亡，向敵人伸出咽喉，請他用劍來刺。看著死亡來臨，需要一種緩慢的也就是難得一見的堅定。

---

⑩ 指塞涅卡。

你若不知道死亡，不要擔心；到時候大自然會教你怎麼做，四平八穩；這件事該怎麼做就會給你怎麼做；不用你操勞。

人啊人，要知道死亡的時辰
與離去的道路，這都是徒勞！
——普羅佩提烏斯

突然遭受猝不及防的不幸，
沒有長期膽顫心驚那麼難受。
——馬克西米安

我們爲死操心擾亂了生，又爲生操心擾亂了死。前者使我們煩，後者又使我們怕。我們做準備不是爲了對抗死，這是太短暫的一件事。一刻鐘無危害、無後果的苦難，不値得爲之講什麼大道理。說實在的，我們做準備是對抗死的準備。

哲學敦促我們眼裡要看到死亡，在時間到來以前要有預見與考慮，要我們根據規則與預防措施做到自己不被這個預見與想法所傷害。這豈不是醫生的這種做法，先把我們弄病了，然後在我們身上表演他們的醫術與使用他們的藥物。如果我們不曾知道如何生，卻教我們如何死，歪曲這一切的結局，這有欠公義，如果我們以前知道穩定平靜地生，我們也會知道以同樣方式去死。

他們可以隨自己的心意誇誇其談。「哲學家的一生是對死亡的默想。」（西塞羅）可是我認爲死亡是生命的終結，不是目的。這是它的結局，它的極點，不是它的目標。生命應該有其自身的志向、意圖。研究的正題是自律、自修與自足。安身立命這個總課題之中還包含其他許多必修課，其中就有這個理解死亡；原本是屬於輕鬆的話題，如果我們不自擾來使它沉重的話。

從實用與樸實眞誠來說，提倡做人簡單的學說並不比提倡做人博學的學說差，還正相反呢。人的情趣與力量各有不同；應該按照他們的實情，透過不同道路引導他們走向美好。

暴風雨不論把我拋到哪個岸邊，
我像主人那樣在上面走。

——賀拉斯

我從未見過我家鄰近的農民，苦思苦想以怎樣的態度和鎭定度過他們最後的時刻。大自然教導他們臨終時再想也不遲。在這件事上他們比亞里斯多德更加瀟灑；死亡對亞里斯多德構成雙重壓力，一是死亡本身，二是他年紀輕輕想到死亡。而凱撒的意思是最不去想的死亡

是最快樂與最無壓力的死亡。「在必要痛苦以前就痛苦，實在是痛苦得超過了必要。」（塞涅卡）

想像力之所以厲害是來自我們的好奇心。我們要超越與調整自然規則，這樣也妨礙了自己。只有那些書呆子身強力壯時想到死亡就胃口不佳，皺緊了眉頭。普通人只有在死亡襲擊時才需要治療與安慰，感覺多少關心多少。我們不是說普通人魯鈍，不知害怕，使他們對當前的痛苦很有耐性，對今後不幸的意外壓根兒就沒想過嗎？還說他們的心靈愚拙遲鈍，不可理解，缺少反應嗎？要是果眞如此，上帝啊！讓我們今後以愚笨爲師。它循循誘導它的弟子去得到的，就是知識許諾給我們的人生至寶。

我們不缺乏優秀教師，他們是自然質樸的表述者。蘇格拉底便是其中的一位。因爲我記得，他對握有生殺大權的法官說的大致是這個意思：

大人們，我若請求你們別讓我死，只怕我會被原告的誣詞纏住不放，說我對於天上地下的事略知一二，裝得比別人都精通。我知道我既不接觸死亡、也不認識死亡、也沒有見過誰對死亡的實質有過經驗要來教育我的。

那些害怕死亡的人，其前提是認識死亡。至於我，既不知死亡是何物，也不知道另一個世界情況如何。死亡可能是件不痛不癢的事，也可能是件值得慶幸的事。（若只是轉移到另一個地方，則應該相信，跟那麼多過世的大人物一起生活，不再跟貪官汙吏打交道，這還是好事。如果這是我們生存的消失，進入一個寧靜的長夜，這也是好事。我們在生命中，還有什麼比寧靜、深沉、無夢的睡眠與安息感覺更甜蜜的呢？）

我知道的那些壞事，譬如冒犯別人，不服從前輩、不論是神或人，我小心翼翼不去做。我不知道是好是壞的那些事，我就不知道害怕……如果我死了，而你們活了下來，只有諸神會看到你們還是我將來會活得更好。因而關於我，你們愛怎麼決定就怎麼決定。但是根據我勸人做事公道有益的原則，我要說的是，你們在我這個案件中沒有比我看到更多的內情，爲了你們的良心，還是把我放了吧！根據我過去在公私兩方面的行爲，根據我的意圖，根據那麼多老老少少公民，天天從我的會話中得到的教益，我給你們大家帶來的好處等等因素來考慮，你們要對我的功德作出相應的判決，那就是由於我沒有財產，雅典議院常務會應該用公帑養我——經常我看到別人還沒有這樣充分的理由時你們就這樣做了……

我不會像常人一樣向你們苦苦哀求討饒，別把這個態度當做固執或輕蔑。我有朋友和親戚（如荷馬說的，我像別人一樣不是從木石中生出來的），他們也會淚流滿臉前來哀悼，我有三個孩子會哭得你們唏噓可憐。我素有智慧的雅名，到了這個年紀竟成了階下囚，如果我再低聲下氣、卑躬屈膝，會讓我們的城市蒙受恥辱。人家對其他雅典人更會怎樣說呢？

我總是告誡那些聽我說話的人，萬萬不可忍辱偷生。在我國戰爭時期，在安菲波利，在波提德，在德里姆，在其他我去過的地方，我在事實上已說明我絕不會做無恥的事保證自己的安全。此外，我會連累到你們的責任感，誘使你們做壞事；因爲我不用祈求，而用入情入理的正義感來說服你們。

你們曾向神宣誓要遵照法律辦事，現在看來該是我要懷疑你們，指責你們不相信有神的存在。此刻我要作證控告自己，以前沒有像我該做的那樣信任他們，猜疑他們的引導，也就沒有把我的事完全交到他們手裡。現在我一切都信任，還確信他們會按照對你們、對我最適合的方法去做。好人不論生前與死後，都不用害怕天上的神。」⑪

以上不就是一篇簡明扼要的訴狀嗎？平易通俗，卻出眾的高傲，真誠、坦白、論理恰到好處，是其他文章難以企及的！蘇格拉底選用這一篇而捨棄另一篇是有道理的。另一篇是

---

⑪ 這是蒙田用自己的語言概括《蘇格拉底的辯護詞》的意思。

大演說家利希亞斯爲他寫的，滿紙精彩的法律用詞，但是不配用在這麼一位高貴的犯人身上。

誰曾從蘇格拉底嘴裡聽見一句哀求的話？這種崇高的品德在最需要表現的時候會銷聲匿跡嗎？他天性豐富堅強，會用花言巧語爲自己辯護嗎？在他經受最大考驗時，會放棄他特有的純樸語言，而用別人演說辭中的陳詞濫調來裝飾自己嗎？他做得非常聰明——這才像是他，不爲了讓自己衰弱的生命延長一年，去敗壞生命中不可敗壞的內容和人間那麼一個神聖的形象，使這個光榮的結局不能在人們記憶中流芳百世。他的一生不是爲自己，而是爲人間樹立楷模。他若毫無作爲、默默無聞結束一生，豈不令世人抱憾？

對自己的死亡竟抱有那麼豁達的想法，當然值得後世對他更加景仰。事實也是如此。命運爲了成全他而做的事，就是法律也沒有那麼公正。對那些造成蘇格拉底死亡的人，雅典人恨之入骨，見到他們像逐出教門的人那樣躲避；他們接觸過的東西都是汙穢的；沒有人願意跟他們在同一個浴室洗澡；沒有人跟他們打招呼和來往；以致最後他們實在無法忍受公眾的憎恨，上吊自盡了。

如果有人認爲要說明我的文章主題，蘇格拉底有那麼多的言論可以供我選擇，而我卻不恰當地選擇了上述言論，如果他又評論說這句話超出了大眾的看法，我是有意這樣做的。我的評論與此不同，我堅持認爲這些話在品位與質樸上要落後和低於大眾的看法。它不事粉飾，天眞大膽，幼稚自信，表現了天性率直和渾然無知。因爲我們生來害怕痛苦，但不會因死亡而害怕死亡，這是可以相信的。死是存在的一部分，在本質上不亞於生。由於死亡對於萬物的嬗變衍生是不可或缺的，它在這個宇宙大家庭中帶來的誕生與繁殖要多於失去與毀滅，大自然又爲了什麼要我們憎恨和害怕死亡呢？

宇宙就是這樣更新換代。

——盧克萊修

一個死亡啓動千個生命。

——奧維德

一個生命的衰落是其他千萬個生命的通途。大自然傳給動物自我照料與保存的本能。牠們甚至還會害怕情境惡化、衝撞和受傷，害怕我們捆綁和毆打——這些都是牠們所能感覺與經驗的事故。但是，牠們不可能害怕我們宰殺，也沒有這個天分去想像和思考死亡。有人還說什麼，看到牠們不但高高興興地死去（大部分馬在死亡時嘶鳴，而天鵝在死亡時唱歌），還出於自身需要而去找死，大象就有不少這樣的例子。⑫

---

⑫ 西方古代一般否認動物跟人一樣有理性。然而羅馬人相信在角鬥場裡大象有時甘願去死。

除此以外，蘇格拉底在這裡使用的辯論方式，不是既簡明又奮勇的表現嗎？說實在的，說話與生活像亞里斯多德和凱撒那樣容易，像蘇格拉底那樣就難。這裡面包含極致的完美與難度，人工絕不能達到這一點。我們沒有把天賦往這個方向訓練。我們對此不試驗也就沒有認識。我們借用其他人的特長，卻擱置了自己的潛能。

有人可能說我只是蒐集了一大堆別人培育的花，自己只是提供一條繩子把它們捆在一起罷了。誠然，我遷就大眾的意見，借用一些裝飾物放在我的書裡。但是我並不要這些裝飾物把我自己也遮蓋得看不見了。這與我的意圖是相悖的，我只希望展現自己的東西、天性帶來的東西。我若按照自己的本意去做，就很可能始終是在自說自話。由於時局的變遷和其他人的攛掇，我使用別人的話一天比一天多，超過了我的想法與最初格式。我也相信這不適合我，也沒關係，可能對別人是有用的。

有人引用柏拉圖和荷馬，卻從來沒看過他們的著作。我也援引許多話並非從他們的原作而來。在我寫作的這個地方，身邊有上千卷書，不用費力也不用費心思，高興的話現在就可從十來位這樣的抄書匠借用原話來補綴這篇〈論相貌〉，但這些抄書匠的書我很少翻閱。其實只要某位德國人的卷首詩簡，就可以在我的作品裡塡滿引文。這樣我們就可以蒙著這個愚蠢的世界沽名釣譽。

許多人就是羅列這些陳詞濫調，炮製他們的文章，這也只能用於平庸的課題；對我們不起指導作用，只顯出是知識結出的歪果子，蘇格拉底以此對歐提德莫斯冷嘲熱諷了一番。我還見過有人對自己從未研究或理解的東西寫書，作者把課題拆散分發給他的各位學者朋友去研究，他本人自己只管策劃，巧妙地把這捆貨色編纂成冊；至少油墨與紙張是他出的。這實在是買書或借書，而不是寫書。這還在告訴人的是：不是你會寫書——這點人家早已懷疑，而是你不會寫書。

一位法院院長在我面前，誇口說他在一份法院判決書中堆砌了不下兩百句引文。他逢人便說，我覺得這對他的名譽只會有減無增。這麼一位人物，吹噓這麼一樁事，依我看來眞是低俗荒唐、自鳴得意。在眾多的引文中，我信手就可拈來一條，把它改頭換面派上新的用場。這樣難免有人說我沒有弄懂引文的原義，經我巧手一處理，倒使它們不像是純然外來的了。有些人把他們的贓物供人觀看，落入自己帳內，他們在法律上倒比我更有誠信度。我們這些自然學派認爲原創的榮譽高得絕不是引用的榮譽所能比擬的。

如果我說話要旁徵博引，我就會早說。我會在學習時代過後不久就說，那時更機智、更有記憶；我若願意以寫作爲生，也會相信年富力壯時的活力。此外，命運使我有幸在完成的這部作品，也可以逢上創作力更旺盛的年代。⑬我的兩位熟人，都富有文才，在四十歲時就是不願意寫，偏要等到六十歲動筆，以我看來他們的才氣已喪失了一半。壯年如同青春皆有

---

⑬ 一五七二年，蒙田近四十歲，才開始寫這部《隨筆集》。

其自身的缺陷，而且還更嚴重。老年也然，既不適合其他工作，也不適合寫作。誰要從年老昏庸的頭腦裡去擠東西，又希望發出的不是迷迷糊糊如同夢囈的衰氣，他就是在做傻事。我們的才氣隨著年歲的增長艱澀和停滯。我說到無知時，話很多、很神氣，說到知識時，則可憐巴巴無言相對。說無知重點突出，說知識則雞零狗碎，附帶幾句。我恰好是空談以外還是空談，不學無術以外還是不學無術。

我選擇這個時間，要描述的人生還一覽無遺地展現在我面前，留下的歲月則更屬於死亡。只是指我的死亡，要是我跟它照面時，它像別的那樣喋喋不休，我還是很樂意在搬家時給老百姓提出一些淺見。

蘇格拉底在一切品質上堪稱完美的典範。我難過的是據說他生來體貌奇醜無比，跟他心靈之美無法相稱，而他這人又是那麼迷戀肉體之美。大自然對他很不公平，照理說體貌與心靈應該一致和有相互關係。「長在什麼樣的身體內對心靈至關重要；因爲許多身體特點可使心靈敏銳，許多其他特點又可使心靈遲鈍。」（西塞羅）

西塞羅說的是相貌異常和肢體畸形。但是我們說的醜也是指第一眼看了不順心，主要是指臉部，經常是一些瑕疵引起我們厭嫌，如臉色、斑點、體態生硬、四肢雖正常，但有種說不清楚的彆扭。拉搏埃西心靈很美、人很醜，屬於這一類。這種外表的醜陋雖很嚴酷，但很少損害心靈，以此評定一個人也不大可靠。另一種醜陋，更恰當的名字是畸形，更多是器質性的，對內心的確是一種打擊。顯示腳型的不是一雙擦得光亮的鞋，而是做得合適的鞋。

蘇格拉底談到自己容貌醜陋時說，他若沒有以修養來彌補的話，他的心靈也會受影響變得那麼醜。但是我認爲他說這話只是他一貫的自嘲而已，這麼美好的心靈絕不是後天培養的。

我怎麼說也不嫌多的是，我認爲美貌眞是強大和占便宜。蘇格拉底稱它爲「短期暴政」，柏拉圖說它是「自然物權」。我們還沒有什麼比美貌更威風的。在人際交往中它占第一位。它先聲奪人，給人印象威嚴美妙，迷得我們判斷也隨之左右。雅典名妓弗里內若不是解開裙子美豔照人腐蝕了法官，她的官司原要敗在一個精明的訴訟師手裡。我看到大流士、亞歷山大和凱撒，這三位世界霸主，在處理國家大事時也沒忘了美色；大西庇阿也如此。

在希臘語中，「美」與「好」是同一個詞。聖靈稱好人的時候，往往是指美貌的人。古代有一位詩人寫過一首歌，柏拉圖說流傳很廣，歌中對好事的排列是健康、美貌和財富，我很支持這樣的分法。亞里斯多德說指揮權屬於美貌的人，誰的美貌接近諸神的形象，也應該同樣受到崇拜。有人問他爲什麼跟美貌的人來往更長久更頻繁，他說：「這個問題只有瞎子才會提出來。」大哲學家中大多數是靠美貌的媒介與付出來繳付學費和學習知識的。

不但對侍候我的人、就是對動物來說，我的看法也是美的，也差不多會是好的。我還覺得人們根據臉型、五官和線條來推測內心氣質與未來命運，這些不能直接或簡單地歸在美與醜範圍來說。就像香味與清新空氣並不促進健康，瘟疫時期氣味惡濁未必傳播疾病。

那些人責備女人品行有負美貌，這話也不一定都說中了。因爲在一張五官不是端正的面孔上也會帶著眞誠的正氣，另一方面，我有時看到一雙美目，但是凶光四射，充滿狡詐與威脅。有的相貌給人好感；當你處在一群獲勝的敵人之中，這些都是陌生人，你會立即選擇這人而不是那人向他投降，把生命託付給他；這不是考慮美與不美的問題。

相貌是不牢靠的保證，然而還是必須加以考慮。若讓我來執行鞭刑，我打得更凶的是臉上一看就知道天生說話不算數的那些壞人。我更痛恨的是隱藏在一臉善相下的狡詐。看來長相有幸運的也有不幸運的。我也相信有相術可以辨別厚道與傻氣、嚴肅與嚴厲、狡猾與憂愁、傲慢與憂鬱，以及其他相近的神情。有些美人不但倨傲，還有凶相；有溫柔的，還有毫不誘人的。憑此來預測今後的命運，這是我留待後人解決的事。

我還像在其他場合說過的那樣，對我自己還是簡單明白地採用這句老話：我們不可能偏離自然，最高準則是順應自然，我不像蘇格拉底，用理智的力量來糾正我的天性，用習慣來扭轉我的偏向。我怎麼來的，也就怎麼走下去，不爲什麼窮凶極惡。精神與肉體這兩根支柱彼此投緣，和睦相處；感謝上帝！乳母的奶汁還算健康和溫和。

我是不是順便說一下：有一種經院式道德觀念，只是流傳在我們之間，在希望與恐懼的壓力下權作爲格言使用，被我捧得過高了？我喜歡的不是由法律和宗教創造的，而是人性完善和認同的品德。任何天性正常的人身上都有這種普遍理性的種子，無需外界的幫助就會生根發芽，茁壯成長。

這個理性防止蘇格拉底去做壞事，要他服從在他的城邦發號施令的人與神，英勇就義，並不是因爲他的靈魂是不朽的，而是因爲他是會死的凡人。勸人說宗教信仰不需要道德的說明，自身足夠去伸張神的正義，這種學說對於任何制度都是毀滅性的，易致傷害，而又不夠巧妙嚴密。從人生實際上來看，虔誠與良心存在極大的差距。

我的容貌不論其本身和在別人看來都還產生好感，
我說了什麼？我現在是！不，克萊梅斯，以前是！

——泰倫迪烏斯

可惜啊！身上只見骨頭不見肉了。

——馬克西米安

跟蘇格拉底的外表完全相反。經常遇到這樣的事，一些與我素不相識的人，僅僅跟我照過面和看到我的神氣，不論在他們的事情還是在我的事情上就對我十分信任。在國外時也獲得少見的禮遇。還有兩件事或許也值得一說。

某人有意對我的家庭和我進行突然襲擊，他的伎倆是隻身來到我家門前，緊急要求進來。我聽到過他的名字，對我也提供了一個時機把他當作是個鄰居，也多少是個親戚那麼信任他。我像接待別人那樣下令給他開了門。他在那裡驚魂不定，他的馬喘著大氣，幾乎脫了力。他編了一個故事給我聽：

「離我家半里遠他遇上了一個敵人，那個人我也認識，也曾聽說他們吵過架。這個敵人在他身後緊追不捨。狹路相逢使他十分慌張，人數上又居劣勢，他就逃到我家門前求救。他爲自己的人十分難過，他相信不是死了就是被抓了。」

我這人一片天眞，試圖安慰他，叫他放心，請他休息。片刻以後，他手下的四、五個士兵也來了，同樣驚慌失措，要求進來。接著又來了幾個，都全身武裝，竟有二十五到三十個，都裝得敵人就在身後面緊追似的。這樣的怪事開始引起我的懷疑。我不是不知道在我生活的那個世紀，我家的房屋多少叫人看了眼紅，我熟人中有好幾人也都遭此厄運。

此時，看到自己既然已經歡迎光臨，若半途而廢不會有什麼好結果，要擺脫他們不可能不玉石俱焚，我索性採取最自然簡單的做法，像我一貫的那樣，吩咐請他們進來。而且事實上，我這人天生不會怠慢和猜疑。我更願意寬容和溫情地考慮動機。我按一般的道理待人；若沒有確鑿無疑的證據使我無法迴避，我不相信這些邪惡、喪盡天良的稟性，也不信惡魔與神蹟。此外，我這人樂意由命運安排，不顧一切投入它的懷抱。

直到此刻爲止，在這方面我有更多的機會自我慶幸，而不是自我怨歎。命運對待我的事比我自己還想得周到、還友善。我一生中有些事的處理可以說極爲棘手，或者也可說極需謹愼。即使這些事也應該說三分之一靠的是我，三分之二全靠的是命運。我覺得，我們彷徨，是由於我們對天不夠信任，又常常邀天之功據爲己有。於是我們的計畫經常走上歧途。人的智慧加強也就擴大了權利，這損害了天的權利，因而引起天的嫉妒；我們增加多少，天也要刪除多少。

這些人騎馬待在我的院子裡，他們的頭領和我在客廳裡，他不願把馬牽到馬廄裡，說有了手下人的消息立即告辭。他看到自己已經控制了局面，只待下令動手。因爲他也不怕提起這件事，所以事後他常說是我滿臉坦誠的神氣，使他不好意思做事不仗義。他重新上馬，他手下人眼睛死死盯著他，看他作出什麼信號，看見他出大門，放棄這塊到手的肥肉大爲驚異。

另有一次，我們的軍隊宣布了不知什麼停火令，我信以爲眞，出門去旅行，經過一個特別敏感地區。風聲傳了出去，立即有三、四支馬隊從不同地方來追我。其中一支隊伍在第二天追上了我，約十五到二十個蒙面貴族向我衝來，後面還跟隨一群弓箭手。我當了俘虜、投降，被他們拉進了鄰近的樹林深處，馬丟了、錢袋也掏了、箱子也搜查了、錢櫃也被搶走，馬和馬具都分給了新主人。我們長時間在叢林裡對我的贖金數目討價還價，他們把我開價那麼高，可見他們並不知道我是誰。他們還爲我的生死問題激烈爭論起來。說眞的，有好幾次使我處於岌岌可危的境地。

埃涅阿斯，你需要勇氣，也需要冷靜。

——維吉爾

我始終堅持我在停火令期間享受的權利，可以留下他們已在我身上搜括到的財物給他們，這數目已經很可觀，不答應還付其他贖金。我們在那裡待了兩三小時後，他們要我騎上一匹絕不會脫逃的馬，由十五到二十個火槍手專門押送我，把我的僕人分散交給別人，命令各人帶俘虜走不同的大路，而我已被帶到兩三個射程以外的地方，

已經向波呂丟刻斯和卡斯托爾求救。

——卡圖魯斯

這時他們中間突然出現了意想不到的變化。我看到他們的首領回頭向我走來，言語溫和，還費心在隊伍中尋找已經失散的財物，能找回多少還給我多少，包括那只錢櫃也在。

他們給我最貴重的禮物當然是我的自由，那時其他一切我都不在乎。沒有明顯的觸動就回心轉意，而且在那個時代這種經過深思熟慮的掠奪，也因屢見不鮮而成爲正常的了（因爲我一開始就向他們宣稱自己屬於對立哪一派，正在走的是條什麼路），還有那種奇蹟般的幡然悔悟，我實在不知道這其中眞正的原委。

最活躍的那個人還卸下了面具，向我報了名字，那時跟我說了好幾遍，我獲釋全虧我的相貌、談吐自在堅決，說明我這人不該遭受這類暗算，向我保證不再會發生這樣的事。可能的是神的慈悲，利用這個虛妄的工具來保存我。神的慈悲還保護我第二天逃過了那些人提醒

過我的更凶險的埋伏。

後一個人至今還活著可以給這件事作證。前一個人不久以前已被殺害。

即使我的相貌不能爲我擔保，大家也可以從我的眼神和聲音察覺我這人心田單純，不然我口無遮攔，想到什麼說什麼，對事物的看法也冒冒失失，就不會那麼久以來未跟人有過口角和仇隙。我那樣做法很有理由在人看來不文明和不合禮儀，但是我還沒看到有人認爲是放肆和惡意，也沒有誰從我嘴裡聽到這話而對我的隨便感到惱火。

話經過一傳，就變調、變意思了。因而我不恨什麼人，我沒有膽量去冒犯人，從理智出發也不會這樣去做。當我受邀有機會去給罪犯定罪時，我寧可不去出庭表態。「我願意大家不犯錯誤，但是錯誤犯了我又沒有勇氣懲罰。」（李維）

據說有人責備亞里斯多德對一個壞人過於講慈悲。他說：「我確是對那人講慈悲，但對壞事不講慈悲。」一般的判決都因罪行的惡劣而義憤塡膺要復仇。這事使我對判決不熱心：對第一次謀殺的憎惡使我害怕發生第二次謀殺，對第一次殘酷的痛恨使我痛恨對此事的如法炮製。

我只是一介平民，談到斯巴達國王查理呂斯⑭的話也可用在我身上：「他不會是好人，

---

⑭ 據《七星文庫．蒙田全集》注，普魯塔克在《利庫爾戈斯傳》裡，說這話的是斯巴達國王查理勞斯

因爲他對壞人不壞。」或許還可這樣說，因爲普魯塔克對這句話，就像對其他事情，都有正反兩種不同的說法：「他一定是個好人，因爲他對壞人也好。」由於我不喜歡用合法手段去辦理那些已有悔意的人，所以，說眞的，對於認罪的人，我也很少猶豫用非法手段去開脫。

（Charilaüs），不是查理呂斯（Charillus）。

第十三章　論閱歷

沒有一種欲望比求知的欲望更自然。我們嘗試一切可以達到求知的方法。當理智夠不上時，我們就使用經驗，

不同的實驗累積經驗，產生知識，
範例指引道路。
——馬尼利烏斯

經驗是一種較弱、較不受重視的方法；但是眞理是這麼一件大事，我們不應輕視任何指引我們通往眞理的媒介。理智的形式五花八門，使我們不知道如何取捨，經驗的形式也不見得更少。看到事物的相似就從中得出結論是不可靠的，尤其因爲事物總是不相似的。事物的面目中若說有什麼普遍性的話，那就是它們各有差異，互不相同。

希臘人、拉丁人和我們，都拿雞蛋形狀作爲最明顯的相似性例子。①然而也有人，尤其那位德爾斐人，②辨別得出雞蛋的不同之處，絕不會把兩只雞蛋認錯。他養了不少母雞，還

① 法國俗語：「如兩只雞蛋那麼像。」
② 據《七星文庫·蒙田全集》，應是西塞羅著作中提到的德洛斯人，不是德爾斐人。

知道哪只蛋是哪個雞生的。

我們的作品在形成過程中就產生了相異性，人工絕對達不到相同模樣。撲克製造商貝羅澤和任何人都不可能把撲克牌的背面做到光潔無疵，讓賭徒眼睛盯著發牌時認不出區別來。相像不會完全一樣，相異則完全兩樣。大自然必然承諾過要創造就創造不一樣的東西。

可能那位查士丁尼一世皇帝的看法我也不大欣賞，他的《國法大全》把法律化整爲零，弄得複雜繁瑣來限制法官的權柄。他沒有看到法官按照自己的方法還是有同樣的自由與空間去解釋法律的。那些人還在嘲笑呢！他們用《聖經》上說得明明白白的話提醒我們，來限制與終止辯論。尤其因爲我們的思想在檢驗別人的意思與表達自己的意思時都有同樣的廣闊天地，曲解彷彿也沒有胡說八道那麼聳人聽聞與惡劣。

我們看到他是大錯特錯了。因爲在我們法國，法律條文要比世上其他各國的總和還多，解決伊比鳩魯的所有原子世界還綽綽有餘，「從前是醜聞，今日是法律，都是人間禍害。」（塔西佗）我們聽任我們的法官來談看法和做決定，以前還從來不存在這麼強大與無所約束的自由。選擇十萬件不同的案例，用上十萬條法律條例，我們的立法官這樣做又得到了什麼呢？

從人類行爲無限的差異來說，這個數目實在微不足道。我們的法律再是成倍增加也跟不上案情的不斷變化。就是把法律條例再乘以一百吧，以後發生的案子中也找不出一件，會在我們篩選歸檔的千萬件案子中，遇見另一件跟它完全吻合無異的，這裡面總有一些情境與過程的差別，需要對此作出不同的考慮與判決。

我們的行爲處在永恆的變動中，與固定不變的法律不大能夠聯結配合。最令人期望的法律是條文最少、最簡單、最籠統的那種法律；我還這樣相信，像我們這裡這麼龐雜的法律還不如沒有法律的好。

大自然制訂給我們的法規，總比我們給自己制訂的法規更叫人幸福。詩人對黃金時代的描述，我們看到那些沒有其他法規的民族的生活狀態，就是明證。有的民族審判案件，是請第一個沿他們的山嶺走來的過路人當法官。還有的是在集市那天，選出一個趕集人，當即把一切案子都審完。讓最賢明的人當場憑眼力，不援用先例，不考慮後果，把我們的案件都一次審完，這有什麼危險嗎？正是什麼樣的腳穿什麼樣的鞋。

西班牙斐迪南國王向西印度群島殖民地移民，作出英明的決定，不許帶去學法律的學生，擔心這個新世界自後訴訟不斷，因爲這門學科就其本質來說就是口角與分裂的源泉。柏拉圖說得對，法學家和醫生都是國家的禍害。

我們的日常語言用在其他方面都那麼輕鬆，爲什麼一寫到合約與遺囑就變得晦澀難懂？那個人不論口頭與書寫都表達清楚明白，爲什麼在法律上說個什麼就總會引起懷疑與反駁呢？要不就是精於此道的訟師小心翼翼、字斟句酌、用詞謹嚴、筆法圓滑，每個音節都要掂量，每個組合都要剖析以致細針密縷，話中有話，似有所指又無所指，對不上任何語言的

規則和規定，叫人看了簡直不知所云。「一切分裂成塵土，也就難於分辨了。」（塞涅卡）

誰見過孩子想把一團水銀擠成一大堆水銀珠嗎？他們把水銀擠得愈凶，愈要按照自己的期望要它就範，這個生性豪爽的金屬愈嚮往自由，躲開他們的逼迫，縮小分散，數也數不清楚。同樣道理，咬文嚼字、鑽牛角尖，只會叫人加深懷疑；讓大家增加和混淆困難，紛爭不已。擴散問題又細分問題，這讓世界上衝突層出不窮、充滿不安定。就像泥土，翻得愈深愈細，愈會長莊稼。「知識製造困難。」（昆體良）我們以前懷疑羅馬法學家烏爾皮恩，現在還懷疑巴爾道呂和巴爾杜斯。這些數不勝數的意見分歧的痕跡應該一筆抹去，不要舞文弄墨，裝進後代人的腦袋。

我不知道對此該說些什麼，但是憑經驗覺得過多的說明反而沖淡和破壞實情。亞里斯多德寫文章是爲了讓人了解，他若做不到這一點，別人更做不到了，因爲他在談自己的想法，別人在這方面怎麼會比他傑出呢？我們打開物質，浸泡稀釋；我們把一件事劃分成一千件事，又增加、又細分，跌入了伊比鳩魯的無限原子說中。

從來沒有兩個人對同一件事作出相同的判斷，也不可能見到兩個意見是一模一樣的，不但在不同人身上，就是在不同時間的同一人身上也見不到。一般來說，評論家不屑談論的事我會對之懷疑。我更容易在平地上跌跤，就像我知道有些馬在康莊大道上更會失前蹄。

誰不說注解增加疑問與無知，既然不論是關於人和神的任何哪部書，全世界都忙著在闡述，從沒提出過解決難題的解釋？第一百位注疏者把書交給下一位時，那部書比第一人讀的時候更多疑點、更難懂。什麼時候我們一致同意說這部書的注解已經夠多，再也不用對它談論什麼了呢？

在訴訟中這點看得更加清楚。我們把法律權威交給了無數博學之士，作出無數裁決，同樣數目的闡釋。我們是不是找到辦法不再需要闡釋了呢？是不是朝著太平時代有了些許進步和接近呢？是不是沒有大批法律頒布初期那麼需要律師與法官了呢？相反，我們模糊和掩蓋了其中的眞意，我們不去發現它，只是聽任柵欄與障礙豎立在面前。

人認識不到自己精神上的天生疾病，他一味東張西望，到處尋求，不停地在原地旋轉，陷在工作中不得脫身，像我們的春蠶作繭自縛，窒息而死。「老鼠跌進了松脂堆。」（拉丁諺語）他以爲遠遠看到了不知什麼光明跡象與理想眞理，但是當他往前跑去，許多困難一路上阻礙他去進行新的追求，致使他迷路和發昏。這跟伊索的狗也相差無幾；牠們看到海面上漂浮著像個屍體的東西，走近不了，企圖喝乾海水留出一條道來，把自己都咽死了。無獨有偶，某位克拉特斯說到赫拉克利特的著作：「讀這樣的作品要善於泅水」，這樣他的學說的深度與廣度才不致把他淹死在水底。

讓我們對別人或自己獵取的知識感到滿足，這只是個人的弱點使然；更有能耐的人是不會滿足的。對於後來者總有空白要塡補，是的，就是對於我們自己也可另闢蹊徑。我們的追求是沒有止境的，我們的目的完成於另一個世界。當一個人滿足時，這是智力衰退的表現，頹廢的標誌。心胸寬闊的人從不停頓，他總是有所求，奮力勇往直前，有了成就再接再厲；他若不前進、不緊迫、不後退、不衝撞，他會半死不活的。他的追求沒有期限也沒有固定形式；他的養料是讚賞、追逐與朦朧嚮往。阿波羅就是持這樣的主張，他對我們說的神諭總是一語雙關、模糊不清、轉彎抹角，使我們得不到要領，但是很感興趣，忙個不停。這是一種不規則行動，永遠不停歇，沒有先例、沒有目標。有所發現會相互鼓動，接連不斷，層出不窮。

君不見一條流動的小溪，
水波滾滾沒有邊際，
沿著永恆的航道排成行，
後浪跟前浪，前浪讓後浪。
此水推那水，那水又追此水，
總是水流入水，總是相同的小溪，
總是不同的水。

——拉博埃西

注釋注釋比注釋事物更多事，寫書的書比寫其他題材的書更多問世。我們只是在相互說來說去。

書裡的注釋都密密麻麻，創作者則寥寥無幾。

我們這些世紀最主要、最著名的學問，不就是了解有學問人的學問嗎？這不是一切學習的普遍與最終的目的嗎？

我們的看法都相互嫁接。第一個看法作爲第二個看法的植株，第二個又爲第三個看法的植株。我們這樣一株接一株，從而最高的一株經常榮譽最高，其實功績並不最大。因爲它只不過比最後的一株高一節而已。

我多少次，也輕易傻乎乎地寫書離題而談到了這部書？說傻乎乎地，只因是爲了這個理由要我去記憶我對其他同樣做的人說過些什麼。「他們屢次三番對自己的作品送去秋波，這說明他們心裡愛得打顫，對它輕蔑地厲聲斥責，其實只是出於母愛的含情脈脈的責怪」。據亞里斯多德說，自我愛憐與自我貶斥都緣於同樣的盛氣凌人。在這方面，我應該得到寬宥，比別人有更多的自由，因爲此刻我恰好在寫自己、我的著作以及我的其他活動。我的課題也是對自身的顚覆，不知大家是否會接受。

我在德國看到路德提出的看法引起懷疑，造成許多衝突和爭執，還超過他在《聖經》問題上引起的軒然大波。

我們的爭論是口頭爭論。我問什麼是自然、享樂、圈子和更替？答案也是用語言，做到口頭解決。一塊石頭是一個物體，但是誰再問：「什麼是物體？」——「物質。」、「物質是什麼？」這樣問下去，逼得解答的人啞口無言。用一個詞來解釋一個詞，往往更陌生。我知道什麼是人，勝過我知道什麼是動物，不論是有壽命的還是有理智的。爲了解決一個疑點，他們給了我三個疑點：眞是七頭蛇妖許德拉，頭砍了一個又會長出一個。

蘇格拉底問梅諾什麼是德操。梅諾回答說：「有男人和女人的德操、有官員和公民的德操、有兒童與老人的德操。」蘇格拉底大叫：「這妙極了！我們以前只是追求德操，原來德操有一大堆。」

我們提出一個問題，人家回敬我們一大串問題。如同任何事物與任何形式不會跟另一個完全相像，也沒有任何事物與任何形式跟另一個完全不像。神奇的自然融合。我們的面孔若不相像，就分不出人與獸了；我們的面孔若不是不相像，就分辨不出人與人了。

一切事物都靠某個相似性存在，一切例子都有偏差，從經驗得出的事物關係總是靠不住和不完善的；我們總是從某一方面來做比較。法律就是這樣爲人服務，用迂迴、勉強和旁敲側擊的解釋，湊合用到每個案件上。

道德規範，只涉及到各人本身的責任尙且難於制訂，那麼管理眾人的法律更是難上加難，也就不足爲奇了。不妨想一想管理我們的這套法律體制，那裡面錯誤百出，充滿矛盾，眞是人性愚蠢的好樣本。我們在審判中有從寬與從嚴，這樣例子比比皆是，我不知道居於中間公正的又有多少。這是身體的病態器官與畸形肢體，卻是法律的本質。

有幾個農民剛才匆匆過來告訴我，他們把一個人留在我的樹林裡，他傷得很重，挨了上百刀，還有氣，他求他們可憐給些水喝，把他扶起來。他們說他們不敢走近他，都溜了。害怕法院的人會抓住他們跟這事牽連起來。就像以前有過這種事，有幾個人被撞見在一個被殺的人身邊，由於沒有證據、沒有錢打官司證明自己是無辜的，就要對這件事故負責，弄得傾家蕩產爲止。我能跟他們說什麼呢？肯定的是這種人道援助會使他們陷入困境。

我們發現多少無辜的人受到了懲罰，我說這話還不包括法官的錯判；又有多少這樣的事我們沒有發現的？這事就發生在我的時代。有幾個人因殺人罪被判處死刑；判決書雖未宣布，至少作出了結論和決定。這時，法官們得到鄰近下級法院的官員報告，說拘留了幾名罪犯，他們直言不諱做了那件凶殺案，此案無可置疑地出現了轉機。於是對於是否中止和延緩執行上述幾個人的死刑判決進行討論。大家考慮這件案子重審，其後果會拖延判決；既然已經法庭通過定罪，法官也就無悔無愧。總之一句話，這些可憐蟲成了法律官樣文章的犧牲品。

腓力皇帝還是另一個人，也提供了一樁相似的冤案。他通過一項終審判決，罰一個人向另一個人支付大筆賠款。事後不久眞相大白，是他判得極不公正。一方面要維護法律的公正，一方面要保持司法的程序。他於是維持原判，同時用自己的錢去補償被判罰者的損失，這樣使雙方滿意。然而他辦的是一件可以彌補的意外；我說的那些人卻是無可挽回地絞死了。我曾見過多少判決比罪惡還要罪惡？

這一切使我想起古人的這些見解：要做好整體不得不損害局部；要在大事上公正就會在

小事上不公正。人類正義跟醫藥的道理是一樣的，只要有效，就是用對了的好藥。斯多葛派認爲，在許多創造物中大自然還是反對公正的。昔蘭尼派認爲無物本身是公正的，公正是由習俗與法律形成的；狄奧多洛斯派的看法是聖賢認爲偷竊、褻瀆、一切荒唐事對他有利就是公正的。

眞是沒治了。我採取的立場像亞西比得一樣，③怎麼也不能把自己交給一個決定我的腦袋的人，那時我的榮譽與生命取決於我的檢察官的技巧與關心，而不是取決於我本人的無辜。我涉險進入這麼一個司法機關，它可以說我做了好事，也可以說我做了壞事；我對它既可以期望也可以害怕。金錢賠償對一個人是不夠的，最好的辦法是不要惹上官司。我們的司法只向我們伸出一隻手，而且還是左手。不管是誰，從法庭出來總是有所損失。

中國這個帝國的制度與人文習俗，跟我們未曾有過交往與借鑒，在許多方面則比我們的做法優越；它的歷史也告訴我們世界是多麼廣闊、多姿多彩，不是古人也不是我們所能窺透的。那裡的官員受皇帝委派，作爲欽差大臣巡視各省，體察民情，懲罰瀆職的官員，也重賞那些盡了本職工作義務以外再有良好政績的官員。老百姓到他們面前不單是要求保護，也爲了傳達民情；不單是獲酬，也爲了受禮。

③ 據普魯塔克《亞西比得傳》，他對人說，關係到他生命的事，他連自己的母親也不信任。

感謝上帝，還沒有一位法官作爲法官跟我談話，不論是什麼案件，我的還是他人的，刑事的還是民事的。我即使連散步也沒去過任何監獄，一想到它即使從外表看也很不舒服。我那麼酷愛自由，誰若禁止我前往西印度群島的任何角落，我也會在生活中明顯地開心不起來。只要覺得哪裡天地寬闊，我就不會甘心待在我必須躲藏的地方。

那麼多人就因爲跟法律發生了衝突，限制在王國裡的一塊方寸之地內，不許進入大城市和庭院，使用公共道路，我的上帝！看到這種情況叫我如何忍受！我爲之服務的法律只要伸出指頭威脅我，我立即離開去尋找其他法律，不論在哪裡。我們處在內戰時期，我煞費苦心謹小慎微，其目的就是不要失去四處走動的自由。

法律所以有威信，不是因爲它是公正的，而是因爲它是法律。這是它權威的神祕基礎；沒有其他基礎。這已夠了。法律經常是蠢人制訂的，更經常是仇恨平等又缺乏公道的人制訂的，但又總是人，那些無能的、優柔寡斷的筆桿子起草的。

法律有錯誤比什麼都要嚴重危害四方；法律有錯誤也比什麼都要稀鬆平常。誰要是因爲法律是公正的而服從，那正是說他不應該服從時是不服從的。我們法國法律缺乏一致性和不成系統，助長了在免除與執行時的混亂與腐敗。法律的命令那麼模糊與不連貫，在法律解釋、行政管理和司法執行方面的違法亂紀都可以原諒。不管我們從經驗中可以得到怎樣的效果，只要我們不會好好利用自己的經驗，從外國範例裡學到的經驗不會對我們的制度有多大幫助；因爲我們自己的經驗我們最熟悉，也就足夠指導我們需要做的是什麼了。

我研究自己比研究其他題目多。這是我的形而上學、我的物理學。

上帝用什麼手法管理地球這個家；
月亮在哪裡升起，在哪裡消失；
怎麼新月、半月，終成圓月；
爲什麼風由風神歐洛斯起自海面；
日夜形成雲霧的水又來自哪裡；
這個世界是不是有朝一日會毀滅？

——普羅佩提烏斯

你這個爲此冥思苦想的人，尋求答案去吧！

——盧卡努

在茫茫人海中，我渾渾噩噩任著世界的普遍規律的擺布。當我感覺了我就知道。我的知識不會讓它改變道路，它也不會爲我而改弦易轍。抱著這樣的希望是愚笨，爲此費心是更大的愚笨，既然普遍規律必然是相像的、公有的、共同的。

地方長官的善意與能力應該讓我們完全不用去爲他的治理操心。

哲學探索與沉思只是爲我們的好奇心提供養料。哲學家極有道理讓我們回到自然的規律上，自然的規律不需要有多麼深奧的學問；而哲學家故弄玄虛，向我們介紹大自然時弄得繁複龐雜，迷人眼目。於是單純統一的課題變得千頭萬緒。大自然賜給我們雙腳走路，也賜給我們明智去走生活的道路。明智，不是哲學家空想的明智那麼巧妙、四平八穩、誇張，但是相對地簡單有用，只要誰照著大自然說的去做，像個願意稍加努力天眞地、規矩地，也即自然地去做的人，都可以做得好的。以最單純的方式信任大自然，也是信任大自然的最聰明的方式。無知與無好奇心是個多麼柔軟舒服保健的長枕頭，讓腦袋放上去好好休息吧！

我寧願透過自己，而不是透過西塞羅了解自己。憑自己的經驗，若善於學習也足夠使自己變得聰明。誰能回想起自己過去暴跳如雷、氣昏了頭的樣子，那就比閱讀亞里斯多德更能看清這種情欲的醜惡，對它會更恰當地嫌棄。誰能記得他經歷的苦難，受過的威脅，激起他情緒變化的小事情，那就可爲今後的變化、自己的處境作出準備。

對我們來說，凱撒的一生不比自己的一生更多教益。皇帝也罷，小民也罷，人人都有磕磕碰碰的一生。不妨側耳聽一聽，我們相互說的也無非是我們必須的東西。誰去回憶自己作出了多少次錯誤的判斷，因而從此不再相信自己的判斷，這不是個傻瓜嗎？當我聽了別人的說理而誤信一個錯誤的看法，我不會過多琢磨他告訴我什麼新東西和個人對此的無知（這僅是小收穫），而是琢磨自己的無能和理解力的背叛，從而改進我的總體修養。

我看待我的其他錯誤也是如此，覺得這是很有用的生活守則。我不把某件事、某個人看成是我的絆腳石，我琢磨的主要是提防自己的步伐，努力調整。明白人家說了一句蠢話，做了一件蠢事，這沒有什麼大不了，應該明白我們人無非是個傻瓜，這裡面的學問可大著呢！我的記憶屢屢出錯，即使最自以爲是的時候也會錯，但這些錯也不是毫無用處的；至少它信誓旦旦要我相信它時，我會搖頭。我記憶中的事一遇到有人反駁，就使我心頭一驚，不敢在重大事件上相信記憶，也不敢在別人的事上爲記憶保證。在我是記憶不佳而做的事，別人更經常是存心不良而去做，要不然我總是會接受從人家嘴裡而不是從我嘴裡說出來的事實。

假如每個人留心觀察自己受情欲控制的實際情況與環境，就像我觀察自己深陷的情欲，他就可看到它們是如何產生的，對它們迅猛的來勢略加阻擋。情欲並不是一上來就掐住我們的喉嚨；威脅都是一步一步走近的。

風初起形成白色波浪，
海水慢慢湧動升高，
從海底掀起沖天的怒濤。

——維吉爾

判斷在我心裡占據了寶座，至少它戰戰兢兢地坐上去。它放任我的種種欲望自行其是，還有憎恨與友誼，甚至我對自己的偏愛，但絕不讓自己受影響與腐蝕。它若不能按照本意去改進其他情感，至少不讓其他情感來敗壞它。判斷完全是自主進行的。

提醒大家認識自己，這應該是意義重大的事，既然知識與光亮之神阿波羅把這句話刻在他的神廟的門楣上，好像包含了他對我們的一切忠告。④柏拉圖也說智慧無非是去實現這條訓誡。在色諾芬的作品中蘇格拉底對此詳加說明。

每門知識的困難與晦澀之處，只有進入堂奧的人才能窺知。而且還要有一定的聰明，知道自己畢竟是無知的，要推門才知道門對我們是關閉的。於是產生這句柏拉圖妙言：知者不用探索，因爲他已知；不知者也不會探索，因爲要探索必須知道探索什麼。然而在認識自己這個問題上，人人都那麼自信和洋洋得意，人人都自忖理解得足夠深刻，這說明沒有人眞正懂得。在色諾芬的作品中，蘇格拉底就是這樣告誡歐提德莫斯的。

我這人不宣揚什麼，只覺得學問深奧無比、變化無窮，我學習只學得了一個收穫，那就是體會到學無止境。我軟弱人所共知，也造成我性情謙卑，對規定我遵守的信仰唯命是從，表達意思始終冷靜克制；憎惡這種令人討厭、找人吵架的狂妄，自以爲什麼都對——這才是教育與眞理的大敵。且聽他們是怎麼教育的，他們最初提出的餿主意就是給藝術風格訂立清規戒律。「在感覺與認識以前先作出論斷與決定，那是最見不得人的事。」（西塞羅）

④ 指希臘德爾斐阿波羅神廟門楣上這句格言：「認識你自己。」

希臘天文學家阿里斯塔克說，從前世界上僅有七位賢人，今天僅有七位愚人了。在這個時代我們不是比他更有理由說這樣的話嗎？斷定與頑固是愚蠢的明顯特徵。愚人會跌在地上狗吃屎一天一百次，立刻又趾高氣揚，跟以前一樣堅決與自滿；你可以說有人給他注入了新的靈魂與理解力，猶如那位大地之子安泰俄斯，倒在地上即可恢復精力重新強壯，

當他接觸大地，
疲勞的四肢又獲得新的力量。

——盧卡努

這個倔頭倔腦的人不是精神煥發後再來吵上一架嗎？

我憑自身經驗強調人的無知，依我看來無知是人世教育中最可靠的學問。那些人不願意憑我個人或他們自己的一個微不足道的例子得出這樣的結論，讓他們透過眾師之師蘇格拉底來認識吧！因爲哲學家安提西尼對他的弟子說：「好啦，你們和我去聽蘇格拉底吧！在他那裡我和你們一樣是弟子。」他提倡他的斯多葛派教義，認爲美德足夠使人生美滿，不需要其他東西，他又說：「除非有蘇格拉底的力量。」

我長期仔細觀察自己，訓練得對別人也可作出適當的判斷。很少事情我能這麼侃侃而談，而且還中聽。經常對朋友情況的觀察和分析還比他們自己還確切。有一位聽了我對他的

事說得頭頭是道大爲驚奇，我還要他多加注意。我從童年起就會把別人的生活結合自己的生活來看，在這方面養成了勤奮的性格。當我想到這樣做時，周圍凡有利於我達到這個目的的事：如舉止、脾氣、談吐，很少能躲過我的注意力。我研究一切應該避免的事和應該追隨的事。

因而，我從朋友的表情動作發現他們的思維情緒；不是把不可悉數、那麼不同和缺乏連貫的動作，歸納在某些門類裡，再把我的分門別類有區別地湊到公認的等級與部分中，

到底有多少種類，叫什麼名字？
人們從不知道……

——維吉爾

學者把他們的想法分門別類，更爲細緻特別。我看問題不會超過我平時的學習習慣，沒有規則可遵，提出看法也籠統，摸索前進。比如這一條：我發表鴻論，前後章節不連貫，彷彿不能一口氣把事整段說出來似的。在我們這些平凡庸俗的心靈中不存在連貫與一致。智慧是一座堅固完整的建築，各部構件占一定的位置，有自己的標誌：「唯有智慧是完全內斂而不外露的。」（西塞羅）

我把這項任務交給藝術家，不知道他們能否把這麼複雜、零星、偶然的小東西理出個頭

緒來，由他們把這些變化無窮的面目歸類，克服我們的無序不定，把它整理得有條有理。我覺得不但行動與行動之間難以連接，而且每個行動本身也很難以根據什麼主要品質給予一個適當的名稱，因爲那些行動都有兩重性，色彩駁雜。

馬其頓國王佩爾修斯，他的心思不會專注於一件事上，形形色色的生活都要過，作風放浪不羈，自己不理解、任何人也不理解他是怎樣的一個怪人，而我則覺得其實人人都是這個樣。

況且，我還見過一位身分與他相等的人，相信這個結論用在他的身上還更合適。⑤他從不處在中間立場，總是從一個極端令人意想不到的跳到另一極端，怎麼做總遇到奇妙的障礙與挫折，他的想法也從不直截了當，眞是匪夷所思，後人有一天要勾勒他的面貌的話，最可能的是他有意做得不可捉摸而讓人去捉摸。

我們必須有一對極硬的耳根子才能傾聽別人坦率的批評；因爲很少人能夠聽了不感到像被咬了一口，誰大了膽子向我們提出是在對我們表現特殊的友誼；因爲爲了對方得益而不惜說重話傷感情，這是健康的友愛。我認爲對一個缺點超過優點的人進行評價很不好辦。柏拉圖對於審查他人心靈的人提出三點要求：知識、善意與勇氣。

---

⑤ 據猜測指法國亨利四世國王。

有時我會聽到這樣的問題，若有人在我還能做事的年紀想到使用我，我認爲自己什麼最擅長：

我精力充沛，年富力壯，
暮年尚未在兩鬢染上白霜。

——維吉爾

我說：「什麼都不擅長。」我很想抱歉，受制於人的事什麼都不會做。但是我會對我的主人說眞話，他若接受還規勸他的品行。不是籠統地用教條，那個我也不會（我也沒見過用教條教育的人有過什麼眞正上進），而是利用一切場合亦步亦趨觀察他，用肉眼一樁事一樁事評判他，簡單自然，絕不同於對他逢迎諂媚的人。讓他看到他在大家眼裡是怎樣的一個人。我們中間有人受到那些惡棍的日夜腐蝕，也就不會比那些君王優秀，不是嗎？像亞歷山大這樣偉大的國王與哲學家，也未能倖免！我須有足夠的忠誠、判斷力與自由才能做到這點。這將是一種沒有名分的效勞，不然就失去效果和不夠磊落。這個角色不是不加區別誰都可以充當的。即使眞理也沒有特權在一切事物上隨時隨地都可使用的；使用眞理不論出於多麼崇高的目的，也有其區域與界限。世事就是這樣，經常在君王的耳邊說眞話，不但不見效果，還有害，甚至還蒙冤。

別人也不會讓我相信，一條好的諫言不會用到歧途上，實質的利益不應該向形式的利益屈服。我在這項工作上要安排一個樂天安命的人。

此人要做的就是他自己，
別無他求。

——馬提雅爾

小康人家出身，一方面他有膽量狠狠打動一位君王的心，不怕仕途阻塞，另一方面由於是中產階層，跟各行各業的人都容易溝通。我還要這個角色由一個人擔任，因爲把這種充分自由、工作通天的特權交給幾個人，就會產生一種不利於工作的大不敬行爲。是的，我對他的要求首先是對沉默的忠誠。

朋友直言相勸充其量也不過聽了刺耳，有沒有效果還是掌握在聽者手裡；如果國王爲了自身利益與改進，也不能從善如流，那麼當他吹噓自己隨時等待跟敵人一戰爲國增光的話，也是不可信的。從人的處境來說，誰也沒有比他們更需要眞正與自由的諍諫。他們生活在眾人面前，要按那麼多旁觀者的意見嚴格律己。對他們的倒行逆施大家歷來不會向他們聲張的，這樣他們弄得天怒人怨還不自知，其實這種情況若有人及時提醒規勸，是完全可以避免的，也絕不影響他們驕奢淫逸的生活。

一般來說，他們的寵臣關心自己更多於關心自己的主人。這樣做於他們自己也有利，因爲對國王眞正做到赤膽忠心，那是嚴酷與充滿殺機的考驗；這不但需要大量的愛、坦誠，還需要非凡的勇氣。

總之，我在這裡東扯西拉的這份大雜燴，只是我一生經歷的記錄，若從反面來汲取教訓對於精神健康還是有告誡作用的。至於身體健康，更是誰都不能比我提供更有益的經驗，我提出的經驗是純的，絕不弄虛作假使它蛻化變質。至於醫學，那裡理智沒有立足之地，我的經驗完全來自自身的感受。

提比略說活到二十歲的人，有責任知道什麼東西對他有益或有害，他應該學會了怎樣不靠醫藥而生活，這可能學自蘇格拉底的。蘇格拉底勸他的弟子，要用心地把自己的健康作爲一門主課來學習。他還說，一個善於領會的人注意鍛鍊、飲食，不難做到比醫生更明白自己做什麼好，做什麼不好。醫生還不就是以經驗作爲他行醫的試金石嗎？

因此柏拉圖說得很有道理，要做眞正的醫生，操此業的人必須自己體驗過他要治癒的種種疾病，了解他作爲診斷依據的各種情況與事件。醫生若要會治梅毒，必須自己先患梅毒，這話不錯。這樣的醫生我是眞正信得過的。其他人給我們導航，就像那個人坐在一張桌子前，畫出海洋、礁石和港口，萬無一失地把一隻船模移來移去。把他放到海裡實做，他就束手無策了。他們詳細分析我們的病情，就像城裡的走卒吹著號子，大喊走失了一匹馬或一條狗：什麼毛色、什麼高度、什麼樣的耳朵；但是把牠牽到面前，他就認不出來了。

上帝啊！讓醫生有朝一日給我手到病除，就可以看到我如何高聲歡呼：

我向實用知識終於舉起雙手！

——賀拉斯

一切許諾我們保持身心健康的技藝，是作出了莫大的許諾；但是沒有一種技藝像醫藥與哲學那樣許願多，還願少的。當今這個時代，以行醫爲職業的人在我們中間取得的成效都不及其他人。對他們說得好聽一些是賣藥的，但是要說他們是醫生，那就過譽了。

我一生的閱歷足以把我沿用至今的方法作一總結。誰要試一試，我可以像個侍酒隨從那樣供他一嘗。以下是我記憶所及的幾件事。（我的每種方法，無不隨著不同情況隨時改變，但是我記錄下那些最常用者，是至今依然在做的。）我的生活方式健康時與生病時都一樣：同樣的床、同樣的作息時刻，上桌的是同樣的肉與同樣的飲料。我不添加什麼別的，只是根據力量消耗與胃口加一點或減一點。健康對我來說就是保持習慣做法不變。

我看到疾病使我失衡偏向一邊；我若信任醫生，他們會撥我偏向另一邊；或是命裡註定，或是醫生診療，都叫我離開我的生活軌道。可是我那麼長久養成的生活習慣絕不會傷害我，這一點我是深信不疑的。

生活習慣形成我們的生活方式，方式必須符合習慣的需要、方式完全聽命於習慣，這是女仙喀耳刻的藥酒，完全隨她的心意配製成分。有許多國家，還離我們不遠，認爲害怕夜晚的寒氣很可笑，夜寒對我們危害是很明顯的；而我們的船夫與農民也不以爲然。讓一個德國人躺在床墊上會生病。就像義大利人躺在羽絨上，法國人不拉帳子不生火也會生病。西班牙人的胃受不了我們的吃法，我們的胃也不能像瑞士人那麼喝酒。

一位德國人在奧格斯堡跟我相處甚歡，他攻擊我們的壁爐使用不方便，提出的論點跟我們臭罵他們的火爐如出一轍。（因爲事實上，這種悶在爐裡的熱量，爐身材料燃燒後發出的氣味，不習慣的人人多數用了都會頭昏，而我則不。但是除此以外，熱量均勻穩定散布全屋，看不見火焰，沒有煙，也不像我們的壁爐的煙囪口有風，他們的火爐確可跟我們的壁爐媲美。我們爲什麼就不能模仿羅馬建築呢？因爲據說從前都是在屋外生火的，熱氣從地基送進來，透過砌在取暖房間厚牆裡的管道，傳遍整個房舍。我不知在塞涅卡的哪部書裡看到對此詳盡的描寫。）

那位德國人聽到我讚美他的城市舒適美麗（確實值得讚美），開始對我即將離開而表示同情。他向我提出的最大不便之處，就是其他地方的壁爐會讓我聞了頭昏。他聽到有人發過這樣的牢騷，往我們身上套，他自己在家裡習慣了也就不覺得。一切來自火的熱量都使我身子軟弱沉重。雖然歐努斯說生活中最美味的調料是火。我寧可用別的方法避寒取暖。

我們害怕留在桶底的葡萄酒，葡萄牙人非常喜歡這股味道，這是王爵的飲料。總之，每個民族都有不少風俗習慣，對於另一個民族來說不但聞所未聞，簡直是野蠻，匪夷所思。

還有個這樣的民族，他們只接受印刷品中的見證，不相信書上沒有提到的人和年代不夠久遠的眞理，我們又該對他們做什麼呢？蠢話被我們做成了鉛模，就令人肅然起敬。對他說一聲「我讀過」，跟說一聲「我聽說過」，分量就不一樣。但是我不相信人的嘴也不相信人的手，我知道書寫的話也會與口說的話同樣不謹愼，我對這個世紀跟對以往任何一個世紀同樣尊重。我援引奧呂斯·吉里烏斯或馬克羅比烏斯，同樣樂意援引我的一位朋友；援引我讀到的也援引他們寫到的。正如他們主張美德並不因更長久而更高尙，我同樣主張眞理並不因更古老而更智慧。

我常說，跟著外國經院的範例後面跑，那是純然的愚蠢。當今這些範例跟荷馬和柏拉圖時代同樣豐富。但是我們更引以爲榮的豈不是到處引證，而不是闡發其中的眞理？彷彿從瓦斯科桑或勃朗廷書坊裡去借論證，要比在我們村子裡看到的眞事更爲重要。

或者說是我們不夠聰敏，沒把發生在眼前的事分析提煉，迅速判斷使之成爲範例？因爲，假如我們說我們缺乏權威性，無法給我們的證據立信，那就說得毫無道理。尤其從我的觀點來看，最平常、最普通、最熟知的事，如果我們能從中找出其精華，就可以成爲最偉大的人世奇蹟、最佳的範例，尤其對人類活動這個大題目來說。

關於我的題目，且不說從書裡看來的例子，亞里斯多德談到阿爾戈斯人安德魯斯，說他穿越乾旱的利比亞沙漠不喝一口水這件事。而說有一位貴族，曾出色完成多項任務，在我面前說他在盛夏季節從馬德里到里斯本沒有喝水。他這個年紀身體可算健康，他對我說他生活中唯一與人不同之處就是可以兩、三個月甚至一年不喝水。他感到口渴，但是他忍著讓它過去，說這種口渴感很快自行消失。他喝東西是出於高興，而不是需要或樂趣。

還有一個例子。不久前我遇到法國一位家道殷實的大學者之一，他在一間掛滿壁毯的客廳角落裡讀書，周圍僕人毫無顧忌地大聲嚷嚷。他對我說——塞涅卡也差不多說過同樣的話：這種喧囂使他得益匪淺，彷彿吵鬧聲逼得他思想內斂，更好默想，聲浪激發他的思潮在心中迴盪。

他在帕多瓦念過書，他的書房大多數時間都受廣場上人馬喧囂聲的衝擊，他訓練自己不但不受其影響，還利用雜訊更好地讀書。

亞西比得奇怪蘇格拉底怎麼受得了妻子終日吵吵嚷嚷發脾氣，蘇格拉底對他說：「就像大家已經聽慣了打井水的轆轤聲。」我恰巧相反，我的思想靈敏，很容易入定；當我冥思苦想時，輕微的蒼蠅嗡嗡聲就會擾亂我。

塞涅卡年輕時，緊緊咬住塞克斯都的例子不放，卻堅決不張口吃殺死的東西，據他說開開心心地戒了一年時間。後來所以放棄是因爲被人懷疑他是在奉行哪個新宗教傳播的戒律。同時他接受斯多葛派阿塔羅斯的一句箴言，不再睡往下陷的軟床墊，直到晚年都挺直身體睡硬床墊。他那個時代讓他覺得艱苦的習慣，我們這個時代還覺得溫柔呢！

且看做粗活工人與我的生活差別。就是斯基泰人與印度人也不見得離我的強度與方式那麼遠。我領回幾個在乞討的孩子幫我做活，他們不久就拋下我的供養和制服離開了，只是爲了要過原來的生活。我發現其中一個後來就在路邊尋找蝸牛當飯吃，不論我怎麼求他、威脅他都無法叫他放棄貧苦生活的愜意舒適。

乞丐像富人有自己的豪華與享樂，據說，還有自己的尊嚴與政治等級，這是習慣使然。習慣不但可以把我們塑造成它喜歡的模式（可是賢人⑥說我們必須投入最好的模式，今後給自己帶來方便），也要會適合變化與曲折，這是最崇高、最有用的學習。最佳的身體素質是柔軟不僵硬，我的有些愛好比別人更率性、平凡和逍遙自在；但是我不用費力就可轉過身，輕而易舉地採用相反的方式。一個年輕人應該打亂自己的規則去激發自己的活力，防止衰退沉湎。靠規則與紀律約束的生活方式是最蠢、最脆弱的生活方式。

爲了讓人擔到第一塊里程碑前，
他要問書上說幾點鐘最好。
眼睛碰上了有點痛呢？
先問相書！然後再上藥膏。

——朱維納利斯

⑥ 據《七星文庫·蒙田全集》，指畢達哥拉斯派。

他時常要走一走極端，聽我這樣勸告沒錯。不然稍一放縱便會毀了他；跟人交往時格格不入，難以融洽。正直人最要不得的品質就是嬌氣，在人前行爲怪異。不靈活圓融就是怪異。由於無能而讓別人做，或者不敢做同伴在做的事，都是可恥的。這樣的人還是待在自己的廚房裡吧！到哪裡都是不體面的。對於軍人則是惡劣和不可容忍的，軍人如菲洛皮門說的，應該習慣形形色色、變化無常的生活。

儘管我修身養性，儘量做到自由與不動心，但是步入暮年時也會有意無意地拘泥於某些做法（我的年紀已難於再教育，從此除了保持現狀也沒有其他考慮了），習慣也不知不覺地在我身上打下烙印，有些事若要擺脫在我也可以稱爲是走極端。這不用試驗；我白天睡不著覺；兩餐之間不吃點心；不吃早飯；隔了很久才上床，比如晚飯後要整整三小時；總是在睡覺之前繁殖後代，也不站著做愛；有了汗就要擦；不喝純水或純酒；不能長時間不戴頭巾；不在晚飯後理髮；不戴手套就像不穿襯衣一樣不舒服；飯後、起床後要盥洗；床上的帳頂與帳蓬，都像是生活必需品。

我用餐不鋪桌布，但是不像德國人那樣用白餐巾就很不舒適，我又比他們和義大利人更容易弄髒；很少用湯匙和叉子。[7]我看到有人模仿王室的做法，吃一道菜換一塊餐巾，就像

---

[7] 就餐使用叉子，在十六世紀從義大利引入法國，只是在路易十三時代（一六〇一——一六四三）才逐漸普遍。

換盤子一樣，可惜我們沒有跟上。我們還聽說這位吃苦耐勞的軍人馬略年老時喝酒變得非常嬌氣，只用自己專用的杯子。我也漸漸用一只特定形式的玻璃杯；不願用普通玻璃杯，也不願從一個普通人手裡接過酒喝。跟透明發亮的材料相比，我不喜歡一切金屬。我讓眼睛也得到充分享受。

我這許多弱點是嬌生慣養而來的。大自然也帶給我另一些弱點：一天中受不了吃兩頓飽餐，不然胃就撐；也不能少吃一頓，不然肚子就脹氣，嘴巴發乾，胃口敗壞；待在夜露中太久身子會不適。因爲幾年以來在軍隊裡服役，經常整夜忙碌，五、六小時後胃開始難受，引起劇烈頭痛，不到天明就要嘔吐。別人去吃早飯時我去睡覺，過後我又像平時一樣生龍活虎。

我一直聽人說露水入夜才開始擴散；但是過去幾年和一位貴族相從甚密，他滿腦子這個想法，認爲日落前一兩小時陽光斜射時露水最涼、最傷身體；他小心躲避這時的露水而不怕夜裡的露水。他讓我銘記在腦子裡的是他的感覺不是他的道理。

怎麼，懷疑與探索也會衝擊我們的想像，改變我們的心態？那些人突然順著這些斜坡衝下去，都是在自我毀滅。我憐憫許多鄉紳，他們由於醫生的碌碌無庸，雖然年紀輕輕、身體健全也把自己禁錮在家裡。其實寧可患感冒也不要退席，從此放棄很風行的大夥兒燈下閒談。這種學問要不得，向我們貶斥一天中最美妙的時刻。我們應該用盡一切方法擴大我們的占有。人經常在堅持中堅強，增進自己的體質，就像凱撒不斷用蔑視與鬥爭來醫治他的

的。

癲癇病。我們應該採納最好的規則，但是不要被它們奴役，除非其中哪一條是絕對必要遵從的。

國王與哲學家要解手，夫人們也如此。公眾生活應該舉行儀式；我個人生活是私密行爲，享受自然豁免權；軍人與加斯科涅人在這兩種品質上有欠謹愼。因而我對這個行爲要說的是：還是把它挪到夜間某個特定的時間內，像我以前那樣強迫它按照我的習慣做，而不是像我老來強迫自己按照它的習慣做，要有特殊的方便地點和便桶實行服務，防止時間一長氣虧不暢。這畢竟是最骯髒的生活服務，要求多加小心做得乾淨俐落難道不可原諒嗎？「人天生是愛美愛清潔的動物。」（塞涅卡）在所有本能動作中，我最不能忍受中途停止的就是這個動作。我見到許多人在打仗時受不了肚子鬧彆扭。我的肚子和我若不遇上了急事與生病的麻煩，從不耽誤跳下床去及時報到。

我以前說過，我不認爲病人待在哪裡會比待在他養育與成長的生活環境裡更感覺安全。不論變化是什麼樣，都使人驚慌受損。佩里高人或盧加人吃栗子有害，山裡人喝牛奶無益，你相信嗎？你向他們宣布的不但是聞所未聞、還是相反的生活方式！這種變化連健康的人都忍受不了。命令一位布列塔尼七旬老人光喝水，把一名水手關進蒸氣室，不許巴斯克僕人去閒逛；這是剝奪了他們的行動，也就是剝奪了空氣與陽光。

活著就是一切嗎？

不許按照自己的習慣生活，

活著也是不活著……

——佚名

得不到陽光照耀與空氣呼吸，

這樣的人還是活人嗎？

——馬克西米安

醫生即使不做別的好事，至少也讓病人早早作好準備去死，逐漸破壞和切除他們對生命的享用。

不論健康還是生病，食慾來了就高高興興地吃。我把大權授予我的欲望與愛好。我不喜歡以病治病，討厭比疾病還折磨人的藥物。動輒拉肚子與動輒放棄吃牡蠣的樂趣，這兩種痛苦其實是同一種。一方面生病教人難受，另一方面忌食教人難忍。既然失算不失算都要碰運氣，還不如先快活後再去碰運氣。這個世界的事都是相反的，要想到有用的東西沒有不難的；不難的東西又是不可信的。

幸而我對許多東西的胃口都與我腸胃的健康協調一致。年輕時愛吃味濃性辣的東西；後來胃感到不適，味覺也跟著胃口走。葡萄酒對病體有害，這也是我的嘴巴嫌棄的第一件東西，嫌棄之情不可以克服。我不高興接受的東西對我都有害，我如饑似渴、快快活活接受的東西對我都有益。做我開心的事從不讓我感到損失了什麼。因而我對醫藥的結論很大程度上以自己的興趣爲轉移。我年輕時，

丘比特在我周圍飛翔，
穿著紅袍子光彩奪目。
——卡圖魯斯

我跟其他人一樣，受欲望支配，落拓不羈。

我也曾戰鬥過，不無光榮。
——賀拉斯

是堅忍不拔，而不是猛攻猛打：

我很少記得超過六次。
——奧維德

說起來既是不幸也是奇蹟，我小小年紀已第一次受到它的征服。這確是偶然發生的，因爲離我懂事和有主見的年齡還很長。那麼久遠的事我已記不清了。可以把我的命運跟卡爾蒂亞相比，她對自己的童貞一點沒有記憶。

腋下長毛，嘴上長髭，
母親很驚訝我的早熟。

——馬提雅爾

病人突然有強烈的欲望，醫生一般事前有效地布置對策；不可能把強烈的欲望想像得太離奇、太邪惡，連自然規律也用不上。還有如何又能滿足我們的幻想？依我的看法這玩意壓倒一切，至少比其他一切重要。最痛苦與最常見的病都是幻想造成的。西班牙人這句話在好幾層意義上讓我覺得有趣：「上帝不許我理睬自己。」

生病時我徒喊奈何，就是沒有欲望讓我興高采烈去滿足。醫藥也無法使我改變。健康時我也一樣，看不到有什麼可以盼望與期待的。連得欲望也疲憊不堪，是夠可憐的了。

醫學不是那麼死板，讓我們不論做什麼都沒有一點權威性。這事根據氣候和月亮，根據法奈爾⑧和埃斯卡拉⑨而變化。要是你的醫生覺得你睡覺、喝酒或吃某種肉不好，不要著急，我另找一位跟他意見不合的醫生給你。醫學理論與醫療方法莫衷一是，關係到各個學科。我看到一個可憐的病人爲了治病口渴得死去活來，後來遭到另一位醫生的嘲笑，說那種療法根本是有害的。他吃這個苦有道理嗎？這個行業有一個人最近患結石病死去，他曾用極端禁食的方法來治這個病；他的朋友說禁食反而使他骨瘦如柴，把他腎臟裡的結石熬得更硬了。

我還注意到，我受傷和生病時，說話給我造成的激動與危害跟我面臨的病情一樣大。因爲我要用力氣喊得響，說話使我體力消耗很大。以致我有重大事件要湊近大人物的耳邊說時，時常會讓他們不要介意提醒我壓低聲音。

有一則故事使我覺得很有趣。某所希臘學校裡，有個人說話聲音跟我一樣很響；司儀派人關照他說得輕些，他說：「讓他給我定個調子我該怎麼說。」另一位反駁他，他跟誰說話就以誰的耳朵定調子。

這話說得有道理，因爲他的意思是：「根據你與聽者說什麼而定。」因爲如果這麼說：

---

⑧ 法奈爾（一四九七—一五五八），亨利二世的御醫。

⑨ 埃斯卡拉（一四八四—一五八八），義大利醫學教授。

「說得他聽得見你。」或者：「根據他來作調整。」這我就覺得沒有道理了。聲音的調子與節奏也表達了我要說的意義；這由我自己去操縱才能明確表達。有的聲音是教訓人的、有的聲音是阿諛人的、有的聲音是訓斥人的。我要我的聲音不但讓他聽見，還要震撼他，穿透他。我責備僕人時聲音嚴厲而刺耳，他最好過來跟我說：「老爺可以說得輕些，您的話我全聽得見。」

「一種聲音適合一種情況，不表現在高低，表現在品質。」（昆體良）說話一半屬於說的人，一半屬於聽的人。聽的人應該根據聲音的情緒作出怎樣接受的準備。就像打網球，接球人要根據打球人打出球時的步法與球路而採取對策。

經驗還告訴我這個，就是我們失之於急躁。疾病有它的壽命與極限，萎靡與發作。

疾病的結構是以動物的結構作爲模式的。疾病初起時其命運就是有限的，日子是可數的；誰欲在疾病發展過程中激烈地強制它縮短，這不但不會緩和，反而會延長、加重和干擾病情。我同意《理想國》裡克蘭托爾的意見，不要頑固地跟疾病較量，也不要在慌亂中軟弱屈服，但是應該按照病情與自己的體質自然順應。應該給疾病留出通道，讓它們自然發展，這樣留在體內的時間也短。有些被認爲頑固難治的病，我讓它們順著自己的規律趨向緩和，不用干涉，不用任何措施和違背規則。

有的事應該讓自然來完成：它對自己的事比我們更明白。——「某人生這個病死了。」——「你不死在這個病，也會死在另一個病上。」多少人背後跟了三位醫生還是照死不誤？例子是一面大鏡子，把天下萬物從各個方向都照在裡面。吃這個藥舒服就吃；這總是眼見爲實的好事。吃了藥味美、胃口好，我就不管它叫什麼名字、什麼顏色。樂趣屬於最主要的利益。

感冒、風溼腫痛、腹瀉、心搏、偏頭痛和其他不適，我都讓它們在我身上自生自滅，我作好準備半心半意認命時它們卻消失了。客客氣氣比冒冒失失除病更有效。人體規律還是應該溫順地忍受。不管醫藥如何，我們還是要衰老、要體弱、要生病。這是墨西哥人教孩子的第一堂課，出了娘肚子就這樣歡迎他們：「孩子，你到世界上是來忍受的；忍受、吃苦、別吭聲。」

人人都會臨到的事，臨到了自己就叫苦連天，這是不公正的，「一條不公正的法律強加在你一人身上，那時你再喊冤吧！」（塞涅卡）且看有一位老人祈求上帝讓他保持身心健全，這就是說恢復青春。

蠢啊！爲什麼許這樣幼稚的願？

——奧維德

這不是發瘋嗎？他的心態承受不了這個。痛風、腎結石、消化不良都是多年得病的症候，就像長途跋涉要經歷冷熱與風雨。柏拉圖不相信醫神埃斯柯拉庇俄斯會費神用飲食制度去讓一個心力交瘁的生命延續下去，這樣的身體對國家無用，對他的工作無用，不能生出健壯的後代；他還不覺得這合乎公義與天意，神要萬物各司其職。我的好人，你已盡職了。誰也無法讓你重新起立，最多給你上石膏、釘夾板，讓你苟延殘喘幾個小時。

爲了加固一幢傾斜的房子，
必須在反方向加以支撐。
終有一天屋架倒下，
牆壁連同柱子一起坍塌。

——馬克西米安

不可避免的事應該學會去忍受。我們的生活猶如世界的和諧，都是由相反的事物、不同的色彩構成的，溫和的與暴烈的，尖的與平的，柔弱的與嚴厲的。音樂家只喜歡一種音色，會表達出什麼？他必須善於調配各種聲音，合成交響。我們也是，善與惡在我們的生活中是共生共存的。我們的存在不能沒有這樣的融合。這一部分與另一部分相互都是同樣必要的。試圖跟天然需要鬧彆扭，這是重現忒息豐[10]的傻勁，他要跟他的毛騾比賽誰踢得過誰。

---

⑩ 普魯塔克《如何壓抑怒氣》一書中人物。

我感覺到病痛很少去就醫。因爲這些醫生使你取決於他們的慈悲時，就處於優越的地位，他們把自己的預測直往你的耳朵裡灌。抓住我從前病後體弱，就對我大加侮慢，滿口教條、滿臉官氣、蹙額皺眉，一會威脅我會有劇痛，一會又說我難逃一死。我沒有垂頭喪氣，也沒有坐立不安，但是我感到冒犯和震驚，我的判斷力並沒有改變和攪亂，至少大受影響；畢竟內心會激動與抗爭。

我對待自己的想像儘量溫和，也儘量不讓自己的想像爲難和起爭執。誰能就應該幫助它、籠絡它，有時還哄著它。我的神志適合做這件事。做什麼都不缺少理由；它說服能力若趕得上說教能力，那我幸而就有救了。

你還想聽個例子嗎？我的神志說我生結石對我還是有好處的，我這個年紀的身體結構自然要使用肢體托架（這是它們開始鬆動散架的時候；這是普遍規律，總不見得爲我一個人產生奇蹟吧？我這也屬於老年償還欠債，沒法再占便宜的）；還說這位病友可以安慰我，這到底還只是我這個時代的人最常見的偶然事件（我到處遇見這類病人，還是上流社會的，因爲這病最愛找上貴人；它的本質就是富貴病）；還說結石病患者中很少人像我這麼順利應付過去的，就是有，也要遵守一種難受的飲食管理，天天服那些難下嚥的苦藥，這方面我全憑運氣好，因爲我在幾位夫人的好意勸說下，只服了兩、三次普通的白頭薊湯和土耳其草藥。我病不重，她們卻百般殷勤，把自己的藥分一半給我，我也就覺得很好喝，但還是沒有療效。

他們給醫神埃斯柯拉庇俄斯許了一千個願，給醫生付了一千埃居，才使大量結石順利排出，而我經常受惠於大自然。與人交往時舉止並不因而有失當之處，也和別人一樣可以十小時不撒尿。

我的神志說：「從前你不了解這種病時，這種病使你非常害怕。有些人缺乏耐性又哭又失望，使病情加重，更讓你感到恐懼。這種病只生在四肢上，你也是這部分最不方便；你還是個清醒的人。

只有不該生的病才令人叫屈。

——奧維德

且看這樣的懲罰，跟其他相比還是溫和的，像親情那麼溫和。且看它來得也遲，只是占你一生中的一段時期。人生結構就是如此，先讓你在青春時期花天酒地玩個夠，到了這遲暮不長花草的季節給你帶來一些不便。

人家對這個病害怕和可憐，反而給你增添光榮。這種光榮你可以滿不在乎，在言詞中也不提及，你的朋友還可以在你的眉宇之間看出一二。這才叫堅強、這才叫耐性，聽到人家這樣說自己還是開心的。

難道讓人家看到你出汗呻吟，臉色一陣白一陣紅，身子發抖、嘔吐得出血，痙攣抽搐怪怪的難受，有時大顆眼淚簌簌落下來，尿液濃濁發黑，令人可怕，或者被尿結石堵住，痛得大叫，陰莖頭皮也無情地擦破，可是還要在人前神色不變，談笑自若，偶爾跟客人穿插幾句玩笑，儘量保持說話不冷場，露出疼痛時用話表示歉意，紓解痛苦。

你還記得嗎，古代這些人一心要吃苦，表示自己在履行德操不墜？就這麼說吧，是大自然領路，把你送進了你自己絕不會想進去的學校。如果你對我說這個疾病危險有生命之虞，那麼哪些疾病不是的呢？要是說不是直線走向死亡的疾病，就不在此例，那是醫學的詐術。若意外死亡，若曲曲折折，繞來繞去還是輕易地把我們引上這條路，那又怎麼不一樣呢？

但是你不是由於你生病而會死亡，你是由於你活著而會死亡。死亡不需要疾病的說明就可以殺死你。對有的人疾病還幫助他們遠離死亡，他們以爲來日無多，卻活得比這更長久。況且有的病如同有的傷疤，像藥物一樣有益於健康。腹瀉的生命力經常不亞於你；有些人從小就患腹瀉一直活到耄耋之年；他們若不棄它而去，它會伴他們走得更遠。是你殺了它更多於是它殺了你。當它向你顯示死亡離此不遠時，豈不是對一個上了年紀的人提供良好的服務，促使他要思考後事了？

更糟的是，你治好身體也不爲了誰。無論如何，共同的命運從第一天起就在向你召喚。想一想它如何巧妙地、徐徐地讓你厭倦生活，淡出人間，不是像暴君似的強制你，好比發生在老人身上的那些疾病，纏著不放，得不到喘息機會逐漸衰弱和痛苦下去。而是隔一陣子對你發警告，告訴你怎麼做，中間還有長時間的休息，好像讓你有機會從容思考和複習你的功課，讓你有機會清晰判斷，痛下決心做個勇敢的人。它把你的情況全面擺在你的面前，有好有壞，在同一天生活有時輕鬆有時艱難。

你若不擁抱死亡，至少每月一次可用手心接觸它。同時你還可以期望它有朝一日不發出威脅就把你逮住，由於屢次三番被領到港口，信念中你還是處在慣常的界限內平安無事，直到某天早晨你帶著你的信念跨過了那條陰陽河還渾然不知。與健康光明正大地分享時間的疾病，是不必要埋怨的。」

我要感謝命運的是它經常用同樣的武器攻擊我，也就一而再、再而三地調教我、訓練我，把我磨礪得再也不以爲意了。我也大致知道以後如何了結。天生的記憶力下降我就用紙張，病體再有新症狀，我就記錄下來。我已差不多經歷過各種各樣的症狀，若有摸不清的事威脅我，翻閱這些活頁小冊子，猶如預言家寫了神諭的葉子。在過去這些經驗中，我再也不愁找不著令我欣慰的有效診斷。久病成醫也使我對未來有更高的期望；因爲這樣的排泄習慣由來已久，可以相信大自然不會再予以改變，也就今後不會發生比我現在更糟糕的事。還有這病情跟我這個急性子也沒什麼不一致。當它慢吞吞襲擊我，我倒害怕了，因爲這說明短時間內不會好。但是按照自然狀態腹瀉來勢凶猛，最多把我折騰上一兩天。

我的腎臟前四十年間沒有損壞，後十四年有了變化。壞事與好事皆有定時；也許這個人生插曲也快結束了。胃的熱量因年齡而減弱，也引起消化不良，有的物質未經溶解進入腎臟。爲什麼到了一定的年齡，我的雙腎的熱量就不同樣減弱呢？這樣腎臟就不能讓黏液變成結石，自然找其他排泄器官通過。⑪年齡顯然已經讓我的分泌物枯竭。爲什麼不能對這些產生結石的排泄物也起同樣作用呢？

當結石排出後，劇痛頓時消失，這樣突然的改變眞是無比美妙，猶如借閃電恢復健康的美麗光芒，那麼自由、那麼充沛，在急性腹瀉之後也有這種感覺。在這類痛苦中，還有什麼能與突然痊癒的歡樂相比呢？疾病癒後的健康，在我看來格外鮮豔！原先這兩者那麼貼近一起，我簡直可以認出一個對著一個氣勢洶洶，大有不決出個雌雄絕不罷手之勢！

正如斯多葛派說的，罪惡存在的好處是凸顯德操的價值與艱難，我們更有理由，也更少猜測地這樣說，大自然讓我們痛苦，是爲了珍惜行樂與無病無痛的時光。當蘇格拉底被人卸去鐐銬後，覺得鐵器在兩腿留下皮膚撓癢的滋味好不快活。他樂滋滋地考慮起疼痛與快活的親密聯姻，好像它們實在有必要成雙配對似的，以致時而前後相隨，時而我中有你、你中有我。他還對好人伊索大聲說，他應該從這個角度去構思，這太適合寫出一篇美麗的寓言了。

我看到其他疾病最糟的是，發作時還不太難熬，遺留症則痛苦不堪。要整整一年恢復期，其間身體軟弱，擔心不止。病體康復要通過那麼多的風險和步驟，簡直沒有完似的。在

---

⑪ 據《七星文庫·蒙田全集》，這是蒙田根據當時醫學理論而作的說明。

他們讓你先脫去頭巾，然後又是暖帽以前；在讓你享受新鮮空氣、葡萄酒、你的女人和大甜瓜以前，你不惹上新的毛病已經算上上大吉了。新病還有這個特權，只要舊病尚未痊癒，留下若干隱患使身體虛弱容易感染，新病發起來乾脆俐落，這時舊病、新病就會攜手合作。

這些病可以原諒的是，它們占有我們也就滿足了，既不思擴充地盤也不帶來它們的同夥——後遺症；而是還有一些病溫文爾雅，通過我們身上還留下一點好作用。自從患上結石症，我覺得擺脫了其他疾病，身子也好像比從前好，再也沒有發燒過。我的論斷是一方面我常犯的劇烈嘔吐使我體內得到清滌；另一方面，胃口不佳，奇異的節食制度也消解了我的毒體液，結石內的有害物質也得到自然清洗。這樣的醫療代價過於昂貴，這話不說也罷。因爲那些難聞的湯藥、燒灼療法、切開手術、盜汗、排膿、禁食，還有那麼多的治療方法，由於我們受不了它們的粗暴與肆擾，帶給我們的往往不就是死亡嗎？因而，當我患病，我把它看成是一種治療；當我治病，我把它看成是一種長期完全的解放。

以下要說病對我的另一個特殊恩寵，那就是病可以在一邊做它的事，我可以在另一邊做我的事，這只取決於有沒有勇氣。有一次病發作得最厲害時，我在馬背上騎了十個小時。你只是忍著痛，不用其他服藥飲食管理；玩、吃飯、做這個、做那個，只要你行；你放縱自己對身體利大於弊。對天花病人、痛風病人、疝氣病人都可以這麼說。

其他的疾病需要更廣泛的注意，嚴重妨礙我們的行動，打亂我們的生活秩序，安排整體生活時都要考慮到病情。我的病只受些皮肉之苦，智力與意志還是聽憑我的支配；舌頭和手腳也是這樣。它不叫你昏昏沉沉，而使你清醒。心靈會受高燒而沖昏、受癲癇而驚厥、受劇烈的偏頭痛而錯亂，總之傷及全身和主要器官的疾病都觸動心靈。

我的心靈沒有受打擊，它若情況不妙，咎由自取。它在自我背叛、自我放棄、自我氣餒。只有傻瓜才會輕信人家說，在我們腎臟裡沉澱的硬結石會被湯藥化解；因此，一旦結石鬆動了，只要給它一條通道，它就會循行而出。

我還注意到這個特別的好處，這個病不需要我們多思量。得了別的病讓我們對原因、條件、進展把握不定，又苦又煩沒有個完，而我這病完全不必爲此操心。我們不用去求醫診斷，感覺就告訴我們這是什麼病，病灶在哪裡。

我用這些道理試圖麻痺和逗引我的想像，給想像的傷口敷油膏，就像西塞羅對待他的老年病。病情明天若有惡化，明天我們再考慮別的脫身之計。

事情果眞如此，後來又復發了，輕微的運動就使我腎臟滲血。這又怎麼樣呢？我照舊像以前那樣運動，懷著年輕冒失的勁頭追著我的狗群狂奔。發現我竟戰勝了那麼一樁橫禍，只是使我後來感到這部分有點隱痛沉重而已。這是一塊大結石在擠壓和破壞我的腎臟，我的生命也在漸漸逸出體外，頗感自然舒心，猶如在清除一種多餘有害的排泄物。

我感到什麼東西在崩潰嗎？你別等著瞧我會起勁地去檢查脈搏、化驗尿液、作出讓人心煩的預測。我會及時去面對病，但不會害怕病而去延長病。誰害怕吃苦，已經爲害怕在吃苦了。

此外，那些參與解釋大自然的動力與內部演變的人所表現出的疑惑與無知，運用他們的方法作出了那麼多錯誤的預測，這些都應該讓我們相信大自然的奧祕是永遠認識不完的。它給我們的期望與威脅，都帶有極大的不確定性、多義性與模糊性。老年是接近死亡和其他一切意外的不容置疑的信號，除此以外我還看到少數信號，我們可以用以對今後作出預測。

我對自己作出判斷，憑的都是眞實的感覺，不是論證。既然我主張的是等待和耐性，又怎麼樣呢？你要不要知道我這樣做的效果如何？那麼就看看那些不這樣做的人，他們依靠各人提供的不同建議與看法，身體還無恙思想已經在疑神疑鬼了！而我安安心心，撇開這些危險的預測，好幾次很樂意把身上出現的情況告訴醫生。我對他們作出的可怕結論安之若素，對上帝的恩惠更感謝，也對醫學的虛實更有認識。

對青年的囑咐，諄諄莫過於保持活動與警覺性。我們的生命在於運動，我啓動困難，做一切緩慢：起身、臥睡、用餐；七點鐘對我是清晨，我有公職時午餐不在十一點鐘前，晚餐要在六點鐘後。從前我發燒生病都歸咎於睡眠時間過長，引起昏沉沉萎靡不振，總是後悔自己早晨再度入睡。

柏拉圖認爲睡多了比喝多了還有害。我喜歡睡硬床，不跟妻子同枕共衾，完全國王作風，還戴好睡帽。不用爐子暖床，但是進入老年後，需要時讓人用毯子蓋在腳上和胃部。有人批評大西庇阿是瞌睡蟲，依我看這裡面另有原因，實在是他這人沒有可以讓人說的惹惱了他們。要說我有什麼奇怪之處，那是表現在睡眠上而不是別的。但是像在其他事情上，我通常會根據需要作出讓步和通融。

睡眠占去我一大部分生活，到了這個年紀還是這樣，一口氣可睡上八、九個鐘點。我從實用出發在擺脫這個懶惰的嗜好，取得顯著效果，三天內就感到了變化。我沒見過誰需要時可以對生活的要求更少，更持久地進行操練，對勞役更少叫苦。我的身體能夠堅韌，但受不了突然的劇變。我從今避免激烈的鍛鍊，四肢還未發熱已經發酸。我可以整天站立不坐，也從不討厭散步。但是從小起我就只愛騎馬上街；步行會濺得屁股上都是泥巴；小人物沒有派頭，哪能在路上不被人推推搡搡的。我一直喜歡休息，或坐或臥，兩腿蹺得跟座位一般高，或者還要高。

任何工作都不及軍事工作令人興奮，這是履行高貴的職責（因爲最激昂慷慨的美德是勇敢）、從事高貴的事業；沒有什麼奉獻比保衛國家的安寧與偉大更正確更深入人心。令人興奮的還有與那麼多出身名門、思想活躍的年輕人相處一起，悲壯的場面看在眼裡習以爲常，彼此說話直率隨便，生性豪爽不尙虛飾，活動千變萬化，雄壯嘹亮的戰歌聽在耳裡熱血沸騰、心潮澎湃，軍功的這種光榮、艱辛與困難柏拉圖並不欣賞，在他的理想國裡只說是婦女與兒童分內的事。作爲志願兵，參加哪項任務，甘冒什麼樣的風險，可以根據你對它們的勢態與重要性作出決定。你看到生命本身可以得到有益的使用時，在戰火中死亡我想是美麗的。

——維吉爾

害怕承擔事關大眾的共同風險，不敢做各行各業的人都敢做的事，那是過分卑劣軟弱的心靈才會這樣。即使孩子也是合群時感到放心。如果別人在學識、風度、力量和財富上超過你，你可以責怪這是外界的各種原因，若性格上不及他們堅強，你只有責怪你自己了。病懨懨艱難地死在床上沒有死在戰場上那麼風光，發燒與重傷風跟中彈槍傷同樣痛苦和致命。誰能夠勇敢地忍受日常生活中的種種意外，不必要從軍隊中培養勇氣。「親愛的盧西里烏斯，生活就是戰鬥。」（塞涅卡）

我不記得自己有沒有生過疥瘡。然而撓癢癢確是大自然最美妙的禮物，而且還唾手可得。但是它也附帶著類似的懲罰，叫人太難忍受了。我最多是撓耳朵，到了季節裡面就癢了起來。

我生來感覺器官長得幾乎完美的程度。我的胃健康好使，還有腦袋，遇到我發燒絕大部分時間都保持狀態，還有呼吸也好。我不久前度過了五十又六年，有些國家不無理由地規定五十歲是人生的合理終結，誰都不讓超過這個期限。我雖還可明確地延期審理，雖然是不穩定和短期的，但也談不上有我青春時期的健康和無痛無病了。我更不說精神充沛，心情活潑，沒有理由要它們超過期限還跟著我：

在門檻上淋著雨等待，
已不是我力能所及。

——賀拉斯

我的容貌還有眼睛，立即暴露出我的眞面目；我的一切變化都開始於此；還比實際上更加觸目；經常讓朋友動了惻隱之心，而我自己還不知道原因。鏡子不會引起我的驚覺，因爲就是年輕時，不止一次照見自己臉色灰暗、神態怪異，預兆不佳但也沒什麼大事；以致醫生在我身上找不出原因說明這種外部變異，也就把原因歸之於我的精神狀態，在內心煎熬著什麼祕密情欲。他們都錯了，如果身體像心靈一樣聽命於我，我們走在一路上更爲輕鬆。我那時候不但沒有煩惱，而且還心滿意足，這就是平時的狀態，半是出自天性，半是得力於修養：

我的軀體不受心靈的騷擾。

——奧維德

我認爲我的這種心靈調節，好幾次扶持身體沒有垮下。身體常受打擊；心靈即使沒有可喜的事，至少處於恬靜安詳的狀態。我患四日瘧長達四、五個月，人都變了形；精神始終不但平靜，還很樂觀。疼痛打不到我身上，衰弱與疲乏也不會讓我發愁。我看到許多肉體上的病痛，只是說起來令人心驚肉跳，其實生活中常見的千萬種情欲與內心騷亂，更令我擔心。我拿定主意不再奔跑，蹣跚走路已經不錯。也不抱怨躲不過的自然衰退，

阿爾卑斯山上見到甲狀腺腫病人誰會驚奇？⑫

——朱維納利斯

我也不遺憾自己的一生沒有橡樹那麼長壽強壯。

我也不抱怨自己的想像力。我一生中很少有心事讓我半夜一覺醒來再也睡不著，除非是淫念鬧醒，我也不會傷心。我很少做夢，往往是開心的想法引起荒誕不經的怪事幻夢，好笑而不悲哀。夢是我們心思的忠實表達者，我相信這話是不錯的，但是把它們貫串起來加以闡釋，那就是異術了。

醒時惦念的事、吃驚的事、

做著的事，在睡夢中重新出現，

⑫ 瑞士山區缺鹽，導致居民易患甲狀腺腫病。

這沒什麼奇怪！

——阿克西烏斯

柏拉圖還說，以詳夢而能未卜先知，這是智慧的職能。我看不見得，除非是蘇格拉底、色諾芬、亞里斯多德提到的那些美妙的故事，他們都是無可挑剔的權威人士。據史書記載，阿特蘭蒂斯人從來不做夢，也不吃殺死的東西，這裡我要加一句，可能說明他們爲什麼不做夢的原因。因爲畢達哥拉斯配製幾分食譜，吃了會及時做夢。

我做的夢很溫和，不會身子晃動，也不會怪聲亂叫。我見過我同代許多人在夢中動作不可思議。哲學家提翁夢遊、伯里克利的僕人會在房屋瓦頂上走來走去。

我在飯桌不挑食，吃放在最近的一道菜，也不太願意換口味。盤子多、上菜快都使我不舒服，就像別的多與快也一樣。我很滿意少數幾道菜。我討厭法沃利努斯⑬的說法，他認爲在宴席上，你對一盤肉剛吃出滋味就應該撤下，換上一盤新菜；如果不讓客人吃夠各種禽鳥的屁股就是一頓寒傖的晚餐；只有鶯鳥才值得吃完整隻。

我平時吃鹹肉，因而更喜歡無鹽麵包。我家麵包師在我的餐桌上從不放其他麵包，這

⑬ 據《七星文庫·蒙田全集》，其實蒙田引用奧呂斯·吉里烏斯的這部書裡，法沃利努斯反對這樣的做法。

跟家鄉的習慣不同。我童年時，其他兒童平時愛吃的東西如糖塊、果醬、糕點，我都會拒絕，他們主要是糾正我的這個做法。我厭惡嬌嫩的肉食，我的家庭教師就當作一種嬌氣來斥責。這樣做其實就是挑食。一個孩子就是對麩皮麵包、豬肉或大蒜有特殊的偏愛，誰剝奪他這些就是剝奪了他的糖果一樣。有些人面對著山鶉美味，卻爲吃不到牛肉和火腿尋死覓活。他們過得高興，是嬌氣中的嬌氣。因爲對平時常用的東西感到無味，那是嬌生慣養者的口味，「奢侈透過那些事逗弄富人的厭倦。」（塞涅卡）對人家的美味視之如草芥，自己則食不厭精，這是罪惡的本質所在，

如果你怕吃瓦盤中盛的素菜。

——賀拉斯

若是眞有這樣的區別，寧可壓制你的欲望去順應容易到手的東西；什麼事非此不可就是罪惡。從前我稱一位親戚嬌氣，他到了我們的苦刑船上就不知道用我們的床，也不會脫衣服睡覺。

我若有兒子，希望他們有我這樣的命運。上帝給了我那位好爸爸（我沒有什麼可以報答他的，除了對他的慈愛那種眞情實意的感激），他從搖籃裡就把我送到親戚的一個窮村子裡，寄養在奶媽家的時期和後一陣子一直住在那裡，讓我習慣最樸實清苦的生活方式：

「大部分的自由時間是在調節肚子。」（塞涅卡）絕不要由你自己，更不要由你們的妻子，負責他們的教育。讓他們在民眾與自然的規則下受命運的撫養，讓他們隨習俗的撫養，過節儉刻苦的生活。寧可讓他們從艱苦中走過來，而不是向艱苦走過去。

父親的意願中還有另一個目的，讓我跟老百姓結合，熟悉需要我們說明的人的處境。認爲我有責任關注向我伸出雙臂的人，而不是對我背轉身的人。也是這個原因他讓家境最貧困的人當我的教父，讓我跟他們有感情上的聯繫。

他的意圖沒有完全落空，我樂意幫助小人物，或者是這裡面有榮譽感，或者我天生無限的同情心。在我們的戰爭中，遭到我譴責的一方若能興旺昌盛，還會遭到我更嚴厲的譴責。要是看到他們陷入困境焦頭爛額，我或許會跟他們和解。我對切洛妮的高尚性格由衷欽佩，她是斯巴達兩代國王的女兒與妻子。當她的丈夫克朗普圖斯，趁城邦大亂之時占了她的父親利奧尼達斯的上風；她做個好女兒，跟了父親一起流放吃苦、反對勝利者。

命運產生變化怎麼辦？她也樂意跟著命運一起變。勇敢地站在丈夫一邊，丈夫失魂落魄逃到哪兒，她跟到哪兒，好像沒有其他選擇，投入到最需要她出現、最能表現她仁慈之心的那一邊。我按天性更傾向弗拉米尼的例子，他結交需要他的人，而不是可以幫助他的人；我不會學皮洛士，他在大人物面前低頭哈腰，在小人物面前趾高氣揚。

長時間用餐叫我發火，也對我有害。因爲童年時沒有好好的控制養成習慣，我在桌旁坐多久就會吃上多久。可是在家裡雖然時間短，我還是按照奧古斯都的方式稍後於別人入席；但是他也先於別人離席，這點我不學他了。相反，我卻喜歡飯後多留一些時間，聽人家說話，只是我自己不插嘴，因爲吃飽了肚子說話使我累，有傷身體。就像我覺得飯前空腹練幾聲叫喊，非常有益健康，愉悅身心。

古代希臘和羅馬人做得比我們有道理，他們認爲飲食是人生中的一項主要活動，如果沒有其他特殊大事來打擾他們，他們會花上好幾個小時、夜裡最好的時刻飲酒進食，不像我們做一切都匆匆忙忙，他們從容不迫地慢慢享受這個天然樂趣，中間穿插有趣的談話，還處理各種各樣事務。

照料我的人可以輕易讓我不吃他們認爲對我有害的東西；因爲這類東西我沒看見，就不會想吃也不會提到；但是對於端上來的東西，勸我不吃也是白費時間。因而我要齋戒時，必須把我與其他用餐的人分開，給我端上一些限量僅夠需要的點心就可以了。不然我一上桌就會忘記決心。

當我要改變一盤肉的做法，僕人就知道這就是說我食慾不振，不會去碰。一些很嫩的東西，我喜歡煮得半生不熟的；還有許多東西還喜歡風藏過頭，甚至有異味。一般來說只有硬的東西叫我沒辦法（其他一切特性，我像我認識的人一樣馬馬虎虎無所謂），以致跟一般人的脾性不同，即使魚我也覺得有的太新鮮、有的太硬。這不是牙齒的過錯，我的牙齒一向健全好使，只是到了現在開始受到年齡的威脅。我從小就學會早晨、飯前、飯後用手巾擦牙。

誰的生命點點滴滴消逝，這是上帝對他的恩寵；也是老年的唯一好處。最後的死亡其實並不完整，傷害不大；只殺害人的一半或四分之一。我不久前掉了一顆牙，不痛也不費力，這是牙齒的天然壽命。我的這部分與其他許多部分已經死亡，還有半死亡的，甚至還有我身強力壯時活躍在第一線的這部分也呈這個狀態，我就是這樣漸漸銷聲匿跡。生命的墜落已有一段時間，我還要覺得這次下跌才是完全的崩潰，這樣的理解有多麼愚蠢！我不希望如此。

事實上，想到死亡給我最大的安慰就是它是公正與自然的，從此以後再在這件事上要求和希望命運的恩賜，都不符合情理。人都要自己相信從前他們都身材更魁梧，壽命更長久。但是梭倫就是這些古老年代的人，充其量只活到七十歲。我在一切事物中都無比崇拜這句古訓：「中庸爲上」，也把折中措施當做最完美的措施，如何妄想做個老而不死的怪物呢？一切違背自然進程的事物都可能令人不快，一切順著自然進程的事物總是順順當當的。「符合自然規律的一切都應該視爲好事。」（西塞羅）因此柏拉圖這樣說，傷害與疾病帶來的死亡屬於暴卒，但是老年帶領我們走向的突然死亡，是最輕鬆也最美滿的死亡。「年輕人喪失生命是早逝，老年人喪失生命是壽終。」（西塞羅）

死亡到處在糾纏我們的生命。衰退可以先期而至，甚至可以摻入到我們的成長過程中。我有自己二十五歲和三十五歲的肖像畫，跟我此時的人相比：這哪兒還是我啊！我現在的模樣離那時的模樣比離死亡不知要遠多少！我們對大自然的要求實在太過分，一路上麻煩它，逼得它只好離開我們，放棄給我們引路，讓我們的眼睛、牙齒、腿腳和其餘一切，聽憑我們乞求來的外界幫助的擺布；它懶得再跟在我們後面，就由著我們在醫生的手裡忍氣吞聲吧！

除了甜瓜以外，我不特別愛吃蔬菜沙拉和水果。父親討厭一切醬料，我則是醬料都喜歡。吃得太多使我煩惱，但是從食品性質來說，我又不確切知道哪種肉我吃了有害；就像我既不注意月圓與月缺，也不注意春秋之分。我們體內還是有活動的，不穩定也不清楚；因爲譬如說辣根菜，我最初覺得它好吃，後來又不好吃，現在又好吃了。

在許多東西上，我覺得自己的胃與口味在改變，從白葡萄酒換到紅葡萄酒，然後又從紅葡萄酒換到白葡萄酒。我愛吃魚，在小齋日大吃大喝，在大齋日又成了我的宴慶日；我相信有些人說的話，魚比肉更容易消化。猶如在食魚日吃肉違背我的良心，把肉與魚混做又違背我的口味；看來這其間的差別不可以道理計。

從青年時代起，我有時就少吃一頓，爲了第二天胃口大開，因爲伊比鳩魯禁食或吃素是禁欲去養成簞食瓢飲的習慣，而我相反是嗜欲，可以對著美味佳餚大快朵頤；或者我節食是保持精力去做某個體力或腦力工作，因爲胃部充血殘酷地讓我做什麼都懶洋洋的。我尤其討厭這種愚蠢的結合，一邊是動人活潑的小仙女，一邊是撐飽打嗝、滿身酒氣的小矮神。或許是爲了治癒我的病胃，或許是由於沒有合適的夥伴，因爲我又像這位伊比鳩魯說的，要多加注意的不是吃什麼，而是跟誰一起吃。我欣賞七賢之一——開倫的做法，他不知道跟誰同桌以前，是不願意答應出席伯利安得的宴會。對我來說，什麼樣好吃的菜，什麼樣開胃的醬料，都不及跟人來往那麼美妙。

我相信細嚼慢嚥、少量多餐更有益於健康。但是還願意強調胃口與饑餓，一天規定三、四頓苦飯，像服藥似的，這給不了我一點樂趣。我早晨胃口大開，誰能向我保證吃晚餐時還是如此？我們要趁著胃口一來就吃，尤其是老人。讓編曆書的人，還有醫生，去編寫每日宜吃什麼的醫學星相曆書吧！

健康的最終成果是享受快樂，一有熟悉的快樂事出現讓我們抓住不放。我在節食戒律上避免長期不變。誰要一種習慣對他有用，就不要繼續不斷使用。我們會墨守成規，機能也會僵化；六個月後，你的胃腸功能衰退，就會失去進食自由，吃別的都會引起不良反應。

我的大腿與小腿，在冬天不比在夏天穿得更多，一雙簡單的絲襪。我保持頭部和腹部的溫暖，防治感冒和緩解結石的疼痛。沒幾天病痛習慣了，就可以放棄平時的防禦措施。我脫下便帽戴頭巾，脫下軟帽戴夾帽。鎖帷子棉襖的內襯對我已成了裝飾，這沒關係，我只要加一張野兔皮或禿鷲皮，頭戴一頂無邊圓帽就可。這樣循序前進，你就會過得挺好。這類事我是不會做了，我若有膽量，也很樂意否定我起初做的事。那麼你遇上什麼新的麻煩呢？這種改變對你已無好處，因爲你已經習慣了；再另找一個吧！那些人就是這樣毀了自己，他們陷入強制性飲食管理，盲目迷信而不能自拔。他們需要提出新的，新的以後再有新的，永無止盡。

對於我們的工作與娛樂，像古人那麼做要簡便得多，不吃午餐，回家休息時再美餐一頓，不中斷白天的時間。從前我就是這樣做的。後來我從經驗感到對於健康來說，恰恰相反，吃午餐還是好的，醒著時還是更容易消化。

不論健康和生病，我都不容易口渴。生病時會口乾，但不想喝；一般來說，只有在吃的時候才有喝的欲望，而且還會邊吃邊喝。作爲一個普通人我喝得不算少，夏天享用佳餚時，我不但超過奧古斯都不多不少只喝三杯的限量；還會自然而然地加量喝上五杯，這是爲了不違背德謨克利特的規則，他不許喝了四杯叫停，因爲四是個不吉利的數字。

我喜歡喝小杯子，還高興乾杯，別人認爲這是失禮不這樣做。我在酒裡經常攙上一半水，有時三分之一。我在家時，他們在酒室裡先摻上水，兩、三小時後再端上桌子，這是按照醫生給我父親和他自己訂的老習慣來做的。

他們說雅典國王克拉諾斯是這種水摻酒的發明者，不管有用還是沒用，我眞見過爲此進行辯論的。我認爲孩子過了十六、十八歲以後再喝爲宜，對健康有益。最實用、最普通的生活方式是最好的生活方式，我覺得這裡面避免了一切與眾不同的做法，不然對德國人在酒中摻水，法國人乾喝，都一樣會不喜歡。這一類事都是以大眾習慣說了算。

我害怕空氣隔絕，煙霧一起死命往外逃（我奔回家第一樁要修理的就是壁爐與小間，老房子都有這個令人難以忍受的毛病），在戰爭引起的諸多困難中就有這些濃密的灰塵，有一個夏日把人整天活埋在裡面。我呼吸順暢，感冒過去後經常不影響肺部，也不引起咳嗽。

夏季的酷熱比冬季的嚴寒更使我如臨大敵。因爲炎熱比寒冷更不易抗禦，陽光曬得人容易中暑以外，我的眼睛也受不了強光的刺激。現在我無法坐著面對熊熊爐火吃飯。從前我更經常讀書，在書籍上蓋一塊玻璃減弱白紙的反光，感到舒適多了。直到目前我還不用戴眼鏡，看得像從前、像其他人一樣遠。薄暮時刻，開始感到看書有點模糊不清，那時，尤其是晚上，閱讀確實很傷眼力。

這是後退了一步，不算太明顯。我還會往後退，從第二步到第三步，從第三步到第四步，悄悄然，非得變成了全盲才感到視力的衰弱與老化。命運三女神有意攪亂我們的生命之線。我若懷疑我的耳朵逐漸變得重聽，你會看到我即使聽力失去一半，還是會怪跟我說話的人聲音不對頭。我們必須聚精會神，才使心靈感到它正在消逝。

我的步履還是輕快而堅實，我不知道精神與身體，兩者中哪個更難保持原狀。布道師是我的朋友，講道時間要我集中思想。儀式舉行時，人人都神情肅穆，我看見那些女士都目不斜視，我總是做不到身上有的部位一動不動；我雖坐著，但不閒著。就像哲學家克里西波斯的女僕說她的主人只有兩條腿是醉的（因爲他不論什麼坐姿有抖腿的習慣，女僕說這話時是其他人都醉了，而主人卻毫無反應），從我童年起，有人也說我有一雙瘋腳或者水銀腳，我不管把腳放在什麼地方總是動個不停。

像我這樣吃東西狼吞虎嚥的，除了有損健康，影響樂趣以外，還不禮貌。我經常咬到舌頭，偶爾慌張時還咬到手指。第歐根尼遇到一個孩子有這樣的吃相，摑了他的家庭教師一記耳光。在羅馬有人教走路也教嚼東西，都要做得雅觀。我因此失去說話的樂趣，這其實是餐桌上非常開胃的佐料，只是語言也要簡短有趣。

我們的各種樂趣之間也有嫉妒和羨慕，相互衝突、相互阻擋。亞西比得當然是位美食家，他設宴時不安排音樂，由於音樂干擾悠閒的談話，他根據柏拉圖提供的理由，認爲招樂師與歌手來宴會助興，這是俗人的習慣，他們語言無趣，缺少愉快交談，而風雅之士妙語如珠，說得滿座皆歡。

瓦羅對宴席提出這樣的要求：赴宴的客人俱儀表堂堂、談吐儒雅，既不是一聲不出，也不是口若懸河，菜餚與地點清淡精緻，天氣晴朗。宴席辦得好，是一個精心策劃、燈紅酒綠的盛會，那些軍界與哲學界大人物從不拒絕討教這方面的學問。有三場宴會在我的記憶中永誌不忘，那是在我風華正茂的不同時期，命運讓我領會了什麼是雍容大雅。因爲每位賓客都各有不同凡俗的風采、體魄與氣度。以我目前的境況再也無緣與此相遇了。

我只是操辦世俗之事，憎恨這種非人性化的聰明之說，要我們輕視和敵視肉體的教育。違心接受和縱情享受天然樂趣，我認爲同樣都是不恰當的。澤爾士是個狂人，他享盡人間歡樂，還懸賞徵集有什麼其他享受。另一種同樣的狂人，那是他捨棄大自然賜予的樂趣。這些樂趣不應該沉湎，不應該逃避，但應該接受。我接受過更爲放肆、也較爲文雅的樂趣，更多是隨心所欲。我們不必誇大這些事的無益性，它本身會讓人感覺到這點，讓自己顯得如此。多虧我們病態的精神挺掃人興，自然而然會對這些事產生厭煩。我們的精神對待自己與自己接受的東西，不論過去與未來，都是一貫的搖擺，不感到知足，想到哪兒就是哪兒。

罈子不乾淨，倒進什麼東西都會變酸。

——賀拉斯

我自吹利用生活之賜有獨到之祕，若對各物仔細審察，發現幾乎一切都只是一陣風。不是嗎？我們在哪裡都是一陣風。說起風，還比我們更聰明，它喜歡發出響聲，喜歡來回飄忽，滿足於自己的功能，不思固定不動，固定不動，這不是風的品質。

出自想像的至樂，出自想像的不樂，據有些人說這是最牽動人心的，像克里托拉烏斯的天平表示的那樣。⑭這不奇怪，想像按照個人喜愛拼湊歡樂，大小可以任意剪裁。這些明顯、有時還令人神往的例子天天可見。我這人性格複雜、趣味粗俗，不會緊緊釘住這個單一的目標不放，而不去狠狠享受現成的樂趣；這些樂趣符合人的一般規律，肉欲中含有精神，精神中含有肉欲。昔蘭尼派哲學家認爲肉體的歡樂如同肉體的痛苦，都更強烈，像加倍強烈，也像更有道理。

亞里斯多德說，有人粗野愚蠢，厭惡肉體的歡樂。我認識一些人這樣做還挺神氣。他們

---

⑭ 據西塞羅《圖斯庫倫辯論集》，雅典逍遙派哲學家克里托拉烏斯，在天平兩端盤子上秤精神財富與世俗財富。精神財富永遠重於世俗財富。

爲何不把呼吸也放棄呢？爲什麼不靠自己本身生活，拒絕這個不用出錢、不用他們發明和花力氣的陽光呢？文藝神維納斯、穀神刻瑞斯、酒神巴克科斯都不需要，只讓戰神瑪斯、科學神帕拉斯、商業神墨丘利陪伴著他們試試。他們不會趴在自己老婆身上做白日夢吧！

我討厭我們身體坐在餐桌前，有人要我們精神上升到雲端裡。我不求心思沉溺在這裡，死守在這裡，但是我求心思放在這裡，是坐著不是躺著。亞里斯提卜保護的只是肉體，彷彿我們沒有心靈；芝諾只擁護心靈，彷彿我們沒有肉體。這兩人都有缺陷。有人說，畢達哥拉斯追求的是靜修哲學，蘇格拉底關注的是風俗與行爲。柏拉圖在兩者之間找到了折中。但是他們這樣說完全是瞎編，眞正的折中是在蘇格拉底的學說中，柏拉圖學說中蘇格拉底多於畢達哥拉斯，這對他也更合適。

我跳舞時跳舞；睡覺時睡覺；在美麗的果園裡獨自散步時，即使有一陣子會浮想聯翩，大部分時間思想還是會回到散步、果園、這時獨處的好處和我自己。大自然慈愛地安排了這一切，賜給我們滿足需要的活動也同樣充滿歡樂，不但讓我們從理智上也從肉欲上去接受，破壞這些規則是不公正的。

凱撒與亞歷山大，在日理萬機之際，也充分享受自然賜予的、也就是必要和合乎情理的樂趣；當我看到他們這樣，我不說這是在鬆懈鬥志，反而會說這是在加強鬥志，以巨大的氣魄把鐵馬金戈、運籌帷幄的大事情作爲日常生活來過。他們若相信前者是他們的日常工作，後者才是了不起的大業，這才是聰明人。

我們是大傻子。我們說：

「他遊手好閒過了一輩子。我今天什麼也沒做。」

「怎麼，你沒有生活過嗎？這恰是你生活中最基本、也是最光輝的工作。」

「要是讓我有機會做大事，我就會展現自己會做什麼。」

「你知道沉思與掌握自己的人生嗎？那你已完成了一切事物中的最偉大的事物。」

大自然爲了讓人看清和利用它的資源，不需要轉彎抹角，它顯露自己每個層次，前前後後像沒有簾子一樣。我們的任務是樹立我們的風俗習慣，不是編寫書本；建立我們的行爲秩序與促成和睦相處，不是攻城掠地打勝仗。我們最偉大與光輝的事蹟，是生活諧和。其他一切事情如統治、攢積財富、蓋房子，最多只算是附屬物與輔助品。

我饒有興趣地讀到一位將軍站在他即將攻擊的一個突破口下，全身暴露在敵前，跟朋友吃飯談天。布魯圖斯在天地共謀反對他與羅馬的自由之際，還在巡夜之餘偷閒幾小時，安心閱讀和批註波里比阿的著作。只有卑微的心靈才會埋在事務堆裡不能乾淨脫出身來，凡事要拿得起放得下：

同甘苦、共患難的好戰友，

今天讓酒消除一切憂愁，

明天去大海上遨遊。

——賀拉斯

或是出於玩笑，或是確有此事，索邦神學院裡舉行的修士酒宴遐邇聞名。他們在學院裡認眞嚴肅地晨修，然後舒舒服服、高高興興吃頓午餐，我認爲這是有道理的。想到光陰沒有虛度，也是餐桌上應有的美味調料。

賢人就是這樣生活的。大加圖與小加圖專心修身養性，令人欽佩無法摹仿；然而其嚴峻得近乎苛刻的態度遇到人的自然規律、愛神維納斯和酒神巴克科斯也都軟化下來，曲意遵照學派的戒律，做一個完美的賢人，既要履行人生職責，也要精於天然逸樂之道。「心地賢良的人，也要善於品味。」（西塞羅）

心胸豁達的大人物，我覺得尤因灑脫隨和而受人尊敬。伊巴密濃達跟他的城邦中的青年一起跳舞、唱歌、演奏樂器，玩得全神貫注，他不認爲這有損於他的彪炳戰功和完美人格道德。大西庇阿⑮在公眾眼中簡直是位天人，在他值得稱道的爲人中，令人最愛戴的是看到他童心未泯，悠悠然沿著海灘撿貝殼，跟列里烏斯玩奔跑拾物比賽；遇上天氣不佳，就興致勃

⑮ 據《七星文庫·蒙田全集》，這裡應指伊米利埃納斯·西庇阿（即小西庇阿）。

勃地把最粗俗的民間軼事寫成喜劇形式。他滿腦子都是在非洲跟漢尼拔對陣的戰役，參觀西西里島的學校，⑯學習哲學書籍，直至去羅馬口齒伶俐地駁斥他的政敵的盲目野心。蘇格拉底最引人注目的事，是晚年還抽出時間延請人教他跳舞和演奏樂器，認為時間用得值得。

這個人在希臘大軍面前，一天一夜站著精神恍惚，突然想到了什麼深刻的問題出了神。人家看到他在那麼多武士中間，第一個衝過去救援被敵人壓著打的亞西比得，用身子掩護他，把他從眾多的兵器下拉了出來。當三十僭主命衛隊押了忒拉米尼上刑場，雅典人與他都被這可恥的一幕激怒，蘇格拉底也是中間第一人去救他，雖然身後只有兩三人跟著他，只是在忒拉米尼本人予以責備後才放棄這次大膽行動。他鍾情的一位美人找上門來，他還按照情況保持嚴格的克制。在提洛島戰役中，他把滾下馬背的色諾芬扶起來，救了他一命。

他還不斷地奔赴戰場，赤腳踩在冰塊上，冬、夏都穿同一件長袍，工作毅力超過他的同伴，無論宴席與日常用餐都吃同樣的食物。他二十七年如一日，同樣坦然忍受饑餓、貧窮、孩子的忤逆、妻子的惡意中傷；還有誹謗、暴政、牢獄、鐵鐐和毒藥。這個人赴宴飲酒是出於公民的禮儀，履行軍人職責也表現不凡。他不會拒絕跟孩子玩榛子戲，騎在木馬背上與他們追逐，玩得還很開心。因為哲學的論點是任何活動對於賢人都是合適的，都是光榮

---

⑯ 據《七星文庫·蒙田全集》，蒙田在此混淆大西庇阿與小西庇阿的事蹟，這才是大西庇阿所做過的事。

的。

這位人物的睿智讓人說個沒完，大家也永遠會把他的形象看作爲完美與理想的楷模。豐滿純正的人生本來就寥若晨星，又加上我們教育的弊端，天天向我們介紹那些孤陋寡聞的笨蛋與庸才，只會拉我們往後退，成事不足敗事有餘。

認爲從兩端開始比從中間開始容易，因爲一端的終點可以作爲界線和指示，而中間的道路又寬又看不見盡頭，有人這樣想就錯了。按照規則也比按照自然方便，但是這也就沒那麼高尚，沒那麼值得稱道了。心靈的偉大不是往上與往前，而是知道自立與自律。心靈認爲合適就是偉大，喜愛中庸勝過卓越顯出它的高超。最美最合理的事莫過於正正當當做人，最深刻的學問是知道自然地過好這一生；最險惡的疾病是漠視自身的存在。

當肉體患病時，爲了不讓心靈受感染，誰願意把兩者隔離的話，要做得及時與勇敢；其他時間，則反其道而行之，讓心靈去推波助瀾，隨同肉體參加這些天然樂趣，共同沉迷其中，若更爲明智的話，可以稍加節制，以防稍不留神靈與肉俱會陷入痛苦。

縱欲是享樂的瘟疫，節制不會給享樂造成災難，反而使它有滋有味。歐多克修斯宣揚享樂至高無上，他的朋友也把享樂看得極端重要，透過節制更把這個樂趣提高到無比美妙，這在他們身上表現得極爲突出與典型。

我命令我的心靈對待痛苦與享樂要同樣節制，「心靈在歡樂中張揚與在痛苦中頹唐，同樣應該譴責。」（西塞羅）以同樣堅定的目光，但是一個開心地，一個嚴厲地；

還是依照心靈的能力，同樣花心思去縮小痛苦、擴大享樂。健康地看待好事也會做到健康地看待壞事。痛苦緩慢初起時，帶有某種不可避免的東西，而享樂過度結束時，帶有某種可以避免的東西。

柏拉圖把這兩者結合，認爲與痛苦鬥爭、與沉湎其中不知自拔的享樂鬥爭，皆爲勇敢的舉動。這是兩口井，不論是誰在適當時間從適當的那口汲取適當數量的水，對城市、對人、對牲畜都是幸運的。第一口井從醫學需要出發，要予以精確計算，另一口井從乾渴出發，要在陶醉前停止。痛苦、歡樂、愛、恨都是一個孩子的最初感覺；產生理智，以理智爲準繩，這就是美德。

我有自己的獨特詞彙：當天雨不便時，我「消磨」時間；天氣晴朗時，我不願「消磨」，而是享受時間、留戀時間。壞時間要匆匆打發，好時間要悠然閒坐。「消遣」與「消磨時間」這類普通詞句，表現出謹小慎微者的用法，他們絕不去想一想還可更好地利用自己的人生，只是讓它流逝、消失、消磨、迴避，只要他們還有時間，也是忽視與躲閃，彷彿這是什麼討厭鄙棄之物似的。

但是我對人生還有另一種認識，覺得它可貴可親，甚至在暮年還是非常執著於人生。大自然把生命交到我們手中，配有各種各樣的花絮裝飾，充滿機遇，它若讓我們感到緊迫，一無收穫地溜了過去，這只能怪我們自己。「喪失理性的人生是徒勞的，它碌碌無爲，一

心嚮往著未來。」（塞涅卡）

然而我還是做到面對失去而不遺憾，不是因爲它帶來煩惱與麻煩，而是它原本是要失去的。所以這樣說來只有樂於生活的人才不憚於死亡。享受生活需要技巧，我享受生活是別人的兩倍，因爲享受的程度取決於我們對生活的關注多與少。尤其此刻，我發覺自己來日無多，必須寸陰寸金地過。時間流逝得快，我出手抓得也快；過得也賣力，抵消日月如梭的匆忙；占有人生的時間愈短，我也愈要活得更深、更充實。

其他人感覺到滿足與興旺的甜蜜，我跟他們同樣感受，但是不應有過眼雲煙的感慨。應該細細品、慢慢嚼、反覆回味，還對恩賜我們的上帝表示應有的感激。他們享受其他樂趣就像享受睡眠的樂趣，並不領會。以前我被人驚擾了好夢還覺得不錯，以便我不讓睡眠糊裡糊塗地過去，窺知睡眠是怎麼一回事。我有意默想高興的事，不一掠而過。我探索它，敦促我那變得多愁善感的理智去接受它。我是不是心態平靜呢？有什麼欲念使我心裡癢癢的呢？我不讓它去欺騙感官，我用心靈去跟它聯繫，不是承擔責任，而是予以認可；不是迷失其中，而是尋找自我。我動用心靈是讓它在這興奮狀態中認清自己，掂量、估算和擴大幸福。心靈會明白良心無愧與其他牽腸掛肚的情欲趨於平靜，身體正常與有分寸地享受甜蜜溫情的功能，這要多麼感謝上帝。

上帝伸張正義要我們受苦，又好心用感官享受來進行補償。心靈多麼重視要居於這樣的位置，目光所到之處四周的天空一片寧靜。沒有欲望、恐懼或疑慮會改變心境，也沒有困難，不論過去、現在和未來，透過意念而不煙消雲散的。

這樣的思考透過困難條件的比較而愈益明顯。我在千萬張面孔中挑選出那些受命運和自身錯誤之累而風雨飄零的人，還有那些生活在我身邊對自己的好運漫不經心、無精打采接受的人。他們這些人是眞正在消磨時間；他們漠視現在與已有的東西，而去充當希望的奴隸，追求幻想擺在他們眼前的海市蜃樓，

如同死後飄蕩的鬼魂，
或者感官入睡產生的幻覺。

——維吉爾

愈有人追逐，跑得愈快愈遠。他們追逐的果實與目標就是追逐，如像亞歷山大說他工作的目的就是工作，

相信只要有事情做，就是事情沒做過。

——盧卡努

我這人愛生活，上帝賜給我什麼樣的生活我就怎樣過。我不希望生活中不去談吃喝的

需要，要是希望生活中有加倍的需要在我看來也情有可原。「賢人追求自然財富十分貪婪。」（塞涅卡）我也不希望我們只要在嘴裡放些藥片就可活著，埃比米尼德就是服藥敗壞胃口維持生命；也不希望大家用手指和陽物笨手笨腳地生後代，恰巧相反——恕我冒昧——用手指與陽物還是可以做得快快活活，也不希望身體沒有欲望，沒有衝動。

這些是無情無義無公道的牢騷。我開心地感激地接受大自然給我做的一切，我衷心讚美。拒絕這位偉大萬能的施予者的禮物，否定它、歪曲它，這是大錯特錯。它的一切是善良的，做的一切也都善良。「符合自然的一切都值得尊敬。」（西塞羅）

我樂意採納的哲學思想是最堅實的，也就是說最人性化、最符合我們的哲學思想。我的言論符合我的爲人，平庸謙讓。哲學有時在我看來像個孩子，張牙舞爪向我們說教，說把神聖與世俗、理性與非理性、嚴厲與寬大、誠意與無誠意湊合一起是在搞野蠻婚姻，說肉欲本質上是粗野的，賢人不該津津樂道。唯一的性趣，他只能從年輕美貌的妻子身上去享受，這才是心安理得的樂趣，合乎事物道理的行爲，就像騎馬疾馳就要穿上馬靴子。但是這個哲學的追隨者在給他們的老婆破身時，也沒有這個學說那麼剛直、有勁頭和多精華！

蘇格拉底，我們大家的哲學先師，不是這樣說的。他實事求是地高度評價肉體樂趣，但是他更喜愛精神樂趣，因爲它更有力量、更穩定、更方便、更豐富、更有尊嚴。這個樂趣不是唯一的（他才不是個愛幻想的人），但是只是首位的。對他來說，節制是調節器，不是享樂的敵人。

大自然是溫和的引路人，但是不因溫和而不謹慎與不公正。「必須深入事物的自然狀態，才確知它需要什麼。」（西塞羅）我到處搜羅自然蹤跡。我們把自然蹤跡與人工做作混淆不清。逍遙派哲學「按自然狀態生活」的至善學說，由於這個原因變得很難界定與闡釋。斯多葛派「服從自然」的至善學說與它相近。那麼重視不那麼絕對需要的行爲就錯了嗎？他們永遠不會從我的頭腦清除這個思想，即樂趣與實用相結合是門當戶對的婚姻，一位古人也說天上的神一直在爲實用這件事暗中商量。兩心相悅、兩情繾綣的好事我們非要拆開有什麼好呢？相反，我們應該雙方從中撮合。讓精神喚醒和啓動笨重的肉體，肉體又防止精神輕率，保持精神穩定。「誰讚揚心靈爲至善，譴責肉體爲惡，其實是以肉體的觀點來擁抱與讚美心靈，也以肉體的觀點來逃避肉欲，因爲他還是以人的眞理，不是以神的眞理來判斷的。」（聖奧古斯丁）

上帝賜給我們的禮物中，沒有一件東西不値得我們關心，甚至一根毫髮也應該重視。按照人的條件來指導人不是人可以敷衍了事的差使。這是明確的、老老實實去做的最基本任務，創造主把它交給我們時非常嚴肅認眞。唯有權威使普通人領會，用不同的語言來傳達也更有分量。讓我們在這裡再提一提。「誰不認爲，愚蠢其實就是該做的事不好好做，還發牢騷，使身與心相違，各執一詞，分別走向相反的方向。」（塞涅卡）

不妨看一看，你要人談一談哪天他腦袋裡在胡思亂想些什麼，他還爲此不去享受美餐，埋怨把時間都用在吃上面了；你會覺得你桌子上哪一道菜都沒那人心靈中的美麗對白那樣乏味（大多數時間，悶頭睡大覺要比照應著我們在照應著的事更加值得），你會覺得他的言論與意圖還及不上你的燉肉。

即使阿基米德發現定理時的狂喜，又算得什麼呢？我在這裡不談這問題，也不把可敬的心靈跟我們這些芸芸眾生，跟我們消遣解悶的無聊空想混爲一談。他們思想高尚，信仰虔誠，長年認眞默思天上的事。這些心靈熱烈期望提前嘗到永久的食糧，這是基督徒心目中最終目標和最後棲息地，唯一常存不朽的歡樂；不屑於關切我們的日常需要，飄忽而又模糊，讓肉體去沉浸在聲色犬馬之中。這是一種特權學問。讓我們私下說一句，天意與人情，這兩類事在我看來有一種離奇的巧合。

伊索這位大人物，看見他的老師邊走邊撒尿，說：「這麼看來，我們應該邊跑邊拉屎啦。」我們要愛惜時間。我們還是會有許多時間閒著和使用不當。我們的精神總是愛這樣去想，它只需要甚少的時間，若不跟肉體分離，就沒有足夠的時間去做它要做的事。

他們要擺脫精神與肉體，逃出人體。這是瘋狂，他們不但變不成天使，而會變成牲畜。不但不會升到天上，而會跌在地上。這類要振翅高飛的念頭令我害怕，就像面對高不可攀的絕頂。蘇格拉底的生平中就是他的出神與靈跡叫我無法接受，柏拉圖被大家稱爲神性的一面卻充滿了人性。

在我們的學問中，提升到最高最偉大的我覺得也是最低最通俗的。亞歷山大一生中，我認爲他對自己長生不死的種種幻想是最平凡、最世俗的。菲洛特斯在回答中對他進行了尖刻的嘲弄。他帶了朱庇特·阿蒙的神諭跟他共用歡慶，神諭中亞歷山大與他同列諸神班子：「對你的高升我甚感欣慰，但是也對那些人有一顆憐憫之心，他們不得不跟一位不以人自居、高高在上的人一起生活，並對他唯命是從。」「因爲你服從神就可統治天下。」（賀拉斯）

爲了紀念龐培的入城儀式，雅典人獻上一句親切的銘文，其意義跟我說的倒也符合：

正因爲你成了神，
更應該認清自己是人。

——普魯塔克

知道光明正大地享受自己的存在，這是神聖一般的絕對完美。我們尋求其他的處境，是因爲不會利用自身的處境。我們要走出自己，是因爲不知道自身的潛能。我們踩在高蹺上也是徒然，因爲高蹺也要依靠我們的腿腳去走路的。即使世上最高的寶座，我們也是只坐在自己的屁股上。

依我看，最美麗的人生是以平凡的人性作爲楷模，有條有理、不求奇蹟、不思荒誕。現在老年人需要更體貼的對待。讓我們向這位神討教，健康與智慧之神，⑰但是快樂與合群：

拉托那之子啊！
允許我享受我的財富和機能健康的身體，
讓我老當益壯，
還有精力彈奏我的里拉琴！

——賀拉斯

⑰ 據《七星文庫·蒙田全集》，指阿波羅。

名詞解釋——人名、地名、歷史事件

A

Aesop 伊索（約西元前六世紀）。生平事蹟已不可考。據希臘歷史之父希羅多德所記，原爲希臘奴隸，因機智而被主人釋放，去呂底亞見國王克羅伊斯，旋使德爾斐聖地，在那裡被殺。伊索留下一些通俗警惕的小故事，因其淺顯而有深意，爲世人喜愛，以口頭文學形式相傳並逐漸豐富，後世遂爲《伊索寓言》。

Agesilaus 阿格西勞斯，一譯阿偈西勞（約西元前四四四—西元前三六〇），斯巴達國王（約西元前三九九—西元前三六〇）。爲後期斯巴達的一位重要人物。力圖恢復斯巴達在希臘的霸權，但連續敗於底比斯、雅典、科林斯的聯盟。伯羅奔尼撒同盟逐漸解體。

Alcibiades 亞西比得（約西元前四五〇—西元前四〇四），古雅典將軍。出身貴族，爲哲學家蘇格拉底的弟子與朋友，在戰爭中相互救過性命。他反對斯巴達。伯羅奔尼撒戰爭的第二階段，竭力鼓動雅典人遠征西西里，欲建立雅典海上帝國，遭反對未成，雅典當局以他犯瀆神罪爲由，召他回國受審。他畏罪投降斯巴達，獻計使雅典遭重大損失。旋失寵，又投奔波斯。後利用雅典海軍對貴族寡頭集團的不滿，重掌雅典海軍。西元前四〇四年，雅典戰敗後他逃往小亞細亞，途中被暗殺。

Alexander（The Great） 亞歷山大大帝（西元前三五六—西元前三二三），馬其頓國王（西元前三三六—西元前三二三）。少時就學於亞里斯多德，醉心於羅馬史詩中的英雄。即位後鎮壓希臘境內反馬其頓運動，大舉侵略東方。曾率軍進入小亞細亞；南進敘利亞，攻占腓尼基，轉入埃及，在尼羅河三角洲建亞歷山大城。生前建立了東起印度河、西至尼羅河與巴爾做半島領域內的亞歷山大帝國。此帝國在他病故後迅即瓦解。

Ammianus Marcellinus 安米阿努斯・馬西利納斯（約三三〇—四〇一），古羅馬歷史學家。出身貴族，爲希臘人後裔。早年在羅馬帝國騎兵中服役，駐防高盧等地，曾參加對波斯的戰爭。退伍後遊歷敘利亞、埃及等地。定居羅馬後專事歷史研究。著有《羅馬史》三十一卷。現存十八卷（第十四至第三十一卷）。

Amyot, Jacques　阿米奧・雅克（一五一三—一五九三），法國人文主義者。爲亨利二世國王的王子的教師，後爲法國王宮大布道師。普魯塔克作品的主要譯者。

Antigonus I　安提柯一世（約西元前三八二—西元前三〇一），一譯安提戈那一世，即「獨眼」安提柯。亞歷山大大帝的部將。亞歷山大死後，擁有小亞細亞西部，積極參加王位的爭奪戰。先後打敗攸墨涅斯、塞琉古、托勒密艦隊，遂稱王。後遭敵人聯合反對，在西元前三〇一年易普斯戰役中戰敗身死。

Antiochus III　安條克三世（西元前二四二—西元前一八七），塞琉西國王（西元前二二三—西元前一八七）。該國在今土耳其南部的安塔基亞。安條克三世統治時期平定米提亞和波斯地方的分裂。其疆域一度擴至敘利亞南部腓尼基和巴勒斯坦一帶。西元前一九〇年，與羅馬作戰，敗於大西庇阿之手。後在掠奪伊朗地區神廟的財富時，被憤怒的土著居民所殺。

Antisthenes　安提西尼（約西元前四三五—約西元前三七〇），一譯安提斯梯尼。希臘哲學家，犬儒派創始人。曾師事高爾吉亞和蘇格拉底。後在雅典一所名叫「昔諾薩格」（Cynosarges，意爲「狗窩」）的體育場授徒講學，這一派因此得名「昔尼克」，意譯爲犬儒派。今存著作兩部：《阿傑克斯和尤利西斯》（其眞僞未定）和《博物家》（殘篇）。

Antonius, Marcus　安東尼（西元前八二—西元前三〇），羅馬統帥。凱撒的部將。西元前四三年，與屋大維（奧古斯都）、雷必達結成後三頭政治聯盟，共同打敗刺殺凱撒的共和派貴族。與埃及女王克婁巴特拉七世結婚，並宣稱將羅馬一部分領土贈與她的兒子。元老院和屋大維聯合興兵討伐。安東尼戰敗，逃至埃及後自殺。

Aquinas, Thomas（Saint）　阿奎那，湯瑪斯（聖徒）（一二二七—一二七四），義大利神學家、哲學家。曾在巴黎、那不勒斯講課。阿奎那的《神學大全》結合理性與宗教，集古典學說與基督教神學之大成。他的哲學和神學體系後被稱爲湯瑪斯主義，並於一八七九年由利奧十三世教皇正式定爲天主教的官方神學和哲學。

Arcesilaus 阿凱西勞斯（西元前三一六—西元前二四一），希臘新學園派哲學家。他用辯證法作爲武器，反對斯多葛派的教條主義。對他來說不存在眞理，只存在多少有可能的意見。

Ariosto 阿里奧斯托（一四七三—一五三三），義大利文藝復興時代詩人。代表作有長詩《瘋狂的奧蘭多》。還寫過喜劇和諷刺作品。

Aristippus 亞里斯提卜（約西元前四三五—約西元前三六〇），希臘哲學家。生於北非昔蘭尼。慕蘇格拉底之名來雅典拜師。也受普羅塔哥拉影響，後在各地執教，終返故鄉建立學派，稱爲思唯樂派，也稱爲昔蘭尼學派。強調「主宰快樂，而不爲快樂主宰」，並宣稱有知識和智慧的人才眞正談得上快樂。

Aristo（Ariston）of Chio 希俄斯島的阿里斯頓（約西元前二七〇），希臘斯多葛派哲學家。因口才雄辯，聲音洪亮，有「塞壬」（希臘神話中善唱歌的人身鳥足美女神）之稱。

Aristotle 亞里斯多德（西元前三八四—西元前三二二），希臘哲學家。幼年即培養關於自然方面的學識，也習過醫。西元前三六七年去雅典入柏拉圖「學園」，學習研究凡二十年，深得師友的器重。西元前三四二年應邀赴馬其頓，任亞歷山大王子（後爲亞歷山大大帝）的教師。西元前三三五年返雅典，辦學園授徒。常環繞園林（一說迴廊）漫步講學，故其學派稱逍遙學派。他的一句名言是：「眞理高於老師（柏拉圖）」。著作達數百種，流傳至今者主要有：《邏輯學》、《論生成與消滅》、《工具論》、《形而上學》、《詩學》等。

Augustine, Saint 聖奧古斯丁（三五四—四三〇），羅馬帝國基督教思想家，教父哲學的主要代表。一度曾爲摩尼教信徒，後皈依基督教。他用新柏拉圖主義的哲學來論證基督教教義。還提出「神國說」。其說教中竭力為教會在人世間建立神權統治辯護，並為中古歐洲天主教會的教權至上論提供了理論依據。主要著作有《上帝之城》、《懺悔錄》。

Augustus 奧古斯都（西元前六三—西元一四），羅馬帝國皇帝（西元前二七—西元一四）。凱撒的甥孫與養子。原名蓋約．屋大維。西元前二七年元老院奉以「奧古斯都」（意為「神聖的」、「至尊的」）稱號，後世遂以此稱之。與安東尼、雷必達結成後三頭政治聯盟，打敗刺殺凱撒的共和派貴族。雷必達失權後，他與安東尼分掌羅馬西部和東部。雙方矛盾愈演愈烈。亞克興戰役得勝，率軍入埃及。安東尼自殺身亡。托勒密王朝亡。返羅馬後，建元首政治，是為羅馬帝國之始。「奧古斯都」後成為羅馬與西方帝王慣用的頭銜。

B

Bacchus 巴克科斯，一譯巴克斯，羅馬神話中的酒神，在希臘神話中即為狄俄尼索斯（Dionysus）。

Bias 貝亞斯（約西元前五七〇），希臘傳奇中七賢之一。立法者，為市民調解糾紛，以其溫和態度為人們所尊敬。他為人稱道的警句充滿良知與道德。

Boccaccio 薄伽丘（一三一三—一三七五），義大利文藝復興時期作家，人文主義者。一三三〇年去那不勒斯研習法律。得以接近那不勒斯王室和一些宮廷詩人，開始文學創作。私戀國王私生女瑪麗亞，將其化名為菲亞美達，出現於他的多部作品中，類似於但丁和彼特拉克作品中的貝婭特麗絲和蘿拉。其代表作是短篇小說集《十日談》，辛辣嘲諷天主教士的虛偽荒淫，斥責貴族的殘暴。

Bodin, Jean　博丹·讓（一五二九或一五三〇—一五九六）法國經濟學家、哲學家。他認爲認識歷史才能理解法與政治。還分析十六世紀美洲貴金屬進入歐洲引起價格上漲的現象。

Brutus, Marcus Junius　布魯圖斯（約西元前八五—西元前四二），羅馬政治家、共和主義者。出身名門。凱撒與龐培爭雄時，支持龐培。法薩羅戰役後得到凱撒寬宥，結爲友。後反對凱撒獨裁，志在恢復共和政體。西元前四四年，在元老院議事廳親手刺死凱撒。後逃至希臘。西元前四二年腓力比戰役，敗於屋大維與安東尼聯軍，遂自殺。

C

Caesar, Julius　凱撒（約西元前一〇〇—西元前四四），羅馬統帥、政治家。早年接近平民，反對蘇拉派。西元前六一年出任西班牙總督。與龐培、克拉蘇結成前三頭同盟。任執政官後，大舉向外擴張，征服高盧全境。越萊茵河攻擊日爾曼（西元前五五和西元前五三），渡海侵入不列顚（西元前五五和西元前五四）。龐培與元老院合謀解除其兵權。率軍渡盧比孔河（北義大利），進占羅馬。西元前四五年被元老院宣布爲終身獨裁官。破例任五年執政官，亦爲終身保民官，兼領大將軍，大教長等銜，及「祖國之父」尊號。凱撒專制招致元老院一批貴族共和派人物的反對。西元前四四年三月十五日，遇刺身亡。著有《高盧戰紀》、《內戰記》。「凱撒」後成爲羅馬和西方帝王慣用的頭銜。

Caligula　卡里古拉（一二—四一），羅馬皇帝（三七—四一），原名蓋約·凱撒·日爾曼尼庫。因在軍中愛穿長筒軍靴（caliga），以此給他起綽號「卡里古拉」。他是提比略皇帝之侄與奧古斯都外孫女所生的孩子。繼提比略爲帝，不久即實行暴政，下令臣民當他如神明，戕害無辜，任意揮霍，被反對者暗殺死亡。

Carneades　卡涅阿德斯（約西元前二一五—約西元前一二九），希臘哲學家。阿凱西勞斯的弟子與繼承者。被認爲或然論哲學最重要的代表人物。

Carthage　迦太基，非洲北部（今突尼斯）的奴隸制國家。約西元前八一四年由腓尼基城邦推羅的移民所建。西元前七到四世紀發展成爲西地中海的強國。首都迦太基城，領有科西嘉、薩丁島、西西里西部、巴里阿利群島和西班牙東部沿海一帶。其文化受母邦腓尼基及希臘、埃及影響。西元前三世紀開始與羅馬爭奪西地中海霸權，導致三次布匿戰爭，迦太基失敗，淪爲羅馬一行省（阿非利加省）。

Cassius, G. Longinus　凱西烏（？—西元前四二），羅馬將軍，刺殺凱撒的主謀之一。在腓力比戰役中，被安東尼打敗，遂自殺。

Catherine de Médicis　卡特琳·德·美第奇（一五一九—一五八九），亨利二世國王之妻。出身於義大利美第奇家族。嫁與法國奧爾良公爵。公爵後爲國王亨利二世。亨利二世死後，她利用先後接位的三位國王無能，干預朝政，並於一五六〇—一五六四年擔任查理九世攝政。一五六二年胡格諾戰爭爆發，周旋於天主教集團與胡格諾派之間，後因畏胡格諾勢力太強，與天主教集團領袖亨利·德·吉茲一起製造了聖巴托羅繆大屠殺。

Cato, Marcus Porcius, the Censor　監察官加圖，又稱大加圖（西元前二三四—西元前一四九），羅馬政治家、作家。第二次布匿戰爭時從軍，轉戰西班牙、馬其頓等地，歷任財務官、大法官、執政官、監察官等職，維護羅馬文化，反對希臘文化傳入，極力主張消滅迦太基。爲拉丁散文文學的開創者，著有《羅馬歷史源流考》七卷，係羅馬最早史書，今存殘篇。

Cato, Marcus Porcius, of Utica　烏提卡的加圖，又稱小加圖（西元前九五—西元前四六），羅馬政治家，大加圖的曾孫。斯多葛派的信徒。在元老院支持西塞羅，保衛共和制度。保民官任內激烈反對前三頭同盟，後加入龐培反對凱撒，失敗後逃亡北非，凱撒率軍逼近時自殺。

Catallus　卡圖魯斯（約西元前八四—約西元前五四），羅馬詩人。西塞羅摯友，擁護共和制，在詩作中攻擊凱撒及其支持者。傳世作品有一百一十餘首，包括對列斯比婭抒發愛情的名篇。

Charlemagne　查理曼大帝（七四二—八一四），法蘭克王國加洛林王朝國王（七六八—八一四）。八〇〇年，由羅馬教皇加冕稱帝，號爲「羅馬人的皇帝」，法蘭克王國遂成爲查理曼王國。在位時與教皇結盟，武力擴張，帝國疆域鼎盛時期西臨大西洋，東至易北河和波希米亞，北達北海，南迄義大利中部。同時獎勵學術文化。過世後，帝國在八四三年即告分裂。

Charles V　查理五世（一五〇〇—一五五八），以斐南迪國王外孫身分繼承西班牙國王（一五一六—一五五六），一五一九年當選爲神聖羅馬帝國皇帝（一五一九—一五五六）。爲了爭奪義大利，與法國弗朗索瓦一世長期作戰。反對德國宗教改革，跟農民作戰。一五五二年，與新教諸侯聯軍作戰敗北，一五五五年締結《奧格斯堡宗教和約》。

Chrysippus　克里西波斯（約西元前二八一—約西元前二〇五），希臘哲學家。常去新學園，研究斯多葛派哲學，繼承克里昂特斯的衣缽。

Cicero, Marcus Tullius　西塞羅（西元前一〇六—西元前四三），羅馬政治家、雄辯家、哲學家。曾任西里西亞（小亞細亞）總督。羅馬內戰期間追隨龐培反對凱撒。後三頭政治聯盟結成後，被殺。著述內容廣博，今存《論善與惡的定義》、《論神的本性》、《論國家》等論文。其文體流暢優美，被譽爲拉丁文的典範。

Cinna　秦那（？—西元前八四），羅馬執政官。馬略的合作者，大殺蘇拉派政敵。西元前八四年聞蘇拉東征歸來，擬組織武裝抵抗。後死於士兵嘩變。其女兒爲凱撒的妻子。

Claudian　克洛迪安（約三七〇—約四四〇），羅馬詩人。爲羅馬輝煌文化的最後一位保衛者。著有《諷刺詩》等多部作品。

Claudius I 克勞迪烏斯（西元前一〇—西元五四），一譯克勞狄一世，羅馬皇帝（四一—五四）。繼卡里古拉爲帝。多次發動對外戰爭，攻取不列顛、日爾曼尼亞、敘利亞和非洲西北部。被其妻毒死，由尼祿繼位。

Cleanthes 克里昂特斯（西元前三三一—西元前二三二），希臘哲學家。斯多葛派，是（季蒂昂的）芝諾最忠誠的弟子。

Cleomenes I 克里昂米尼一世（西元前五二〇—西元前四八七），斯巴達國王。其統治時代是斯巴達同盟全盛期。但他最終失敗後發瘋死於獄中。

Cleomenes III 克里昂米尼三世（約西元前二五五—西元前二一九），斯巴達國王。三世國王奪得政權後，用武力推行其恢復舊制的改革，引起貴族保守派的反對，軍事失利後在絕望中自殺身亡。

Commines, Philippe de 科明（約一四四七—約一五一一），法國政治家、歷史學家。長斯充任法國路易十一的謀臣，參贊機要。晚年寫《回憶錄》八卷，內容始自一四六四年，止於一四九八年，記述路易十一時期政事、查理八世入侵義大利，直至路易十二即位，具有重要史料價值。

Crates 克拉特斯（西元前五世紀中葉），雅典詼諧詩人、演員。

Croesus 克羅瑟斯（約西元前五六〇—西元前五四六），呂底亞王國末代國王。領有小亞細亞西部廣大地區，爲當時強國。曾與埃及法老和新巴比侖國王締結同盟，反對波斯帝國。西元前五四六年，被波斯國王居魯士打敗，本人被俘。據說他是古代有名的富豪，西方有成語曰：富比克羅瑟斯。

Curtius Rufus, Quintus 庫提烏斯·盧弗（西元前一世紀），羅馬歷史學家。生平事蹟不確知。著有《亞歷山大大帝戰記》十卷。第一、二卷已失，餘者亦有殘缺。

Cyrenaics　昔蘭尼學派，一譯昔勒尼學派。希臘小蘇格拉底派之一。西元前亞里斯提卜創於北非昔蘭尼加，故有此名。提倡享樂主義的倫理原則。

Cyrus　居魯士（約西元前六〇〇—西元前五二九），波斯帝國國王（西元前五五八—西元前五二九）。西元前五四六年侵入小亞細亞，滅呂底亞，征服沿海的希臘各城邦。西元前五三八年占領巴比侖城，滅新巴比倫王國，釋放「巴比侖囚虜」重返巴勒斯坦。遠征中亞，在伊朗高原東部作戰中被殺。

D

Darius　大流士一世（約西元前五五八—約西元前四八六），波斯帝國皇帝。在位時期是波斯王朝的鼎盛期，疆域東至印度河，西至小亞細亞沿岸，南及埃及尼羅河第一瀑布處，北達歐洲的色雷斯。以瑣羅亞斯德教（拜火教）爲國教。西元前五世紀初，發動希波戰爭，在馬拉松戰役（西元前四九〇年）中失敗。

Delphi　德爾斐，今譯名德爾法。希臘城市。該地有阿波羅神廟及其神托所。以該神廟女祭司皮提亞所宣示的神托、預言和占卜而著名。該地後受馬其頓統治。西元前二世紀中葉又併入羅馬版圖。四世紀末，羅馬定基督教爲國教，下令禁止傳統舊教和神托，德爾斐盛況遂成爲歷史陳跡。

Democritus　德謨克利特（約西元前四六〇—約西元前三七〇），希臘哲學家。曾遊歷西亞、印度、埃及等地。研究哲學、數學、天文學、生物學、倫理學及音樂詩歌等。早年師事原子論創始人留基伯，其作品有一部分可能屬於留基伯。馬克思稱他是「經驗的自然科學家和希臘人中第一位百科全書式的學者」。強調遵循自然，注重練習，認爲教育可以改變人。

Demosthenes　德摩斯梯尼（西元前三八四—西元前三二二），一譯德摩西尼，雅典雄辯家。教授修辭學，繼而從事政治活動，終身極力反對馬其頓入侵希臘。失敗自殺。今存演說六十一篇，係古代雄辯術的典範。

Diogenes（**Sinopeus**）第歐根尼（錫諾伯的）（約西元前四〇四—約西元前三二三），希臘犬儒派（昔尼克派）哲學家。師事該派創始人安提西尼。他玩世不恭，放浪形骸以實踐他的哲學，以冷漠的機智和傲世的詼諧來教化別人。一則流傳至今的故事，就是亞力山大大帝在街頭遇到他，懷著敬意願爲他做些什麼，第歐根尼淡然回答：「你不要遮住我的陽光。」

Diogenes（**Laërtius**）第歐根尼（拉爾修的）（二至三世紀間），希臘哲學史家。著有《哲學家傳記》十卷，記述希臘名哲的逸事及觀點。保留了大量失傳的先哲事蹟，頗有歷史價值。

Dionysius I 狄奧尼修斯一世（約西元前四三〇—西元前三六七），敘拉古（西西里島）僭主（西元前四〇五—西元前三六七）。統治敘拉古達三八年之久，一度成爲西地中海的強國，許多希臘城市與他結盟。長期與迦太基交戰。提倡希臘風格，修建敘拉古城，獎勵文學藝術。本人也是詩人和戲劇家，據說他的劇本曾在雅典上演得獎。

Dionysius II 狄奧尼修斯二世（約西元前三九五—西元前三四三年以後），敘拉古僭主。狄奧尼修斯一世之子。性喜詩文，與其父相比遜色不少。

Dionysius（**Halikaznassos**）狄奧尼修斯（哈利卡納蘇的）（？—約西元前八），希臘歷史學家、修辭學家。著《羅馬古史》二十卷，今存約前十卷，從遠古神話時代寫至西元前二六四年，第一次布匿戰爭開始之年。

Du Bellay, Guillaume 杜·貝萊，紀堯姆，（一四九一—一五四三），法國政治家、作家。弗朗索瓦一世宮廷中重臣。著有《回憶錄》，未竟，由其弟馬丁續寫。另一兄弟讓，紅衣主教，是文藝的保護者。

Du Bellay, Joachim 杜·貝萊，約希姆（一五二二—一五六〇），法國詩人。初參加軍隊，後從事詩歌創作。是法國十六世紀七星詩社大詩人龍沙的摯友。

E

Edward III　愛德華三世（一三一二—一三七七），英國金雀花王朝國王（一三二七—一三七七）。十五歲即位，一三三〇年親政。一三三七年挑起英法兩國的百年戰爭。多次戰敗法軍，一三六〇年《布勒丁尼和約》，鞏固和擴大了英國王室在法國西南部的領地。

Empedocles　恩培多克勒（西元前四九〇—約西元前四三〇），希臘哲學家。據說是希臘研究修辭學第一人，又是名醫。認爲萬物皆由「四根」即四種元素（火、水、土、氣）所形成，所謂生滅在外是元素的結合和分離。用詩體寫成《論自然》、《論淨化》，今僅留殘片。

Ennius　埃尼厄斯（西元前二三九—西元前一六九），拉丁詩人。原是奴隸，由大加圖帶至羅馬，得到大西庇阿的保護，使許多羅馬貴族家庭接觸和了解希臘文化。西元前一八四年得到羅馬市民權。在他的影響下，希臘文化遺產融入羅馬精神生活。

Epaminondas　伊巴密濃達（約西元前四二〇—西元前三六二），希臘底比斯將軍。屬貴族，但家境清貧。西元前三七一年，以「斜楔」陣法擊敗斯巴達軍的進攻。次年率軍攻入伯羅奔尼撒，再重創斯巴達，從而形成底比斯爭霸希臘的局勢。後在曼提尼亞戰役中又大破斯巴達軍，但自身負重傷，不治身亡。

Epicurus　伊比鳩魯（西元前三四一—西元前二七〇），希臘哲學家。一說生於薩摩斯。十八歲到雅典，就學於學園派的色諾克拉特。後赴外地教授哲學，三十五歲重返雅典，購置一座花園授徒講學，主張樂生哲學，宣揚他的原子說與無神論，建立自己的伊比鳩魯學派。著作大部分失傳，今尚存《論自然》（三十七卷）的片斷和《學說綱要》。

Euripides　歐里庇得斯（約西元前四八〇—約西元前四〇六），古希臘三大悲劇作家之一。青年時學過繪畫與哲學，受智者派思潮影響，可能曾與蘇格拉底和亞西比得爲友。晚年（伯羅奔尼撒戰爭後期），離雅典，終老於馬其頓宮廷。相傳寫作悲劇九十二部（一說七十多部），今存《美狄亞》、《希波呂托斯》、《特洛伊婦女》等十八部。題材仍以神話故事爲主，但風格與另兩大悲劇作家（埃斯庫羅斯和索福克勒斯）有所不同，以批判手法表示對傳統與神的懷疑，作品更多反映社會生活中實際問題，如戰爭、城邦政治、婦女地位、倫理道德等。對文藝復興以後歐洲戲劇有很大影響。

F

Fates　命運三女神。希臘神話掌管人的命運與生死的三個女神，其中克羅托紡織生命之線，拉刻西斯決定生命之線的長短，阿特洛波斯負責切斷生命之線。

Flaminius, T.Quintius　弗拉米尼（？—西元前一七五），羅馬將領。西元前一九七年當執政官，在狗頭山（Cynoscephalae）打敗馬其頓腓力五世結束第二次馬其頓戰爭。在科林斯宣布希臘的自由。

Foix　弗瓦，十四世紀法國一個名門望族，世代伯爵爵位。加斯東三世．德．弗瓦（Gaston III de Foix 1343-1391）尤爲著名，典型的騎士貴族形象，性好戰，作風豪放，熱愛文學藝術。在英法百年戰爭中叱吒風雲。

François I 弗朗索瓦一世（一四九四—一五四七），法國國王（一五一五—一五四七）。在位時集大權於一身，對外繼續進行義大利戰爭（一四九四—一五五九），一度占領米蘭。後與神聖羅馬帝國皇帝查理五世四度交戰。一五二五年在帕維亞戰役中失敗被俘，簽訂馬德里和約，獲釋歸國後即毀約。一五四四年，查理五世率軍攻入法國，被迫再度議和。

G

Galba, Servius Sulpicius　加爾巴（西元前五—西元六九），羅馬皇帝（六八—六九）。原爲尼祿皇帝的部將，駐守塔拉貢西班牙，在尼祿遭遇的一次叛亂中，加爾巴被部下擁立爲皇帝，得到禁衛軍長官的承認。元老院不得已，承認「可以在羅馬以外的任何地方立皇帝」，宣布「尼祿爲公敵」，尼祿被逼自殺。但是加爾巴的嚴厲與吝嗇，導致自己也遭禁衛軍殺害。

Gallia（Gaule）　高盧。古地名，主要包括兩大部分：①山南或內高盧，指義大利北部阿爾卑斯山以南，盧比孔河以北的地區。西元前三世紀後期，開始處於羅馬統治之下。②山北或外高盧，大體包括今法國、比利時、盧森堡及荷蘭與瑞士的一部分。西元前五八—西元前五一年被羅馬統帥凱撒征服。

Gracchus, Tiberius　格拉古．提比略（西元前一六二—西元前一三三），羅馬政治家。青年時隨軍出征迦太基，作爲財務官參加對西班牙的戰爭（西元前一三七）。目睹羅馬大莊園擴展，農民破產導致兵源匱乏及西西里奴隸大起義。西元前一三三年任保民官，提出土地法案，遭大地主反對。競選下一年保民官，元老院貴族蓄意挑起械鬥，格拉古及其支持者約三百人皆被殺。

Gracchus, Gaius Sempronius　格拉古．蓋約（西元前一五三—西元前一二一）。羅馬政治家，提比略．格拉古之弟。任保民官後繼續推行提比略的土地法。元老院貴族又策劃報復行動，雙方發生衝突，蓋約組織武裝力量抵抗，失敗犧牲，其支持者約三千人死難。

Graces　希臘神話中嫵媚、優雅和美麗三位女神的總稱。喜歡詩歌、音樂和舞蹈，有關文藝、科學和造型藝術等方面的創造都得依靠她們的靈感。

Gregory XIII　格列高利十三世（一五〇二—一五八五），第二二四任教皇（一五七二—一五八五）。一五八五年採用格列曆，代替在西元前四六年開始採用到那時的儒略曆。因儒略曆按天文學計算已落後十天。信新教與希臘正教的國家抵制採用。此後經過數百年，直到一九五〇年才遲遲被全世界普遍接受。

Guise, François, duc de　弗朗索瓦·德·吉茲公爵（一五一九—一五六三），吉茲家族第二代公爵。與查理五世爲敵，鎮壓新教徒，挫敗攝政女王卡特琳·德·美第奇的和解政策，打響宗教戰爭第一仗，在圍困奧爾良時被暗殺。

Guise, Henri, duc de　亨利·德·吉茲公爵（一五五〇—一五八八），弗朗索瓦·德·吉茲的長子，有「刀面人」之稱，一五七六年神聖聯盟領袖，覬覦王位，亨利三世指使人把他暗殺。

H

Hadrian　哈德良皇帝（七六—一三八），羅馬皇帝。原隨羅馬皇帝圖拉眞轉戰各地。圖拉眞死後被軍隊擁立爲帝。對外採取防守政策。侵犯猶太人傳統信仰，引起大暴動，一三二—一三五年間殘酷鎮壓，猶太人大批逃亡。提倡法學，下令編《永久法》，獎勵文學藝術。

Hannibal　漢尼拔（西元前二四七—西元前一八三或西元前一八二），迦太基統帥。幼年隨父去西班牙，立誓向羅馬報復第一次布匿戰爭的失敗。後任駐西班牙的迦太基軍統帥。西元前二一八年春，率六萬軍隊遠征義大利，爲第二次布匿戰爭之始。初期成功，大敗羅馬，長期轉戰義大利各地，軍力耗竭，後援不繼。當西庇阿率羅馬軍隊攻打迦太基本土，奉召回國（西元前二〇三年）解圍，失敗。逃往敘利亞，向安提柯三世獻策進兵義大利，未見採納。後自殺於小亞細亞俾提尼亞。

Hegesias　赫格西亞斯（約西元前三世紀），希臘昔勒尼派哲學家。他的享樂主義卻含有一絲憂傷感，對於人能夠達到幸福持懷疑態度。

Henry II　亨利二世（一一三三—一一八九），英國國王（一一五四—一一八九），金雀花王朝建立者。一一五〇年成爲諾曼第公爵。一一五一年繼任安茹伯爵。一一五二年透過聯姻，又領有阿基坦、普瓦圖、加斯科涅等地。一一五三年率軍侵入英國，迫使英王史提芬承認其爲英國王位繼承人。翌年史提芬死，亨利二世加冕爲英王，屬地跨英法兩國，有「安茹帝國」之稱。

Henry VII　亨利七世（一四五七—一五〇九），英國國王（一四八五—一五〇九），通常叫亨利・都鐸（Henry Tudor）。玫瑰戰爭（一四五五—一四八五）中支持蘭加斯特家族，反對約克家族。一四八五年八月二十二日在包斯華茲原野殺死英王查理三世奪得王位，建立都鐸王朝。

Henri II　亨利二世（一五一九—一五五九），弗朗索瓦一世之子，卡特琳・德・美第奇之夫。一五四七—一五五九年間的法國國王。繼續反對奧地利王室，反對英國及其盟友西班牙菲列普二世。在一次競技比賽中意外傷及眼睛，不治身亡。

Henri III　亨利三世（一五五一—一五八九），法國國王（一五七四—一五八九）。一五七二年八月，與卡特琳・德・美第奇策劃在巴黎屠殺胡格諾教徒（聖巴托羅繆慘案），致使胡格諾戰爭愈演愈烈。一五七三年被選爲波蘭國王。一五七四年獲悉其兄查理九世去世消息，即返回巴黎繼承王位。

Henri IV　亨利四世（那瓦爾的亨利）（一五八九—一六一〇），法國國王（一五七二—一五八九）。胡格諾派領袖。天主教徒和胡格諾教徒原想透過那瓦爾王亨利與法王查理九世之妹瑪格麗特聯姻，緩和兩派的矛盾。但是天主教集團領袖亨利・德・吉茲和太后卡特琳・德・美第奇策劃了聖巴托羅繆慘案，導致胡格諾戰爭再起。一五八九年八月亨利三世遇刺身亡，亨利四世即位。一五九三年不顧胡格諾派反對，改宗天主教。一五九四年進入巴黎，正式加冕。一五九八年頒布《南特敕令》，宣布天主教爲國教，同時承認胡格諾派有信教自由，在歐洲開創了宗教寬容的先例。一六一〇年五月被狂熱的天主教徒拉瓦亞克刺殺。

Heraclides 赫拉克利德斯（西元前三八八？—西元前三一二），柏拉圖的弟子，第一位承認地球自轉的天文學家。《論荷馬與赫西俄德時代》一書的作者。

Heraclitus 赫拉克利特（約西元前五三五—約西元前四七五），希臘哲學家。生於以弗所的貴族之家。生平事蹟不詳。認為「火」是萬物的本源，一切皆是火符合規律地燃燒與熄滅的結果。非神所造的世界處在不斷產生和滅亡的過程中，一切皆流、一切皆變。「人不能兩次走進同一條河」（看到同樣的流水），是他流傳至今的名言。

Hercules 赫丘利，即希臘神話中的赫拉克勒斯（Heracles）。他神勇無敵。出生不久，天后赫拉欲加害，派來兩條毒蛇，皆被他扼死。娶底比斯王之女墨伽拉為妻，生子三人，母子四人被他在瘋狂中殺害。後接受提任斯國王的委託，完成十二項英雄事蹟。

Herodotus 希羅多德（約西元前四八四—約西元前四二五），希臘歷史學家。有西方「歷史之父」之稱。曾遊歷埃及、巴比倫、黑海北岸等地，長期寄居雅典和南義大利。著有《希臘波斯戰爭史》，內容除戰事以外，也敘述了希臘、波斯、埃及與西亞各國的歷史、地理和風俗習慣。

Hesiod 赫西俄德（約西元前八至西元前七世紀），希臘詩人。主要著作有《田功農時》與《神譜》。前者具體描述希臘農村生活，告誡勤於農事方可成為神眷顧的幸福人；後者描寫世界起源與諸神誕生。他與荷馬並稱為希臘上古兩大詩人。但荷馬歌頌神的英勇冒險故事，赫西俄德記敘日常勞動生活。他還提出人類經過黃金時代、白銀時代、青銅時代、英雄時代、黑鐵時代的觀點。揭露黑鐵時代當權貴族統治的非正義性。

Hiero 或**Hieron** 希倫（約死於西元前四六六），敘拉古暴君（西元前四七八—西元前四六六）。在位時統治整個西西里。提倡文藝宮中聚集希臘文藝傑出人物。

Hippocrates　希波克拉底（約西元前四六〇—約西元前三七五），希臘醫學家。據說在雅典城目睹西元前四三〇年的大瘟疫。活過百歲，其醫學著作不下六十餘種，據認爲多半出自弟子及後人之手。主張人體爲一有機體，提出「體液病理學說」，認爲人體由血液、黏液、黃膽汁和黑膽汁四種體液組成；四液調和則體健，失調則生病。被譽爲古代「醫學之父」。

Homer　荷馬（約西元前九至八世紀），希臘遊吟盲詩人。相傳《伊利亞特》和《奧德賽》爲其名作，敘說早期希臘阿卡亞人遠征特洛伊的事件，反映西元前十一至前九世紀氏族部落解體時期，習稱「荷馬時代」。

Horace　賀拉斯（西元前六五—西元前八），羅馬詩人。其父爲一釋放奴隸，送賀拉斯去羅馬、雅典受教育。後與維吉爾結識，接近「美西納斯」文藝團體，並受奧古斯都皇帝賞識，躋身於宮廷詩人行列。以寫諷刺詩與抒情詩聞名。傑作有《頌歌》、《詩藝》。

Huguenots　胡格諾派，對十六—十七世紀法國新教徒（加爾文派）的稱呼。其成分複雜，參加者主要是反對國王專制、企圖奪取天主教會地產的新教封建顯貴和地方中小貴族，以及力求保存城市自由地位的資產階級和手工業者。胡格諾派運動的發展，引起法國長期的內戰，即一五六二—一五九八年間斷斷續續的胡格諾戰爭。也可說是十六世紀歐洲宗教改革運動在法國的延續。一五九八年，亨利四世改宗天主教，頒布《南特敕令》，法國天主教集團與胡格諾派妥協和解，戰爭遂告結束。

Hundred Year's War　百年戰爭，一三三七—一四五三年英法兩國間的戰爭，因持續一百多年，故有其名。起因於兩國王室爭奪富庶的佛蘭德斯和英國自亨利二世起在法國境內占有的領地。戰爭差不多，可分四階段。最後階段（一四二八—一四五三），英國南下圍困法國南部門戶奧爾良城。法國人民群情激昂，在牧羊女貞德鼓舞下，擊退英軍，收復許多城池。一四五三年法軍收復加來港以外的全部領土，百年戰爭也遂告結束。

I

Inquisition 異端裁判所，又名宗教裁判所。天主教會偵察和審判「異端」的機構。十三世紀格列高利九世教皇（約一一四五—一二四一）正式建立。殘酷鎮壓一切反教會、反封建的異端，包括思想者與同情者。直屬教皇，不歸世俗當局和地方教會管轄。對被害者進行祕密審訊、嚴刑拷打，然後處以監禁、流放或火刑，並沒收其財產。以西班牙的異端裁判所尤爲倡狂。十六世紀起，隨著教皇權勢衰落，異端裁判所失去一部分職能。羅馬最高異端裁判所在二十世紀初改爲「聖職部」，檢查書刊，頒布禁書目錄，革除教籍和罷免神職。

Isocrates 伊索克拉底（西元前四三六—西元前三三八），雅典雄辯家。狄奧多羅之子。開館教授修辭學，與柏拉圖主持的哲學學園爭鋒。後從事政治活動，發表《奧林匹亞大祭演辭》，主張在馬其頓國王腓力二世領導下統一希臘各城邦，發動反波斯戰爭，緩和希臘的社會危機。希臘喪失獨立後絕食而死。

J

Jerome, Saint 聖哲羅姆，又稱希羅尼姆（Hieronymus）（約三四七—約四一九），羅馬帝國後期基督教教父之一。以從事反異教活動聞名。約三八六年後定居於巴勒斯坦伯利恆一所隱修院內。注釋《馬太福音》。根據《聖經》拉丁文舊譯而訂定的譯本，稱《通俗拉丁譯本》，於十六世紀被定爲天主教會的法定本。

Josephus Flavius 約塞夫·弗拉維（三七—約九八），猶太歷史學家。六十六年猶太人發動反羅馬起義，受命保衛約塔巴塔，抵抗韋斯巴薌率領的羅馬軍。城陷後得到寬赦。韋斯巴薌稱帝，約塞夫在弗拉維王朝爲官，韋斯巴薌賜名弗拉維，居留羅馬至死。政治上屬親羅馬派，但仍信仰猶太宗教和文化傳統。用希臘文著有《猶太戰爭史》、《猶太古史》。

Julian（the Apostate） 朱里安（背教者）（三三一—三六三），羅馬皇帝（三六一—三六三）。三五五年去雅典，研究希臘文學和哲學（新柏拉圖派），傾向異教。君士坦提二世授以「凱撒」稱號，派往高盧戍邊。屢建奇功。高盧軍隊拒不接受皇帝命令，反擁立朱里安爲皇帝（三六〇）。朱里安即位，公開宣布改宗異教，任用異教徒爲軍政官員，禁止基督教徒在學校任教，允許猶太人重建耶路撒冷聖廟，下令恢復羅馬原有宗教並重建其神廟，故被基督教教會稱爲「背教者」。

Juvenalis 朱維納利斯，一譯朱維納里（約六〇—約一四〇），羅馬諷刺詩人。據說從軍到過埃及和不列顛。現存諷刺詩十六首，揭露羅馬社會傷風敗俗、道德淪喪，對下層人民的困苦生活寄予同情。

L

La Boétie 拉博埃西（一五三〇—一五六三），法國作家。聰明早慧，十八歲時即寫出一部揭露暴政的理論作品《自願奴役》。是蒙田的摯友。

League 天主教同盟，也名神聖聯盟。法國胡格諾戰爭期間，部分天主教教士和貴族，以亨利·德·吉茲公爵爲首，於一五七六年五月結成的聯盟。目的是同胡格諾派爭雄，力圖削弱王權。一五七七年爲法王亨利三世查禁。後來又一度恢復活動。

Lepidus 雷必達，一譯李必達（?—西元前一三），羅馬統帥。凱撒部將。凱撒被刺後，助安東尼爲凱撒報仇，使羅馬陷於恐怖之中。西元前四三年，與安東尼、屋大維結成後三頭同盟。後與屋大維不和，被奪軍權。退居拉丁姆沿岸小城，終老於此。

Livy　李維（西元前五九—西元一七），羅馬歷史學家、文學家。與奧古斯都皇帝過從甚密，主要著作有《羅馬史》，共一百四十二卷，敘羅馬建城至西元前九年的史事，現存三十五卷。作品夾雜神話、傳說，筆法極富文藝性。

Lucanus　盧卡努（三九—六五），羅馬詩人。塞涅卡的侄子，尼祿的同學，尼祿逼他在二十六歲時自殺。他著作甚豐，但僅留下《法薩羅之戰》（或名《內戰》），記述凱撒與龐培雙雄爭霸。

Lucretius　盧克萊修（約西元前九八—西元前五四），羅馬哲學家、詩人。生平事蹟知之甚少。以敘事詩的體裁著《物性論》（六卷），闡發伊比鳩魯的唯物論學說。此作品在作者死後不久，由西塞羅爲之發表。

Lucullus　盧庫盧斯（西元前一一七—西元前五六），羅馬統帥。爲蘇拉部將，參加對本都國王米特拉達悌六世戰爭（西元前八七年）。西元前六六年，東征軍權被龐培取代。

Lycurgus　利庫爾戈斯，一譯來庫古（約西元前九或西元前八世紀）。傳說是斯巴達的立法者。生平事蹟傳說不一。據稱是一位斯巴達年輕國王的叔父兼攝政。遵照德爾斐阿波羅神諭，爲斯巴達人訂立不成文的律法，據說還要斯巴達人立誓永不破壞。近代研究也有人傾向利庫爾戈斯係一虛構人物。

Lysandes　來山得，一譯呂山德（？—西元前三九五），斯巴達統帥。出身微賤，取得公民權後成爲名將。伯羅奔尼撒戰爭後期在諾提翁角打敗雅典海軍。西元前四〇四年攻陷雅典城，雅典投降，從而結束伯羅奔尼撒戰爭。後在雅典扶植三十僭主統治，推翻民主政權，樹立斯巴達霸權，引起各城邦不滿。西元前三九五年科林斯戰爭爆發，與底比斯交戰時陣亡。

Lysimachus　萊西馬庫（約西元前三六〇—西元前二八一），色雷斯地區之王（西元前三〇六—西元前二八一）。隨亞歷山大大帝東征，以勇武出名。亞歷山大死，分得色雷斯及多瑙河下游之地，與亞歷山大其他將領爭奪繼承權。

M

Machiavelli 馬基雅弗利（一四六九—一五二七），文藝復興時期義大利思想家、歷史學家。沒落貴族家庭出身。一四九八—一五一二年擔任佛羅倫斯共和國十人委員會祕書，負責軍事外交工作。多次出使義大利各邦，以及德國和法國。一五一二年美第奇家族復辟，乃被革職下獄。獲釋後隱居。專心著述，其名作有《君主論》（也譯《霸術》）。他把政治當做權術，爲了目的可以不擇手段，後人把這個政治理論稱「馬基雅弗利主義」。另有《佛羅倫斯史》、《論李維》、《用兵之道》。

Manilius 馬尼利烏斯（一世紀），羅馬詩人。與奧古斯都，提比略同時代人。著有《天文學》。

Marcellus 馬塞魯斯（西元前二六八—西元前二〇八），羅馬政治家、將軍。在西元前二二二—西元前二〇八年間，曾五次當執政官。對高盧人作戰中取得輝煌勝利。在第二次布匿戰爭中率軍打敗漢尼拔。然後在西西里，對迦太基的盟友敘拉古進行圍城，敘拉古有賴於阿基米德設計的投石器，堅守三年後才攻破。此後他在一次中埋伏後喪生。

Marguerite d'Angoulème 昂古萊姆的瑪格麗特（一四九二—一五四九），那瓦爾王后。弗朗索瓦一世的姐姐，爲當時最有教養的女子之一，使那瓦爾宮廷成爲人文主義英才聚首之地。同情宗教改革運動，著有《七日談》。

Marguerite dc Valois 瓦羅亞的瑪格麗特（一五五三—一六一五），也稱瑪戈皇后，那瓦爾王后。亨利二世與卡特琳·德·美第奇的女兒。一五七二年嫁給那瓦爾的亨利，不但沒有平息宗教鬥爭，反而成爲聖巴托羅繆屠殺的原因之一。法國所謂「三亨利戰爭」也在此時爆發（亨利三世領導保皇派，亨利·德·吉茲領導神聖聯盟，亨利·德·那瓦爾領導新教徒）。在一次陰謀暴露後，瑪格麗特被亨利三世逐出宮廷，並取消她與亨利四世的婚約。

Marius, Caius　馬略（西元前一五七—西元前八六），羅馬統帥、政治家。平民出身。早年隨小西庇阿參加努曼提亞（西班牙）戰爭。當過保民官、大法官、西班牙總督。西元前一〇七年首任執政官，次年偕部將蘇拉進兵北非努米底亞。進行軍事改革，對羅馬歷史發展有重要影響。後又四度當執政官，晚年聯合騎士派與平民派，跟貴族派蘇拉勢不兩立，形同水火。西元前八十八年蘇拉占領羅馬城，馬略逃往非洲。馬略派被宣布爲「公敵」，大批被捕殺。繼而蘇拉東征，馬略與秦那攻占羅馬，宣布蘇拉派爲公敵，大肆報復。後在第七次執政官任上病死。

Martial　馬提雅爾（約四〇—約一〇四），羅馬詩人。與塞涅卡、朱維納利斯、小普林尼等文人過從甚密。對帝國早期的羅馬社會有敏銳的觀察，長於寫諷刺詩。主要作品有《警句詩集》。

Maximianus（Pseudo Gallus）　馬克西米安（亦名加呂斯）（西元前六九—西元前二六），羅馬詩人。維吉爾的朋友，著有《哀歌》，今失傳。

Menander　米南德（約西元前三四二—西元前二九一），希臘劇作家。「新喜劇」（不同於阿里斯托芬時代的喜劇）的代表人物。與伊比鳩魯、提奧弗拉斯特爲友。相傳寫過約一百部劇本，今僅存一部《恨世者》（一譯《老頑固》）。其作品主要描寫普通人的生活。

Messalina　梅薩山麗娜（死於四八年），羅馬皇帝克勞迪烏斯的第三任妻子。對丈夫有絕對權力，在歷史上以淫蕩著稱，據朱維納利斯的記載，還甘心賣淫。公然嫁給情人還舉行婚禮，皇帝忍無可忍，被處死於御花園內。

Metellus, Numidicus　麥特魯斯（努米底亞的）（?—西元前九一），羅馬統帥。西元前一〇九年任執政官，進攻（北非）努米底亞，立下戰功，從而獲得「努米底亞的麥特魯斯」的稱號。任監察官，有「正直」名聲。

Metrodorus　梅特羅道呂斯（約西元前三三〇—西元前二七七），希臘哲學家。遇見伊比鳩魯後做了他的門徒，跟隨去雅典。今在盧浮宮有一組雕塑群像，他們兩人的面孔塑在同一座胸像上，象徵在伊比鳩魯花園存在過的友誼。

Mohammed（prophet）　穆罕默德（先知）（五七〇—六三二），伊斯蘭教創始人。父母早亡，早年放牧，隨商隊到巴勒斯坦、敘利亞等地。受當時流行於阿拉伯半島的猶太教、基督教和「哈尼夫」的影響，四十歲時開始宣傳末日審判、死後復活、行善入天國、作惡入地獄等教義。在麥加號召「信仰唯一的神安拉」。

Mohammed II（sultan）　穆罕默德二世（約一四三〇—一四八一），土耳其蘇丹（一四五一—一四八一），外號「征服者」。一四五三年五月二十九日攻陷拜占庭帝國都城君士坦丁堡，把自己的首都遷址於此，更名爲伊斯坦布爾。連年征戰，占領塞爾維亞、波士尼亞、阿爾巴尼亞和里塞哥維那等地。被認爲奧斯曼帝國的眞正開創者。

Montaigne　蒙田，地名，也成了家族名。米歇爾・德・蒙田的主要近親：

Ramon Eyquem de Montaigue　拉蒙・埃康（曾祖父）

Grimon Eyquem　格里蒙・埃康（祖父）

Pierre Eyquem　皮埃爾・埃康（父親）

Antoinette　安多納特（母親）

François de la Chassaigne　弗朗索瓦茲・德・拉・夏塞尼（妻子）

Le'onor de Montaigne　萊奧諾。（唯一存活的女兒）

Montmorency, Anne de　安那・德・蒙莫朗西（一四九三—一五六七）。法國顯赫的蒙莫朗西家族第一代公爵，弗朗索瓦一世重臣，拜法國陸軍統帥。

N

Nero（Claudius Caesar） 尼祿（三七—六八），羅馬皇帝（五四—六八）。五〇年克勞迪烏斯一世立爲嗣。五四年帝被害，他年僅十六歲繼位。初期靠輔弼大臣，政治尚清明。及長以荒淫無道，殘暴著稱，殺母又殺妻，賜死老師塞涅卡。傳說他唆使縱火燒羅馬城，藉口捕殺基督徒。以才子藝人自居，吟詩奏樂，燈紅酒綠，揮霍無度。各省群起反對羅馬，窮途末路中自殺。

O

Ovidius Naso, Pulluis 奧維德（西元前四三—西元一七），羅馬詩人。少時在羅馬和雅典習修辭和法學，又去西西里島和近東遊歷。早年表現出詩才，受羅馬社會放蕩生活影響，作品沾染了頹廢淫佚情調。《戀歌》是其西元前期成名之作。《愛的藝術》，一譯《愛經》，露骨描述男女性愛，觸怒奧古斯都皇帝。爲後世傳誦最廣的是《變形記》，以古典神話爲題材。後不知出於什麼原因被放逐。寫出《哀歌》、《黑海書簡》，懇請奧古斯都予以寬恕，終未如願，最後還是客死他鄉。

P

Pallas 帕拉斯，據希臘神話，帕拉斯原是海神特里同的女兒，被雅典娜誤殺，爲了紀念和懺悔，雅典娜改名爲帕拉斯，自稱爲帕拉斯·雅典娜。

Parmenides 巴門尼德（約西元前五一三—？），希臘哲學家。曾受教於色諾芬尼及畢達哥拉斯派的阿麥尼亞。按柏拉圖《巴門尼德篇》所記，他大約在六十五歲時（約西元前四四八年）偕同弟子芝諾（埃利亞的）去雅典參加泛雅典娜大節，可見他享有高齡，留存至今的《論自然》片斷，是一些難懂的教諭性詩句，反映其哲學觀點。

Paul, Saint　聖保羅，一譯保祿（約五—六四或六七）。據基督教《聖經》記載，原名掃羅。自幼具有羅馬公民籍，早年在耶路撒冷讀經，成爲虔誠的猶太教徒和法利賽人（隔離者）。一日行經大馬士革時，忽被強光照射，耶穌在光中向他說話，囑他停止迫害基督徒，自後改而信奉基督。後被派往各地傳教，改名保羅。三次遠途傳教，至小亞細亞、馬其頓、希臘及地中海東部各島。後被羅馬皇帝尼祿處死。《新約聖經》中有十餘封信，傳說爲他所寫，統稱《保羅書信》，主題思想構成後世基督教教義和神學的重要依據之一。

Peloponnesian War　伯羅奔尼撒戰爭古希臘斯巴達爲首的伯羅奔尼撒同盟與海上強國雅典之間的爭霸戰。

第一階段（西元前四三一—西元前四二一）：斯巴達陸軍攻入阿蒂卡（一譯亞提加），雅典海軍活動於南希臘沿海一帶，互有勝負，以簽訂《尼西亞斯和約》停戰。

第二階段（西元前四一五—西元前四〇四）：雅典派遣亞西比得、尼西亞斯等帶兵遠征西西里。出發後，亞西比得被控犯有瀆神罪，畏而叛逃斯巴達。尼西亞斯指揮軍隊攻打敘拉古，初得勝，隨之斯巴達援軍趕到，雅典全軍覆沒。西元前四一一年雅典國內發生政變。力量對比愈加不利於雅典。西元前四〇五年在赫勒斯旁附近羊河戰役中，雅典海軍大敗。斯巴達統帥來山得乘勝攻陷雅典城。雅典投降。曾任雅典將領的修昔底德著《伯羅奔尼撒戰爭史》，對此有翔實記載。

Periander　柏利安得（？—西元前五八五），希臘科林斯僭主（西元前六二五—西元前五八五）。希臘七賢之一。統治西元前期採取溫和政策，後期實行苛政，據說他遣使向米利都僭主忒拉息布羅詢問長久統治之道。後者將使者帶到谷地裡，不斷砍掉身邊長得最高的麥穗。使者領會其意，轉呈給柏利安得，自此他開始翦除身邊的權臣。獎勵文化學術，常有詩人、哲學家出入宮廷。

Pericles 伯里克利（約西元前四九五—西元前四二九），雅典民主派政治家。早年，以敢於檢查西門將軍的帳目而聞名。曾受哲學家阿那克薩哥拉的民主思想影響。西元前四四四年起，連續當選首席將軍達十五年，成為雅典的實際統治者。發展工商業，獎勵文化，大興土木，修建雅典城，雄偉的帕提儂神廟即於此時矗立衛城中央。還完成雅典城與比雷埃夫斯港之間的防禦「長牆」。他要使雅典成為「希臘的學校」。晚年銳意與斯巴達爭霸希臘，終導致伯羅奔尼撒戰爭。伯里克利時期被史家稱為希臘文化藝術鼎盛期。

Perseus 佩爾修斯（西元前二一二—西元前一六五），馬其頓最後一位國王（西元前一七九—西元前一六八）。他試圖在希臘樹立馬其頓霸權。消息洩露，反遭羅馬進攻，陣西元前被俘後押至羅馬，死於獄中。

Persius 柏修斯（三四—六二），拉丁諷刺詩人，作品有《諷刺詩集》。

Petrarch 彼特拉克（一三〇四—一三七四），義大利文藝復興時期詩人。一三〇二年，其父因同但丁一起參加佛羅倫斯黨爭失敗，全家被逐。後在蒙彼利埃（法）和波倫亞（意）研習法學。一三二六年成天主教教士。遊歷歐洲時，廣泛搜集古代希臘、羅馬的著作，從中發現不以神而以人為中心的世界觀，首先提出與神學相對立的「人學」。主要作品有《歌吟集》、《阿非利加》史詩。擅長十四行詩，曾獲桂冠詩人榮譽。

Pharsalia（battle of） 法薩羅戰役西元前四八年，凱撒與龐培於北希臘帖薩里亞境內法薩羅（Pharsalus）的一次決戰。龐培軍力優於凱撒，但指揮失誤、貽誤軍機，這一仗徹底失敗。龐培逃至埃及，被殺。凱撒成為羅馬國家唯一主宰。

Philip II 腓力二世（西元前三八二—西元前三三六），馬其頓國王（西元前三五九—西元前三三六），亞歷山大大帝之父。接受希臘教育，並從底比斯的伊巴密濃達學得方陣戰術。乘希臘各邦衰落之際，大力擴張領土。並用金錢收買希臘內部的親馬其頓派，說：「驢子馱去的是黃金，馱回來的是堅固的城堡。」準備進兵波斯期間，在女兒婚禮上被一青年貴族刺死。

Philip V　腓力五世（西元前二三八—西元前一七九），馬其頓國王（西元前二二一—西元前一七九）。幼年喪父，由叔安提柯當政；安提柯死後即位。與迦太基統帥漢尼拔結盟反對羅馬，進行兩次馬其頓戰爭（西元前二一五—西元前二〇五、西元前二〇〇—西元前一九七）。以失敗告終，訂立和約，放棄征服地盤，交出艦船，向羅馬賠款。馬其頓王國遂失其重要地位。其子爲佩爾修斯。

Philippe II Auguste　菲列普二世，奧古斯都（一一六五—一二二三），也稱「征服者」，法國卡佩王朝國王（一一八〇—一二二三）。自一二〇四年起先後收復法國境內被英王占領的領地：諾曼第、曼恩、安茹、普瓦圖。一二一四年七月又大敗英王約翰（無地王）及其同盟者神聖羅馬帝國皇帝鄂圖四世，爲此獲「奧古斯都」稱號。一一八九—一一九一年參加第三次十字軍東侵。

Philippe II　腓力二世（一五二七—一五九八），西班牙國王（一五五六—一五九八）。其父查理一世退位，繼承王位，領有西班牙本土、尼德蘭、那不勒斯、西西里、米蘭及美洲殖民地，利用宗教裁判所加強專制統治，迫害異端。一五八〇年兼併葡萄牙及其殖民地。一五八八年派遣「無敵艦隊」遠征英國，在英吉利海峽幾乎全軍覆沒，從此西班牙喪失海上霸權。曾出兵干涉法國胡格諾戰爭，失敗被逐（一五九八）。

Philopoemen　菲洛皮門（西元前二五三—西元前一八三），希臘將領。厄基亞同盟的統帥。在鎮壓梅西尼亞暴動時喪命。

Phocion　福西昂（西元前四〇二—西元前三一八），雅典將領。德摩斯梯尼的政敵。他與馬其頓國王腓力交戰得勝後主張和解，被控叛國罪，飲毒芹汁而死。

Pindar　品達，一譯平達（約西元前五二二—約西元前四四二），希臘抒情詩人。據說與女詩人珂琳娜賽詩失敗，激勵發憤，終成爲一代詩人，獲得「白羽天鵝」的稱號。合唱頌歌、祭祀宙斯與阿波羅的讚歌，寫得不僅辭章華麗、格律謹嚴，還想像比喻豐富，體現希臘早期蓬勃尚武精神。品達體，成爲後世歐洲文學中一種頌歌體裁。

Plato或Platon　柏拉圖（西元前四二七—西元前三四七），希臘哲學家，蘇格拉底的學生，亞里斯多德的老師。曾三次去西西里島，企圖影響敘拉古僭主狄奧尼修斯父子，實現其理想的奴隸主貴族統治。在《理想國》、《法律篇》等著作中闡述了他的道德、政治和教育理論。主要作品尚有《斐多篇》、《巴門尼德篇》、《蒂邁歐篇》和書信十三封。

Plautus　普洛圖斯（約西元前二五四—西元前一八四），羅馬喜劇作家。據說作品甚多，今保存二十一部，如《安菲特魯俄》、《俘虜》、《鬼屋》等。受米南德影響，情節鋪張，語言生動詼諧，反映城市平民觀點情趣。

Pliny, the elder　大普林尼（二三—七九），羅馬作家。曾服役於德意志、西班牙、高盧、非洲各地，歷任高級軍職，被韋斯巴薌皇帝任命爲艦隊提督。七十九年八月二十四日維蘇威火山噴發，乘船往那不勒斯灣南岸觀測，並從事救援，中毒窒息而死。生前著作多種，今僅存一部百科全書式的《自然史》（一譯《博物志》）。

Pliny, the younger　小普林尼（六一或六二—約一一三），羅馬散文作家。大普林尼的外甥和養子。從昆體良學修辭學。深得圖拉真皇帝信任，一〇〇年任執政官。今存《書信集》十卷，其中與圖拉真討論如何對待基督教徒，係研究早期基督教史的重要資料。

Plutarch　普魯塔克（約四六—約一二〇），希臘傳記作家、散文家。其父爲傳記家和哲學家，幼承庭訓，後遊學雅典，受業於名師，研習修辭、數學、哲學、醫學、歷史等。遊歷名城，蒐集史料，據說曾先後爲羅馬皇帝圖拉真和哈德良講課。後回希臘從事著述，據其子所輯書目，篇名達二百二十七項之多，其中大部分散佚。傳世之作由後人輯為兩集：《希臘羅馬名人傳》和《道德論集》，皆具有重要文學史料價值。

Pompey　龐培（西元前一〇六—西元前四八），羅馬統帥、政治家。支持蘇拉，助他消滅馬略的殘部，又轉戰非洲。蘇拉死後，繼續助貴族派壓制平民派首領雷必達。助克拉蘇鎮壓斯巴達起義。西元前七〇年任執政官，後奉命剿滅地中海海盜。西元前六〇年與凱撒、克拉蘇結成前三頭政治聯盟，與元老院抗衡。後畏凱撒權勢日增，與元老院妥協。克拉蘇於西元前五三年死，龐培妻朱麗婭係凱撒的女兒，西元前五四年時病死。龐培與凱撒漸疏遠，終至不共戴天，西元前四八年法薩羅戰役兵敗，逃往埃及被殺。

Propertius　普羅佩提烏斯（西元前四七—西元前一五），拉丁詩人。著有四部《哀歌》，為奧古斯都時代最有個性的抒情詩人，作品摻有神話成分，有時晦澀難懂。

Protagoras　普羅塔哥拉（約西元前四八一—約西元前四一一），希臘哲學家。智者派（或稱詭辯派）的代表人物。其著作僅遺有殘篇。在《論神》開宗明義說：「至於神，我既不能說他們存在，也不能說他們不存在。」被控犯了無神論罪。逃離雅典，中途落水而亡。

Ptolemy　托勒密，創立埃及托勒密王朝的家族。托勒密一世（約西元前三六七—西元前二八三）。馬其頓人拉格之子。青年時與亞歷山大（大帝）為友。後隨亞歷山大東征，為其得力助手。西元前三二三年亞歷山大死後占據埃及地區，為實際統治者（西元前三〇五—西元前二八五）。後與亞歷山大其他將領爭奪繼承權，聯合塞琉古一世、卡珊得、萊西馬庫，反對安提柯一世。西元前三〇一年安提柯敗亡，「希臘化」三大國（埃及、塞琉西、馬其頓）形成鼎足之勢。托勒密領有埃及。

Pyrrho　皮浪（約西元前三六五—約西元前二七五），希臘哲學家，懷疑派創始者。隨亞歷山大大帝遠征軍到過印度。無著作傳世，由弟子弗利烏的蒂蒙記述其觀點。根據他的哲學觀點，最高的善就是不作任何判斷，也即「不動心」（ataraxia），可以擯棄一切欲望，達到無憂無慮境地。後世稱懷疑主義也為皮浪主義。

Pyrrhus 皮洛士（西元前三一九—西元前二七二），希臘伊庇魯斯國王（西元前三〇七—西元前三〇三，西元前二九七—西元前二七二）。少時崇拜亞歷山大大帝，勇敢而有野心。十二歲即位，一度被貴族放逐。旋去埃及，被托勒密招為女壻，在托勒密支持下，返伊庇魯斯復位。企圖在地中海地區建一大國。西元前二八〇年率兵渡亞得里亞海，抵南義大利與羅馬交戰，初兩仗得勝，但損失大批有生力量，成語有「皮洛士的勝利」，即得不償失之意。在西西里轉戰三年無結果。在義大利打得狼狽返國。入侵南希臘時戰死。

Punic War 布匿戰爭。羅馬與迦太基爭奪地中海西部統治權的戰爭。迦太基（在今突尼斯）係腓尼基人的殖民地（傳說建於西元前八一四年），西元前六至五世紀已發展成為西地中海強國。西元前三世紀初羅馬統一義大利，與迦太基形成對峙，卒演成三次大規模戰爭。因羅馬人稱腓尼基人為「布匿」（Poeni），據說意為「棕櫚之民」，故史稱為布匿戰爭。

第一次布匿戰爭（西元前二六四—西元前二四一）：主要在西西里島交戰，迦太基失利，羅馬奪取西西里（不包括敘拉古）及其附近小島。後又占領科西嘉和薩丁島。

第二次布匿戰爭（西元前二一八—西元前二〇一）：以迦太基統帥漢尼拔翻越阿爾卑斯山遠征義大利開始。最初兩個戰役，羅馬連遭失敗。約西元前二一一年羅馬轉入攻勢。西庇阿占據西班牙東南部，西元前二〇四年直搗迦太基本土，漢尼拔奉召回軍馳援。西元前二〇二年迦太基戰敗，次年締結和約，迦太基喪失全部海外領地，交出艦船，並大量賠款。迦太基國勢大衰，已不足與羅馬抗衡。

第三次布匿戰爭（西元前一四九—西元前一四六）：羅馬統治者蓄意消滅迦太基，唆使其西鄰努米底亞尋釁，然後以破壞和約為藉口，發兵包圍迦太基城。居民奮勇抵抗，長期圍困，城內發生饑饉，終被小西庇阿攻破，城陷被毀，生存者淪爲奴隸，迦太基淪爲羅馬一行省（阿非利加省）。

Pythagoras　畢達哥拉斯（約西元前五八〇—約西元前五〇〇），希臘哲學家、數學家。爲求知識，訪問過埃及、巴比倫、克里特島，接觸神祕教派。約西元前五二九年遷居義大利的希臘殖民城市克羅敦，建立帶有宗教性、學術性的政治團體「畢達哥拉斯社團」。教育門徒同吃同住，穿同樣服裝，工作適度，飲食節制，宣傳靈魂不滅、靈魂輪回及「肉體是靈魂的牢獄」之類的教義。無著作傳世，其經歷與學說僅見於亞里斯多德、第歐根尼等人的記載中。

Q

Quintilian　昆體良（約三五—約九五），羅馬修辭學家。生於西班牙，後赴羅馬求學，在城內開辦修辭學校，小普林尼在其門下受業。著述有《演說術原理》，認爲教育應以培養演說家爲最高目的。其論述和文體，對歐洲文藝復興時期人文主義者頗有影響。

R

Rabelais　拉伯雷（約一四九四—一五五三），文藝復興時期法國文學家。一五一五—一五一八年入修道院求學。一五二〇年爲方濟各會修道士，後學醫。研究過哲學、古典語言學、天文學、法學等多種學科。在里昂行醫，利用行醫之餘，費時二十多年，寫成長篇巨制《巨人傳》，共五卷，揭露天主教會的黑暗，抨擊經院哲學，宣傳人文主義。爲此被列爲禁書，本人逃至外地避難。

Reformation　宗教改革運動。十六世紀席捲歐洲反對羅馬天主教會的社會改革運動。一五一七年，德國人馬丁．路德發表《九十五條論綱》，抨擊教皇出售贖罪券，揭開鬥爭序幕。一五二一年路德當眾燒毀教皇革除他教籍的諭令。宗教改革中創立的教派，稱爲新教（我國稱基督教或耶穌教），區別於舊教（天主教）的主要幾點：強調「因信得救」，不必透過教士主持的各種「聖事」；反對天主教的教階制；反對教皇對各國教會事務的控制與干涉；用本民族語言作禮拜，只保留洗禮和聖餐禮的少數儀式。新教中也有三派別：德國人路德創立的路德宗，產生於德國，後傳播至斯堪的納維亞諸國以及瑞士、法國等；法國人加爾文創立的加爾文宗，產生於瑞士日內瓦，傳播於法國、尼德蘭和蘇格蘭等國；英國聖公會，又叫英國國教會，是英王亨利八世自上而下建立的教派。

Ronsard, Pierre de　龍沙（一五二四—一五八五），法國詩人。幼年聰穎過人，愛武藝，當大貴族侍從。不幸在十七歲生重病，耳朵失聰。遂攻讀古代文學藝術。模仿荷馬寫頌詩，模仿品達寫短歌，模仿阿那克里翁寫抒情詩。聯合當時青年俊彥成立七星詩社，成爲亨利二世和查理九世的宮廷詩人。作品有《短歌》、《讚歌》、《海倫歌》等。

S

Sallust　薩魯斯特（西元前八六—西元前三四），羅馬歷史學家。西元前五二年任保民官，一度被黜，在凱撒庇護下，出任執政官和努米底亞總督。任內被指責濫用權力，搜刮錢財。凱撒死後，息影林園，著述終老。著作有《喀提林叛亂記》、《朱古達戰爭》。

Saturninus　薩圖寧（？—西元前一〇〇），羅馬保民官。馬略的追隨者。保民官任內提出土地法、糧食法案，遭貴族與一部分有公民權的市民反對。雖透過但執行困難。在選舉下屆保民官時，元老院派與薩圖寧派演成武鬥。關鍵時刻馬略不予以支持，薩圖寧死後，土地法廢止不行。

Scipio, Publius Cornelius　大西庇阿（約西元前二三五—約西元前一八三），羅馬統帥。西元前二〇九年率軍入西班牙，占領新迦太基。西元前二〇五年任執政官，次年直搗迦太基本土。扎馬戰役（西元前二〇二年）擊敗漢尼拔，結束第二次布匿戰爭。獲「阿非利加西庇阿」稱號。

Scipio, Aemilianus　小西庇阿（約西元前一八五—西元前一二九），羅馬統帥。爲大西庇阿長子的養子。西元前一四七年任執政官，率軍進攻北非，次年陷迦太基城，第三次布匿戰爭結束，也獲「阿非利加西庇阿」稱號。羅馬共和國著名演說家，愛好希臘文藝，保護希臘學者文人。

Seneca L. Annaeus　塞涅卡（約西元前四—西元六五），羅馬哲學家，新斯多葛派的代表人物。青年時去羅馬習修辭和哲學。卡里古拉時代當財務官，克勞迪烏斯時代被放逐到科西嘉島。西元四九年，應新皇后的請求，召回當太子尼祿的師傅。尼祿即位後得勢，任執政官，因尼祿暴虐，有自危感，一度退隱、終因涉嫌皮索陰謀案，被尼祿勒令自盡。著有大批倫理哲學短論，主要有《論憤怒》、《論仁慈》、《論精神安寧》、《論道德書簡》等。宣傳宗教神祕主義和宿命論。

Seven Sages　傳統認爲古希臘有七個最具智慧的人，通稱「七賢」，一般指：泰勒斯（米利都）、梭倫（雅典）、開倫（斯巴達）、柏利安得（科林斯）、庇達卡斯（米提利尼）、克利奧布拉斯（羅德島）、貝亞斯（小亞細亞愛奧尼亞地區）。對此名單也有不同看法。

Socrates　蘇格拉底（西元前四六九—西元前三九九），希臘哲學家。據說父爲石匠，母爲產婆。認爲哲學的目的不是在於認識自然，而在於「認識自己」。以「自知其無知」爲標榜，宣稱他不是「智者」，而是「愛智者」。他主張有知識的人才具備美德，才能治理國家。深信他一生爲某個精靈護持和支配。最後被當局控以傳播異說、毒害青年、反對民主之罪，由法庭判以死刑。蘇格拉底好談論而無著述，其言行大抵見於柏拉圖的一些對話（如《自辯篇》、《克里多篇》、《拉基斯篇》等）和色諾芬的《蘇格拉底言行回憶錄》。在柏拉圖的《泰阿泰德篇》中，蘇格拉底宣稱，他雖無知，但能幫助別人獲得知識，正像自己母親是產婦，年老不能生育，但能接生。她用「產婦術」這個術語，指雙方透過問答，揭露對方的矛盾，使之逐步達到所謂普遍性認識。

Solon 梭倫（約西元前六三八—約西元前五五九），雅典政治家，詩人。希臘七賢之一。出身沒落貴族，在雅典和麥加拉爭奪薩拉米島戰爭中榮立戰功，寫下哀體詩《薩拉米頌》。在平民與貴族鬥爭重要關頭，任執政官（西元前五九四年），進行政治改革，所謂「梭倫立法」。還頒布《土地最大限度法》。剝奪氏族貴族部分利益，有助於工商業發展，但未能滿足下層平民。他想以「一面盾牌，保護（貧富）兩方」，終不免招致責難。

Sophocles 索福克勒斯（約西元前四九六—西元前四〇六），古希臘三大悲劇作家之一。出身富商家庭，受過良好教育。曾任雅典財務官、將軍等要職。相傳寫有一百二十多部悲劇。現存《俄狄浦斯王》、《安提戈涅》、《埃阿斯》等七部完整的悲劇。在雅典戲劇演出競賽中得獎二十餘次。銳意改革希臘戲劇，其藝術成就對文藝復興產生過積極影響，在歐洲劇壇享有盛譽。

Speusippus 斯珀西普斯（西元前三九三—西元前三九九），希臘哲學家。柏拉圖外甥，在柏拉圖學園學習，舅父死後擔任學園領導工作。對畢達哥拉斯的數的理論尤有研究。

Stoics 斯多葛派，西元前四世紀芝諾（季蒂昂的）創立於雅典的哲學學派。因其講學場所有彩色壁畫的杜廊，在希臘語中此詞音爲「斯多葛」，故有此名，也稱「畫廊派」。提倡禁欲主義，提出有關命題邏輯的一些問題。透過內修與本性獲得自足自得的心靈，不爲外因所動。晚期蛻化爲宣傳宿命論。

Suetonius 蘇托尼厄斯（約六九—約一四〇），羅馬傳記作家。曾任羅馬皇帝哈德良的侍從祕書。因職務之便，充分利用國家檔案庫的文獻資料，後離職專事著述。傳世之作爲《羅馬帝王傳》（也名《十二凱撒傳》），記述從凱撒到圖密善十二個羅馬帝王的生平事蹟。

Suleiman I　蘇里曼一世，也稱蘇里曼二世（一四九四—一五六六）、土耳其蘇丹（一五二〇—一五六六）。在位時頒布一系列法典，改革行政制度，史稱爲「立法者」。對外大肆擴張，爲奧斯曼帝國極盛時期。占領貝爾格勒（一五二一）、侵入匈牙利（一五二六）、圍攻維也納（一五二九），在東方占領亞美尼亞、美索不達米亞、葉門一帶，將北非的黎波里、突尼斯和阿爾及利亞併入帝國版圖。一五三六年，蘇里曼與法王弗朗索瓦一世結盟，反對神聖羅馬帝國查理五世。一五六五年進攻馬爾他島慘敗。翌年再次出征匈牙利，在戰役中陣亡。

Sulla　蘇拉（西元前一三八—西元前七八），羅馬統帥、獨裁者。權貴派代表。早年爲馬略部將，後與馬略激烈爭權。西元前八八年當選執政官，率軍東征本都王國。平民派馬略欲解除其兵權，他聞訊進占羅馬城，捕殺馬略追隨者，繼續東征。旋馬略與秦那聯合在羅馬掌權，亦虐殺蘇拉的追隨者。蘇拉在東方打敗本都國王，西元前八四或西元前八三率四萬軍隊返義大利，馬略已死，馬略派欲組織抵抗，失敗。蘇拉又掀起一陣追殺馬略派的風暴。任終身「狄克維多」（獨裁者）。後放棄官職，退隱鄉間，對羅馬國事仍有重要影響。西元前七八年患痼疾而死。

Syracuse或Siracusa　敘拉古，一譯錫臘庫扎。義大利西西里島東南沿海古城。西元前八世紀希臘城邦科林斯所建。早期實行貴族統治，由土地所有主掌權。約西元前四八五年左右，平民勢力增長，驅逐貴族地主。隨之出現僭主政權。狄奧尼修斯一世，不斷擴大敘拉古城，修築堅固城牆，提高其戰略地位。統治時國勢強盛，爲西西里島東部霸主，與西地中海大國迦太基抗爭。約西元前二六四年，由於一批退役的義大利僱傭兵強占西西里島東北端麥沙那，導致布匿戰爭的爆發。第二次布匿戰爭（西元前二一八—西元前二〇一），堅決抵抗羅馬侵略。西元前二一二年城陷，從此敘拉古長期處於羅馬統治之下，成爲西西里行省一部分，漸失其重要性。

T

Tacitus　塔西佗（約五五—約一二〇），羅馬歷史學家。歷任保民官、執政官、行省總督等職。反對帝制，以共和政體爲理想。著作有《年代記》、《歷史》、《日爾曼尼亞志》。《阿古利可拉傳》記其岳父在不列顛任職情況。行文艱深，取材詳實，均係研究西方古史的重要資料。

Timur（或**Tamerlane**）　帖木兒（一三三六—一四〇五），帖木兒帝國創建者。出身於中亞一突厥化蒙古貴族家庭。一三六二年在一次戰鬥中右腿因傷致殘，故名「帖木兒蘭格」（Timur Lang，Lang在波斯語中爲「跛子」），在歐洲訛爲塔木蘭（Tamerlane）。一三七〇年自稱成吉思汗繼承人，滅西察合臺汗國，奪取河中地區統治權，稱大埃米爾，建都撒馬爾罕。一三八〇年代，奪取波斯和阿富汗，侵占南高加索和兩河流域，征服花剌子模。一三八九、一三九一、一三九五年三次進軍欽察汗國，並攻入印度，焚掠德里，屠殺戰俘近十萬人。一四〇二年俘土耳其蘇丹巴耶塞特一世。晚年曾糾集二十萬大軍欲東侵中國（明成祖永樂三年），但在渡過錫爾河後不久病死軍中。帖木兒死後帝國分裂、十六世紀初爲烏茲別克人所滅。帖木兒每征服一地，把當地的工匠、藝術家和學者擄至撒馬爾罕，使該城成爲當時文化藝術中心。

Tasso　塔索（一五四四—一五九五），義大利詩人。幼年跟隨詩人父親貝爾納多・塔索不停地流放與遷徙，使他有機會接觸到最風雅的朝臣。十二首八音節詩《里那爾多》和一出田園戲劇《阿敏塔》獲得極大成功，也展現塔索一五六五—一五七一心情恬靜的年代。後因一段不幸的戀情、寫作用心過度以及宗教上的困惑，使他在醫院度過七年時間，治療精神與肉體的創傷。出院後流浪到羅馬，死於一家修道院內。傑作有《解放的耶路撒冷》、《征服的耶路撒冷》等。

Terence（Terentius） 倫提烏斯，一譯特蘭提烏（約西元前一九五—西元前一五九），羅馬喜劇家。生於迦太基，幼時被帶到羅馬，給元老院議員泰倫提烏斯·盧卡努當奴隸，頗聰慧，主人提供他教育，還他自由身，並賜他用自己的姓氏。與小西庇阿等名人結交，去希臘研習米南德的喜劇。今保留六部劇本：《安德莉亞》、《後娘》、《太監》、《玻爾米俄》等。其優美文體受凱撒與西塞羅的賞識。

Thales 泰勒斯（約西元前六二四—約西元前五四六或五四七），希臘哲學家，七賢之一。生於小亞細亞西岸愛奧尼亞城市米利都。其所創的學派也稱米利都派。生平事蹟已不可考，也無任何著作流傳。據說曾預言發生於西元前五八五年五月二十八日的那次日蝕。在埃及考察過尼羅河氾濫的原因，並試圖根據金字塔的影子測量其高度。認爲萬物皆生於水，最終又復歸於水。他被看作是古希臘自然哲學學派的開山祖。

Thebes 底比斯古埃及中王國（約西元前二〇〇〇—西元前一七八〇）和新王國（西元前一五六七—西元前一〇八五）時期的都城。城跨尼羅河中游兩岸，規模宏大，在荷馬詩中稱「一百城門的底比斯」。西元前八八年被毀，今爲埃及最大的古跡遺址。

Theophrastus 提奧弗拉斯特（約西元前三七一—約西元前二八七），希臘哲學家。遊學雅典，初學於柏拉圖，後爲亞里斯多德的忠實弟子。繼承並發展了亞里斯多德開創的逍遙學派。有大量著作已散佚，今存：《論性格》、《植物志》及《植物的成因》，被認爲是初步建立植物學體系的嘗試。

Thirty Tyrans 三十僭主，也稱三十暴君。西元前四〇四年伯羅奔尼撒戰爭結束，希臘戰敗，斯巴達統帥來山得在雅典建立寡頭政治。以克里提阿斯和忒拉米尼爲代表的三十大貴族掌握政權，施行暴虐統治。推行恐怖政策，大肆捕殺和驅逐民主派，沒收財產徵收苛稅。後三十僭主內部分裂，斯巴達國內又起內亂，來山得又回本國斯巴達，八個月後被民主派推翻。

Tiberius　提比略，一譯提比留（西元前四二—西元三七），羅馬皇帝（一四—三七）。莉維亞與提比略·克勞迪烏斯所生。莉維亞改嫁奧古斯都，提比略爲繼父收養。長期在萊茵河、多瑙河一帶征戰。西元前一二年，奧古斯都逼他與西元前妻離異，命娶其女阿格里巴。後被奧古斯都定爲繼承人，即位時已五十六歲。執政引起廣泛不滿，後死於禁衛軍長官馬克羅之手。

Tibullus　提布盧斯（西元前五〇—西元前一九或一八），拉丁詩人。是普羅佩提烏斯與奧維德的朋友。出身於田園生活，詩風與維吉爾接近，音樂性極強。著有《哀歌》兩部。

Trojan war　特洛伊，也叫伊里昂（Ilium）。小亞細亞西北部古城，地勢險要。據希臘神話，條瑟在此首建王國，傳至普里阿摩斯，繁榮富饒，有「普里阿摩斯的寶庫」之說。其子帕里斯拐走斯巴達王后海倫，引起希臘人遠征，終以「木馬計」攻陷特洛伊。荷馬史詩《伊里亞特》即敘述歷時十年的特洛伊圍城戰。

Turnebus, Adrianus　圖納布斯（一五一二—一五六五），法國人文主義學者，法蘭西學院教授。他發表文章介紹希臘文學，使法國人開始對此有所了解。

V

Varro　瓦羅（西元前一一六—西元前二七），羅馬作家、學者。到雅典，從學於柏拉圖門徒安提奧卡斯。擔任過保民官、財務官、海軍將領和西班牙駐軍長官。在龐培與凱撒內戰時反對凱撒。凱撒得勝後寬赦他，受命籌建羅馬第一所公立圖書館。生平著述甚多，包括文、史、哲、法各門類。同時代人西塞羅和後世聖奧古斯丁皆讚其博學。今僅存《拉丁語論》（殘篇）和較完整的《論農業》，後者是研究羅馬共和國後期莊園經濟的重要資料。

Vercingétorix　維辛蓋托利克斯（？—西元前四六）。本是阿威尼族首長，羅馬統帥凱撒征服高盧期間，他於西元前五二年率眾起義，重創羅馬入侵部隊，收復許多地區。凱撒傾全力鎮壓，並得到日爾曼騎兵隊之助，包圍阿萊塞，起義者解圍無望，被迫投降。被俘，押送羅馬後被處死。

Virgil　維吉爾（西元前七〇—西元前一九），羅馬詩人。在米蘭、羅馬就學，習修辭學和伊比鳩魯派哲學。羅馬前三頭內戰時期，家產沒收。後得屋大維（奧古斯都皇帝）賞識，在那不勒斯置一庭園寫作。後爲羅馬帝國初年宮廷詩人。作品有《牧歌》、《田功詩》，描述農事（耕種、園圃、畜牧、養蜂）。詩中視奧古斯都爲現世神；《埃尼德》（又譯作《埃涅阿斯紀》）（十二卷）更以古代神話和詩人幻想結合，費時十一年而成。維吉爾煞費苦心將羅馬帝系上溯到神的苗裔。據說，維吉爾病逝前欲焚毀《埃尼德》，因奧古斯都阻止而作罷，乃得以傳世。

X

Xenocrate　色諾克拉特（西元前四〇〇—西元前三一四），希臘哲學家。柏拉圖的弟子和朋友。西元前三三九年執掌學園。他試圖結合柏拉圖與畢達哥拉斯的理論。

Xenophanes　色諾芬尼（約西元前五七〇—約西元前四八〇），希臘哲學家。生於小亞細亞的克羅封，當波斯人占領時，他前往義大利，一度住在埃利亞，也就被人們認爲是埃利亞學派代表人物。從保留至今的《教喻詩》、《論自然》等的片斷來看，毋寧說他是倫理哲學兼詩人。他極力抨擊希臘流行的「神人同形同性」觀，說荷馬與赫西俄德把偷盜、姦淫、欺詐等人間醜行強加在神的頭上，極不道德。受米利都派影響，主張一切都是從土和水中生長的。

Xenophon 色諾芬（約西元前四三〇—約西元前三五四），希臘歷史學家、作家。出身富豪之家，是蘇格拉底的弟子。斯巴達制度的崇拜者。西元前四〇一年徵召希臘僱傭軍幫助波斯王子小居魯士奪取波斯王位。小居魯士兵敗被殺，他被僱傭軍推舉爲領袖，率萬餘人從兩河流域返歸希臘，西元前三九六年棄雅典投身斯巴達。被雅典公民大會缺席審判，判處終身放逐。寄居斯巴達約二十餘年，專事著述。主要作品有《希臘史》、《遠征記》、《斯巴達政體論》、《居魯士的教育》等。

Xerxes I 澤爾士，一譯西斯（約西元前五一九—西元前四六五），波斯帝國皇帝（西元前四八六—西元前四六五），大流士一世之子。即位初，鎭壓埃及、巴比侖等地的反波斯起義。希波戰爭中（西元前四八〇年）率海陸大軍遠征希臘。溫泉關一役，斯巴達國王戰死。進兵洗劫雅典。旋在薩拉米海戰中，艦船損失殆盡，倉皇潰逃。次年波斯軍又敗。希臘軍轉入反攻。剛愎自用，晚年益加暴虐，死於宮廷陰謀。

Z

Zeno（of Citium） 芝諾（季蒂昂的）（約西元前三三六—約西元前二六四），希臘哲學家，斯多葛派創始人。曾師事犬儒派的克拉底、麥加拉派的斯蒂爾波和學園派的色諾克拉特。也受亞里斯多德的影響。約西元前二九四年，在雅典廣場的壁畫長廊開辦學校，創立新學派，即以「畫廊派」爲名，也音譯爲斯多葛派。芝諾注重自然哲學和倫理哲學的探討，其終極目標在於達到美德。

Zeno（of Elea） 芝諾（埃利亞的）（約西元前四八八—約西元前四三〇），希臘哲學家。與其師巴門尼德皆爲埃利亞學派的代表人物。柏拉圖《巴門尼德篇》記載，巴門尼德曾攜他參加一次泛雅典娜大節（約西元前四四八）。據說因爲反對僭主統治而被處死，英勇就義。其討論自然的著作今保存殘篇。芝諾出名不在於提出新學說，而在於爲巴門尼德的「存在論」作辯解，認爲世界上運動變化的萬物是不眞實的，唯一眞實的東西是巴門尼德所謂的「唯一不動的存在」。

Zarathustra　查拉圖士特拉，也有寫成Zoroaster，逐譯爲瑣羅亞斯德（約西元前七〇〇—西元前五八〇），波斯宗教改革者。瑣羅亞斯德教（中國古代稱爲拜火教、祆教）的創立者。其生平眾說不一。據說出身波斯一個騎士家庭，早年棄家過隱遁生涯，三十歲建教，信者寥寥，後得大夏國王信仰，驟然興旺，傳播至波斯各地。並積極參與跟異教徒的戰爭，一次戰鬥中隨同一批祭司集體被殺。瑣羅亞斯德教在三到七世紀爲薩珊王朝時的國教。七世紀阿拉伯人征服波斯後，隨著伊斯蘭教的傳播，逐漸衰落。

蒙田年表

年代	生平記事
一五三三	二月二十八日誕生於法國南部佩里戈爾地區距卡蒂翁鎮四公里的蒙田城堡，蒙田是家裡的第三個孩子，送至鄰村撫養。父親皮埃爾·埃康是個繼承豐厚家產的商人。
一五三五	父親愛好新奇事物，從義大利帶回一個不懂法語的德國人，為蒙田進行拉丁語教育。
一五三六	父親被任命為波爾多市副市長。
一五三九或一五四〇	進入法國最好的中學之一——居耶納中學。就學七年，得到不少歷史知識，欣賞拉丁詩歌，學了粗淺的希臘語。日後蒙田抱怨學校死背書本的教學法。
一五四四—一五五六	父親任波爾多市市長。
一五四六	蒙田可能在藝術學院聽哲學，聽過由尼古拉·德·格魯奇講授的辯證法。
一五四八	波爾多發生暴動，遭到德·蒙莫朗西公爵的殘酷鎮壓。波爾多市失去一切特權，包括自選市長的權利，亨利二世決定把原為終身職的波爾多市長一職改為兩年一任。

一五四九	或許由於時局騷亂和波爾多大學法學教育缺失，蒙田被父親送至著名的圖盧茲大學學習法律。
一五五四	亨利二世在佩里格建立間接稅最高法院。蒙田年二十一歲，被任命為推事。三年後這家法院又撤銷，推事被分派到波爾多法院工作。同年，猶任波爾多市長的父親成為受人重視的社會人物，得到大主教的批准，建造塔樓，把原來樸實無華的蒙田城堡修建一新，頗為富麗堂皇。
一五五四—一五五六	皮埃爾·埃康任波爾多市市長，時局艱難。據蒙田說，他履行職務付出了心血與錢財。又據讓·達那爾的《年表》，「市長大人為了城市的事務還要北上巴黎，送去了二十桶葡萄酒給他，讓他到了那座城市打點那些好意的貴族老爺。」蒙田就是在這時，隨父親和這些酒第一次去巴黎，因此還見到了亨利二世。
一五五七	蒙田進入波爾多最高法院工作。
一五五八	蒙田結識年長三歲的艾蒂安·德·拉博埃西，兩人成為莫逆，雖相交僅六年（其中兩年還不在一起），拉博埃西的斯多葛思想對蒙田的影響殊為重大。

一五五九	波爾多郊區發生毀壞聖像事件，最高法院下令組織一次賽神會，活活燒死一位波爾多富商皮埃爾·富熱爾。那時波爾多城裡有七千名胡格諾（加爾文派教徒），陰謀、暴動、處極刑頻仍，直至一五六二年一月頒布寬容法令，局勢開始好轉。蒙田到巴黎上朝，陪同亨利二世國王巡視巴黎和巴勒杜克。
一五六一	再度去巴黎。波爾多最高法院交給蒙田一個任務，解決居耶納省內非常嚴重的宗教糾紛。蒙田在巴黎住了一年半。有人猜測，但沒有證據，這是蒙田欲實現政治抱負但最終失望的時期。
一五六二	一月十七日頒布寬容法令，允許胡格諾派有集會的權利。波爾多高等法院勉強接受。巴黎高等法院六月六日要求它的成員宣誓效忠天主教，六月十日，蒙田始終在巴黎，便在那裡履行了這一儀式。十月他隨同國王軍隊前去盧昂，不久軍隊從胡格諾派手中攻下盧昂。蒙田在城裡遇見巴西土著。
一五六三	二月蒙田回到波爾多。八月十八日拉博埃西在波爾多附近英年早逝。他遺贈給蒙田不少藏書和自己的著作，還留下色諾芬《經濟論》、普魯塔克《婚姻規則》等譯稿和自己創作的十四行詩。
一五六四	閱讀和注解尼古拉·基爾《編年史》。

一五六五	跟弗朗索瓦茲·德·拉·夏塞涅結婚。妻子是一位同事的女兒，小蒙田十一歲，與蒙田生了六個女兒，只有一個倖存下來。
一五六八	父親過世。在他的五個兒子與三個女兒之間分割遺產。蒙田成了蒙田莊園的主人和領主。在繼承問題上與母親發生矛盾。
一五六九	蒙田貫徹父親的遺願，在巴黎出版了雷蒙·塞邦的《自然神學》譯著。
一五七〇	蒙田賣掉波爾多高等法院推事一職，到巴黎出版拉博埃西的拉丁詩歌和譯著。第二年結成一集問世。蒙田在拉博埃西作品的每一卷上都題辭獻給一位重要人物。 蒙田第一個孩子出世，是個女兒，兩個月後夭逝。
一五七一	蒙田三十八歲，退休，他在書房裡的一篇拉丁銘文，顯示出他當時的心志。 「基督紀元一五七一年，時年三十八歲，三月朔日前夕，生日紀念，蜜雪兒·德·蒙田早已厭倦高等法院工作和其他公務，趁年富力壯之時，投入智慧女神的懷抱，在平安與寧靜之中度過有生之年。他住在祖先留下的退隱之地，過自由、寧靜、悠閒的生活，但願命運讓他過得稱心如意！」 蒙田被法國大使德·特朗侯爵正式授勳為米迦勒勛位團騎士；九月九日被查理九世國王任命為王宮內侍。十月二十八日，女兒萊奧諾出世，這是蒙田六個女兒中唯一存活的孩子。

一五七二	聖巴托羅繆大屠殺。拉羅歇爾叛亂；內戰打得正酣，蒙田開始撰寫他的《隨筆集》。同年阿米奧翻譯的普魯塔克《道德論集》出版，成為蒙田的案頭必備書。《隨筆集》第一卷大部分成於一五七二—一五七三年。蒙田想到的主要是軍事政治事件。他大量閱讀杜·貝萊兄弟的《回憶錄》，吉夏當的《義大利史》，塞涅卡的著作也是他的床頭書。
一五七二—一五七四	法國內戰。三支王家軍隊向新教徒進攻。普瓦圖軍由德·蒙邦西埃率領，駐紮在聖埃米納，蒙田隨同居耶納省天主教貴族加入這支軍隊。但是沒有打起來，因為新教派領袖拉努拒絕作戰。蒙邦西埃派蒙田去波爾多高等法院，要求法院下令採取措施作好保衛城市的準備。
一五七三	蒙田的第三個女兒安娜出世，僅活七個星期。
一五七四	蒙田的第四個女兒出世，僅活三個月。五月十一日，蒙田在波爾多高等法院王室成員面前轉呈德·蒙邦西埃公爵給朝廷的奏摺，然後作了一個長篇發言。拉博埃西的《自願奴役》被人塞入喀爾文派一本小冊子《法國人的鬧鐘》出版。文章匿名，內容也遭篡改。

一五七六	四十二歲。蒙田命人做了一塊銘牌，一邊是蒙田紋章，環繞米迦勒的圓環，一邊是一座橫放的天平，上刻一五七六年，還寫上皮浪的格言：「我棄權。」他寫出一部分《雷蒙·塞邦贊》。
一五七七	蒙田的第五個女兒出世，僅活一個月。十一月三十日那瓦爾國王封蒙田為王宮內侍。
一五七七—一五七八	蒙田罹患腎結石，他的父親和祖先也曾罹患過。腎結石、痛風或風濕病使他終生受苦。《隨筆集》第二卷的大部分是這時起至一五八〇年寫成的。
一五七八	二月二十五日，蒙田開始詳細閱讀凱撒的《內戰記》和《高盧戰記》，五個月間作出許多注解。不久後，他又閱讀博丹的《共和國》。但是他時常翻閱的兩部著作是塞涅卡的《給盧西里烏斯的書信》，普魯塔克的《名人列傳》和《道德論集》。尤其普魯塔克是《隨筆集》的源泉。

一五八〇	三月一日，《隨筆集》在波爾多米朗傑出版社出版，第一版分為兩卷。之後，蒙田去法國、瑞士、義大利等國旅遊治病。在巴黎，蒙田把《隨筆集》獻給亨利三世。 八月，蒙田參加費爾圍城戰。在多姆雷米，拜會聖女貞德家族的後裔。 十二月二十九日在羅馬晉謁格列高利十三世教皇。
一五八一	九月七日，蒙田尚在義大利逗留，傳出他當選為波爾多市長的消息，任期兩年。他準備行裝回國。
一五八二	德．杜在他的《歷史》一書中說他「受惠於蜜雪兒．德．蒙田之處甚多，他那時是波爾多市長，待人坦誠，反對任何約束，從不加入陰謀集團，對自己的事務非常熟悉，尤其對他的故鄉居耶納省的事務有深刻的了解」。 《隨筆集》第一、二卷修改增補後合成一卷再版，主要添加了義大利詩人的章節和對羅馬客居時的回憶。這一版本在波爾多還可看到。
一五八三	蒙田再度當選為波爾多市市長，任期兩年。在第二次任期中，內戰和瘟疫都蔓延到佩里戈爾地區、阿基坦省。 他的第六個女兒瑪麗出世，僅活了幾天。

一五八四	六月十日，亨利二世國王的最小兒子安茹公爵逝世，使那瓦爾的亨利成為王位繼承者。 八月一日，蒙田開始他第二個市長任期。 十二月十九日，那瓦爾國王到蒙田，駐蹕在蒙田城堡，由城堡裡的人侍候，晚上就睡在蒙田的那張床上。
一五八五	科麗桑特成了那瓦爾國王的情婦，蒙田撰文《美麗的科麗桑特》，勸她「不要讓熱情損及王上的利益與財富，既然她願為他做一切，要更多看到他的好處，而不是他的怪脾氣。」他還努力促進那瓦爾國王和德·馬蒂尼翁元帥的相互了解。馬蒂尼翁是居耶納省總督，對法國的亨利三世甚為忠誠；那瓦爾國王是居耶納省名義上的總督，認為他們兩人過於接近。 六月十二日，經過蒙田的斡旋，那瓦爾國王和馬蒂尼翁元帥見面。 同月，波爾多市爆發瘟疫，居民大撤離。蒙田帶了家人離開蒙田城堡。他的市長任期到七月底為止，七月三十日在瘟疫尚未殃及的弗依亞，完成他最後的職責。
一五八六—一五八七	閱讀大量歷史書籍。開始撰寫《隨筆集》第三卷。

一五八八

二月十六日，蒙田前往巴黎去出版第四版《隨筆集》，到了奧爾良附近維爾布瓦森林裡，被蒙面的神聖聯盟分子搶劫。隨後他們又把衣服、錢和書籍（其中肯定有《隨筆集》的原稿）還給他。後來蒙田在信中向馬蒂尼翁講起這件不幸的事，和《隨筆集》中的敘述有些出入。這件事的過程好像是事後經過他重新編寫的。

德．古內小姐跟母親住在巴黎，對《隨筆集》的作者深感欽佩，聽說蒙田在巴黎，請母親前去代她表示仰慕之情。第二天蒙田到她住處拜訪，開始了他與「義女」的長期來往。

五月十二日，巴黎發生暴亂，設置街壘。亨利三世離開巴黎，忠於他的貴族隨同撤離，其中有蒙田，一直伴隨國王直至夏特爾和盧昂。

六月，《隨筆集》出第四版，也有稱第五版的，有六百多處增注。

七月，他回到盧昂，住在聖日爾曼郊區，風濕病發作。十日，蒙田被巴黎來的軍官逮住，押往巴士底獄，這是出於艾勃夫公爵的指使，他要拿他當人質，因為他的一名親戚被亨利三世關押在盧昂。當天晚上，卡特琳．德．美第奇王太后下令放他自由。

十月，蒙田作為旁觀者參加布盧瓦市三級會議。在德．吉茲公爵遭暗殺後，他離開該城市。

一五八九—一五九二	蒙田閱讀大量歷史著作：希羅多德、狄奧多洛斯、李維、塔西佗和聖奧古斯丁的《上帝之城》。還有他始終極感興趣的美洲和東方歷史。
一五八九—一五九二	一五八九年八月二日，亨利三世逝世。這時期，蒙田準備新版的《隨筆集》，增添了一千多條內容，其中四分之一涉及他的生活、情趣、習慣和想法。撰寫《隨筆集》二十年來，這部書愈來愈帶個人生活色彩，趨向內心自白。蒙田在寫《隨筆集》的同時敞開自己的胸懷；他寫書，書也塑造了他。
一五九〇	六月十八日，蒙田寫了一封優美的信給亨利四世，似是他的政治生命的遺囑。七月二十日，亨利四世從聖德尼軍營寫信給他，希望蒙田在他的身邊擔任職務。
一五九二	九月十三日，蒙田在自己房裡，面前彌撒還在進行時，嚥息離去。葬在波爾多斐揚派教堂。
一五九五	蒙田夫人和皮埃爾·德·勃拉赫交出蒙田作了增注的《隨筆集》樣書，這份稿子經德·古內小姐整理後，交給朗格里埃出版社印成精美的版本。
一六一三	約翰·弗洛里奧將《隨筆集》譯成英語。
一六一九	艾蒂安·帕斯基埃的《書信集》中，有一封寫給貝爾傑的長信，提到亨利四世時代的人對《隨筆集》的第一次深入的評論。

一六三三	馬可·基那米把《隨筆集》譯成義大利語。
一六五五	傳言在這個時期，帕斯卡與德·薩奇的《對話集》中提到蒙田，但是這篇文章的真實性尚有待探討，因為只是在十八世紀拉封丹的《回憶錄》中有這樣的記載。
一六六六	王家碼頭學派猛烈攻擊蒙田，出現在大約是尼科爾的《邏輯》一書中。這是反蒙田思潮的信號，這個思潮持續了半個世紀。
一六六九	《隨筆集》分三卷在巴黎和里昂的兩家出版社出版。
一六七四	馬勒伯朗士在《尋求真理》一書中對蒙田進行強烈的批評。
一六六九—一七二四	蒙田作品銷聲匿跡的時期。從一五九五—一六五〇年，《隨筆集》平均每兩年出一版，但在這五十六年間，沒有出過一版。拉勃呂依埃爾讚賞蒙田，反擊讓·路易·蓋茲·德·巴爾扎克和馬勒伯朗士，但是他這個評論只是到了伏爾泰時代才結果開花。
一七二四	科斯特出版社出版三卷本《隨筆集》，態度認真，注解詳細，是十八世紀的基本版本。從一七二四—一八〇一年間，《隨筆集》重印了十六版。
一七七四	德·普呂尼神父在蒙田城堡發現蒙田寫的《義大利旅記》，由默尼埃·德·蓋隆作序和注解後出版。手稿交給國王圖書館，此後失蹤，無跡可尋。

一八一二	年輕的維爾曼發表《蒙田贊》，得到法蘭西學院嘉獎，《蒙田贊》代表了那一個時代文人對蒙田的看法。
一八三二	十二月，圖書收藏家帕里佐以不到一法郎的價格在書攤上購得蒙田做了六百條注解的《凱撒傳》一書（普朗丁版）；一八五六年，此書出售時，特契納以一千五百五十法郎代杜瑪律公爵購得，公爵收入自己的圖書館，與拉伯雷的《亞里斯多芬》和拉辛注解的《埃斯庫羅斯》並列。
一八三七—一八三八	文學評論家聖伯夫在洛桑文學院開課，評論王家碼頭學派，講課內容刊載在一八四〇年和一八四二年出版的前兩卷《王家碼頭學派史》。其中談到蒙田、帕斯卡，這對於蒙田的歷史評價是一個重要時刻。
一九〇六	波爾多市出版地方版《隨筆集》，從此成為所有蒙田《隨筆集》的底本。

名詞索引

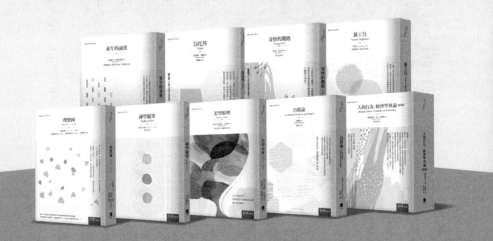

五南
WU-NAN
全新官方臉書
五南讀書趣
WUNAN
Books
since1966
Facebook 按讚
1 秒變文青
五南讀書趣 Wunan Books
★ 專業實用有趣
★ 搶先書籍開箱
★ 獨家優惠好康
不定期舉辦抽獎
贈書活動喔！！！

經典名著文庫 081

蒙田隨筆【第 3 卷】

作　　者 —— 蒙田（Michel de Montaigne）
譯　　者 —— 馬振騁
發 行 人 —— 楊榮川
總 經 理 —— 楊士清
總 編 輯 —— 楊秀麗
文庫策劃 —— 楊榮川
副總編輯 —— 黃文瓊
特約編輯 —— 張碧娟
責任編輯 —— 李敏華
封面設計 —— 姚孝慈
著者繪像 —— 莊河源
出 版 者 —— **五南圖書出版股份有限公司**
地　　址 —— 臺北市大安區 106 和平東路二段 339 號 4 樓
電　　話 —— 02-27055066（代表號）
傳　　眞 —— 02-27066100
劃撥帳號 —— 01068953
戶　　名 —— 五南圖書出版股份有限公司
網　　址 —— http://www.wunan.com.tw
電子郵件 —— wunan@wunan.com.tw
法律顧問 —— 林勝安律師事務所　林勝安律師
出版日期 —— 2019 年 8 月初版一刷
定　　價 —— 500 元

國家圖書館出版品預行編目資料

蒙田隨筆 / 蒙田（Michel de Montaigne）著，馬振騁譯．
-- 初版．-- 臺北市：五南，2019.08
冊；公分
譯自：Les Essais
ISBN 978-957-763-499-3（第 1 卷：平裝）．--
ISBN 978-957-763-500-6（第 2 卷：平裝）．--
ISBN 978-957-763-501-3（第 3 卷：平裝）

876.6　　　　108010301